이탄국의
자청비

이탄국의
자청비

이탄국의 자청비

2

김보람 장편소설

Terrace Book

1권

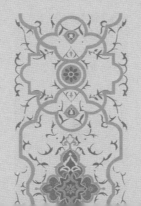

2권

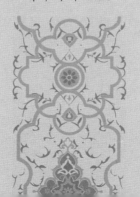

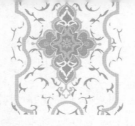

제16장
수심(愁心) : 염려하고 걱정하는 마음

늦봄이라 아침에는 서늘했지만 낮에는 햇볕이 뜨거워 해가 닿는 곳에서는 손으로 부채질을 해야 할 정도로 더웠다. 태자를 만나면 어떻게 대해야 할지 여러 번 생각하고 경대를 보며 연습까지 했는데 아침에도 그의 모습은 보이지 않았다. 시녀에게 물으니 새벽 내내 안 계신 걸로 보아 또 몰래 궁을 나간 것 같다는 말을 들을 수 있었다.

차라리 부딪힐 일이 없으니 잘됐다 싶다가도 청비는 그가 대체 어딜 간 건지 궁금해졌다. 시녀들이 자주 했던 말 중 하나가 밤마다 태자가 궁을 비운다는 것이었다. 술을 좋아하시니 기방이나 투전판을 찾아다닐 거라는 말을 종종 듣기는 했으나 그때는 아무렇지 않게 지나쳤었다. 그런데 지금은 걱정도 되고, 기방이라 생각하니 속에서 뭔가가 치밀어 오르기까지 했다.

술을 먹고 싶으면 궁에서 몰래 먹으면 되지, 굳이 기방에 가야 해?

청비는 태자에 관한 생각을 떨치고 류하의 별궁으로 발길을 돌렸다. 법사가 수도인 하북성을 떠나기 전에 한시라도 빨리 그 벽보라는 것을 붙여야 했기 때문이다.

폐하와 태자가 자필로 쓴 벽보여야 붙일 수 있다니.

폐하는 어림도 없고 태자에게 부탁을 해볼까 했지만 어제 그런 일이 있었던 터라 쉽게 말을 붙일 수도 없었고, 마침 궁에도 없었다. 그다음으로 생각나는 사람은 류하였다.

류하에게로 향하던 청비는 마침 별궁을 나오던 그와 마주쳤다. 청비는 반갑게 류하 옆에 붙었다.

“왕자님, 어디 나가시는 길이세요?”

“청비 네가 여기까지 어인 일이냐?”

청비를 보는 류하의 표정은 여전히 부드러웠다. 생각지도 못한 청비의 방문에 류하는 환한 미소를 지었다.

어떻게 부탁해야 하나 싶어 막막했던 차에 이리도 따뜻하게 말을 걸어주니, 청비는 말을 편히 꺼낼 수 있었다.

“그게…… 류하 왕자, 사실 부탁이 있어서 왔어요.”

“말해보거라. 너의 부탁이라면 내 뭐든지 들어줄 것이니.”

“산청, 그곳 저잣거리에 벽보를 붙이고 싶어요. 근데 폐하나 태자님의 자필로 된 것이나 인장이 찍힌 것만 붙일 수 있다 해서요. 혹시 류하 왕자 인장으론 안 될까요?”

“내 인장은 내가 관리하는 세류성 안에서만 효력이 있다. 산청은 수도 하북성에 있는 곳이니 폐하나 단휘의 인장이 찍인 방(榜)만을 게시할 수 있지.”

류하의 대답에 청비는 실망한 얼굴로 혼잣말을 읊조렸다.

“그렇군……요.”

“갑자기 벽보라니, 무슨 일로……. 혹시 기억이 돌아온 것이냐?”

“그런 건 아니고…….”

류하 왕자에게 사실대로 말할 수는 없었다. 무율 왕자의 말에 의하면 궁에 미리 허락을 구하지 않고 법사를 들이는 것은 큰 죄였다. 그래서 둘만 아는 비밀로 해야 한다는 다짐을 받은 데다 류하 왕자는 그렇게까지 해야 하는 자신의 속사정을 모르지 않은가.

오래전부터 꿈속에 나타났던, 사고를 당하기 전 한국에서 보았던 남자를 실제로 본 것 같다고, 그 남자를 찾으려 한다는 말을 도무지 꺼낼 수가 없었다.

왕자는 자신을 그저 기억을 잃은 불쌍하고 가엾은 여자로 보고 있는데…… 사실대로 말하면 기억을 잃었다고 말한 것이 거짓이었다는 것을 알게 될 것이다.

이토록 잘해주는데 미안하기도 하고 그가 자신을 어떻게 볼지 걱정이 되어 더욱 입이 떨어지질 않았다. 그렇다고 다른 변명을 지어내서 구구절절 말하기도 그랬다. 더 이상은 거짓말을 하고 싶지 않았다.

청비는 애써 입가에 미소를 묻혔다.

"아무것도 아니에요. 신경 쓰지 마세요, 류하 왕자."

류하 왕자의 인장도 소용없다 하니 이곳에 온 소득이 없었다. 결국은 태자의 인장이 필요한 거였다. 폐하의 인장보다야 태자의 것이 낫긴 한데. 그렇다고 태자에게 중요한 인장을 한 번만 빌려달라 할 수도 없는 노릇이니…… 이를 어쩌나.

또 그 성격에 이것저것 캐물을 게 뻔했다. 다른 남자랑 가까이하지 말라 엄포까지 놓았으니, 야밤에 무율을 만난 것을 알게 된다면 길길이 날뛸 것이 분명하고 또 잔소리를 듣게 되겠지……. 태자에게는 말하지 말아야지.

"근데 그 인장이라는 거요, 보통 몸에 지니고 다니지는 않겠죠?"

"그래. 그걸 굳이 지니고 다닐 필요가 있겠느냐."

그럼 태자 역시 갖고 다니지 않는다는 말인데, 방법을 생각해봐야겠군.

"내 제안은 생각해보았느냐?"

청비는 류하의 물음에 당황하여 고개를 들었다. 법사의 일만으로도 벅찬데다 태자의 고백까지 들었던 터라 같이 떠나자는 류하의 제안에 대한 생각은 잠시 뒤로 미루고 있던 터였기 때문이었다.

"그게…… 좀……."

생각을 깊게 해보지 못한 데다 아직 결정을 내리지 못했기에 뭐라 말을 해줘야 할지 몰라 청비는 말끝을 흐렸다.

"안다. 쉽게 결정할 문제가 아니라는 거. 더 생각해보고 답을 주거라. 오랜만에 같이 걷고 싶은데, 시간을 내줄 수 있겠느냐?"

청비는 좋다는 말 대신 고개를 끄덕였고, 류하 왕자와 같이 별궁 정원으로 들어섰다.

별궁 정원은 어느새 초여름의 기운이 짙어져 있었다. 정원을 가득 메운 나무들에는 연초록빛 잎사귀들이 풍성해서 바람이 스칠 때마다 파도가 치듯 너울거렸다.

나무 아래 그늘이 펼쳐진 길을 청비와 류하가 걸으니, 둘의 그림자가 그늘에 가지런히 포개졌다. 앞서 걸어가던 청비가 손을 뻗어 나뭇가지를 건드리자 그 여파에 나뭇잎들이 우수수 떨어졌다.

"이야, 완전 멋지다. 초록 눈이 따로 없네."

나뭇잎들이 눈 내리듯 쏟아지는 광경에 청비는 잎사귀가 가장 많이 달린 나무 아래 서서 이번에는 아예 나뭇가지를 잡고 흔들었다. 동시에 잎사귀들은 초록 비가 되어 그들의 머리와 옷을 두드렸다.

"윽! 이런. 미안해요, 왕자. 너무 많이 떨어졌네요."

나뭇잎으로 뒤덮인 길 위를 걸을 때마다 들리는 사그락거리는 소리가 듣기 좋은지 청비는 천진난만하게 웃으며 그 소리에 집중해 걸었다. 그러다 류하 왕자와 거리가 너무 멀어지게 되자 청비는 류하를 불렀다.

"류하 왕자도 여기 걸어봐요. 눈 밟는 거랑은 또 다른 재미가 있어요."

청비를 바라보는 류하의 얼굴에는 어느새 따사로운 햇살만큼이나 환한 미소가 자리 잡혀 있었다. 가까이 다가온 류하는 청비의 머리에 손을 가져가 마치 장식처럼 머리카락 사이에 붙어 있는 나뭇잎을 떼어주었다. 청비는 괜히 멋쩍어 또 붙어 있는 나뭇잎이 없는지 머리를 쓸어 넘겼다.

둘 사이에서 적막이 오가고 고요히 청비를 응시하던 류하가 입을 열었다.

"청비야. 나는 매 순간 너를 생각한다……. 알고 있느냐?"

"그럼요, 알아요……. 저를 이곳에 데리고 와서 그 책임으로 그러시는 거. 그리고 저를 여동생처럼 예뻐해주시는 것도 다 알죠."

여……동생?

청비의 말을 되뇌며 류하는 언뜻 얼굴이 굳어지다 이내 쓰게 웃었다. 그렇게 생각하고 있었던 건가? 나에게 있어 너는 여인이 아니라 오누이 같은 존재라고.

청비는 류하가 멈춘 것도 모르고 계속 걸어갔다.

"청비야."

청비는 돌아서서 류하를 보았다.

"네?"

류하는 자신을 불러놓고 말없이 한참을 응시할 뿐이었다. 눈앞의 류하 왕자는 확실히 평소와 달랐다. 풍기는 분위기며 눈빛이.

왜 그러지?

류하의 깊은 눈길에 청비는 궁금증이 일었다. 수목을 지나는 바람 소리가 빗소리처럼 그들을 지나갔지만 여전히 류하는 말이 없었다. 왜 아무 말도 안 하느냐고 청비가 물으려는데, 그와 동시에 류하가 침묵을 깼다.

"넌 날 오라비쯤으로 생각하겠구나."

난 또 뭐라고. 갑자기 말을 안 하기에 내가 뭐 실수했나 걱정했네.

청비는 류하의 말에 반색했다.

"그럼요. 만약 저한테 오빠가 생긴다면 류하 왕자처럼 착하고 배려심 넘치는 사람이었으면 좋겠다고 항상 생각했어요. 그럼 제가 원하는 것도 다 들어주고, 저를 얼마나 아껴주겠어요."

사실 외동딸이었던지라 오빠나 언니가 있는 친구들이 항상 부러웠었다. 사소한 일로 투닥거려도 언제 그랬느냐는 듯 다시 사이좋게 말을 나누고, 친구처럼 어울리며 챙겨주고…… 무엇보다 외롭지 않을 테니까. 만약 내게 오빠가 있었다면…… 류하 왕자와 같이 있을 때 드는, 딱 그런 느낌일 것이다.

류하 왕자는 청비가 이탄국에 온 이래 누구보다 편안하고, 같이 있으면 안정감을 주기까지 한 사람이었다.

"앞으로 류하 왕자한테 오빠…… 아니."

오빠는 너무 우리말이고. 여기서는 오라버니라고 부르려나?

"앞으로 제가 류하 왕자를 오라버니 대접해드릴게요. 헤헷."

"그래. 날 싫어하지 않는 것이 어디냐."

청비를 마주하는 류하의 얼굴에 씁쓸한 미소가 번졌다.

"왕자를 싫어하다니, 절대로 안 그래요. 보기만 해도 따뜻해지는 친오라버니 같은 왕자를 제가 왜……."

류하는 마음이 무겁게 짓눌리고 서걱거렸다. 자신에 대한 청비의 감정이 거기까지인 것을. 그 이상은 강요할 수 없는 일이었다. 더군다나 이미 태자의 후궁 후보로 올라 있으니, 청비에게 남자로 다가갈 기회조차 가지지 못하다니…….

류하는 자신이 이미 늦었다는 미욱함에 자책할 수밖에 없었다. 그렇다고 시간을 되돌릴 수 있는 것도 아니니, 가슴이 아릴 뿐이었다.

"그래, 알았다."

청비의 말을 자르며 류하는 항상 그렇듯 선한 웃음을 지었다. 얼굴은 웃고 있지만 눈동자는 하릴없이 흔들렸고 코끝이 매웠다.
"다른 도울 일은 없는 것이냐?"
웬일인지 가슴을 시큰하게 만드는 왕자의 미소에 청비의 붕 떠 있던 마음이 착 가라앉았다.
"도울 일이요……?"
"아까 인장이 필요하다는 말이 내내 마음에 걸려서 말이다. 무슨 일인지 걱정도 되고……."
"괜찮아요. 별일 아니니 그냥 못 들은 걸로 하세요. 다른 좋은 방법이 있을 듯해요."
청비는 걱정스럽게 자신을 보는 류하에게 의미심장한 웃음을 보이는 것으로 화답했다.
"저는 먼저 가봐야겠어요. 그럼 다음에 또 봐요, 류하 왕자."
류하는 청비의 뒷모습이 보이지 않을 때까지 깊게 바라보았다.

처소로 돌아온 청비는 자신의 시중을 드는 시녀에게 글을 쓸 수 있게 준비를 시키고 시녀들 중에서 글을 쓸 줄 아는 이들을 불러달라 했다. 자신은 이탄국 글자를 쓸 줄 모르니 도움을 청할 사람이 필요했다.
청비는 모인 시녀들 중에서 그나마 자신을 잘 따르고 입이 무거워 보이는 시녀만을 남으라 하고 나머지는 밖으로 내보냈다.
"긴장할 것 없어요."
청비는 무슨 일인지 영문을 모르는 얼굴로 서 있는 시녀를 탁자로 데려가 앉혔다. 탁자에는 먹과 붓과 종이가 마련되어 있었다.
"저기, 제 부탁 좀 들어주세요. 어려운 건 아니고 이 종이에 제가 불러주는 말을 써주면 되는데."

평소 글 쓰는 것을 좋아했지만 워낙 종이가 비싸 땅이나 목판에만 글쓰기를 해왔기에 시녀는 이런 기회가 또 있나 싶어 바로 그러겠다, 대답하고 조심히 붓을 들었다.

청비는 '사람을 찾습니다.'라는 제목을 시작으로 법사를 찾고 있다는 내용을 간략하게 말해주었고, 시녀는 청비의 말을 그대로 글로 옮기며 종이를 채워갔다.

"……그러니 꼭 다시 만나고 싶습니다."

청비가 불러주는 말을 빠짐없이 적고 마지막 글귀인 '사흘 뒤 벽보를 붙이는 계문 앞에서 만나자.'는 문장으로 마무리한 시녀는 붓을 내려놓고 자리에서 일어섰다.

"고마워요. 수고했어요."

청비는 만족스러운 얼굴로 벽보를 보았다. 아직도 남은 일이 많았지만 이렇게나마 벽보를 완성한 것이 어딘가. 생각대로 일이 착착 진행되고 있었다. 청비는 시녀에게 고맙다는 말과 함께 검지를 올려 자신의 입술에 갖다 댔다.

"이 일은 아무에게도 말해선 안 돼요. 알았죠?"

"예, 무슨 말인지 압니다."

눈치가 빠른 시녀를 흐뭇하게 보며 청비는 태자에게서 받은 패물 중 가락지 한 개를 내밀었다.

"이렇게 귀한 것을 감히 제가 받아도 될는지……."

"한 가지 더 부탁할 것이 있는데 그 일만 잘해주시면 돼요. 혹시 궁 밖에 아는 사람 좀 있어요? 일이 밖으로 새어 나가면 안 돼서요. 워낙 은밀히 진행해야 하는 거라……."

"예, 아가씨. 오라비 둘이 궁 밖 사가에 살고 있긴 한데, 왜 그러신지."

청비는 방 안에 단둘이 있으면서도 안심이 되지 않아 귀엣말로 속닥거렸다.

"산청 저잣거리 계문에 이것을 붙일 수 있게 도와주세요."

청비의 말에 시녀는 순간적으로 놀랐는지 돌처럼 굳어 말을 채 잇지 못했다.

"사, 산청 저잣거리라면……."

"알아요, 저도. 폐하나 태자 전하의 인장이 찍혀 있어야 붙일 수 있다는 거. 그건 제가 알아서 할게요. 그러니 인장이 찍힌 벽보를 드리면 사람을 시켜 꼭 그 계문에 비밀리에 좀 붙여주세요. 저한테 급한 사정이 있어서 그래요."

자신이 이탄국에 왜 오게 된 것인지, 어쩌면 그 남자가 알고 있을지도 몰랐다. 자신과 이탄국 사이의 연결 고리인 그 남자를 만나야 했다.

하지만 이름도, 어디 사는지도 모르고, 하물며 얼굴도 잘 모르기에 직접 드넓은 이탄국 땅덩어리에서 그를 찾아 나서는 건 어려운 일. 그러니 다시 한 번 그가 자신을 찾아오게끔 하는 수밖엔 없었다. 이 벽보를 붙인다 해서 그를 만날 수 있다는 확신은 없었지만 지푸라기라도 잡는 심정으로 뭐라도 시도는 해봐야 했다.

청비의 애원 어린 목소리에 시녀는 선뜻 대답을 망설였다. 오라비 중 한 명이 관청 소속의 나장(나졸)이라 계문에 몰래 벽보를 붙이는 것은 그리 어려운 일은 아니었다. 하지만 일이 잘못되기라도 한다면 뒤탈을 어찌해야 할지, 그것이 문제였다.

청비가 그것을 알아챈 것인지 시녀의 손을 감싸 잡았다. 걱정하지 말라는 뜻으로 시녀를 안심시키기 위해서.

"만약 문제가 되면 내가 다 책임질 거예요. 절대 피해 가는 일 없게 할게요. 일만 잘해주시면 값도 오늘보다 더 두둑하게 챙겨드릴 거고요."

지금 받은 금가락지만 해도 족히 2년은 넘게 일해야 받을까 말까 한, 값나가는 패물이었다. 시녀는 더욱 고민에 빠졌고, 청비는 계속해서 대답을 채근했다.

“정말 시녀님한테는 아무 일도 없게 할 거예요. 네?”

“그럼 한번 해보겠습니다, 아가씨.”

시녀의 대답에 울상이었던 청비의 얼굴색이 갑자기 환해졌다.

“정말 고마워요. 꼭 내일 이 시간에 다시 와주셔야 해요.”

밖을 보니 어느새 해가 저물고 있었다. 시녀가 나간 뒤 청비는 종이를 집어 들어 먹물이 빨리 마르게끔 입으로 후후 불어가며 소중히 다뤘다. 왠지 법사는 아직 수도인 하북성에 있을 것 같았다. 그러니 사람들이 가장 많이 보는 곳에 벽보를 붙인다면 그가 보게 되지 않을까? 만약 법사가 보지 못한다 해도 소문이 날 것이고 사람들이 하는 말을 들을 것이다. 분명 그를 다시 만날 수 있으리라.

법사가 꿈속의 남자와 닮았다는 것을 그저 우연이라 치부하기에는 계속 마음에 걸렸다. 외모만 닮은 것이 아니라 그 남자의 목소리와…… 분위기조차 너무나도 흡사했다.

다시 한 번 직접 얼굴을 자세히 보아야 했다. 그리고 만나게 된다면 가장 먼저 이 말을 물어볼 것이다. 혹시 날 아느냐고, 궁에서 본 것 말고 날 만난 적이 있지 않느냐고.

자신이 생각해도 말이 안 되지만, 그간 떠나지 않던 궁금증들이 아닌가.

꼭 그를 다시 만나야 한다. 그저 영험한 법사의 신력이라고 하기엔 지나칠 수 없는 뭔가가 있었어.

청비는 어서 그를 만나 이 복잡한 머릿속 생각들을 다 쏟아내고 싶었다.

이제 남은 건 태자의 인장. 그것이 필요했다. 하지만 해선 안 될 행동이라는 걸 알기에 청비의 머릿속에는 ‘할 수 있다’와 ‘할 수 없다’라는 생각이 계속 충돌했고 갈피를 잡지 못했다. 선뜻 결정을 내릴 수 있는 일이 아니다 보니 두통이 느껴질 정도의 머리 씨름은 계속됐다.

달빛이 푸르스름하게 내려앉은 새벽녘, 단휘는 건희와 함께 아침 사냥을 가겠다며 궁에서 나왔다. 사냥터에 들러 이미 짐승 몰이를 하며 아침 사냥을 시작한 무인들에게 눈도장까지 찍어두었으니 혹여나 나중에 뒤탈이 생길 염려도 없었다.

지루한 사냥을 끝내고 단휘는 건희를 데리고 평복을 한 채 하북성으로 나와 바로 암행을 시작했다. 청비에게 여러 가지 일이 생기기도 했고 폐하의 탄신 연회로 한동안 도성을 나오지 못했는데, 비밀당인 검계에 대해 알아보고 있던 건희에게서 드디어 일원 중 한 명을 첩자로 심어놓았다는 말을 듣고 직접 나선 것이었다.

건희는 인적이 드문 길목에 들어서자 단휘에게 비밀 조직에 대해 보고를 올렸다.

"선대왕 때 검계의 잔존 세력으로 여러 조직으로 움직여오다 그들 중 하나가 선동하여 조직을 하나로 모았다 합니다. 검계에 뿌리는 내리고 있지만 실상은 변질되어 비적 떼로 결성한 것이나 다름이 없습니다."

"선대왕 때는 그래도 약자를 보호하고 부조리한 귀족들과 관료들만 척결을 하던 당(黨)이었는데 안타깝군."

사회적으로 지위가 약한 평민층과 노비들 편에 섰으나, 어쨌거나 표면적으로는 도적이었다. 자신의 할아버지인 선대 황제께서 일망타진하였다 들었는데 아직까지 이어져오고 있었다니. 더군다나 이제는 신분을 가리지 않고 백성들의 재물까지 빼앗는 걸 그냥 두고만 볼 수는 없었다.

"첩자의 말을 들어보니 조직 우두머리들의 생활은 생각보다 훨씬 방탕하고 호화스러웠습니다. 들은 바로는 낮에 자고 밤에 활동하며, 도적질을 하지 않을 때에는 안에는 비단옷을 입고 겉에는 낡은 옷을 입어, 낮에 보면 그저 한낱 평민 같지만 밤만 되면 귀족의 자제처럼 기방과 투전판을 드나든다 합니다. 가장 미심쩍은 것은 요충지를 금마산까지 확장한 것으로 보아 도적질만으로는 그렇게……."

"그래. 도적질만으로는 감당이 안 될 것이다. 거기다 습진까지 받은 자들이라 하니 분명 외부 세력에서 지원을 받는 것이 틀림없다."

어느새 해가 중천에 떠 있는 한낮이었다. 외곽 성벽에 다다르자 미리 전갈을 받은 심부름꾼이 말을 대기시켜놓은 채 자신들을 기다리고 있었다.

첩자를 만나기로 약속한 장소가 도성에서 꽤 떨어진 곳이라 해가 떨어지기 전에 길을 서둘러야 했다. 단휘와 건희는 말에 오르자마자 빠르게 몰아 속도를 냈다.

하북성을 둘러싼 성곽을 빠져나와 쉼 없이 달려 해가 저물 때쯤 약속 장소인 금마산 어귀에 도착할 수 있었다. 마침 기다리고 있던 첩자도 모습을 드러냈다.

"자넨가? 비밀당에 우리를 데려가겠다는 이가."

건희가 단휘를 엄호하며 경계의 눈빛을 보냈다.

"예, 근처까지 소인이 모시겠습니다."

첩자는 세워두었던 말에 올라 앞장서서 길을 안내했다. 금마산은 사람들의 손길이 닿지 않은 곳인 데다 산세가 험해 일반 사람들은 올라가기 힘든 산이었다. 가파른 경사가 이어지고 더는 말을 타고 갈 수 없는 높은 고도에 이르자 첩자가 말에서 내렸다.

"더는 말을 끌고 갈 수 없습니다. 여기에 말을 묶어두고 이제 산을 타야 합니다."

단휘와 건희가 말에서 내리자 첩자는 고삐를 잡아 말을 한데 모아 나무에 묶어두고 짙푸른 산림을 헤치며 길잡이 노릇을 했다.

산을 얼마나 올랐을까, 날은 깜깜해지고 해 대신 달이 하늘에 유려하게 걸려 있었다. 한참을 더 가서야 첩자가 걸음을 멈추고 손으로 맞은편 산등성이를 가리켰다.

"그들의 본영이 저곳이냐?"

첩자가 가리킨 곳은 동서의 계곡들로 둘러싸여 완벽히 보호되는 곳이었다. 양쪽 계곡이 마치 부챗살처럼 펼쳐져 있어 요새 형태를 띠고 있었다.

"예, 소인이 어제까지 염탐하고 있었습니다. 지금은 우두머리들이 마을로 내려간 상태라 경계가 허술하니 예서 살펴봐도 저들 눈에 띄지 않을 것입니다."

밤중이었지만 곳곳에 피워놓은 횃불이 낮처럼 환하게 요새 안을 비추고 있어 어느 정도의 규모인지 가늠이 되었다. 단휘는 검계의 진영을 세세히 살폈다. 그렇게 가까운 거리는 아니었지만 조직원들의 인원 파악과 그들이 어떤 훈련을 받는지 정도는 대략 알 수 있었다. 조직원들 중 일부는 부락을 치고 사는지 요새 안에는 적지 않은 초막들도 눈에 띄었다. 일반 소촌에 필적하는 큰 규모였다. 한밤중인데도 검계 조직원들은 광장으로 보이는 빈터에 모두 모여 검술 훈련 중이었다.

"으합!"

우레와 같은 그들의 기합은 물결처럼 파장을 만들어냈다. 그들 중 한 명이 검을 들며 뭐라 소리치자 남은 인원도 따라 외쳤다. 그들의 함성은 깊은 산속의 적요를 흔들기에 충분했다.

의심할 여지가 없었다. 저 많은 인원을 모으는 것도, 요새를 세우는 일도 단순한 도적질만으로 가능한 일이 아니었다. 권력이 있는 자가 뒤에서 개입을 한 것이 분명했다.

두 눈으로 직접 보니 더욱 확신이 드는 순간이었다. 검계라는 명분으로 내란을 일으킬 소지가 있는 데다 저 정도의 규모라면 반역도 가능하리라.

"배후에 권력자가 있는 것이 틀림없습니다."

단휘와 같은 생각을 한 것인지 건희의 목소리 역시 확고했다. 단휘는 냉조를 머금었다.

"그래. 저 정도의 뒤를 봐주고 있을 정도라면 아마도 보통 인물은 아닐 것이다."

첩자를 향한 건희의 눈이 매섭게 일그러졌다.

"배후에 대해 아는 것이 있느냐?"

"저희 같이 아랫것들이 무얼 알겠습니까. 윗대가리들이 자리를 비우는 날이 많으니 밖에서 누군가와 내통하고 있다는 것만 짐작할 뿐이지요."

첩자는 울상을 한 얼굴로 쩔쩔매며 말했다.

"하면 네가 앞으로 무슨 수를 써서라도 배후를……."

단휘가 건희의 말을 잘랐다.

"됐다. 내가 직접 잠입해 확인할 것이다."

검계의 요새를 향한 단휘의 눈이 날카롭게 타올랐다. 그러자 허리를 숙이고 있던 첩자는 안 될 일이라며 황급히 손사래를 쳤다.

"저곳엔 아무나 들어갈 수가 없습니다, 나리! 저들은 몸에 만든 칼자국으로 적들을 색출합니다. 이처럼 칼자국이 없으면……."

첩자는 소매를 걷어 팔뚝에 난 기다란 칼자국의 흉터를 보였다.

"저들이 만든 것입니다. 자해를 해서라도 이런 칼자국을 만들어야 같은 일원으로 생각하고 들여보내 줍니다. 입구에서 일일이 확인을 하는데 만일 없는 것이 확인되거나 가짜로 밝혀지면 바로 그 자리에서 처결을 하는지라……."

첩자의 칼자국을 보는 단휘의 얼굴이 서늘했다.

칼자국이라……. 참으로 잔인한 조직이 아닌가. 칼자국이라는 상징으로 강령을 삼다니.

"그냥 첩자를 더 만들어놓는 것이 어떻겠습니까? 아니면 바로 병부에 연통을 넣어 습격을 하겠습니다. 명을 내려주십시오."

단휘는 건희의 말에 고목처럼 반응하지 않았다. 첩자를 더 만들기엔 시간이 없었다. 당장 군병들을 데리고 와 습격한다면 검계는 소탕할 수 있을지 몰라도 그 배후 세력은 알아내지 못할 가능성이 컸다. 반드시 검계 조직뿐만 아니라 그 배후까지 말살을 시켜야 했다.

하지만 단휘는 검계의 일원을 칼자국으로 구분한다는 것이 마음에 걸렸다. 검계에 염탐을 보낼 만한 믿을 수 있는 부하들은 몇몇 있었지만 그들에게 상처를 내라 할 수는 없지 않은가.

방법은 하나뿐이었다. 시간을 끌 필요도 없을 뿐더러 누군가에게 피를 흘려라 명을 내릴 필요도 없었다. 자신이 직접 나서면 될 일이었다.

한시라도 빨리 배후를 알아내 이처럼 군사훈련을 시키고 조직을 키우는 의도가 무엇인지 파악하리라.

밤이 깊어져 모두들 잠이 들기를 기다리던 청비는 깜빡 잠이 들었다가 눈을 뜨자마자 창밖을 확인했다. 다행히도 어스름한 새벽빛이 창을 통해 들어오고 있었다.

휴, 다행이다. 벌써 아침인 줄 알고 깜짝 놀랐네.

청비는 깊은 한숨을 내쉬었다. 이제 자신이 나설 시간이었다. 내내 고민하고 또 고민하였지만 결론은 하나. 우선은 해보자는 것이다.

앞으로 이탄국에서 평생 살아가게 된다 하더라도 알고는 있어야 하지 않은가. 왜 자신이 이곳에 오게 된 것인지 말이다. 유일하게 그것을 아는 이가 있는데, 없었던 일로 할 수는 없었다.

환상도, 꿈도 아닌 직접 만나고 대화까지 했던 자였다. 아무리 많은 시간이 흘러도 잊을 수 있을지. 청비는 침상에서 일어나 그 어느 때보다 무거운 걸음을 떼었다.

서안 깊숙이 넣어놨던, 시녀가 써준 벽보를 꺼내 소매 춤 안에 넣은 청비는 다시 한 번 잘 있는지 확인하고 나서야 밖으로 나갔다.

새벽이라 아무도 없는 복도에는 쥐 죽은 듯 침묵이 감돌았다. 누군가 깨면 곤란하기에 한 발 한 발 조용한 걸음걸이로 주변을 살피며 걸었다. 낮에 여러 번 위치를 확인해놓은 탓에 태자의 서재를 쉽게 찾을 수 있었다.

청비는 최대한 소리 없이 안으로 들어갔다.

낮에는 시녀들과 시종들이 워낙 많이 다녀 보는 눈들이 많아 시도도 해보질 못했었다. 지금이 기회였다. 하지만 서재 안에는 촛불 하나 켜져 있지 않아 사방이 어두웠다.

태자의 인장이고 뭐고 눈앞에 아무것도 보이지 않으니 뭐에 걸려 넘어지거나 도자기라도 깨뜨린다면 모두들 이곳으로 들이닥칠 것이 뻔했다.

휴대폰 불빛이나 손전등이라도 있으면 딱인데.

아쉬움을 뒤로하고 청비는 손으로 앞을 막는 것이 있나 조심조심 살피며 창가 쪽으로 다가갔다. 휘장을 걷어 달빛을 안으로 들여야 했다.

청비가 휘장을 한 옆으로 모두 밀어버리자 서재 안으로 달빛이 들어와 가구와 장식품들이 윤곽을 드러냈다.

이 넓은 서재에서 들어오는 달빛에 의지해 인장을 찾아내야 하다니. 태자의 인장을 찾는 것은 생각처럼 쉬울 것 같진 않았다. 긴 한숨이 절로 나왔다. 하지만 이렇게 서 있기만 할 수는 없었다. 청비는 눈을 크게 뜨고 서재를 둘러보았다.

청비는 소리 나지 않게 까치발을 하고 두 손까지 강시 자세와 혼연일체가 되어 종종걸음으로 문갑으로 가 찬찬히 뒤져보았다. 역시나 쉽게 찾을 수 없었다. 도장 비슷한 것도 보이질 않았다. 다른 문갑도 상황은 마찬가지.

대체 어디에 있는 거야?

마저 문갑을 뒤지던 청비가 눈을 돌리는데, 마침 서안 하나가 벽면에 크게 자리한 것이 보였다.

내가 왜 저길 생각 못 했지? 뭔가 느낌이 와. 분명 저기에 있을 거야.

청비는 곧장 서안으로 가 서랍들을 하나씩 열어보기 시작했다. 첫 번째, 두 번째도 없고 마지막 세 번째 서랍을 열어보는데, 역시나! 태자는 인장을 서안에 보관하고 있었다.

서랍 안에는 옥으로 만들어진 거북 모양의 인장이 떡하니 들어 있었다. 인장을 보는 청비의 눈이 예리하게 빛났다.

태자가 오늘도 외박을 하란 법은 없으니 언제 들어올지 모른다. 얼른 찍고 나가야지.

청비는 소매 춤에서 벽보를 꺼내 어디에 찍어야 할지 고민하다 그냥 가장 아래 왼쪽 빈 공간에 인장을 찍었다.

있는 힘껏 꾹 누르고 떼어보는데 자세히는 안 보였지만 붉은색으로 글자 문양이 찍힌 것이 보였다. 이제 다 되었다는 생각에 청비는 안도하며 가슴을 쓸었다.

안 되는 일인 줄 안다. 감히 태자의 인장에 손을 대다니. 큰 죄인 걸 알지만 청비는 이렇게라도 시도를 해야 했다.

그만큼 절실했다. 어떤 방법을 써서라도 그 법사를 만나야 했다. 자청비라는 내 이름을 알고, 내가 이곳 사람이 아닌 것 또한 아는…… 이곳에서 유일하게 나를 아는 자였다. 나에 대해 모든 것을 알고 있는…… 나를 강에 빠트렸던 사람이 아빠라는 것까지 알고 있던 자였다.

평범한 사람이 아니다.

대체 그의 정체가 뭔지 그것이 가장 궁금했다.

그리고 내가 왜 이곳에, 어떻게 오게 된 것인지 묻고 싶었다.

이탄국이라는 한참 과거의 시대로 시공간을 넘어왔는데 대체 이 일을 누구한테 말할 수 있겠는가 말이다.

오로지 그자, 그자밖엔 없었다. 만약 그가 했던 말처럼 돌아갈 수 없다면 이제 나는 어떻게 되는 건지…… 이곳에서 영영 죽을 때까지 살게 되는 건지…… 해답을 찾고 싶었다. 다시 그를 만나게 된다면 왠지 내 모든 것이 송두리째 바뀔 수도 있겠다는 생각이 들었다.

그래서 법사와의 만남이 더욱 간절했다.

언제 다시 내 앞에 나타날지 모르니 말이다.

이러다 영영 못 볼 수도 있다는 생각에 청비는 이런 짓까지 해서라도 그를 만나고 싶었다.

태자에게 죄책감이 들었지만 애써 무시하며 청비는 벽보를 다시 접어 품안에 넣고 인장도 제자리에 갖다놨다.

턱, 턱.

나가려는데 밖에서 인기척이 들려왔다.

헉! 뭐, 뭐지!

화들짝 놀라 눈이 커질 대로 커지고 심장은 터질 듯이 쿵쾅거렸다. 분명 누군가의 발자국 소리였다.

설마, 태자가 온 건가? 이 시간에 들어오는 거야? 제발 병사가 보초 서느라 돌아다니는 소리이길.

하지만 청비의 이런 간절함이 무시당한 채 발자국 소리는 계속해서 점점 커져갔다. 청비는 행동을 멈추고 숨을 곳을 찾아 여기저기 돌아다녔다.

우선 숨고 보자. 들키지만 않으면 되는 거니까.

청비는 발을 동동 구르다 벽장 속으로 들어가 몸을 숨기고 집게손가락을 사용해 재빨리 벽장문을 닫으려 했다. 하지만 안에는 손잡이가 없어 손가락 힘만으로 무거운 벽장문을 닫는 것은 힘겨웠다. 얼굴이 빨개지도록 힘을 주어서야 가까스로 문을 닫을 수 있었다.

휴, 천만다행이다. 절대 들키지 말아야지.

벽장문을 닫는 동시에 서재의 문이 열리고, 누군가가 안으로 들어와 문을 닫는 소리가 났다. 청비는 몸을 잔뜩 웅크린 채 벽장 틈 사이로 얼굴을 가까이해 눈을 가늘게 떴다.

이 시간에 태자의 서재에 들어올 수 있는 이가 누가 있겠는가. 예상대로 단휘였다. 그런데 오늘따라 그의 움직임이 조금은 달라 보였다. 뭔가 느릿하다 해야 하나…… 벽장 틈에 한쪽 눈을 더 가까이해 살펴보는데 그런 생각도 잠시, 청비는 '흡' 하고 숨을 들이켜며 손으로 얼굴을 가렸다.

태자가 서안에 올라앉더니 난데없이 포백대(허리끈)를 풀고 상의를 탈의하는 것이 아닌가!

이미 청비는 속에서 비명을 지르고 손으로 얼굴을 가리고 있었지만, 틈 사이로 그를 몰래 보는 것은 그만둘 수 없었다.

상의 밖으로 근육이 단단하게 박힌 긴 팔이 드러나는 순간, 청비의 입이 쩌억 벌어졌다. 하필 벽장이 서안의 측면에 위치해 있어 단휘의 날렵하고 뚜렷한 옆태만이 시야에 들어오는 것이 안타깝기까지 했다.

숨죽이며 지켜보고 있는데 서안에 앉아 있던 단휘가 내려와 상의를 어깨에 걸친 채 갑자기 이쪽으로 다가왔다.

괜찮아, 청비야. 당황하지 말자. 나를 본 게 아니라 벽장을 본 거야.

청비는 설마 들켰나 싶어 벽장 속에서 더욱 바짝 몸을 웅크리고 숨을 죽였다.

저벅, 저벅. 적막 속에서 들리는 발소리에 벽장 안에서도 그 울림이 느껴지는 것 같았다. 점점 거리가 좁혀졌고, 어느새 그가 벽장 바로 앞으로 다가와 있었다. 벽장의 나무 벽 하나를 사이에 두고 있었지만 그와 아주 가까이 붙어 있는 것이나 다름없었다.

벽장 틈 사이로 그의 그림자가 들어와 청비의 발에 드리워지자 그가 주는 압도적인 긴장감에 심장이 졸아드는 것만 같았다.

그에게 들킨 걸까? 마치 도둑고양이가 된 듯한 기분이었다.

어떤 소리도, 다음 행동도 없으니 청비는 극한의 초조함에 이가 달달 떨렸다.

입 안이 마르고 눈동자는 마구 흔들리고 어떻게든 들키지 않으려 숨소리까지 죽이는데 저벅저벅 발소리가 멈춰졌고 다시 숨이 막히는 고요가 찾아왔다.

어떻게 된 건지 밖의 상황을 알 수가 없어 답답해 벽장 틈 사이로 조심스럽게 다가가 동태를 살피려던 순간, 벽장문이 부서질 듯 벌컥 열리고 그의 그림자가 청비의 몸 전체를 덮쳤다.

"누구냐!"

청비는 벽장에서 빠져나갈 수도, 꼼짝도 할 수 없었다. 태자의 검이 자신의 목을 겨누고 있었기 때문이었다.

"꺅!"

비명과 함께 청비는 눈을 질끈 감았다. 불호령이 떨어지겠지, 자신을 바로 서재에서 내쫓아버리겠지 생각했는데, 그는 어떤 말도, 행동도 취하지 않았다. 살짝 눈을 떠보니 그의 손에는 검집에서 빼지 않은 검이 들려 있었다. 그녀의 목을 향한 것은 검이 아닌 검집이었다. 괜히 겁먹었네. 진짜 검인 줄 알았잖아.

"놀랐잖아요! 진짜 검인 줄 알고."

"놀랄 사람이 누군데."

남의 방에 숨어들었으면서 아주 당당하다 못해 뻔뻔한 행동에 단휘는 눈을 가늘게 뜨며 청비를 훑었다. 단휘는 서안 서랍이 제대로 닫히지 않은 것과 벽장문 밖으로 옷이 나와 있는 것을 보고 간자가 침입했다고 생각했다.

침입한 흔적을 이토록 눈에 띄게 남기다니, 뭔가 이상하다 여겼는데 역시나 벽장 안에는 간자가 아닌 청비가 있었다. 단휘는 청비를 보고 허탈한 얼굴로 실소했다. 그러고는 바로 검을 내렸다.

"네가 왜 여기에 있는 것이냐?"

벽장을 나와 단휘 앞에 뻘쭘하게 선 청비는 눈을 마주치지 않고 몸을 쭈뼛거렸다. 입 안이 마르고 눈동자는 연신 다른 곳을 향하고 있었다.

뭐라고 말하지? 사실대로 인장 훔쳐서, 아니 훔친 게 아니라 살짝 빌려 썼다고 말을 해야 하나? 그녀의 머릿속은 온통 뭐라고 대답해야 할지 변명거리로 뒤엉켜 있었다.

"그게…… 그러니까……."

산만한 표정으로 단휘를 힐긋 올려본 그녀는 더는 말을 잇지 못하고 눈이 커졌다. 그의 얼굴을 보지 않고 있어서 몰랐는데 달이 기울고 미명처럼 밝아오기 시작하는 새벽녘의 기운이 방 안에 닿자 단휘의 얼굴이 눈에 또렷이 들어왔다.

핏기라곤 찾아볼 수 없이 창백한 데다 입술마저 푸르스름했다. 태자의 상태는 예사롭지 않아 보였다.

"얼굴빛이…… 어디 안 좋아요?"

청비의 말이 끝나기 무섭게 그의 눈이 맥 풀리듯 풀어졌다.

"괜찮아. 너야말로 왜……."

"피, 피가 나요……!"

어디서 나는 건지 태자의 팔목에서 손목까지 타고 흐르는 피가 뚝뚝 떨어지며 바닥을 조금씩 붉게 적시고 있었다.

괜찮기는 개뿔! 한 번만 더 괜찮다가는 아주 초상 치르겠네.

그의 옷은 이미 붉게 물들어 있었다. 바닥에도 흥건하게 떨어져 있는 핏자국에 청비는 기겁하였다. 찢어질 듯 비명도 질렀지만 태자가 청비의 입을 막으니 소리 없는 비명이 되어버렸다.

"조용히 해."

청비는 알았다며 일단 고개를 끄덕였고, 단휘가 손을 떼자마자 놀란 가슴이 진정되지 않아 숨이 찬 상태로 냅다 소리쳤다.

"뭘 조용히 해요! 지금 피가 나는데! 좀 봐요."

청비는 피가 어디서 나는 건지 살피려다 그의 왼팔을 건드렸고, 그는 바로 미간을 구겼다.

"윽."

"미, 미안해요. 팔을 다친 거예요?"

청비가 조심스럽게 단휘의 왼팔로 손을 가져가는데…….

"됐다. 신경 쓸 거 없어."

그는 홱 청비의 손을 뿌리쳤다. 왜 벽장 안에 몰래 숨어 있었던 건지 당장이라도 이유를 들어야 했지만 피를 꽤 많이 흘린 탓에 정신이 몽롱해지는 느낌이었다. 머리만 기대면 잠이 쏟아질 것 같은 피곤이 몰려왔다. 그는 빨리 상처를 치료한 뒤 휴식을 취하고 싶었다.

"오늘 일은 나중에 묻기로 하고 넌 그만 처소로 돌아가거라."

"어떻게 그냥 가요."

청비는 물러남이 없었다.

"이런 다 죽어가는 모습을 보고."

"다 죽어가진 않아."

이대로 그냥 방으로 돌아갈 순 없었다. 계속 생각날 것이다. 피가 저렇게 뚝뚝 떨어질 정도로 다쳤으니, 걱정이 됐다. 얼마나 다친 건지, 뭘 하다 그리된 건지, 혼자 별별 생각으로 상상의 나래를 펼치다 다시 태자를 찾을 것이 뻔했다. 그러니 그냥 이 자리에서 바로 알아야 했다.

"허세 부리지 말고 상처 좀 보여줘요. 이미 봐버렸는데 그냥 갈 순 없어요."

"그냥 못 본 척해."

"이렇게 다쳐서 피를 흘리는데 못 본 척하라고요? 사람을 어떻게 보고, 진짜."

이렇게 말을 주고받을 시간도 없었다. 피가 계속 흐른다는 건 외상을 입었다는 건데, 어떤 출혈이건 지혈이 당장 시급했다.

청비는 더는 말싸움으로 시간을 낭비하고 싶지 않아 무작정 단휘가 걸치고 있는 상의를 확 걷어붙였다. 그의 왼팔에는 원래부터 붉은색인 건지 아니면 피로 인해 그런 건지 피비린내가 나는 붉은 천이 묶여 있었다.

"잠깐만요. 잠깐만 움직이지 말고 있어봐요."

청비는 조심스럽게 천을 풀어보았다. 역시나 칼로 베인 상처가 있었다. 마치 일자로 선을 그어놓은 것처럼 예리하게 베인 상처였다.

"하아……."

생각보다 더 깊어 보이는 상처에 당황한 청비는 숨을 들이켰다. 칼로 찔린 것이 아니라 아예 내리그어진 상처였다.

누구한테 기습 공격이라도 받은 건가? 어떻게 이렇게 다칠 수가 있는 거지? 태자잖아. 싸움을 그리 잘하지 못한다는 건 알고 있었지만 달고 다니던 호위병들에, 자기만 전담해서 맡는 호위 무사인 건희도 있었을 텐데 대체 어디서 누구한테 당한 거야?

청비는 갑자기 속에서 열이 솟는 것을 느꼈다. 왜 자신이 화가 나는지 알 수 없었다.

"혼자 있었어요? 건희 님은요?"

순간 단휘의 눈이 날카롭게 휘었다.

"내 앞에서 건희 놈 걱정을 하는 것이냐?"

몸이 이 지경이 됐는데도 상황 안 가리고 참으로 할 말은 다하는 남자였다. 청비는 어이가 없어 헛웃음과 함께 말을 잇질 못했다.

"하, 정말 그게 아니라……."

"건희는 괜찮다. 그것이 가장 궁금하였겠지. 알았으니 이제 그만 가봐."

사람 말을 끝까지 듣지도 않고 역시나 자기 말만 내뱉으며 자신이 하려는 말을 막아버린다. 청비는 고개를 저으며 단휘의 앞에 버티고 섰다.

"어디서 난 상처에요?"

"알 거 없다 했지."

사실 상처는 단휘 스스로 낸 것이었다. 건희한테는 다른 방법을 더 강구해보자고 했지만 그 소굴에 들어갈 방법은 이것뿐이었다.

그들과 같은 편이라는 표식이 필요했다.

단휘는 건희에게 검계의 우두머리들이 자주 가는 곳을 알아보라는 명을 내려 그를 먼저 산에서 내려 보낸 뒤 첩자와 둘이 남게 되자 바로 발목에서 비검을 빼 들었다. 최대한 비슷한 표식을 만들어야 했다.

그가 첩자의 팔에 난 상처를 살피자 첩자는 그를 만류했지만 그는 어떤 동요도 없이 비검으로 팔을 그었다.

조금의 오차도 없이 첩자와 같은 칼자국이 단휘의 팔에 생겨나고, 그와 동시에 베인 상처에서 나오는 붉은 선혈은 그의 팔을 타고 흘러 바닥 풀밭에 후두둑 흩뿌려졌다.

이로써 검계의 일원으로 보여질 만한 표식이 만들어진 것이다.

궁에 워낙 좋은 약들이 많으니 그것들만 발라도 상처는 빨리 아물 것이다. 칼자국이 남겨질 때까지 검계에 대해 더욱 상세히 알아내어 때를 기다리기만 하면 되었다.

나중에 혹여나 상처에 대해 물어오는 이가 있으면 검술 훈련을 하다 다쳐서 그리된 것이라 둘러대면 되니 걱정할 것은 없었다. 누가 감히 태자와 검계를 연관 짓겠는가.

힘줄과 동맥, 신경 부분은 피해 칼자국을 냈기에 깊은 상처도 아니어서 고통은 참을 만했다. 첩자는 바로 지혈을 위해 마직으로 된 천을 상처에 묶어주었고, 단휘는 날이 밝기 전 궁으로 돌아가고자 길을 서둘렀다.

하루 정도 궁을 비우는 것은 사냥을 갔다는 이유로 어떻게든 변명을 할 수 있겠지만 이틀까지는 무리였다. 그는 산을 내려가 말에 오르자마자 고삐를 잡고 쉼 없이 말을 몰았다. 깊지 않던 팔의 상처는 궁으로 오는 중에 탈이 생겼다.

속도를 내기 위해 고삐를 잡은 팔에 힘이 들어갔고, 계속 움직이다 보니 꽉 묶어놓은 지혈 천은 소용이 없었다. 붉은 선혈은 천을 흥건히 적시고 그의 옷까지 물들였다.

다행히 시간에 맞춰 궁에 들어올 수 있었지만 누구에게도 들키면 안 되었기에 그 어느 때보다도 조심히 자신의 서재로 들어온 것이었다.

그런데 청비에게 들킬 줄이야.

단휘는 청비를 내보내는 걸 포기했는지 그대로 지나쳐 머릿장에서 궤 하나를 꺼내 서안 위에 올려놓았다.

뭘 하는 거지? 청비는 가만히 서서 그의 행동을 지켜봤다.

단휘가 서안에 기대어 궤를 열자, 그 안에는 흰 천과 사기로 만든 작은 약병과 약합들이 들어 있었다. 잠행을 나가다 보면 어떤 일을 겪을지 몰라 일찍이 구비해놓은 상비약들이었다.

지금만큼은 아니더라도 나가서 크고 작게 다친 경험이 수차례 있었던 탓에 그의 표정은 평상시처럼 자연스러웠다. 궤 안의 물건을 다루는 행동도 꽤나 능숙하기까지 했다. 천 하나를 먼저 꺼내어 접어두고, 약병과 약합들 중 필요한 약을 꺼내었다.

자기가 치료하려는 거야? 굳이 왜?

“사람을 부르지 그래요? 당신이 다쳤다 하면 지금 이 시간에도 두 발 벗고 뛰어올 사람들이 많을 텐데.”

그는 아무런 대꾸도 없이 마치 그 자리에 청비가 없는 듯 행동했다. 그러고는 탁자에 유리잔들과 같이 있던 흑유 주전자를 가져와서는 천을 집어 들더니 그 위에 주전자의 물을 떨어뜨려 축축하게 적셨다.

그러고는 다시 서안에 걸쳐 앉듯 기대어 상의를 내리고 적신 천으로 흐르는 피와 팔에 묻어 있는 피 자국을 닦아냈다. 그리고 이어서 마른 헝겊으로 다시 팔을 닦아내는 것을 반복했다. 다치지 않은 오른손으로는 약병을 들더니 입으로 나무 마개를 빼낸 다음 조금의 망설임도 없이 상처에 들이부었다.

그의 짙은 눈썹이 일그러지고, 입에선 옅은 신음이 흘러나왔다.

미쳤어, 저 남자.

유심히 보고 있던 청비 자신이 오히려 쓰리고 고통스러웠다. 지켜보는 내내 땀이 베일 정도로 주먹을 꽉 쥔 청비의 얼굴에는 안타까움이 가득했다.

홀로 상처를 치료하는 태자를 보고 있자니 뭔가 가슴이 울컥거렸다. 눈도 매웠다. 누가 자기 근처에서 연기를 피우고 있는지 눈이 매캐해서 눈물이 날 정도였다.

태자는 청비의 이런 시선에도 아랑곳하지 않고 약합을 열어 흰 가루를 상처에 뿌렸다. 그런 모습들이 아주 능숙해 보였다. 대충대충 하는 것 같았지만 이런 일이 한두 번이 아닌 듯, 다음은 무엇을 해야 하는지 행동 하나하나 막힘이 없었다.

대체 저런 걸 어디서 해본 거야? 이탄국 태자잖아. 주변 사람들의 시중만 받아왔을 테니 저렇게 상처를 직접 치료할 일이 없었을 텐데. 완전 국보급 엄살쟁이 아니었어?

작은 상처 하나만 생겨도 호들갑 떨며 궁의를 찾을 것 같았는데. 평소 알던 태자와는 상당한 거리감이 느껴졌다.

칼로 베인 상처를 혼자 처치하고 있는 태자의 모습이 청비는 무척 낯설었다. 이제 거의 다 끝나 가는지 그의 얼굴이 한결 여유로워지고 입에선 나직한 숨이 새어 나왔다.

"많이 아파요?"

그가 희미하게 웃었다.

분명 아플 텐데.

안심하라는 뜻으로 그러는 것인지 그는 청비를 보고 입가에 짧은 웃음을 지었다.

"언제까지 서 있을 건데? 그렇게 구경만 할 거면 이리로 오든가."

청비가 한 발 한 발 떼어 천천히 다가가는데 그는 답답한 얼굴로 못 기다리겠는지 기대 있던 몸을 앞으로 일으켜 다치지 않은 팔을 들어 청비의 손목을 낚아챘다.

청비는 힘을 주고 있지 않은 탓에 단휘에게로 가볍게 몸이 쏠렸다. 넘어질 듯했지만 단휘가 부드러우면서도 강한 손길로 잡아당기니 청비는 어느새 단휘의 품에 안겨 있는 자세가 되어버렸다.

"뭐, 뭐 하는 거예요! 이런 상황에서!"

"또 괜한 상상 한다."

단휘는 무심한 얼굴을 하고 있었지만 입가에는 미소가 걸려 있었다. 단휘의 품에서 빠져나와 뒤로 한 발 떨어지려던 청비는 자신의 옷자락을 밟은 줄도 모르고 뒷걸음질을 하다 다시 앞으로 고꾸라졌다.

"엄마야!"

"으윽."

청비는 결국 다시 단휘의 품에 안긴 셈이 되었다. 그리고 갑자기 휘청거리며 넘어지는 청비를 받느라 자신의 다친 팔을 사용한 단휘는 낮은 신음을 내뱉었다. 그의 신음에 청비는 아차 싶었다.

아, 어떡해! 이 남자 지금 다쳤잖아.

청비는 바로 몸을 떼어 단휘를 걱정스럽게 보았다.

"미안해요. 많이 아팠어요?"

"괜찮으니 이것을 팔에 감아줄 수 있겠느냐?"

단휘는 청비에게 흰 면포를 건넸다.

"그 정도는 할 수 있어요. 해드릴게요."

시합 전에 충격으로부터 손목이나 발목의 관절을 보호하기 위해 압박 붕대를 감는 걸 숱하게 해왔기에 잘할 수 있을 것이라는 자신감이 있었다. 하지만 막상 면포를 받아 들자 몇 번을 시도하다 그만두고 말았다. 상처 부위를 감싸는 것이 어려웠기 때문이었다.

"저기, 어떻게 감아야 하죠? 살살 해야 하는지 아니면……."

"세게 감거라. 지혈을 하기 위한 것이니."

세게 하는 건 자신 있지.

청비는 먼저 면포를 자신의 손바닥으로 감은 다음 끝부분을 잡고 길게 빼어 태자 팔의 상처 주변으로 나선형을 만들며 감아 올렸다. 너무 세게 감으면 혈액 순환이 안 될까 싶어 청비는 그 어느 때보다도 집중해서 힘 조절을 했다.

"근데 정말 이곳엔 왜 들어온 것이냐? 그것도 이 야밤에."

"그것이…… 아! 길! 길을 잃었지 뭐예요!"

"길을 잃어?"

단휘의 의심이 묻어나는 말투에 청비는 과하다 싶을 정도로 고개를 끄덕였다.

"잠이 안 와서 잠시 산책을 했는데 어두워서 제 방을 못 찾고 그만……."

"근데 숨긴 왜 숨어?"

"그거야, 갑자기 누가 들어오니까 도둑인 줄 알고……."

"도둑? 변명 참 그럴싸하구나."

자신이 생각해봐도 말이 안 되는데 그는 웃고 있었다. 얼굴에 묻어나는 웃음기에 청비의 긴장된 마음이 풀어졌다.

"이제 말 시키지 마세요. 좀만 하면 끝나니까."

"천천히 하거라. 서두르다 보면 또 실수할 것이 아니냐. 그럼 나만 죽어나갈 것인데."

"이 상황에서 농담이 나와요?"

단휘의 능청에 청비는 실눈을 뜨며 어이없다는 듯 눈을 흘겼다.

실상 단휘는 청비의 얼굴을 가까이서 보고 있는 지금 이 시간이 더디게 흘러갔으면 했다. 능숙한 청비의 손길이 탐탁지 않기까지 했다. 그러니 청비가 천천히 해주었으면 하는 바람에서 나온 말이었다.

이렇게 가까이서 청비를 볼 수 있는 시간이 또 언제 있으랴. 그는 청비의 표정이며 손 움직임 하나하나까지도 놓치지 않고 있었다.

어느 순간 청비의 손이 자신의 팔에 스칠 때면 단휘는 숨을 들이켰다. 자신만의 공간인 서재에 단둘이 있으니 생경하면서도 마음이 들끓었다. 그녀가 움직일 때마다 향기가 물밀 듯 밀려왔다.

출생부터 시작해 이 여인에게서 일어나는 기이한 일들이며 지금 자신을 사로잡는 이 향기마저도, 모든 것이 신비투성이였다.

자신에게 관심이 없는 듯하고, 자신이 가까이 다가가는 것도 선을 긋던 여인이 지금만큼은 왠지 자신을 걱정하고 있는 것처럼 느껴졌다. 착각이라 해도 좋았다. 청비가 걱정스럽게 보는 눈길이 그는 좋았다.

"다 됐어요."

면포의 매듭을 짓는 것으로 마무리를 한 청비가 뿌듯한 표정으로 단휘를 보았다.

"봐요. 꼼꼼하게 완전 잘했……."

언제부터 자신을 보고 있었던 건지 자신을 보는 단휘의 흔들림 없는 눈빛에 청비는 말을 채 잇지 못했다. 곧 너무 가까이 붙어 있었다는 것을 깨닫고 한 발 물러났지만 둘 사이에선 어색함이 감돌았다.

청비가 눈을 어디다 둬야 할지 몰라 당황하고 있는 사이, 단휘는 여전히 눈빛 하나 변하지 않은 채로 그녀를 응시하고 있었다.

"내가 걱정되는 거지?"

"……네?"

"건희를 좋아하면서 내 걱정은 왜 하는 것이냐?"

청비는 난처한 듯 말을 얼버무렸다.

"아니 그렇게 피투성이가 돼서 나타났는데 그럼…… 뭐 그냥 지나쳐요? 제가 또 그렇게 몰인정한 사람은 못 돼서요."

"내가 많이 다쳤나 걱정되었다는 말로 들리는데."

눈을 맞추며 설핏 웃음을 짓는 태자의 다정한 얼굴에 청비는 심장이 멎는 줄 알았다.

갑자기 그렇게 웃지 마, 좀.

청비는 애써 태연한 척 무덤덤한 얼굴을 해 보였다.

"허! 또 태자병 돋으셨나 보네요. 저는 이만 가볼게요."

돌아서는 청비의 손목을 단휘가 붙잡았다. 손목에 힘을 주어 빼내려 했지만 그는 쉬이 놔줄 기미가 없어 보였다. 좀 진정되나 싶었던 심장은 다시 동요하기 시작했다.

단휘가 지금은 환자인 만큼 참아보려 했지만 더 이상은 봐줄 수가 없어 청비는 씩씩거리며 타박했다.

"갑자기 이러지 좀 마요!"

"내가 뭘?"

청비는 힘을 바짝 주어 단휘의 손목을 뿌리치고 경고를 날렸다.

“지금같이 말도 없이 내 몸에 손대는 것도, 그런 미소도 좀 자제해주세요.”

“말도 없이라…….”

단휘는 청비에게 한 발 한 발 다가갔다.

또 무슨 짓을 하려고 거리를 좁히는 거야?

태자와 같이 있으면 도무지 긴장의 끈을 놓을 수가 없었다.

“그럼 이럼 되겠느냐?”

“뭐, 뭘요?”

“하나하나 다 말을 해주지. 우선 웃을 것이고.”

그는 정말 웃음을 머금었다. 약이라도 올리려는 듯이.

“그리고 네 손을 잡을 것이다.”

뭐라 할 새도 없이 그는 청비의 손을 낚아채 자신의 품으로 끌어들이고는 나른하게 속삭였다.

“……그리고 무얼 할까?”

이 남자, 여자라면 질색하며 싫다더니 완전 선수 아냐?

자신의 가슴을 쥐락펴락하는 행동과 말이 어쩜 이리도 자연스럽게 흘러나오는지…….

뭘 한 것도 아니고 그저 그녀의 귀에 대고 귀엣말을 속삭였을 뿐인데, 그것만으로도 청비는 이미 가슴까지 차오르는 답답함에 정신이 혼미해질 지경이었다. 그리고 떨리는 심장은 좀처럼 멈출 생각을 하지 않았다.

이제 어떤 말을 하고 어떻게 나올지 잔뜩 긴장하고 있는데, 단휘가 그녀에게서 멀어졌다. 그러고는 장난스럽게 미소를 지었다.

“농이다.”

청비가 찌릿 그를 올려봤다. 뭣이?

"사실 이 말을 하려고 붙잡은 것이다."

"무슨 말이요?"

"지금 일은 누구에게도 발설해서는 안 돼. 특히 내 상처 말이다."

태자 혼자 상처를 처치한 것만 봐도 누구에게도 알리지 않으려 함을 이미 눈치챘기에 청비는 알았다며 고개를 끄덕였다.

"그래, 착하다."

단휘는 청비의 머리를 부드럽게 쓰다듬었다.

"그리고……."

"……."

"그렇게 아무렇지 않은 척 나를 애태우지 말거라."

그 말을 해야 할 사람이 누군데. 청비는 말을 더 하고 싶었지만 단휘가 이미 돌아서서 등을 보이고 있었다. 청비는 도망 나오듯 단휘의 서재에서 나와 자신의 처소로 돌아왔다.

이러나 날이 새겠다 싶어 침상에 벌러덩 누웠으나 잠은 오지 않았다.

저렇게 치료해서 될 일인가? 그리고 왜 비밀로 하는 거지? 태자의 몸에 상처를 냈으니 누군지 찾아내서 아주 요절을 내야 하는 거 아니냐고. 미심쩍은 것이 한두 가지가 아니네.

이런저런 생각을 하다 태자의 인장을 찍은 벽보가 생각난 청비는 벌떡 일어났다. 품에 넣어둔 벽보를 소중히 꺼내어 베개 밑에 숨기고 나서야 마음이 편해져 청비는 그제야 다시 잠자리에 들 수 있었다.

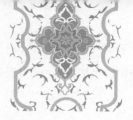

제17장
부능설심(不能說心) : 마음을 말할 수 없음

거의 새벽이 다 되어 잠이 든 탓인지 해가 중천에 떠서야 일어난 청비는 아침 겸 점심을 먹고 상을 물렸다. 어제 벽보 심부름을 해주기로 한 시녀가 약속 시간에 찾아오자 청비는 벽보와 금팔찌를 내밀었다.

"태자님의 인장이 찍혀 있어요. 나중에 문제가 된다 해도 내가 책임질 것이니 뒷일은 걱정 말고 꼭 좀 부탁드려요."

"네, 아가씨. 늦어도 나흘이나 닷새 안으로 오라버니한테서 벽보를 붙였다는 기별이 올 것이니 바로 알려드리겠습니다."

"고마워요, 정말."

해선 안 될 일이지만 이 방법밖에는 없었다. 청비는 지푸라기라도 잡고 싶은 심정이었다. 이제 기다리기만 하면 되었다. 길어야 5일, 제발 아무 탈 없이 벽보가 계문에 붙여지기를.

태자의 인장까지 찍혔으니 누구 하나 의심하지 않을 것이다. 인장도 가짜가 아닌 진짜 인장이 아닌가.

시녀가 나가고 청비는 내내 벽보 걱정을 하면서도 태자 생각 역시 떨칠 수가 없었다.

태자는 좀 괜찮나? 상처 덧나서 혼자 끙끙 앓고 있는 거 아냐? 다친 걸 나만 알고 있으니 걱정을 안 할 수가 없네. 사람들한테 알리면 궁의들이 치료도 해주고 좋다 하는 약도 계속 지어줄 텐데. 왜 사람들이 알면 안 된다는 거지? 정말 수상하단 말이야.

마침 물 주전자를 가지고 들어온 시녀에게 청비가 물었다.

"태자님은 어디 있어요?"

"서재에 계시는 줄로 아옵니다."

"몸은 좀 괜찮아 보이던가요?"

시녀의 어리둥절해하는 얼굴에 청비는 별거 아니라며 그냥 넘기는 듯했지만 어느새 처소를 나와 태자의 서재 주변을 서성거리고 있었다.

무작정 들어가서 어제 다친 팔은 괜찮아졌는지 물어볼 수도 없고. 아, 답답해. 상태가 괜찮은지 그것만 확인하면 이렇게 신경은 안 쓰일 텐데. 그래! 창문으로 보면 되잖아.

태자의 서재를 들여다볼 수 있는 창의 위치를 생각해낸 청비는 정원으로 나갔다.

내 방보다 이 정도 거리가 떨어져 있었으니 저기가 태자 서재쯤 되겠지.

동궁전 창에서 내다볼 수 있는 정원으로 가니 생각보다 많은 호위병들과 시녀들이 지나다니고 있었다.

청비는 그들의 눈에 띄지 않게 콧노래를 부르며 산책하는 척 행동하면서 서재로 보이는 건물 앞 풀숲으로 가까이 다가갔다. 괜히 턱을 괴어 주변 꽃과 나무를 감상하는 척하고 아무도 보는 이가 없다 싶으면 후다다닥 뛰어갔다.

드디어 창 앞에 도착한 청비는 안을 들여다보고 싶었으나 생각보다 창의 위치가 높은 탓에 잘 볼 수가 없어 껑충껑충 뛰다가 까치발을 들었다. 힘겹게 안을 들여다보니 역시나 서재가 맞았다. 청비는 눈으로 열심히 태자를 찾기 시작했다.

대체 어디에 있는 거야. 이렇게 보니 서재 안이 무지 넓네.

청비가 미간을 찡그리며 여기저기 살펴보는데, 누군가 조용히 물었다.

"대체 뭘 하는 것이냐?"

"뭘 하긴, 태자……."

아무 생각 없이 대답하다 청비는 뜨악했다. 헉! 이 목소리는! 갑자기 자신의 시야에 태자의 얼굴이 들이닥치자 청비는 깜짝 놀라 뒤로 나자빠져 엉덩방아를 찧었다.

"아오, 아파."

태자는 바로 창에서 뛰어내려 청비를 부축했다.

"괜찮으냐?"

"놀랬잖아요!"

"놀랄 사람이 누군데."

청비는 자신의 옷을 털어주는 태자를 관찰하듯 보았다. 상처가 난 팔이 긴 상의 소매로 가려져 있는 데다 얼굴에 아픈 티도 내지 않으니 전혀 다친 사람 같지 않았다.

"멀쩡해 보이시네요."

"신경 부분은 피하고 흠만 낸 것이다."

"그게 무슨……."

흠만 내다니? 그럼 설마 자기 팔에 상처를 냈다는 거야? 그럼 저 팔에 난 상처가…… 자해?

"날 왜 그런 눈으로 보는 것이냐?"

놀란 토끼 눈이 된 청비는 경악스럽다는 듯 단휘의 얼굴과 상처를 번갈아 보았다.
이제 하다못해 자해까지 하다니. 정말 상식 밖의 남자였다. 청비는 슬금슬금 단휘의 시선을 피했다.
"내 눈 피하지 마."
청비는 차마 단휘를 마주 보지는 못하고 허공을 응시했다.
"그런 적이 한두 번이 아니죠?"
"한두 번이 아니라니. 너 설마 나를……."
뭔가 변명을 하려는 듯한 얼굴로 단휘가 가까이 다가오자 청비는 저도 모르게 뒷걸음질을 쳤다.
"뭐야? 왜 피해?"
단휘가 한 발짝 다가오면, 청비 역시 그만큼 뒤로 멀어졌다.
"정말 나를 그런 식으로 보는 것이냐? 내 몸에 내가 상처를 내는 그런……."
"방금 그랬잖아요, 태자님이."
"그건 이유가 있어서 그런 것이고. 지금은 아무 말도 해줄 수가 없다."
단휘는 어서 시간이 지나 그날이 오길 바랐다. 상처가 아물고 칼자국이 남아 검계의 진영에 들어가게 될 그날을. 그리고 시간이 지나면 다른 이들에겐 말 못 할 비밀이지만 청비에게는 그 일에 대해서 말해줄 수 있을지도.
"어제는 그냥 넘어가주었지만 지금도 서재를 훔쳐보고 있고. 대체 무슨 볼일인 것이냐?"
청비는 아무 말도 할 수 없었다. 어제는 몰래 인장을 찍으러 간 것이기에 그렇고, 지금은 걱정이 돼서 몰래 본 것이라는 말은 절대 하고 싶지 않았다.
하루라도 빨리 벽보가 붙여지고 법사를 만난 뒤에는 태자에게 인장 이야기 정도는 할 수 있을지도 모른다.
둘은 각자, 서로에게 숨기고 있는 걸 말할 수 있게 될 그날만 기약했다.

어느새 여름의 초입에 들어섰다. 시녀에게서 벽보를 붙였다는 말을 들은 지 사흘이 지나고 있었다. 사흘 후에 계문 앞에서 보자 했으니 청비는 오늘 밤 반드시 궁을 나가야 했다. 다행히 신아 공주에게 미리 부탁을 해놓아서 궁을 나가는 것은 어려울 것이 없었다.

역시 조력자를 만들어놓길 잘했지.

태자도 몸이 안 좋다며 온천에 간 터라 공주도 자신의 호위병까지 내어주며 쉽게 허락을 해주었다. 성문 앞에는 신아 공주의 명으로 준비된 마차와 호위병이 대기하고 있었다.

"산청 저잣거리 계문으로 가주세요."

"예, 아가씨."

청비가 마차에 오르자 마부가 말을 놀고 호위병이 뒤를 따랐다. 마차는 해륜궁을 나가 산청 저잣거리로 향했다.

여름이긴 하나 아직은 그래도 밤이 선선하였다. 마차의 휘장을 걷으니 밤바람에 청비의 머리카락이 나부꼈다.

오늘 밤 그 남자를 만날 수 있을까?

청비는 마음이 좀처럼 진정되지 않았다. 벽보를 붙였다는 시녀의 말에 내내 얼마나 가슴이 벅찼던가. 법사를 만나는 것은 꿈속의 남자를 만나게 되는 일이었다. 항상 꿈을 꾸고 나서도 마치 현실인 듯 구분이 안 갈 정도로 그 남자의 잔상은 오래갔었다.

가까이에서 본 적은 없지만 풍기는 분위기하며, 모든 것을 다 알고 있는 듯한 그 깊은 미성.

청비에겐 확신이 있었다. 꿈속의 남자와 법사가 분명 동일 인물이라는.

오늘 밤 법사가 나오지 않으면 어떡하지 하는 걱정도 내심 들었지만 그것은 아직 모르는 일. 제발 법사가 벽보를 보고 계문 앞으로 나와주길 바랄 뿐이었다.

다행히 깊은 밤중이라 저잣거리에는 인적이 드문드문했다. 목적지에 도착했는지 마차가 서자, 청비는 속으로 제발 남자가 나와 있길 바라며 마차에서 내렸다. 하지만 만나기로 한 약속 장소인 계문 앞에는 아무도 없었다.

혹시 너무 요란하게 등장한 탓에 놀라서 숨은 건가?

자신이 타고 온 화려한 마차와 그림자처럼 따라다니는 호위병은 청비가 보기에도 좀 튀긴 했다. 청비는 마음에 안 든다는 듯 고개를 갸웃거렸다.

"죄송한데 마차랑 같이 좀 안 보이는 곳에 가 있어주세요. 누굴 좀 만나기로 했는데 저 혼자 있어야 만날 수 있을 것 같아요."

마부와 호위병이 곤란한 얼굴을 하자 청비는 강하게 밀어붙였다.

"공주님께서 저를 잘 따르라고 말씀하시지 않던가요?"

목소리를 높이니 그들은 어쩔 수 없이 들어오는 길목에서 기다리고 있겠다며 청비에게서 멀어졌다. 그래도 발이 떨어지질 않는지 호위병이 자신은 남겠다 했지만 청비는 단호하게 거절했다.

"괜찮으니까 먼저 가 있으세요."

호위병마저 자리를 떠나고 혼자 남겨진 청비는 자신이 인장까지 찍어 시녀에게 건네주었던 벽보가 붙여진 계문을 보았다. 보았다면 오늘 밤 나타나겠지. 만약 보지 못했다 해도 가장 큰 저잣거리라 했으니 소문이 났을 것이고, 어떻게든 그의 귀에 들어갔을 것이다.

청비는 구름에 휘감긴 달을 보며 입술을 깨물었다. 벌써 달도 기울기 시작했다.

오늘 밤도 시간은 계속 덧없이 흘러가고 있었다.

제발 꼭 나타나줘야 하는데.

시간은 계속 흘러갔고, 분명 머리 위에 떠 있던 달은 어느새 그녀의 눈앞까지 내려와 있었다. 서 있기도 힘들어진 청비는 그 자리에 털썩 주저앉아 한숨을 길게 내쉬었다.

정말 법사를 만날 수 없는 건가.

청비는 계문에 붙어 있는 벽보를 안타깝게 올려다보았다. 이제 이 벽보도 아침이면 내려질 것이 분명했다.

청비는 벽보를 씁쓸하게 보았다. 이렇게 고생해서 나왔는데도 만날 수가 없다니……. 어깨가 추욱 처지고 몸에서 힘이 전부 빠져나가는 느낌에 기운이 하나도 없었다.

약속 시간보다 한참이 지났는데도 나타나지 않자, 청비는 더 있어봤자 시간 낭비라는 생각에 힘없이 일어나 엉덩이를 털고 자신을 기다리는 마부와 호위병에게 가려 했다.

그때 어디선가 요란한 말발굽 소리와 함께 웅성거리는 소리가 점점 크게 들려왔다. 고개를 떨구고 있던 청비는 무슨 일인가 싶어 얼굴을 들었다.

어느새 청비 앞에 생긴 것만 봐도 몸이 떨릴 정도로 사나운 인상의 남자들이 나타나 그녀를 에워싸고 히죽거리고 있었다. 단번에 좋지 않은 예감이 청비를 엄습했다.

"누, 누구세요?"

"들어는 보셨나? 검계. 우린 검계다."

검계? 그게 뭐야? 딱 봐도 이탄국의 조폭 같은데, 내가 조폭 이름까지 알 정도로 이탄국에 대해 관심이 많진 않다고.

"법사인지 무당인지 찾는다고 써 붙여놨던데. 잘하면 우리가 찾아줄 수도 있고. 어때? 같이 가는 게."

조금도 신뢰가 가지 않는 끈적거리는 말투에 청비는 위험을 감지했다. 저들은 이 벽보를 보고 작정하고 나쁜 마음을 먹은 것이 틀림없었다.

이 밤중에 한 놈도 아닌 저렇게 떼거지로 여길 온 이유가 무엇이 있겠는

가. 주변 어딘가에 호위병과 마부가 있을 텐데. 청비의 두리번거리는 행동에 가장 험상궂게 생긴 우두머리가 눈치를 채고 주변 부하들에게 눈짓을 하며 청비의 시야를 막는 배열로 바꾸었다.

남자들이 둘러싸며 점점 거리를 좁히자 청비는 옴짝달싹 못하게 되었다.

"궁에서 심부름 나온 계집인가?"

"그래요, 궁에서 나왔어요. 궁에서 나오면서 설마 나 혼자 나왔을 라고요? 지금 주변에 병사들 쫙 깔려 있거든요. 병사만 수십을 데리고 나왔으니 이제 당신들은 끝났어!"

남자들은 하나같이 동요하는 기색이 없었다. 청비가 조금도 기죽지 않고 바락바락 주절거리는 모습이 가소롭다는 듯 웃을 뿐이었다.

"마부 하나 병사 하나. 딱 둘 달고 왔던데?"

어떻게 알았지? 청비가 눈을 꿈벅거렸다.

"우리가 말야, 계속 숨어서 지켜보고 있었다고. 설마 하고 봤는데, 정말 아가씨 하나에 사내 둘만 올 줄이야."

계속 지켜보고 있었다는 말에 청비는 온몸에 소름이 끼쳤다. 두려움에 몸도 뻣뻣하게 굳어지는 것 같았다.

이제 정면 돌파 아니면 줄행랑인데.

저놈들이 말만 안 탔어도 어떻게 몇 놈은 상대해볼까 말까 한데 이건 뭐 싸움이 되질 않았다. 자신을 둘러싼 아홉 모두 말을 타고 있어 아무리 청비가 날고 기는 실력이 있다 해도 저쪽이 월등히 유리했다.

부딪쳐봤자 나만 손해니 우선 도망치고 보자. 그리고 마부와 호위병을 부르는 거지. 꼴랑 두 명 달고 왔으니 승산은 없지만 그래도 밑져야 본전 아닌가? 그들이 막아주는 틈을 타 도망쳐 저들을 피하고 보는 수밖에.

"이거 다 드릴게요. 갖다 파세요."

청비는 머리 장식이며 뒤꽂이와 노리개 등을 모두 빼어 자신이 도망칠 반대편으로 던져버렸다.

놈들이 자신이 던진 패물이 떨어진 곳으로 시선을 돌리는 것과 동시에 청비는 그들 틈을 빠져나와 죽어라 달렸다.

"도와줘요, 좀! 이봐요! 도와주세요!"

목청이 터져라 도움을 요청하는 것도 잊지 않으며 뛰었지만 얼마 안 가 패거리 중 하나가 말을 타고 쫓아와 청비를 낚아채 짐짝 올리듯 말안장에 걸쳐놓았다. 결국 그녀는 실려진 자세로 그들에게 끌려갈 수밖에 없었다.

저 멀리 마부와 호위병이 청비의 소리를 듣고 쫓아왔지만 우두머리가 칼을 들어 청비의 머리를 겨누자 그들은 칼 한 번 쓰지 못한 채 당할 수밖에 없었다.

"대체 어딜 데려가는 거야! 내려줘!"

아무리 내려달라 고래고래 소리를 쳐도 놈들은 간만에 제대로 된 수확이라며 신 나게 채찍질을 하며 말을 몰았고, 청비의 목소리는 그들에게 들리지 않았다. 자신을 순순히 풀어주지 않을 거라는 생각에 절망스러웠지만, 그렇다고 이대로 끌려갈 순 없었다.

청비는 말안장에 실려진 채로 계속 도망칠 방법을 모색했다. 가는 도중 마을이나 사람들이 나타나면 살려달라고 비명을 지를 생각이었는데 놈들은 인적이 끊긴 산길로만 가고 있었다. 아무리 소리를 질러도 자신을 도와줄 이는 없었다.

그렇다고 이처럼 빠르게 달리는 말에서 뛰어내릴 수도 없었다. 말 앞다리를 걷어찬다던가 해서 멈추게 할 수는 있겠지만 그건 같이 죽자는 것이나 다름없으니 좋은 방법이 아니었다.

가만, 내가 팔다리가 묶여 있는 것도 아니니 속도를 늦춘다 싶으면 바로 공격해서 놈을 떨어뜨리고 말을 뺏으면 되잖아. 잠잠히 있다가 기회를 엿보자.

놈들은 한참을 달리고 또 달리더니 가파른 길이 나타나자 고삐를 잡아당겨 달리는 것을 멈추었다. 계속 기회만 엿보다간 이제 아예 도망칠 수 없을 것 같아 청비는 말의 목 부분을 간질이기 시작했다. 말은 앞으로 더 가지 못하고 멈춰 서서 청비를 떼놓으려는 듯 그 자리에서 돌기 시작했다.

이 틈을 놓치지 않고 청비는 바로 몸을 뒤집어 주먹으로 말을 타고 있는 놈의 코와 눈 부위를 가격하는 것을 시작으로 가장 큰 충격을 받는 곳만 골라 손날치기, 주먹 지르기 등 남은 힘을 모두 실어 공격했다.

무방비한 상태로 있다 공격을 받은 탓에 남자는 눈을 질끈 감고 고통을 호소했다. 그리고 눈앞이 도는지 손도 쓰지 못하고 방어만 하다 청비의 최후의 일격인 아귀손 목 치기 한 방에 목을 부여잡은 채 낙하했다.

이제 말은 청비의 것이 되었다. 하지만 말을 혼자 몰아본 적이 없는 그녀는 방향을 바꾸는 것도, 앞으로 달리는 것도 쉽지 않았다.

놈들과는 다른 방향으로 도망가려고 말고삐를 아무리 잡아당기고 내리쳐도 말이 청비의 말을 들을 리 만무했다. 패거리들은 청비가 타고 있는 말 옆으로 붙어 달렸고, 곧 청비의 몸은 패거리 중 하나가 던진 밧줄에 감겼다.

청비는 온몸이 묶여 있는 상태로 말고삐를 놓쳤고, 사방에서 따라붙어 감싸니 말의 속도도 점점 느려졌다. 모두 달리던 것을 멈추고 다가오자 청비는 겁을 잔뜩 먹은 얼굴로 몸부림을 쳤다.

어떡해. 딱 봐도 산적 느낌인데. 날 가만두지 않겠지.

우두머리는 그런 청비를 보며 비소를 날리고는 청비를 짐짝처럼 자신의 말안장으로 옮겼다. 청비가 계속해서 풀어달라며 몸을 흔들자 그는 아예 청비의 뒷목을 내려쳐 기절시켜버렸다.

"만만치 않은 계집 같으니 내가 직접 데리고 가겠다."

청비한테 얻어맞아 만신창이가 된 사내는 씩씩거리며 다가왔으나, 차마 어쩌지는 못하고 쌍욕을 퍼부었다.

"아씨 우라질. 저런 쌍스런 계집을 봤나."

"참거라. 상품에 흠이 가면 그만큼 가치가 떨어져. 궁에서 나온 계집이니 잘만 하면 보통 계집의 서너 배는 받을 수 있을 것이다."

우두머리의 말에 사내는 분한 듯 침을 바닥에 퉤 뱉어버리고는 자신의 말에 다시 올라탔다. 아홉이 모두 다시 말에 오르고는 그들은 진영으로 내달렸다.

온천행을 핑계로 궁을 빠져나온 단휘는 오늘은 어떻게든 검계에 들어가서 눈으로 그 실체를 보리라 작정했다.

검계의 세력이 지방에도 흩어져 있다는 보고를 받았기에 건희에게 의심되는 곳들을 가보라 명을 내렸었다. 그리고 자신은 검계의 진영을 멀리서 다시 한 번 살펴보고 오겠다는 말을 하고는 홀로 산에 오른 터였다.

사실 건희를 안심시키려고 한 말이었지, 오늘은 검계에 조직원으로 잠입하여 배후 세력이 누군지 알아내는 것이 목표였다.

그가 팔에 냈던 상처는 궁 안의 귀한 약들로 거의 아물어 언제 생긴 건지 모를 정도의 칼자국만 남겨져 있었다.

지금의 검계는 여러 잔존 세력들이 합쳐져서 만들어진 것이라 했으니 모든 일원의 얼굴을 다 알지는 못할 것이다. 미리 첩자에게서 진영에 관한 정보도 입수해놓은 덕에 조심하기만 하면 특별히 위험하거나 문제 될 건 없었다. 산 중턱까지 올라왔으니 이제 거의 다 왔군.

생각했던 것보다 지형은 험했고 숲은 짙푸른 녹음이 가득해 밤하늘이 보이지 않을 정도였다.

진영으로 통하는 길이 많지 않다 보니 같이 산에 오르는 다른 검계의 일원들도 몇몇 눈에 띄었다. 하지만 워낙 진영이 첩첩산중에 있어서 아직 자신들만이 아는 세계라 여기는지 그들은 주변을 경계하거나 의심을 하지 않았다. 그 점은 참으로 다행이었다.

진영으로 들어가는 초소에 도착하기도 전에 개 떼들이 짖어대는 소리와 장정들의 시끌벅적한 말소리가 들려왔다. 밤이 깊었는데도 초소 입구에는 많은 수하들이 진을 치고 있었고, 경비가 삼엄했다.

그들은 한 명 한 명 빠짐없이 자신들의 표식을 확인하였고 가져온 짐들은 개들을 풀어 수색케 하였다. 도착한 순서대로 줄을 서서 들어가는 그들의 틈에 단휘도 조용히 합류하였다.

줄을 서며 대기하고 있던 사내들이 하나둘 안으로 들여보내지고, 드디어 단휘의 차례가 왔다. 그는 덤덤하게 소매를 걷어 팔의 칼자국을 보였다.

"들어가."

몸수색이 끝나고 가진 짐도 없어 아무런 문제없이 안으로 들어서는데 갑자기 산만 한 장정 하나가 단휘 앞을 가로막았다.

"잠깐."

"표식, 다시 보여봐."

이런. 설마, 눈치챈 건가?

단휘는 귀찮은 얼굴로 다시 소매를 걷어붙였다.

"칼자국으로 봐선 신참인 듯한데, 출신이 어디냐?"

단휘는 첩자가 했던 말을 떠올렸다.

—만약 출신을 물으면 최대한 그들이 모를 만한 지방이나 마을을 대셔야 합니다.

"출신이 어디냐고?"

단휘가 뭐라 답할지 생각하는 사이, 다른 수하가 심드렁한 얼굴로 끼어들었다.

"뭔데? 무슨 문제 있어?"

더 많은 이들의 이목을 끌기 전에 진영 안으로 들어가야 했다. 단휘는 예전에 제왕 수업 때 배운 곳 중 가장 소수 인원이 사는 마을을 떠올렸다.

"왕계천이다."

단휘를 둘러싼 사내 둘은 고개를 갸웃거렸다.

"왕, 뭐? 무슨 천?"

"왕계천."

단휘가 다시 한 번 힘주어 말하자 둘 중 하나가 들어본 적이 있는 것 같다며 반응을 보였다.

"거기 완전 촌구석 아냐? 생긴 거랑 다르게 촌딱이었구먼. 자네 이름이 뭔가? 앞으로 촌딱이라고 부를 순 없지 않나."

왕계천이 촌구석이니 이름도 촌스러워야 할 듯한데. 머리를 굴리던 중 하필 많은 이름 중에서도 신아 공주가 산촌에서 데려온 삽살개 이름이 생각났다. 단휘는 최대한 주위에 들리지 않게 막 떠올린 이름을 꺼냈다.

"땡, 땡칠이다."

"뭐? 땡칠이? 아니 뭐 이름에까지 촌내가 풍겨?"

산만 한 장정은 비식비식 새어 나오는 웃음을 참지 못했다.

"촌딱이나 땡칠이나 그게 그걸세. 내키는 대로 부르지. 땡칠이, 그만 들어가보게."

단휘는 사내 둘을 지나쳐 드디어 안으로 들어갈 수 있었다. 이제 진영 안 구조라든가 검계의 규모를 눈으로 직접 확인해야 했다. 그리고 가장 중요한 검계의 배후를 알아내리라.

검계라는 명분은 있으나 이처럼 세력을 결집시키는 데에는 그만큼 자금이 필요한 법. 분명 자금을 대주는 배후가 있을 것이라 그는 확신했다.

단휘는 첩자가 일러준 위치를 상기시키며 초막을 하나둘 살피기 시작했다. 기거 목적이나 창고 목적의 초막들도 있었지만 화살이나 죽창을 만드는 가옥이며 용광로까지 갖추고 대장장이를 고용해 무기를 제작하는 대장간도 있었다.

이것만으로도 반란군이라는 증거는 확실했다. 대장간에서 무기를 만드는 것은 군부의 허락이 필요한 일인데 이런 산속의 대장간에서 무기 제작이 허용됐을 리 없었다.

장인들은 잠도 없는지 이 밤중에 쇠를 녹이고 담금질을 하며 무기 제작에 여념이 없었다.

대량으로 무기를 만들어내는 것을 실제로 눈으로 보게 된 단휘는 배후에 만만치 않은 권력자가 있다는 것을 더욱 확신했다. 그는 우두머리의 막사를 찾아 나섰다.

첩자가 가르쳐준 길을 올라가니 가장 높은 위치에 자리 잡은 붉은 문장이 새겨진 막사를 쉽게 찾을 수 있었다. 막사 앞에는 검을 손질하고 있는 사내 하나, 보초를 서는 사내 둘, 모두 세 명이 있었다. 직접 처리하기 위해 모습을 드러내려는데 저 멀리서 누군가가 보초병들에게 손짓을 했다.

단휘는 다시 몸을 숨겼다.

"자네들 훈련 시간이네. 곧 교대할 인원들이 곧 올 것이니 먼저들 가있게!"

돌아가면서 훈련을 하는지 한 명만 남겨놓고 둘이 자리를 뜨자 단휘의 입가에 냉소적인 미소가 걸렸다.

조용히 처리할 수 있으니 다시없을 기회였다.

단휘는 연신 검을 헝겊으로 닦으며 손질하고 있는 사내에게 소리 없이 다가가 목을 꺾으며 갈비뼈 쪽으로 주먹을 휘둘렀다. 단휘의 일격에 사내는 비명 한 번 지르지 못하고 쓰러졌다.

단휘는 주변을 훑으며 막사 안으로 들어갔다. 막사 안은 값나가는 물건으로 가득 차 있었다. 이탄국 이전 시기에 만든 것으로 보이는 벼루며 쉽게 구할 수 없는 황금으로 만들어진 진귀한 동물들이 여기저기 전시되어 있었고, 벽에는 유리로 만든 목걸이와 사로국에서만 구할 수 있는 담비 털가죽이 얼기설기 걸려 있었다. 서역에서 들여온 비단들 또한 산처럼 쌓여 있었다.

특별히 단서가 될 만한 것이 없어 침상 아래며 방 안을 다시 살펴보는데 문갑 위 유기 등잔에 재라고 하기엔 미심쩍은 타다 남은 종이들이 눈에 띄었다. 태우기까지 했다는 것만 봐도 비밀 지령이 적힌 문서임에 틀림없었다.

모두 타다 남은 것들이라 검게 그을려 글자가 흐릿했지만 필체를 알아볼 수는 있었다. 종이의 질감도 일반 죽피나 마피가 아닌 닥나무가 들어간 고급 종이였다.

뜻밖의 수확이군.

보통 왕실이나 귀족 가문에서만 사용하는 종이라서 필체까지 대조해보면 배후를 추려내는 것은 힘든 일이 아닐 것이다.

단휘는 이마에 두르고 있던 띠를 빼어 글자가 적혀진 종이를 감싼 뒤 품에 넣었다. 이제 들키지 않게 이곳을 빠져나가기만 하면 임무 완수였다.

단휘는 최대한 사람들의 눈을 피해 빠르게 진영을 내려갔다. 아까 들어왔던 입구 초소가 모습을 드러냈다. 이제 아무 일 없다는 듯 초소를 나가기만 하면 모든 것이 끝나는 것이었다.

다행히도 나가는 이들이 여럿 있어서 단휘는 그 사이에 끼어 같은 무리인 척 행동했다. 입구를 나오자 모두들 일제히 한 방향을 주시하고 있었다.

"대장이 오시는갑네."

일렬로 서서 입구를 지키고 서 있던 보초병들은 수염이 덥수룩한 데다 몸집이 남다르게 육중한 사내가 자신들 앞을 지나가자 고개를 숙이며 인사했다.

딱 봐도 저놈이 우두머리구나 싶어 단휘는 그를 눈여겨보았다.

"오늘 큰 수확을 했다더구만."

"또 상인들을 한번 쓸었나 보오?"

자신이 끼인 무리들은 무엇이 그리 할 말이 많은지 웅성거리는 분위기에서 더 시끄럽게 목소리를 높이며 말을 멈추지 않았다.

"뭐라더라. 궁에서 나온 사람을 납치해서 몸값을 받는다 하든디. 왜 엊그제 그르지 않았던가. 산청 계문에 궁에서 사람을 찾는다는 벽보가 붙어져 있었다고. 그것도 태자의 인장이 찍힌 벽보라 들었네만."

단휘는 자신의 인장이 찍힌 벽보라는 말에 미간을 좁혔다.

자신의 인장이라니. 그는 요 근래에 인장을 찍은 적이 없었다. 단휘는 이들을 무시하고 내려가려던 발걸음을 우뚝 멈추었다.

왠지 모를 불길함이 가중되었다.

막사 앞에서 쓰러뜨린 자가 깨어나 자신의 존재를 알리는 것도 시간문제라 더 지체하다간 정체가 발각되거나 위험해질 것이 뻔한데, 쉽사리 발이 떨어지질 않았다.

자신의 인장을 누군가가 썼다면 분명 서재에 들어와 빼냈을 터. 얼마 전 청비가 자신의 서재에서 몰래 들어와 있던 것이 걸렸다.

설마…… 청비 너는 아니겠지.

부정하면서도 불안감이 마음 한편에서 더욱 커져갔다.

"저기 저 말에 태워져 있는 여인네가 그 궁에서 나온 사람 아녀?"

무리들이 호기심 가득한 얼굴로 우두머리의 말을 가리키자 모든 이들의 눈이 일제히 그쪽으로 쏠렸다. 단휘 역시 그쪽으로 얼굴을 향했다.

여인 하나가 정신을 잃고 말안장에 축 늘어져 있는 것이 눈에 들어오자 단휘는 이를 악물었다.

저 옷은 청비에게 어울릴 거라 생각하고 자신이 직접 보낸 반물빛의 능라 비단이었다. 심장이 살갗을 찢고 나올 듯 거세게 뛰기 시작했다.

제발 아니길…… 바랐건만…….

단휘는 무의식적으로 여인에게 가까이 다가갔다. 하지만 수하 중 한 명이 검집으로 막으며 단휘를 밀어냈다.

"오랜만에 여인 구경해서 눈이 뒤집히나 본데, 참게나. 저 여인은 그냥 유곽에 내다 팔 여인이 아니네. 반반한 얼굴하며 궁에서 나온 여인이니 아마도 큰 거상이나 타국의 귀족들에게 팔릴 것이야."

그 말에 단휘의 눈에 분노가 휘몰아쳤다. 그의 입매는 싸늘히 굳어 있었고, 보기만 해도 숨이 막힐 정도의 날카로움이 느껴지는 무표정한 얼굴을 하고 있었다.

대체 청비가 이곳에 어떻게 잡혀 온 건지, 만일에 자신이 먼저 산을 내려갔거나 이곳에 오늘 오지 않았다면 어떻게 됐을지 아찔하기까지 했다.

그나마 이렇게라도 청비를 발견하게 되어서 천만다행이 아닌가.

"저 여인 혼자 나온 거 보고 이게 웬 떡이냐 했지."

청비를 데리고 온 무리에서 튀어나온 수하 하나가 거창하게 입을 여니 중구난방으로 여기저기서 관심을 표했다. 수하는 상황 설명을 해주며 더욱 떠들썩한 분위기를 만들었다.

"사람 찾는다고 금은보화나 좀 많이 갖고 왔을라나 했는데, 대신 찾아주겠다는 사기 치려다 그건 땡 쳤고 여인을 잡아왔네. 병사 여럿은 나오겠지 싶어 아홉이나 숨어 있었는데 모두 완전 허탈하면서도 어이없어서 웃음밖에 안 나오드라고. 흐흐."

"이제 그만들 하고 계집을 내려라."

우두머리의 명에 수하들이 청비를 말에서 내리고 단휘를 촌딱이라 불렀던 산만 한 장정이 청비를 받아 어깨에 둘러업었다.

"계집이 깨어날 때까지 가둬놔라."

우두머리는 함께 말을 타고 온 다른 수하들과 같이 진영으로 들어갔고, 단휘는 청비를 데리고 최대한 빠르게 이곳을 내려갈 수 있는 동선을 짰다.

그리고 몇 초가 채 지나지 않아 단휘는 옆의 보초가 갖고 있는 검을 빼어 장정에게 돌진했고, 그대로 장정의 무릎 안쪽에 검을 내리쳤다.

장정은 두 무릎을 바닥에 찧었고, 순간 청비가 그의 어깨에서 힘없이 떨어지는 걸 단휘가 받았다.

"뭐야!"

"적이다!"

보초를 서고 있던 사내들은 모두 하나같이 검을 꺼내 들었고 단휘는 검에 전력을 실어 달려드는 놈들부터 시작해서 사정없이 베어 나갔다. 그러다 가장 앞장 서 있는 보초병에게 달려들어 목 아래에 날카로운 검을 들이대 앞으로 전진했다.

"아니, 자넨 아까 그 땡칠이 아닌가. 왜 이러는가. 나 좀 살려주게."

장정과 함께 단휘를 놀리던 보초병이 두 눈이 튀어나올 듯 겁에 질린 얼굴로 사정했다. 예사롭지 않은 검력에 누가 먼저 선뜻 나서지는 못하고 하나같이 다들 옆으로 비켜서서 공격할 틈을 찾고 있었다.

단휘는 검의 반대편으로 보초병의 목을 쳐 기절시키고는 앞을 막는 사내들의 옆구리를 검으로 내리치며 길을 만들고 청비와 함께 말에 올랐다.

이제 최대한 빠르게 속도를 내어 산을 내려가기만 하면 되었다. 쓰러진 사내들이 침입자가 있다며 소리를 질렀고, 남은 사내들은 다양한 무기를 든 채 단휘의 앞을 막아섰다.

단휘는 한 손으로는 청비를 안고, 다른 검을 든 손으로 자신을 막는 자들을 향해 사정없이 내리그었다.

바로 길이 난다 싶자, 단휘가 있는 힘껏 고삐를 당기며 말을 몰았다. 단휘가 떠난 자리에는 사내들이 신음을 토하며 바닥을 굴렀고, 침입자라는 소리에 우두머리와 수하들이 합세해 단휘의 뒤를 쫓았다.

"잡아라! 저놈을 잡아라!"

그 소리를 듣고 산턱에서 보초를 서던 사내가 단휘가 타고 있는 말의 다리를 검으로 휘두르려는 순간, 단휘가 들고 있는 검으로 사내의 등을 내리찍었다. 이제 단휘에게는 어떤 무기도 남아 있지 않았다.

단휘는 한 손으로는 청비를 소중히 안고 검을 놓은 손으로는 고삐를 잡아당기며 계속해서 속도를 냈다.

어느새 산 중턱까지 내려오게 되자 단휘는 청비를 깨웠다.

"청비야!"

"……."

"청비야, 정신 차리거라!"

단휘의 애타는 부름에도 청비는 어떤 반응이 없었다. 무슨 일이 있었던 건지 모르니 더욱 걱정되는 마음에 단휘는 청비를 꽉 끌어안고 내달렸다.

머리 위로 화살이 날아드는 것을 본 단휘는 이를 꽉 깨물었다. 말이 화살을 맞기라도 한다면 낙상의 위험이 있었다.

더는 말을 타고 갈 수 없어 지대가 좀 낮아지자 단휘는 바로 청비를 안고 바닥으로 몸을 던졌다. 그러고는 청비를 품에 안은 채 혹시라도 다칠까 싶어 팔과 손으로 청비의 머리를 감싸고 바닥을 몇 바퀴 나뒹굴었다. 그러고는 조금의 지체함도 없이 일어나 청비를 안아 들었다.

풀숲을 헤치고 정신없이 뛰어서 앞으로 나아가는데 이상하게도 발이 무거웠다. 누군가 잡고 놔주질 않는 듯한 느낌에 내려다보니 하필 들어선 곳이 습지였다. 청비의 무게까지 더해져 단휘의 다리는 깊이 빠져들고 있었다.

"찾았다! 저기 있다!"

검계 무리들이 단휘와 청비를 발견하고는 말을 타고 가기엔 좁은 지형이라서 그런지 곧바로 말에서 내려 뛰어왔지만, 습지라 가까이 잡으러 오지는 못하고 화살을 쏘아댔다.

"화살을 쏴라!"

단휘는 발이 빠지질 않아 돌아갈 수도, 앞으로 나아갈 수도 없었다. 발이 움푹 빠지고 무릎까지 잠겨 움직일 수도 없으니 날아오는 화살을 피할 수가 없었다.

이미 되돌리기엔 늦어버린 상황. 계속해서 날아오는 화살 중 하나가 단휘의 어깨에 박혔다.

그는 휘청거리면서도 청비를 꽉 안고 놓지 않았다. 그러고는 바로 등을 돌려 화살이 날아오는 방향으로부터 청비를 보호했다.

갑자기 조용했던 하늘에서 콰과광 천둥이 쳤다. 그리고 동시에 청비와 단휘의 머리에, 그리고 어깨에 빗방울이 후두둑 떨어졌다. 단휘가 고개를 들자 마른하늘에 날벼락 치듯 비가 몰아쳤다.

그냥 지나가는 비가 아니었다. 거센 바람과 굵어진 빗줄기로 검계가 쏘아대는 화살촉들은 단휘와 청비에게 제대로 날아가기도 전에 방향을 잃어 바닥에 추락했다.

비가 몰고 온 습한 기운으로 사위가 안개처럼 뿌옇게 휩싸여 시야도 가려져 검계 조직들은 청비와 단휘를 볼 수 없었다. 그들은 거센 비바람으로 인해 제대로 서 있기조차 힘들어 보였다.

그나마 하늘이 도운 것인가. 갑자기 불어닥친 폭풍우에 우왕좌왕하며 빗속에서 당황해하는 사이 단휘는 이상한 기운을 감지했다.

늪은 청비와 자신을 더 이상 삼키려 하지 않고 오히려 밀어내고 있었다. 두 발이 깊숙하게 박혀 도저히 빠져나올 수 없을 것 같았는데 어느새 두 발은 밖으로 나와 자유롭게 움직일 수 있었다.

내리는 빗줄기로 정화까지 되었는지 그들 주위에는 투명한 물들이 발목

부근에서 찰랑거렸다. 이상한 건 그뿐만이 아니었다. 청비에게서 항상 풍기던 그 향기, 물푸레 향기가 더욱 짙어졌다. 바람이 세차게 부는데도 향기만은 날아가지 않고 그들을 감쌌다. 머뭇거릴 시간이 없었다.

지금이 기회였다.

비가 그치면 안개도 걷힐 것이고, 그들이 다시 쫓는다면 잡히는 것은 시간문제일 것이다.

단휘는 신속히 청비를 데리고 늪에서 나왔고, 힘없이 축 늘어져 있는 청비를 안아 들었다.

"청비야, 정신 좀 차려보거라. 청비야!"

청비는 얼굴에 닿는 비의 차가운 감각과 단휘의 애타는 음성에 눈을 찡그렸다. 하지만 그것뿐 여전히 의식을 찾지 못했다.

단휘의 마음은 더 급해졌다. 어깨의 통증을 느낄 겨를도, 화살을 빼낼 정신도 없었다. 더는 여기서 시간을 지체할 수 없었다. 계속해서 의식을 차리지 못하고 있는 청비의 몸 상태가 더 중요했기에 단휘는 산을 내려가는 것만 생각했다.

조금만 참거라, 청비야.

단휘는 온 정신력을 끌어모아 안개 같은 기류를 헤치고 산을 내려가기 시작했다. 평소라면 날렵하게 내려갈 수 있었겠지만 부상을 당한 데다 청비까지 데리고 가야 했기에 하산하는 속도는 더디기만 했다.

해가 저물어서야 그가 산에 올라가기 전 준마를 묶어놓고 간 곳에 도착할 수 있었다. 온몸이 지쳐 있었지만 그런 걸 느낄 새도 없이 단휘는 청비를 말에 올리고 자신도 올라탄 뒤 말을 바삐 몰았다.

말이 장애물을 넘거나 고삐를 잡아당길 때마다 부상당한 어깨에서 통증이 느껴졌지만 이를 악물었다. 가물가물해지는 눈에 힘을 주며 낼 수 있는 최대한의 속도로 수도인 하북성까지 내달렸다. 하북성에 도착할 때까지는 어떻게든 점점 몽롱해지는 정신을 다잡아야 했다.

『청비야.』

계속해서 자신을 부르는 음성에 청비의 정신은 서서히 돌아오고 있었다. 그녀는 눈을 떠 천천히 깜박거렸다. 완전히 깨어났지만 순간적으로 상황이 파악되질 않았다.

자신이 눈을 뜬 곳은 몇 번 와봐서 눈에 익은 주청강이었다. 밤이 되어 깜깜한 어둠으로 잠식한 강 주변은 잔잔하게 흐르는 강물 소리 말고는 아주 고요했다.

내가 왜 여기에 있는 거지? 난 분명 산청 저잣거리에서 도적 떼인지 왈짜패인지를 만나서 도망치다 잡혔던 것 같은데.

꿈을 꾸고 있는 건지, 도무지 분간이 안 되어 멍하니 서 있는데 어디선가 자신을 부르는 누군가의 목소리가 들려왔다.

『청비야.』

메아리처럼 울려 퍼지는 음성. 뭔가에 홀린 듯 귀를 기울이며 걷는데 새벽 달이 안내라도 하듯 청비가 가는 길을 비추고 있었다. 덕분에 어둠 속에서도 헤매지 않고 걸어갈 수 있었다. 주변을 경계하며 자신을 부르는 이를 찾으려 했지만 모습은 보이지 않았다.

정신을 차리고 보니 어두운 강가에 자신 혼자만 있다는 것에 공포감으로 몸이 떨려왔다. 귀신한테 홀린 것인지 섬뜩해지고 겁이 난 청비는 그만 발길을 돌리려 했다.

『청비야.』

다시 메아리처럼 흩뿌려지는 음색이 청비를 얼어붙게 만들었다. 언제부터 서 있었던 건지 돌아선 청비의 눈앞에 그토록 찾았던 법사가 서 있었다.

"당, 당신은……."

법사가 표정 없는 진중한 얼굴로 자신을 내려다보고 있었다.

"드디어 만났네……."

자신도 모르게 입에서 나온 말이었다. 법사가 또 금방이라도 사라질 것 같아 마음이 초조해진 청비는 하고 싶었던 말들을 우르르 쏟아내기 시작했다.

"그날 이후로 다시 만나고 싶었어요. 당신을 찾으려고 계문에 벽보도 붙이고 했는데. 어떻게 이곳에서 볼 수 있는 거죠……. 그리고 당신, 내 이름을 어떻게 아는 거예요?"

청비는 호흡을 길게 내쉬며 좀처럼 진정되지 않는 마음을 가라앉히고 남자를 진중히 보았다.

"말이 안 되는데요. 당신은 정말이지 너무도 닮았어요. 그 남자의 얼굴을 가까이서 자세히 본 적은 없지만 분명 목소리며 분위기며 분명 당신은 그 남자가 맞는 것 같아요. 이상하게 들리겠지만 그 남잘 매번 꿈속에서 봤었어요. 항상. 언젠가부터 계속해서. 그러다 현실에서도 봤어요. 한국에서 사고가 나기 전에도, 이탄국에 와서도. 분명 꿈속에서 만난 그 남자였어. 법사인 당신이 그 남자일 리 없는데…… 왜 나는 자꾸 당신이 그 남자 같다는 생각이 드는 거죠?"

『단순한 우연이라 생각하느냐?』

청비는 법사의 반문에 놀라 절로 나오는 신음을 삼켰다. 저를 뚫어질 듯 보는 시선에서 말로 설명할 수 없는 막연한 두려움의 감정이 수반되었다.

법사가 청비를 지나쳐 유유히 강 앞에 서자 법사의 주위로 안개가 휩싸였다. 밤이라 그의 모습은 더욱 흐릿했다. 마치 그대로 사라져버릴 것 같은 불안함에 청비는 계속해서 남자에게서 시선을 떼지 않았다.

이내 그리움이 묻어나는 그의 목소리가 들려왔다.

『청비야.』

안개가 점점 걷히고, 법사가 돌아선 순간 그가 입고 있는 옷이 바뀌어 있었다. 법사는 이탄국에 오기 전 사고가 났을 때 보았던, 그리고 꿈에서 보았던 그 긴 머리와 은회색 도포 차림이었다.

갑자기 바뀐 남자의 모습에 청비의 눈은 더욱 깊은 혼란으로 가득해졌다. 두 사람이 동일 인물이라는 사실에 온몸에 힘이 빠져 주저앉을 것 같았다. 청비는 가까스로 다리에 힘을 주고 버틴 채로 말을 이었다.

"역시…… 당신이었어."

청비는 다음 말을 이을 수가 없었다. 갑자기 환한 빛이 청비를 덮쳤고, 눈을 뜰 수 없을 정도로 눈이 부셨다.

차츰차츰 빛은 희미해지고, 청비가 꼭 감고 있던 눈을 조금씩 떠보니 그녀가 서 있는 곳은 깜깜한 밤의 주청강이 아닌 꿈속의 그 꽃밭이었다. 마치 보호를 받듯 주변이 푸른 녹음으로 둘러싸여 있는, 처음 보는 진귀한 꽃들이 끝도 없이 펼쳐 있었다.

귀신에 홀렸나? 이게 어떻게 된 거지. 내가 공간 이동이라도 한 건가?

다양한 색의 물감을 풀어놓은 듯, 한 폭의 유려한 수채화를 보고 있는 것 같은 착각이 들 정도로 아름다운 곳이었다. 평화롭다가도 바람이 잔잔하게 불어오면 만개한 꽃들이 파도의 물결처럼 넘실거렸다. 꽃들은 쓰러질 듯 누워 있다가도 다시 일어나 바람에 꽃잎을 살랑살랑 흩날리며 꽃 내음을 퍼뜨렸다.

매번 꿈에서 찾았기에 익숙한 곳이었지만 지금은 뭔가 달랐다. 전에는 이곳을 벗어나려고 두리번거리며 여기저기 걸어보기도 하고 도망치듯 달려보기도 했었는데 지금은 몸을 조금도 움직일 수 없었다. 손가락 하나 까딱할 수조차 없었다.

몸을 못 움직이니 불편하고 답답한 것이 정상일 텐데 이상하게도 조금도 움직일 수 없는 지금이, 몸에 익숙한 듯 무척 자연스러웠다. 주변을 보니 꽃에 파묻혀 있기라도 한 건지 꽃들이 자신을 감싸고 있었다.

바람이 불면 꽃과 함께 그녀의 몸도 자연스레 흔들거렸다. 마치 바람에 안겨 있는 듯 포근하기까지 했다. 자신이 이곳에 동화되는 듯한 느낌이었다.

꽃들의 풍경도, 어디선가 내리쬐는 볕도, 한들거리는 바람도 무척 익숙하고 편안한 느낌. 원래부터 이곳에서 살았던 게 아닐까 하는 생각이 들 정도로 그 어느 때보다도 안정되고, 마음이 평온했다.

그런 그녀의 앞에 누군가 가까이 다가왔다. 희미한 인영이 점점 또렷해지자 청비의 눈동자가 흔들렸다.

항상 일정한 거리에서 자신을 바라보기만 했던 그 꿈속의 남자가 점점 가까워지고 있었다. 꽃들은 마치 사람처럼 살아 움직이기라도 하듯 남자의 발길이 닿는 곳마다 꺾일 듯 몸을 기울여 길을 만들어주었다.

남자가 다가오니 마치 시간이 멈춘 듯 바람이 멎었고, 주변의 스산거림도 사라졌다.

항상 멀리서 밖에 볼 수 없었던 그 남자가 지금은 어느새 눈앞에 와 있었다. 창백하리만큼 투명한 하얀 피부, 수려한 조각 같은 이목구비의 얼굴 위로 엷은 햇살이 비치고 있었다.

그는 마치 이 세상 사람이 아닌 듯 묘한 분위기를 풍기고 있었고, 그가 입고 있는 은회색 도포에도 금가루가 뿌려져 있는 것처럼 은은하게 빛이 났다.

가까이서 보니 더욱 자체 발광이라는 단어가 떠오르는 미남자였다.

청비는 남자를 더욱 가까이서 보고 싶었지만 역시나 몸을 꼼짝할 수 없었다. 자신을 따뜻하게 바라보는 남자의 눈길을 받는 것만이 그녀가 할 수 있는 전부였다.

말을 하고 싶은데 목소리가 나오지 않았다. 마음속으로만 남자를 애타게 부르고 있는데 그가 손을 뻗었다. 그의 손끝이 그녀의 뺨에 닿았다.

분명 낯설어야 하는데…… 정말 이상하게도 그 손길이 익숙했다.

머리칼에 가려져 있던 그의 눈동자가 보였고, 청비는 빨려 들어갈 듯한 남자의 눈을 마주했다. 순간 충격으로 몸이 저릿저릿 굳어지고 머릿속은 하얘졌다.

남자의 눈동자에 비친 청비의 모습은 그녀가 아니라 회녹색을 가진 잎사귀들과 연노랑 빛이 도는 흰 꽃들로 가득한 나무였다. 다시 한 번 확인했지만 변한 것은 없었다. 분명 남자는 자신을 보고 있는데, 남자의 눈에는 나무 한 그루가 비쳐지고 있었다.

대체 어떻게 된 거지? 내 얼굴이 아니라 저건 나무잖아! 그럼 내가 나무가 된 거야? 그래서 꼼짝도 할 수 없는 거고? 말도 안 돼. 그래. 이건 환상이니까, 환상이나 꿈같은 거라서 그럴 거야.

깨어나야 하는데, 정신을 차려야 하는데 자신을 향한 남자의 표정이며 눈빛이 평소 꿈속에서 보아왔던 것과는 다르게 느껴졌다.

꿈에선 자신을 바라보는 남자의 눈빛이 무언가 중요한 것을 잃어버린 듯 허망하고 애처롭기까지 했었다. 항상 한결같은 얼굴이었는데 지금은 뭔가 달랐다. 자신에게까지 그 감정이 느껴져 슬프고 안타까웠던 눈빛이 지금은 너무나 부드럽고 따스함으로 충만했다.

남자의 엷은 미소가, 자신을 보는 눈이 너무나 익숙했다.

이 모든 것이 꿈, 허상이 아닌 것 같은 느낌.

오래전부터 당신을 알고 있었던 것 같은 느낌.

당신도, 이곳도 낯설지가 않다.

지금 이 순간이 너무나 아련하면서도 안정감이 느껴진다.

대체 당신은 누구지? 왜 자꾸 눈물이 나오는 거야?

이유도 모르게 눈물이 고이고, 고인 눈물은 뺨을 타고 쉴 새 없이 흘러

내렸다. 그녀 자신도 알 수 없는 그리움이 치솟고 가슴이 따끔거릴 정도로 먹먹했다.

몸을 움직일 수 없으니 눈물도 닦지 못하고 울음을 삼키는데 다시 환한 빛이 청비를 감쌌다. 빛이 사라지고 눈을 떠보니 서 있던 곳에서 한층 멀어진 곳에 자신이 서 있었다.

남자는 그 자리에 그대로 서 있었고, 자신만이 옮겨진 듯 남자를 멀리서 보고 있었다.

남자의 앞에는 회녹색을 가진 잎사귀들과 연노랑 빛이 도는 흰 꽃들로 가득한 나무도 있었다. 남자의 눈동자에 그녀 대신 비치던 나무였다.

남자는 나무에 화사하게 피어 있는 꽃들을 애틋하게 바라보고 있었다. 아름답고 희귀한 꽃들로 가득한 이곳에서 남자의 눈길은 오롯이 나무에 피어 있는 하얀 꽃에만 고정되어 있었다.

청비는 남자와 나무를 지켜보았다.

시간이 멈춰진 듯 남자와 나무의 흔들림이 멈추고 또 한 남자가 그녀 옆에 서 있었다.

같은 남자였다. 같은 공간에 똑같은 남자가 둘이라니!

나무 앞에 서 있는 남자와 자신 옆의 남자는 동일 인물이었다.

『네가 보고 있는 것은 과거의 환영이다.』

청비는 놀라 입을 다물지 못했다.

"어, 어떻게…… 이런 일이. 대체 당신 정체가 뭐예요……?"

『나는 서천 꽃밭을 관장하는 꽃 감관이다.』

서천 꽃밭? 꽃 감관……?

처음 들어보는 말들이었다. 혹시 꿈속에서 매번 보아왔던 그 꽃밭을 말하는 건가?

청비는 남자의 말에 집중했다.

『서천은 인간의 모든 생명과 부활이 시작되는 곳이며, 저승계와 천상계 사이에 있다. 이승에서는 볼 수 없는 기묘한 꽃들, 주화(呪花)가 피어 있는 곳이지.』

"주화……?"

『환생(還生) 꽃, 멸망(滅亡) 꽃, 번성(蕃盛) 꽃 등을 가리키는 말이다. 인간의 근원은 본디 꽃이었다.』

장미꽃, 안개꽃, 나팔꽃 등의 보통 꽃 이름과는 완전히 다른 생소한 이름들이었다.

환생 꽃, 멸망 꽃이라니…… 뭔가 이질감이 느껴진다.

더군다나 인간은 원래 꽃이었다니.

참으로 말이 안 되는 얘기인데, 남자의 곧고 깊은 눈과 담담한 말투에서는 장난이나 거짓이 느껴지지 않았다. 청비는 계속 귀를 기울이며 남자의 다음 말을 기다렸다.

『서천의 꽃들이 피어 삼승할망이 이승으로 꽃을 보내면 인간의 삶이 시작되는 것이지. 허나 너만은 달랐다. 너는 이승으로 보내지면 안 될 존재였어. 너는 주화(呪花)가 아니었으니까.』

잠시 생각에 잠긴 듯하던 남자는 청비를 안타깝게 바라보았다. 그 눈빛에는 애정과 아련함이 묻어났다.

『내가 특별히 너를 귀애하다 보니 꽃 관리에 소홀해졌고, 그것을 못마땅하게 여긴 삼승할망이 주화(呪花)가 아닌 물푸레 꽃이었던 너를 이승에 보낸 것이다. 널 다시 데려오고 싶었지만 넌 이미 환생을 해 이승에선 내가 할 수 있는 것이 아무것도 없었다. 정해진 수명이 다하는 대로 기다릴 수밖에. 근데 네가 사고를 당해 숨만 쉬는 채로 살다 얼마 안 있어 생이 끝나더구나. 그래서 너를 조금이라도 더 살게 해주고 싶어 내 힘이 미치는 곳인 이탄국으로 데리고 온 것이다. 이탄국은 서천과 가장 가까운 경계에 있는 서역 중 한 곳이니까.』

“당신이 나를 데리고 왔다는 건…… 그럼…….”

떠올리기만 해도 가슴속에서 뜨거운 것이 치고 올라오는 악몽 같던 그 일. 청비는 떨리는 목소리로 힘겹게 말을 꺼내었다.

“아빠가 나를 물에 빠뜨려서 내가 이곳으로 온 게 아니었어요? 이탄국으로 오기 전에 아빠가 나를…….”

『그날은…….』

꽃 감관은 청비가 사고를 당하고 이탄국에 오게 되기까지의 시간들을 눈을 감고 상기했다. 곧이어 청비의 머릿속에 잊고 있었던 기억들이 채워지기 시작했다. 꽃 감관이 보여주는 자신의 과거였다.

제18장

갈망심(渴望心) : 간절히 바라는 마음

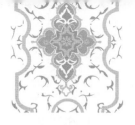

여느 때처럼 응급실 병상에는 많은 환자들이 누워 있었었고, 간이 들것에 실려 오는 환자들도 보였다. 보호자들까지 왔다 갔다 하니 20평 남짓한 응급실은 더욱 좁아 보였다.

연락을 받고 정신없이 병원을 찾아온 김진국은 응급실에 도착하자마자 데스크에서 청비의 이름을 다급히 찾았다. 간호사가 명단을 확인하는 시간도 기다릴 수 없어 그는 응급실 안으로 뛰어 들어갔다.

"청비야! 자청비! 우리 청비 어딨어!"

난데없이 교통사고라니. 제발 무사하길…… 별일 아니길…… 하는 애끓는 심정으로 청비의 이름을 부르는데 몇 걸음 채 떨어지지 않은 곳에 베드를 둘러싸고 있는 전문의와 레지던트 치프, 간호사들이 눈에 들어왔다.

그들의 얼굴은 모두 잔뜩 굳어 있었었고, 응급 상황인 듯 무척 산란했다.

"TA(교통사고) 환자입니다! 혈압 수치 68, 42!"

"펄스(Pulse : 심박동수) 140!"

혈압과 심박동수를 재던 간호사들의 보고에 당직 레지던트는 바로 오더를 내렸다.

“혈액형 체크해서 바로 긴급 수혈로 콜 넣고 벤틸레이터(Ventilator : 인공호흡기) 준비해!”

이동 베드에 여러 의료진이 붙어 처치를 하는 것으로 보아 응급 환자가 틀림없었다. 멍한 얼굴로 김진국이 그들에게 다가가는데 호출을 받고 온 흉부외과와 신경외과팀이 그를 지나쳐 환자를 신속하게 살폈다.

“대광반사(Light Reflex) 반응이 없습니다! 모두 아예 소실되었습니다!”

“호흡부전으로 기도 유지가 필요합니다! 기관삽관(Endotracheal Intubation)을 시행해야 할 것 같습니다!”

“소생실로 이동하겠습니다!”

분초를 다투는 급박한 상황이었기에 그들은 조금도 지체 없이 베드를 잡아 소생실로 이동했다.

눈앞에서 벌어지고 있는 일은 김진국을 더욱 혼란스럽게 만들었다. 베드에 누워 있는 환자가 자신의 딸 청비가 아닐 거라 믿고 싶었다. 청비가 금방이라도 ‘아빠! 거기서 뭐 해? 나 여깄어.’ 하며 다른 병상에서 자신을 부를 것만 같았다.

떨어지지 않는 발에 힘을 주어 가까이 다가갔으나 의료팀은 베드를 이동해 응급실을 나가고 있었다.

그들이 떠나간 자리에는 자신이 청비에게 생일 선물로 사준 운동화 한 짝이 떨어져 있었다. 김진국의 얼굴은 하얗게 사색이 되었고, 충격으로 두 다리가 후들거려 서 있는 모습이 무척 위태로워 보였다.

금방이라도 쓰러질 것 같은 김진국의 모습에 주변에 있던 간호사가 괜찮은지 물었지만 그에게는 어떤 소리도 들리지 않았다. 그는 몸을 돌려 소생실로 향하는 이들을 좇아갔다. 이미 베드는 한참 멀어진 데다 많은 의료진이 둘러싸고 있어 누워 있는 환자가 청비인지 확인을 할 수 없어 불안감이 더욱 커져갔다.

"청비야!"

애타게 이름을 부르며 쫓아가보지만 역시나 대답은 없었다. 그때 병원 내에서 방송이 흘러나왔다.

"긴급 상황 발생! 코드 블루! 코드 블루! 신경외과, 흉부외과 의료진은 1층 2번 ER(응급) 소생실로 오시길 바랍니다."

그들이 막 들어간 곳에는 '2번 소생실'이라고 쓰여 있었다. 김진국은 숨이 턱 막히는 기분이었다. 마음은 더욱 진정되지 않았다.

그는 어느새 소생실 앞에 도착해 안으로 들어가려 했지만 간호사와 인턴으로 보이는 의료진이 그의 출입을 막았다.

"의료진 외 출입 금지입니다. 보호자 되시나요?"

안이 보이지 않아 자신의 딸이 맞는지 확신이 없었다. 하지만 가슴이 내내 죄어들어 알 수 없는 불안감에 숨도 제대로 쉬어지지 않았다.

"얼굴은 못 봤는데…… 신, 신발이 내 딸 아이 것이 맞아요. 얼굴을 봐야겠어요. 직접 내 눈으로 딸아이가 맞는지 확인을 해야겠습니다!"

"죄송합니다. 보호자 분께선 여기서 기다리셔야 합니다."

방송을 듣고 뛰어온 의료진들은 김진국을 지나쳐 다급히 안으로 들어갔다. 외과와 흉부외과의 전문의로 구성된 응급 의학팀과 신경외과 전문의, 외상 전담 간호사 등 의료진이 순식간에 소생실로 모였다.

닫히는 소생실 문 틈으로 보이는 상황이 사태의 심각성을 말해주고 있었다. 이내 여기저기서 다급한 외침이 들려왔다.

"심실세동(심장이 제대로 수축하지 못해 혈액을 전신으로 보내지 못하는 현상)입니다!"

"치프님! 어레스트예요!"

기관 삽관을 하던 도중 환자의 의식이 완전히 떨어지고 심정지 코마 상태가 되었다. 전문의들은 소매를 걷어붙이고 두 명이 번갈아가며 심폐소생술을 시도했지만 산소포화도는 올라갈 기미가 없었다. 혈압도 계속해서 떨어지고 있었다.

제세동기(심장의 불규칙 박동을 제거하는 전기 충격 장치)가 준비되고 응급 의료진들은 바로 패치 전극을 환자의 몸에 부착했다.

"시작합니다! 150줄! 샷!"

"차지(Charge : 충전)되었습니다!"

"200줄 샷!"

"차지되었습니다!"

김진국은 소생실 밖에서 창백한 얼굴로 안절부절못하며 시선은 소생실에 둔 채로 복도를 왔다 갔다 하고 있었다. 시간이 길어질수록 초조해지고 식은땀으로 등이며 이마며 모두 축축하게 젖어갔다.

30분이 지났을 때쯤 안에서 의료진과 간호사가 하나둘 나왔고 모두 어두운 얼굴을 하고 있었다. 예감이 좋지 않았다.

"지니고 있던 소지품에서 신분증이 나왔습니다. 환자분은 김, 자청비로 본인 확인되었습니다. 보호자 되십니까?"

간호사에게서 딸의 이름을 듣자마자 그는 털썩 바닥에 주저앉았고 이내 참고 있던 눈물이 터졌다.

"괜찮으세요? 일어나실 수 있으시겠어요?"

손이며 몸 전체가 덜덜 떨렸다. 청비가 맞았다. 저 베드에 의식을 잃은 채 누워 있는 환자는 청비였던 것이다. 금방이라도 정신을 잃을 듯 그의 눈에서는 초점이 흐려졌고 목이 메어 말이 제대로 나오질 않았다.

"내…… 딸 청비는…… 괜찮은 겁니까……?"

인턴들은 김진국을 부축해 일으켜주었고, 가장 연차가 오래되어 보이는 전문의가 앞으로 나왔다. 그는 입이 떨어지질 않는지 말하길 망설이다 이내 담담하게 청비의 상태를 설명했다.

"교통사고를 당해 외상으로 인한 두부 손상과 뇌출혈로 병원에 도착하기 전부터 의식이 없는 코마 상태였습니다."

다른 사람 이야기를 하는 것 같았다. 아직 딸의 얼굴을 보지도 못했고 아침만 해도 자기 혼자만 스페인에 가서 미안하다며, 나중에 꼭 자신이 보내줄 거라고 웃음 짓던 딸이었다.

퇴근할 때 걸려온, 청비가 교통사고를 당했다는 전화에 그는 제발 아무 탈 없기를 바라는 마음으로 내내 기도하며 병원으로 왔다. 아무 일도 없을 거라며 계속 스스로를 안심시켰는데, 청비가 코마 상태라는 말에 그는 세상이 무너지는 기분이었다.

"바로 소생실로 옮겨 정맥 확보, 기도 삽관을 시도하다 심정지 상태가 왔습니다. 응급팀에서 바로 심폐소생술을 시행했으나 바이탈이 돌아오지 않아 제세동기를 사용했는데도 심박만 돌아오고 그 외에 모든 기능이 정지된 상태입니다."

"모든 기능이 정지라니…… 그럼 우리 딸이 이대로 계속 깨어나지 못한다는 겁니까……?"

"뇌사 상태에서 다시 깨어날 가능성은…… 의학적으로 없습니다. 마음의 준비를 하시는 것이……."

전문의는 뒷말을 흐렸다. 청천벽력 같은 의료진의 진단에 그는 숨이 가빠왔지만 금방이라도 놓을 듯한 정신을 힘겹게 다잡아 말을 이었다.

"뇌사라니요……? 마음의 준비라니요! 그, 그럼 우리 딸이 이대로 죽기라도 한다는 말입니까?"

"대개 몇 개월 이내에 사망에 이르며, 평균적으로는 한 달을 넘기지 못합니다."

“흐윽, 아닙니다! 그럴 리가 없어요!”

그는 세차게 고개를 저었다. 믿고 싶지 않았다.

멀쩡했던 딸이 갑자기 뇌사에…… 곧 죽는다니.

김진국은 의료진들을 외면하며 계속 부정했다.

“내 딸이 나를 두고 갈 리가 없습니다! 직접 내 눈으로 청비……를 봐야겠습니다!”

마침 청비가 누워 있는 베드가 소생실에서 나와 중환자실로 옮겨지고 있었다.

청비는 혈색 하나 없는 얼굴로 죽은 듯 누워 있었다. 산소호흡기를 쓰고 있는 얼굴은 자신이 아는 딸의 얼굴이 아니었다. 절망으로 일그러진 그의 얼굴은 눈물로 뒤덮여 있었다. 그는 자신을 지나쳐 가는 의료진을 하나둘 붙잡으며 사정했다.

“수술이든 뭐든 좋습니다! 돈이 얼마가 들어도 상관없습니다. 하라는 대로 다 할 테니 우리 딸 좀 살려주세요. 제발 우리 딸 좀…….”

“수술 도중에 갑자기 서든데스(갑자기 사망)가 올 가능성이 높습니다. 지금 상태에서는 수술이 아무 의미가 없습니다. 아무래도 보호자분께서 마음의 준비를 하셔야 할 것 같습니다.”

의료진들이 김진국을 지나쳐 가고, 그는 청비의 베드를 붙잡으며 흐느꼈다.

어떻게 이런 일이……. 모두 꿈일 것이다. 악몽을 꾸는 것이다.

마치 자신이 그곳에 있었던 것처럼 선명한 영상들이 청비의 눈앞을 스쳐 갔다.

기억에는 없었던 교통사고 이후의 시간들…….

울부짖고 있는 아빠의 모습을 보니 저도 같이 호흡이 가빠졌고 목이 메어왔다. 영상은 흐릿해지고 청비의 앞에는 다시 꽃 감관이 서 있었다.

『본래 너의 수명은 스무 살 생일까지였다. 그곳에 있었다면 누워만 있다 삶이 끝났겠지. 이탄국에 왔다 해서 수명이 달라지지는 않겠지만 너는 원래 모습으로 걷고, 말을 하고 살아 있다는 것을 느낄 수 있으니 나는 그 편이 더 나을 거라 생각했다.』

"그럼 아빠도 그걸 알고……."

『그래. 내가 말해주었다. 내가 널 데려가면 조금은 더 살 수 있다고. 누워서 숨을 쉬는 것조차 누군가에게 의지하는 것이 아닌 원래처럼 살아갈 수 있다고.』

"흑, 난 그런 줄도 모르고."

그동안 아빠가 자신을 물에 빠뜨린 거라고 원망했던 것이 너무도 후회스럽고 미안했다.

아빠가 보고 싶다. 아무것도 할 수 없는 현실이 답답해 심장이 저미고 따끔거린다. 눈물만 계속 흘러내린다.

어떡하지. 아빠한테…… 너무 미안하잖아.

혼자 남겨지게 한 것도 미안하고, 아빠를 그렇게 생각해왔던 것도 미안하고, 모든 것이 다 미안해서 가슴이 찢어질 듯 아프다.

"아빠를 볼 수 있는 방법은 없나요……? 아빠가 너무 보고 싶어요."

『너를 살리려 나한테 보낸 거지만 너와의 인연의 끈은 놓은 것이나 다름없지. 그리고 이미 넌 그곳에서 죽은 사람이다.』

청비는 화가 났다. 자신은 원하지 않았는데 이곳으로 온 것도 마음에 들지 않았다. 아빠가 받았을 상실감과 상처를 생각하면 이 모든 것이 꽃 감관이라는 남자 때문에 일어난 일인 것 같았다.

어차피 죽는 건데 좀 더 인간답게 사는 걸 내가 바랄 거라고 생각한 거야?

"당신이 틀렸어. 나는 이런 거 하나도 원하지 않았어! 이곳으로 데리고 오지 말았어야 했어요. 나는 지금 당장이라도 그냥 죽을 거예요!"

청비가 악을 쓰며 소리를 지르자 남자는 묘한 미소를 지었다.

『아직도 이탄국에서 쉽게 죽을 수 있다 생각하다니. 이곳은 서천 꽃밭과 가장 가깝다 하지 않았느냐. 넌 더욱이 물푸레 꽃이다. 지금껏 겪었을 테니 그 능력을 모른다 하지는 않겠지?』

"능력……?"

『멀리까지 퍼뜨리는 향기와 물을 정화하는 그 능력 말이다. 네가 원한다 하더라도 쉽게 죽을 수 없을 것이다. 다른 생각 하지 말고 얼마 남지 않은 시간을 누리거라.』

남자의 모습은 환상을 보았던 것처럼 희미해져갔다. 청비는 남자를 붙잡으려 했지만 손에는 아무것도 잡히지 않았다. 남자는 신기루처럼 사라지고 없었다.

다시 풀벌레 소리와 강물 소리가 들리고 차가운 강바람이 얼굴을 스쳐가니 현실로 돌아온 듯했다. 고개를 푹 숙이며 얼굴에 얼룩져 있는 눈물을 닦는데 어디선가 신음이 들려왔다.

"누, 누구야!"

주변을 경계하며 소리가 들리는 곳으로 다가가는데 발에 뭔가가 밟혔다.

"윽."

신음이 더 강해졌다. 청비가 소스라치게 놀라며 엉덩방아를 찧는데 그녀의 눈앞에 단휘가 쓰러져 있었다.

이게 어떻게 된 거지?

분명 도적 떼 같은 놈들한테 잡혔었는데 지금은 또 태자와 같이 주청강에 있다니.

몽롱했던 의식 속에서 태자의 목소리를 들었던 것 같기도 하고, 이게 어찌 된 상황인지 도무지 이해가 가지 않았다.

태자는 또 왜 쓰러져 있단 말인가.

자초지종을 묻기 위해 청비는 쓰러져 있는 단휘에게 다가갔다.

"태자님! 태자님, 일어나 봐요!"

단휘는 대답이 없었다. 그저 미간을 좁히며 얼굴을 찡그릴 뿐이었다.

다시 한 번 그를 부르려는데, 그제야 단휘의 상태가 눈에 들어왔다. 청비는 너무 놀라 말도 제대로 나오질 않았다.

"어, 어깨에……."

청비의 눈이 화등잔만 하게 커졌다. 그녀는 너무 놀라 입을 틀어막은 채 그의 상태를 눈으로 훑었다. 태자의 어깨에 화살 하나가 박혀 있었고, 찢어진 옷은 피로 홍건하게 물들어 있었다. 단휘의 상태는 심상치 않아 보였다.

청비는 후다닥 그에게로 바짝 다가갔다. 그렇지 않아도 하얀 얼굴이 백지장처럼 더 창백하게 변해 있었다.

"대체 어떻게 된 일이지……?"

지금 처한 상황이 이해가 가지 않았지만 우선 청비는 단휘를 평평한 곳으로 옮기기 위해 그를 힘껏 잡아당겼다. 큰 바위와 풀숲이 바람을 막아주는 평지에 힘겹게 그를 눕히고 보니 그의 입술이 무척 메말라 갈라져 있는 것이 눈에 띄었다. 청비는 재빨리 뛰어가 손으로 강물을 받아와 그의 입에 조금씩 흘려주었다.

"제발, 눈 좀 떠봐요."

청비의 애원 어린 음성에 정신이 드는지 단휘는 스르르 눈을 떴다. 그는 몸을 일으키려다 생살을 파고드는 어깨의 통증에 숨을 들이켜며 표정을 일그러뜨렸다.

"어떡해! 괜찮아요? 그냥 움직이지 마요."

그는 가까스로 바닥을 짚은 손에 단단히 힘을 주어 앉고는 자세를 잡았다. 그러곤 걱정이 고스란히 드러나는 얼굴로 청비를 보았다.

"청비…… 넌 괜찮은 것이냐?"

어깨에 화살이 박혀 피로 옷이 흥건하게 젖어 있었다. 조금만 움직여도 많이 아플 텐데……. 제 걱정이 먼저인 태자의 말에 청비의 눈가에 눈물이 핑 돌았다. 하지만 태자 앞에서 눈물을 보이고 싶지는 않았다.

그녀는 눈을 깜빡이며 순간 터져 나올 것 같은 눈물을 애써 참았다.

"저보단 태자님 어깨에 화살이……."

"난 괜찮다."

그가 눈빛으로 청비를 안심시켰다. 하지만 입 밖으로 나온 그의 음성은 무척 거칠게 갈라져 있었다. 고통을 참고 있는 것이 청비에게까지 느껴졌다. 더욱 단휘가 걱정됐지만 차마 아플까 봐 손은 대지 못하겠어서 청비는 그저 안쓰럽게 바라볼 수밖에 없었다.

"하지만…… 피가 많이 나요."

"그보다, 여기가 어디냐?"

"주청강인 것 같은데…… 왜 여기에 있는 건지는 저도 모르겠어요. 태자님이 저를 이곳에 데리고 온 게 아니었어요?"

"하북성까지 온 건 기억이 나는데, 그 이후론 기억이……."

단휘는 강가에서 쉬고 있는 자신의 준마를 보며 기억을 더듬어보았다.

하북성에 들어서자마자 정신을 잃었던 것 같은데…… 그 후로 무슨 일이 있었는지는 기억이 없었다. 어떻게 주청강에 온 건지도 모르겠다.

드문드문 기억나는 것은 자신의 말이 쉼 없이 어딘가를 향해 계속 가고 있었다는 것과 눈을 뜨니 청비가 자신을 깨우고 있었다는 것뿐.

정신이 몽롱하게 풀어지는 가운데 단휘가 입을 열었다.

"이제 좀 기억이 나는군."

그는 표정이 짐짓 엄해졌다.

"내 서재에 몰래 들어왔던 것이 수상쩍었는데, 오늘 들은 이야기로는 내 인장이 찍힌 벽보가 계문에 붙어 있었다 하더구나. 너는 알고 있을 것 같은데. 어찌 된 일인지."

청비는 태자한테 들켜버렸구나 싶어 당황하여 얼굴이 돌처럼 굳어졌다.

중요한 내용도 아니니 태자의 귀에 들어갈 확률이 적다고 예상했는데, 직접 눈으로 보기라도 한 건가?

"혹시…… 벽보를 보신 거예요?"

대답이 없는 걸로 봐서는 봤나 보네.

"그게 그러니까…… 어떻게 된 거냐면요."

둘러댈 변명이 딱히 떠오르지 않아 입 안이, 아니 온몸이 바짝 마르는 기분이있다.

지금 그게 중요한 게 아니잖아!

"도적들한테는 어쩌다 잡힌 것이냐?"

태자는 화를 억지로 참으며 차분하게 말하려는 기색이 역력했다.

도적들한테 잡힌 것까지 어떻게 안 거지? 분명 도적들한테 잡혔을 때 태자는 없었는데. 주청강에 와 있는 것도 그렇고, 이렇게 태자와 같이 있는 것도 그렇고 모든 것에 연결 고리가 없었다.

청비는 분위기를 바꾸려 태자의 물음에는 대답하지 않고 되레 자신이 질문했다.

"태자님 말대로 제가 도적들한테 잡혔었거든요. 근데 어떻게 태자님과 제가 같이 있는 거예요? 혹시 그 화살도 도적들이 그런 거예요?"

단휘는 자신이 검계에 들어가 청비를 구했다고 말할 순 없었다. 그는 잠시 침묵으로 일관하다 덤덤히 말을 툭 내뱉었다.

"지나가다 보았다."

"지나가다…… 봤다고요?"

"그래."

곧이곧대로 그 말을 믿기엔 미심쩍은 부분이 많았다.

"우연히 산청을 지나가는데 네가 도적 떼한테 잡혀서 가더구나. 그래서 쫓아가다 기회를 틈타 너를 구한 것이다."

"말도 안 돼."

부하들과 진검이 아닌 장난감 목검 같은 걸로 대련했을 때도 살짝 부딪히기만 해도 저를 죽이려 했다며 불호령에 온갖 엄살을 떨던 태자님 아니셨나? 자신한테 검술을 가르쳐줄 때도 실기보단 이론이 강하다며 입으로만 가르쳐주던 그 실력으로 도적 떼를 상대했다고?

청비는 더욱 의심스러워, 눈을 반쯤 가늘게 뜨며 그를 응시했다.

"그 집채만 한 도적 떼들을 상대해서 저를 구했다고요?"

"내가 그놈들을 어떻게 일일이 상대한단 말이냐. 놈들을 따돌리고 무조건 죽어라 도망쳤지."

"그 남자들 머릿수도 꽤 많았고, 실력도 보통이 아니었는데."

그냥 산어귀에 숨었다가 들이대는 산적이나, 동네에서 도둑질이나 하는 왈패 수준은 아니었다. 험악한 인상의 도적들이 하나둘 떠올랐다. 만약 그들에게 잡혀갔으면 어떻게 되었을지, 생각만 해도 끔찍해 온몸이 떨려왔다.

태자가 자신을 보게 된 건 정말 천만다행이었다. 그런 우연이 있을까 싶었지만 어쨌거나 태자를 만나 도움을 받은 것에 다시 한 번 안도하며 청비는 고마움을 느꼈다.

감사한 마음을 담고 청비가 태자를 보는데, 그의 눈이 풀리는 동시에 휘청거렸다.

"태자님!"

청비는 얼른 태자에게 달려가 자신의 어깨에 그의 머리를 받쳤다.

"괜찮아요? 아, 어떡하지. 피가 너무 많이 나요. 뭔가 지혈을……."

"시……."

"뭐라고요?"

태자가 하는 말이 잘 들리지 않아 청비는 그의 얼굴에 귀를 가까이 대었다.

"시끄럽다고. 정신없으니까 조용히 해."

"네! 그럴……!"

청비가 말을 하다 말고 입술을 꾹 다문 채 고개를 주억거렸다.

"내 말 잘 들어."

태자가 힘겹게 한 자 한 자를 내뱉자 청비는 더욱 경청하며 고개만 강하게 끄덕였다.

"화살을 빼내야 한다."

"네, 그럴세요. 아니, 잠깐. 뭐, 뭘 해야 한다고요? 설마 제가요?"

"그럼 여기 너 말고 누가 있겠느냐? 우선 화살대를 잡거라. 도중에 멈추지 말고 단번에 빼야 한다."

청비의 얼굴은 사색이 되었다. 가시나 유리 조각도 아닌 화살이었다. 생각조차 해볼 수 없는 일인 듯 그녀는 강하게 도리질했다.

"화살을 빼라니…… 난…… 난 못 해요! 그러다 태자님이 잘못되기라도 하면 어떡하라고요!"

"촉이 급소를 피했으니 죽지는 않을 것이다."

태자의 숨이 거칠어졌다. 숨을 들이켜도 주위의 공기가 점점 사라지는지 점점 호흡이 가빠지는 게 느껴졌다.

눈앞이 흐려지고 간신히 붙잡고 있는 의식도 혼미해지고 있었다. 청비를 안전한 곳까지 데려가야 한다는 정신력으로 버텨온 것이 이제 한계에 다다랐고, 체력은 바닥이었다. 계속 피를 흘린 상태였기에 더는 지체 없이 화살을 제거하고 지혈을 해야 했다.

"화살대를 잡아."

청비는 발을 동동 구르며 손톱을 물어뜯었다.

지금 당장 화살을 빼라니. 지혈이나 인공호흡 정도의 응급처치 몇 개 배운 게 다인데. 더군다나 마취제나 소독약이 있는 것도 아니고, 어떤 도구 하나 없이 어떻게 화살을 뺀단 말인가.

"피가 튈 수 있으니 얼굴은 돌리고 있거라."

지금 그게 중요해?

청비는 인상을 팍 썼다. 그의 꺼질 듯한 목소리에 청비는 우선 태자가 시키는 대로 부들부들 떨리는 손을 화살대로 가져갔다. 검붉은 피가 흐르는 어깨에 화살촉이 박혀 있는 것이 보였다. 촉이 살갗으로 드러나 있는 것으로 보아 다행히 깊게 박히지는 않은 것 같았다.

하지만 청비는 화살대에 손가락만 대고 있을 뿐 잡지는 못하고 계속 망설였다. 자신이 실수라도 하여 혹여나 태자를 더 고통스럽게 하거나…… 이런 생각을 하면 안 되는데 그가 잘못되기라도 할까 봐 머릿속이 내내 복잡했다.

"태자님…… 나, 나…… 못 하겠어요."

손만큼이나 청비의 목소리가 덜덜 떨려 나왔다. 청비의 어깨에 기대어 있던 태자가 힘없이 그녀의 무릎으로 푹 쓰러졌다. 청비는 순간 쿵 하고 심장이 추락하는 느낌이었다.

충격으로 커져 있던 눈에 눈물이 고였고, 어느새 뜨거운 눈물이 후두둑 떨어졌다.

"태자님! 태자님!"

다행히도 그의 입에선 약한 호흡이 계속 흩어지고 있었다. 청비의 부름에도 대답 없이 나직한 신음만 흘러나오니 더는 망설일 시간이 없었다.

청비는 손등으로 눈물을 닦아내고 화살대를 두 손으로 꽉 잡았다. 마음을 다잡아도 손은 여전히 미친 듯이 덜덜 떨렸지만 방법은 이것뿐이었다.

태자의 얼굴은 살피니 아직까진 통증을 느끼거나 하진 않는 듯했다.

청비는 파르르 떨리는 입술을 베어 물며 시야를 흐리는 눈물을 꾹 억눌렀다.

잘해야 해, 청비야. 실수 없이. 제발…… 제발……!

그녀는 숨을 크게 내쉬고 최대한 침착하게 화살대를 잡은 손에 힘껏 힘을 주어 그의 어깨에서 화살을 단번에 뽑아냈다. 엄청난 피가 쏟아지면서 그의 고통스러운 신음이 귓전에 아프게 날아왔다.

"으윽!"

청비는 파르르 떨리는 눈으로 단휘를 내려다보았다. 그녀의 얼굴과 손에는 아직 온기가 느껴지는 그의 피가 여기저기 튀어 있었다.

자신의 몸에 흩뿌려진 엄청난 양의 피를 본 청비의 동공이 심하게 흔들렸다.

그녀는 완전히 의식을 잃은 채 추욱 쓰러져 있는 태자의 모습에 혼비백산하여 비명을 지르듯 태자를 불렀다.

"태자님! 태자님!"

단휘의 몸을 꼬옥 감싸 안고 아무리 그를 불러도 '청비야' 하고 중저음의 듣기 좋은 목소리로 자신의 이름을 불러주지 않았다. 항상 그랬던 것처럼 서글서글한 미소가 어린 오만한 얼굴로 자신을 보아주지도 않는다.

빼낸 화살이 제 가슴에 박힌 듯 청비는 가슴이 쓰리고 찢어질 듯 고통스러웠다. 눈은 퉁퉁 부은 데다 붉은 기운까지 맺혀 있었다.

청비는 고개를 세차게 흔들었다.

지금은 울 시간도 아까워. 침착하자.

그녀는 학교 수업 시간에 배운 응급처치 법을 생각했다. 혈관이나 근육을 다쳤을 수도 있고 절상(뼈가 부러지거나 뼈마디가 어긋나 다침)일 수도 있었다. 더군다나 화살촉을 빼냈으니 당장 지혈이 시급했다. 태자를 조심스럽게 바닥에 내려놓은 뒤 청비는 지혈할 것을 찾았다. 압박붕대나 깨끗한 거즈

천이 없어 청비는 자신이 입고 있는 치마로 눈을 돌렸다. 겉치마는 이미 피가 묻어 있는 상태였다.

청비는 속치마를 펼쳐 쭈욱 크게 뜯어냈다. 커다란 속치마 천을 두 단으로 자른 뒤 한쪽을 먼저 태자의 어깨에 감쌌다. 그리고 압박하듯 상처 부위를 손바닥으로 눌러 지혈하며 남은 한쪽으로 어깨와 팔 부분까지 고정하듯 여러 차례 감은 뒤 매듭을 지었다.

한시름 덜은 청비가 태자의 이마에 손을 올렸다. 태자는 서서히 열이 오르고 있었다.

"열이 더 심해지기 전에 궁에 가야 하는데."

"……청……비야."

"태자님! 정신 들어요?"

태자의 목소리에 청비는 놀라면서도 다행으로 여기며 태자의 손을 잡고 좋아했다. 곧이어 미약한 신음과도 같은 음성이 그의 입에서 흘러나왔다.

"고맙다……."

그 한마디에 청비는 뜨거운 뭔가가 깊이 치고 올라오는 것이 느껴져 더 가슴이 울컥거렸다.

고맙긴, 이까짓 것이 뭐라고 고맙다고. 다친 것도 다 나 때문이면서. 분명 나만 아니었다면 이런 일도 없었을 것이다.

계속 쉼 없이 뚝뚝 떨어지는 눈물을 닦아내며 청비는 태자를 향한 걱정스러운 눈빛을 거두지 않았다.

"이제 좀만 참아요. 내가 당신 데려다줄 거야."

상처 치료를 위해 한시라도 빨리 궁에 도착해야 했다.

몇 번 와보았기에 궁에서 주청강까지 거리가 그리 멀지 않다는 것을 알고 있었다. 이곳을 벗어나 사람들의 도움을 받는다면 궁까지 가는 것은 그리 어려운 일이 아닐 것이다.

청비는 강가에 서 있는 단휘의 말을 데리고 왔다. 말을 데리고는 왔으나 어떻게 태자를 태워야 할지 고민했다. 최대한 충격 없이 그를 말에 태우는 것이 관건이었다.

청비가 고개를 갸웃거리며 다양한 방법을 강구하는데 말이 저벅저벅 태자에게로 다가갔다.

"어? 너 뭐 해? 거기 안 서!"

청비의 만류에도 말은 동요 없이 가까이 다가가 몸을 엎드리고 태자의 배와 허리 사이에 머리를 밀어 넣더니 그대로 태자를 천천히 올려 안장에 태웠다. 태자의 얼굴로 보아 다행히도 통증을 느낀 것 같지는 않아 보였다.

"잘했어! 너 진짜 똑똑하다."

청비는 말을 향해 엄지를 보이고 저 역시 말안장을 잡고 버둥거리며 가까스로 올라탔다. 그러고는 태자를 자신에게 기대게 한 뒤 혹시라도 그가 말에서 떨어질까 싶어 허리끈을 빼어 그와 자신의 몸에 같이 단단히 묶었다.

항상 무쇠같이 굳건하던 그의 상체가 힘없이 자신 쪽으로 휘청거리자 청비는 마음이 아릿하게 아팠다.

제발…… 태자, 당신에게 아무 탈이 없기를…….

청비는 말고삐를 더욱 세게 움켜쥐었다. 조금이라도 빨리 주청강을 빠져나가야 했다.

"말아, 네 주인이 위급하니 얼른 이곳을 빠져나가야 한다. 너만 믿으마."

류하 왕자, 태자와 함께 주청강에 왔던 날들을 떠올린 청비는 어떤 길로 갔었는지를 생각해내고 말을 몰았다. 말을 몰기보다는 거의 매달려 가는 것이 맞았다.

아직까지도 흔들리는 말에 적응을 못한 청비는 이리저리 위태롭게 떨어질 듯해 안장을 꽉 잡고 갔다. 그러면서도 고삐는 절대 놓치지 않았다.

다행히도 자신의 말을 알아들은 것인지 방향을 알려주지 않았는데도 말은 어느새 강을 벗어나고 있었다.

멀리 초막들이 하나둘 보이기 시작했고 말을 타는 것도 점점 익숙해진 청비는 고삐를 잡아당겨 더 속도를 냈다. 마을이 보이니 한시름 놓이면서도 시간이 지날수록 그가 위험해져 가고 있어 초조한 마음은 계속되었다.

얼마 안 가 마을 입구 이문(里門)에 들어서자 해가 막 뜨기 시작한 새벽녘이라 인적이 드물 거라 생각했는데 군영이나 된 것처럼 무장을 한 병사들이 문을 에워싸고 있었다.

다행인 것은 그들이 입고 있는 복식이 익숙하다는 것이었다.

"저 옷은 해륜궁의 호위병들이 입는 옷인데."

더 가까이 다가가자 역시나 그들은 태자의 호위를 맡고 있는 병사들이 맞았다. 얼굴 역시 눈에 익은 이들이 여럿 있었다. 그제야 안심을 한 청비는 더욱 빨리 말을 몰아 병사들에게로 향했다. 병사들 역시 청비와 태자를 알아보고는 일제히 몰려들어 감싸고 주변을 경계했다.

"동궁전 호위를 맡고 있는 중랑장입니다. 괜찮으십니까? 두 분 상태가……."

"저는 괜찮은데, 태자님이……."

중랑장은 허리를 숙여 인사를 올리다 청비와 단휘의 상태를 보고는 놀라 바로 병사들을 불렀다.

"어서 태자 전하를 뫼시어라!"

병사들 여럿이 청비와 태자가 쉽게 말에서 내릴 수 있게 허리를 숙였고, 청비는 조심히 허리끈을 풀어 먼저 말에서 내렸다.

"조심하세요. 태자님 상처가 깊어요."

청비의 울음 섞인 음성에 병사들은 더욱 조심히 태자를 부축해 말에서 내렸다. 청비는 계속해서 태자 옆에서 그를 살폈다.

태자의 상태가 심상치 않음을 느낀 중랑장은 바로 마차를 준비하라 명을 내린 후 여기저기 흩어져 있는 호위병들에게 전하를 모시고 먼저 궁으로 가겠다는 전갈을 보내라 했다.

"근데 어떻게 알고 여기에 계신 거예요?"

"호위대장께서 태자 전하의 소식이 끊기셨다 하셔서 도성 안을 샅샅이 살피고 있던 중이었습니다."

호위대장이라면 건희 님을 말하는 건데.

태자 전하께서 건희 님과 같이 궁을 나갔다고 고했던 궁녀의 말이 생각난 청비는 그제야 상황이 조금은 이해가 되었다.

태자가 없어진 걸 알고 건희 님이 바로 병사들을 풀어 찾고 있었나 보네.

생각지도 못했던 호위병들과의 만남에 놀랍고 반가웠던 청비는 이제 궁까지 가는 것은 해결되었다는 생각에 바짝 졸아 있던 긴장이 풀려 메인 목소리로 말을 이었다.

"그랬군요."

호위병이 대동하고 온 노인이 청비와 태자의 앞에서 고개를 숙였다.

"누구신지……."

"마을의 의원 중 한 분이십니다."

청비는 바로 자리를 피해주었고, 노인은 태자의 상태를 면밀히 살폈다. 그리고 들고 온 목곽에서 약병 하나를 꺼내 태자의 상처에 조금씩 부은 후 약합들을 꺼내어 황색 가루와 흰 가루를 차례로 상처에 뿌렸다.

"우선 제게 있는, 피를 멎게 하는 당귀와 지혈에 도움을 주는 율피 가루를 처방해놓았습니다. 하지만 이것만으로는 지속적인 효과를 못 볼 것이니 어서 궁으로 모셔야 합니다."

흰 면포로 여러 번 태자의 어깨를 감싼 의원이 자리에서 물러나 가려 하자 청비는 의원을 붙잡았다.

"그럼 생명에는 지장이 없는 거예요?"

의원이 고개를 끄덕였다. 청비는 정말 다행이라며 의원에게 연신 고맙다는 인사를 했고, 얼마 안 있어 바로 마차가 도착했다. 병사들은 일제히 태자를 조심스럽게 안으로 옮겼다. 청비도 같이 올라 마차에 누워 있는 태자의 손을 꼬옥 잡았다.

"이제 궁에 도착할 거니까, 조금만 참아요."

눈물은 마르지도 않는지 또 주르르 흘러나와 얼굴을 적셨다. 정말 많은 일이 일어났었다. 정말이지 겪고 싶지 않은…… 악몽 같았던 일.

도적에게 붙잡혔던 것도 그렇고, 자신이 그토록 원하던 대로 법사를 만났지만 그는 꿈속의 남자였던 동시에 인간이 아닌 꽃 감관이라는 특별한 존재였다는 것.

더군다나 아직까지 믿기지 않지만 자신이 전생에 물푸레 꽃이었다니…….

이탄국에 오게 된 것도, 신기한 일이 일어난 것도 그 때문이었다니.

하루 사이에 무섭고 믿기 힘든 많은 일들이 일어났지만 모두 실감도 나지 않거니와 와 닿지도 않았다. 몸과 마음이 모두 버틸 수 없을 정도로 가장 힘들었던 것은 그런 일들 때문이 아니라 단연 태자 때문이었다.

청비는 자기 손으로 태자의 어깨에 박힌 화살을 빼낸 것을 생각하면 아직까지도 손이며 어깨가 저릿저릿 떨려왔다.

혹시라도 태자, 당신이 어떻게 되는 줄 알고 심장이 철렁했는데 정말 다행이야. 나를 살려놓고…… 나를 좋아한다 해놓고…… 죽으면 안 돼, 태자.

미동 없이 누워만 있는 태자의 모습에 마음이 아프고 내내 가슴이 욱신거린다.

청비는 떨리는 눈으로 태자를 보았다. 이곳에서의 시간도 얼마 남지 않았다는 말을 들었을 때 가장 먼저 떠오른 건 태자의 얼굴이었다.

이제 더 이상은 사는 것에 미련 없다 해놓고, 막상 자신의 삶이 끝나간다 생각하니 왜 휑하니 마음이 허했을까. 왜, 돌연 이곳에서 살고 싶다는 생각이 든 걸까.

돌덩이들이 짓누르고 있는 것처럼 마음이 무겁고 편치 않았다. 청비는 소매로 눈물을 훔쳤다. 그래도 태자가 위험한 순간은 넘겼으니 이제는 다 괜찮다. 다 된 것이다.

온몸을 잠식했던 긴장이 풀려서인지 힘이 쭈욱 빠지는 느낌에 청비는 마차에 머리를 기댔다. 눈꺼풀이 천근만근 무거워지고 고개를 흔들며 정신을 차리려 해도 시간이 지남에 따라 점점 눈이 감겨왔다. 청비는 단휘의 손을 잡은 채로 깊은 잠에 푹 빠져졌다.

창문으로 들어오는 햇살이 청비의 몸에 드리우니 따스함과 함께 낮의 기운이 느껴졌다. 눈이 게슴츠레 떠지고 오래 잔 탓에 여전히 잠에서 깨지 못해 힘겹게 눈꺼풀을 들어 올렸다.

"어라? 여긴 내 처소잖아?"

기지개를 펴며 일어나 보니 동궁전 자신의 처소였다. 청비는 동그랗게 뜬 눈을 손으로 비비며 다시 주변을 보았다. 역시나 자신의 처소였다. 그렇다면 이것은 현실이리라.

"태자!"

청비는 정신이 들자마자 태자가 생각이 나 이불을 걷어내 벌떡 자리에서 일어났다.

태자한테 가봐야 해!

청비가 문을 열고 나오자 마침 그녀가 깨어나길 기다리며 대기하고 있던 시녀들이 청비의 안위를 살폈다.

"괜찮으세요, 아가씨? 혹시 불편한 곳이 있으시면 궁의를……."

"나는 됐고, 태자님은요? 태자님은 괜찮아요? 아니다. 내가 직접 가서 봐야겠어요."

시녀의 말에도 아랑곳하지 않고 청비는 태자의 침전을 향해 뛰었다. 전속력으로 질주해 금세 도착한 청비는 문을 두드리거나 인기척도 없이 무작정 안으로 들어갔다.

"태자님!"

그녀의 눈앞에서는 태자가 침상에 앉아 궁의의 치료를 받고 있었다. 창백했던 피부는 어느 정도 혈색이 돌았고, 자신과 눈을 마주치니 표정 없이 눈을 감고만 있던 얼굴에는 옅게 웃음이 떠올랐다.

"왔느냐?"

중저음의 미성. 목소리도 그대로였다. 평소 태자의 모습이었다.

숨 한 번 제대로 쉬지 않고 태자를 마주한 청비는 그제야 실감이 나는지 입을 떼었다.

"이제 괜……찮……."

아직 잠에서 덜 깬 탓인지 목소리가 나오질 않아 청비는 말을 채 잇지 못했다. 청비의 걱정 어린 얼굴에 단휘는 조용히 미소 지었다.

"난 이제 괜찮다. 내 걱정을 해준 것이냐?"

"걱정이 안 되는 게 이상하죠. 내 앞에서 기절까지 했는데."

"기절이라니, 잠깐 정신을 잃은 것뿐이다. 네가 화살을 그리 무자비하게 뽑았는데 맨 정신으로 버티는 것이 오히려 이상하지."

짓궂은 그의 어투에 청비는 그렁그렁 눈물이 맺힌 눈으로 단휘를 바라보다 성큼성큼 다가가 아예 달려들어 그의 허리를 끌어안았다.

"다행이다, 정말."

갑자기 제게 오는가 싶더니 아예 목을 꽉 안고 얼굴을 부벼대니 단휘는 어정쩡한 자세로 동작을 멈추었다. 그리고 당황한 얼굴을 한 궁의에게 그만

나가보라며 손을 휘저어 밖으로 내보냈다.

궁의며 다른 이들이 옆에 있는지 없는지는 청비에게는 전혀 중요치 않았다. 지금 이 순간 평상시 모습으로 돌아와 자신 앞에 있는 태자만이 눈에 가득 차 있을 뿐.

"태자님이 죽는 줄 알았어요."

"가진 거 하나 없이 죽을 수는 없지."

"가진 게 없다고요?"

"궁이며 비단옷을 내 것이라 생각해본 적 없다. 내 힘으로 얻은 것도 아니며 태자라는 지위가 아니었다면 모두 부질없는 것이 아니냐? 하지만 넌…… 청비 넌 다르다. 너를…… 갖고 싶다. 청비야…… 내 것이 하나 없는 채로 죽는다니, 이대로 억울해서 죽을 수 없다, 나는."

태자의 말이 끝나자 청비는 몸이 열기로 휩싸이는 것을 느꼈다. 잠잠했던 가슴도 들썩거리고 온몸으로 그 진동이 번지는 느낌이었다. 청비는 자신이 방금 어떤 행동을 취한 건지 깨닫고 그를 밀어내는 동시에 태자의 몸에서 멀찍이 떨어졌다.

"방금 그건…… 너무 반갑고 태자님 상태가 많이 호전된 것 같아서 제가 표현을 좀 과하게 했네요."

태자는 눈을 가늘게 내리떴다.

청비의 변명에 슬쩍 입가를 끌어 올리던 단휘가 갑자기 어깨를 손으로 짚으며 아픔을 호소했다.

"윽."

"왜, 왜 그래요?"

내가 너무 세게 밀었나? 그렇게 힘을 쓰진 않았던 것 같은데.

청비가 어쩔 줄 몰라 하자 그가 넌지시 그녀를 향해 손짓했다.

"멀뚱히 뭐 해? 가까이 와서 봐줘야 할 것 아니냐."

자신 때문에 상처가 덧났나 싶어 청비가 그의 상처를 살피려는 찰나, 이번엔 단휘가 청비의 허리를 끌어안았다.

"악, 뭐예요, 진짜! 이거 놔요!"

"이 맛에 몇 번 더 다쳐도, 뭐 괜찮을 듯싶구나."

음험한 단휘의 말에 청비가 발끈했다.

"뭘 더 다쳐요! 그땐 그냥 죽게 내버려둘 거예요!"

이 남자는 역시나 틈을 주면 안 된다. 청비는 단휘의 손을 떼어내고 문 쪽으로 쏜살같이 도망쳤다.

"괜찮아 보이시니, 저는 그만 나가볼게요. 쉬세요."

청비가 문을 열자 세 발치 떨어진 곳에 건희가 서 있었다. 청비가 인사를 하려고 건희의 이름을 부르려는데 안에서 건희를 본 단휘의 높아진 음성이 끼어들었다.

"건희는 아는 척 말고, 청비 네 갈 길 가."

건희는 청비에게 인사를 올린 뒤 바로 안으로 들어갔고, 곧 문이 닫혔다.

궁에서 왕따를 만들 셈인가? 아는 척도 말래. 구시렁거리며 걸어가면서도 청비의 얼굴엔 화색이 돌았다. 한편으론 그런 태자의 모습에 마음이 한결 가벼워지고 안심이 되었다.

태자, 정말 평소대로 돌아왔네. 근데 왜 아직도…… 무엇이 그리 초조하고 불안하기에 심장이 쿵쿵 뛰는 거지?

청비는 고개를 갸웃거리며 심장 부근을 매만졌다.

정말 이상하다. 뭔가 변했다. 심장 박동이…… 이상하게 변했다.

소리는 밖으로 들릴 듯 더 커지고, 박자는 빨라졌다.

대체 왜 이러지?

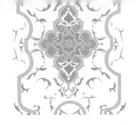

제19장
애모지심(愛慕之心) : 사랑하며 그리워하는 마음

"전하, 몸은 좀 어떠십니까?"

건희는 태자가 다친 것이 제 탓인 것 같아 마음이 무거웠다. 설마 귀하신 몸에 상처까지 내어 혼자 잠입하셨을 줄이야. 일을 미리 내다보지 못한 자신의 잘못이 컸다.

"황실의 약이 어디 보통 약이냐. 하루 이틀 쉬면 다시 예전 몸 상태로 돌아올 것이다. 네 잘못이 아니니니 마음 쓰지 마라. 그보다 알아보라 한 것은 어찌 되었느냐?"

단휘는 궁에 돌아와 정신이 들고 난 뒤 건희에게 검계의 진영에서 가져온 타다 남은 종이를 건네며 황실이나 귀족들만이 쓰는 종이이니 권력을 가진 관료층들 위주로 필체를 대조해 배후를 알아내라는 명을 내렸었다.

"종이의 일부가 소실되어 글자 수가 적다 보니 대조를 해도 확실치는 않습니다만, 현재 조사한 바로는 당원행성의 금석 장군이 올린 상서의 글씨체와 흡사했습니다."

"금석 장군이라면……."

"전하의 후궁 후보로 오른 금란 아가씨의 부친입니다."

단휘의 입꼬리가 비틀렸다.

여식은 태자의 후궁 후보로 올려놓고 뒤에선 비밀리에 사병을 양성하고 있었다는 말인데…….

당원행성의 금석 장군에 관해 탐욕스럽고 교만하다는 소문을 익히 들어왔던 터였다. 폐하 앞에서도 항상 듣기 좋은 말로 아첨하며 지금까지 계속해서 그 연륜의 관록으로 권세를 누려온 인물이 아닌가.

재물을 갈취해 재산 불리기에만 급급한 줄 알았는데 그 탐욕 가득한 눈에 다른 야욕이 숨겨져 있었다니.

하급 관리들에게 출세의 길을 열어준다는 말로 꾀어 재물을 받아 구설수에도 올랐었기에 재산 불리기에만 혈안이 되어 있는 지배층으로만 여겼건만, 뒷돈을 대며 군단을 만들고 있었을 줄은 상상도 하지 못했다.

그 야망 하나는 높이 살 만했으나 이제 자신이 알게 된 이상 증거를 잡아 멸해야 했다.

대대로 장군을 배출했던 집이니 후궁 후보에 오르는 것은 당연시 여겼을 것이다. 궁 안팎의 사정을 염탐하며 첩자 짓을 하기에 후궁 후보라는 명분만큼 좋은 것도 없었겠지. 후궁 후보라면 어떤 의심도 받지 않고 궁 안을 살필 수 있을 테니.

하지만 정황만 가지고는 그가 반란을 주모하고 있다는 명분이 부족했다. 또한 그 검계의 배후가 금석 장군인지도 확실하지 않기에 앞서 확인이 필요했다.

"너는 당원행성에 사람을 보내 그의 일거수일투족을 감시하도록 하거라. 특별한 징후가 보이면 바로 내게 보고하고."

"예, 전하. 그럼 소인은 이만 물러가겠습니다."

건희가 나가고 단휘는 시녀장을 불렀다.

"부르셨습니까, 전하."

"남궁에 기별을 넣거라. 석반(저녁 식사)을 그곳에서 하겠다고 말이다."

남궁이라면 후궁 후보들이 기거하고 있는 궁이었다. 지금은 다른 후보들이 궁을 나간 탓에 금란 아가씨 한 분만 있는 곳이고. 다른 후궁 후보들은 한 번도 신경을 안 쓰셨던 터라 남궁이라는 말에, 시녀장은 자신이 잘못 들었나 싶었다.

"남궁이라 하시면……."

"후궁 후보 중 한 명인 금란이라는 여인이 머물고 있는 곳 말이다."

잘못 들은 것이 아니다. 분명 청비 아가씨가 아닌 후궁 후보 금란 아가씨와 같이 식사를 하시겠다 말을 하고 있지 않은가.

시녀장은 당혹스러웠지만 티를 내지 않고 고개를 조아렸다.

"예, 전하. 바로 가서 고하겠습니다."

의식을 차리자마자 청비 아가씨 걱정만 하시던 분이 갑자기 금란 아가씨를 찾아가시겠다니, 정말 알다 가도 모를 일이었다.

태자의 처소를 나온 시녀장은 바로 시녀를 불러 태자 전하의 말씀을 남궁에 전하라 일렀다.

청비는 온종일 누워 있었던 탓에 몸도 무겁고 생각할 것도 많아 기분 전환을 할 겸 화원으로 나갔다.

연못 주변에는 홍련과 커다란 연잎으로 인해 화려한 진분홍빛과 연녹색이 물결을 이루고 있었다. 한낮을 지나 해가 지고 있는데도 태양의 열기는 식지 않고 계속 뜨겁게 화원에 뒤덮여 있는 것 같았다.

거기다 태자가 자신의 허리를 꽉 안고 놔주질 않던 그 순간이 무성영화의 한 장면처럼 떠올라 청비의 얼굴은 화끈거렸다.

어떡해. 계속 생각나, 계속.

별것 아니었다고 떨치려 해도 어제 주청강에서부터 느꼈던 그 순간, 그때의 감정은 잊을 수가 없었다.

자신 때문에 화살에 맞았으면서 화를 내거나 싫은 소리를 하기는커녕 자신을 먼저 걱정하고, 화살을 어깨에서 빼냈을 때에도 많이 고통스러웠을 텐데 신음 한 번 없더니 고맙다 하질 않나.

청비는 그런 태자의 모습에 많은 감정이 교차했었다.

가슴이 조각조각 나는 듯 아팠고, 태자가 잘못되기라도 할까 봐 걱정되어 제발 조금만 버텨주길…… 얼마나 마음속으로 절박하게 기도했던가.

그녀는 결국 인정할 수밖에 없었다. 내가 그를…… 좋아한다.

나는 그를 좋아하고 있다…….

생애 처음 해보는 첫사랑인데…… 어쩌다 이탄국에서, 그것도 하필 왜 태자인 거야!

청비는 빠른 동작으로 손부채질을 시작했다.

"아우, 더워."

평소의 보폭으로 걷고 있음에도 서너 바퀴는 뜀박질을 한 사람처럼 심장 박동은 제자리를 찾지 못했고, 온몸에서 열이 발산되고 있었다.

주위를 보니 다른 시녀들은 모두 평온한 얼굴이었다. 이곳에서 자신만 더운 것 같았다.

"모두 안 더우세요? 난 왜 이렇게 덥지."

갑작스러운 그녀의 물음에 뒤따르던 시녀들은 찬물과 부채를 가져오겠다며 분주해졌고, 청비는 그녀들을 만류했다.

"아니, 그럴 필요까진 없고요. 이제 해도 지니까 금방 선선해지겠죠, 뭐.

원래 제가 좀 더위를 잘 타는 편이라."

그녀는 어색하게 웃으며 머릿속에서 떠나지 않는 태자 생각을 떨쳤다. 산책을 멈추지 않으며 여유롭게 거니는데 시녀 한 명이 만개한 노루발 꽃과 메꽃에 물뿌리개로 물을 주며 화단을 가꾸고 있는 것이 보였다. 청비는 그 앞에 멈춰 서서 구경했다. 청비가 제 옆에 서 있는 것을 알아차린 시녀는 바로 물뿌리개를 내려놓고 고개를 숙이며 인사를 올렸다.

"아니 뭘 인사까지, 하시던 거 계속하시지. 제가 방해가 되었나 봐요."

"아닙니다, 아가씨."

"항상 화원에서 물을 주고 계시던데, 꽃을 좋아하나 봐요?"

"어렸을 적부터 꽃을 좋아하기도 했지만, 동궁전 화원을 가꾸는 것이 제게 맡겨진 일이라……."

어렸을 때부터 좋아했다고? 청비는 혹시 물푸레 꽃에 대해서도 알고 있을까 싶어 궁금한 것을 물었다.

"혹시 물푸레 꽃에 대해 아세요?"

집안의 가솔이 모두 사포서(궁의 정원과 채소를 관리하는 관청)에 소속되어 있어 어린 나이부터 꽃들을 접하고 배워온 시녀였다. 이탄국이며 다른 타국의 화초에 대해 모두 섭렵을 하고 있었기에 청비가 묻는 것에 바로 답을 해주었다.

"예, 그 꽃은 가지를 물에 담그면 물이 푸르고 맑게 변한다 하여 물푸레로 불리고 있습니다. 개화기가 짧아 아쉬운 꽃 중 하나이지만 향이 그윽하고 그 향취에 취하기까지 한다 해 꽃 향기가 좋기로는 최고로 꼽히는 꽃이지요."

꽃 감관의 말과 다를 것이 없었다. 물이 맑게 변했다 한 것은 류하 왕자에게 듣기도 했지만 직접 눈으로 목격하였으니 믿고 싶지 않아도 받아들일 수밖에 없었다.

꽃 감관의 말대로 자신이 전생에 물푸레 꽃이었다는 사실을. 그리고 자신의 능력을.

"그러고 보니 아가씨한테서 나는 향과 물푸레 향기가 아주 비슷…… 아니, 똑같습니다."

시녀는 신기한 듯 청비를 보았다. 흠칫 놀란 청비는 생각나는 대로 둘러댔다.

"그, 그럴 거예요. 물푸레 꽃을 워낙 좋아해서 평소 말린 꽃잎까지 지니고 다니거든요."

청비는 그럴싸한 변명과 함께 시녀에게 알려줘서 고맙다 말한 뒤 다른 곳으로 자리를 옮겼다.

해가 저물었는지 화원은 어느새 석양의 금빛을 가득 품고 있었다.

시녀의 말을 듣고 나니 청비는 더욱 쓸쓸해지는 기분이 들었다. 개화기가 짧다 했어……. 그 꽃 감관인지 뭔지 하는 남자도 이탄국에서의 시간이 얼마 남지 않았다 했었는데.

물을 정화하는 것이며 향기에 수명까지 짧은 것이…… 정말 물푸레 꽃과 흡사했다.

막상 시간이 얼마 남지 않았다 생각하니…… 이곳에서 얼마나 살았다고, 그렇게 정을 주지 않으려 했는데도 미련 같은 게 생겼나 보다. 마음이 무겁고 한숨만 푹푹 나오는 걸 보면……. 그리고 역시나 태자의 얼굴을 먼저 떠올리게 된다.

그를 좋아하게 된 것이 설레고, 마음이 들뜨기보다는 걱정이 앞섰다. 부디 더는 깊어지지 않는 가벼운 마음이길.

한참을 더 화원에서 시간을 보내고 날이 아예 어둑어둑해지자 청비는 동궁전으로 향했다. 걷다 보니 자신의 처소 앞이 아닌 태자의 침전 앞에 도착해 있었다. 그녀는 멈칫했다.

내가 여기에는 또 왜 온 거야.

그냥 지나치려다 청비는 태자의 침전을 한 번 힐긋거렸다.

그래도 여기까지 왔는데 그냥 들러나 볼까? 아픈 건 좀 괜찮아졌는지 궁금하기도 하니까.

청비가 문을 두드리려 하자 근처에 서 있던 단휘의 시녀들 중 한 명이 태자의 출타를 알렸다.

"태자 전하께서는 지금 침전에 안 계십니다."

"안에 없어요? 아니, 아픈 몸을 해서 어딜 갔지? 그럼 서재에 갔어요?"

"그것이……."

시녀들은 선뜻 대답하지 못하고 서로 눈치를 주며 말하기를 종용했다.

아니, 어딜 갔기에 시녀들이 대답을 못 해?

"괜찮으니 말해보세요."

청비가 편한 미소로 대답을 채근하자 가장 어려 보이는 시녀가 조심스럽게 입을 열었다.

"전하께선 남궁에…… 가셨습니다."

남궁? 거기가…… 어디지?

곰곰이 생각했지만 생각이 나지 않아 청비는 자신과 그나마 말을 많이 주고받는 시녀에게 시선을 주었다. 시녀는 청비와 눈이 마주치자 침을 한 번 꼴깍 삼키고는 입을 뗐다.

"그곳은 태자 전하의 후궁 후보이신 금란 아가씨께서 머물고 계시는 곳입니다."

"하!"

금란이라면 그 여우 같은 계란을 말하는 거잖아. 어이가 없어진 청비는 다시 반문했다.

"거긴 왜 갔는데요?"

"그곳에서 석반을 하신다고……."

"뭐라고요?"

시녀의 대답을 다 듣지도 않고 청비는 불쾌한 속내를 팍팍 드러냈다.

"몸도 성치 않으면서 굳이 밥을 먹으러 거기까지 갔다고요? 왜요? 거기서 뭐 보양식으로 한 상 거하게 차렸으니 먹으러 오라고 초대라도 했대요?"

"초대 받으신 건 아니고 먼저…… 전갈을 넣으셨습니다."

초대를 받아 억지로 간 것이 아니라 제 발로 간 거다? 하도 독신, 독신을 외치고 다녀서 철벽남인 줄 알았더니만 철벽은 무슨. 가벽남이셨네, 가벽남. 계란 계집애랑 밥은 왜 먹는 거야?

청비는 표정 관리가 되지 않았다.

"태자님께서는 아주 바쁘신가 보네요. 뭐 이탄국의 태자님이시니 오죽하실까……. 제가 왔었다는 말은 절대 하지 마세요. 저도 오라 하는 데가 많아서, 이만."

청비는 태자 침전의 문을 향해 코웃음을 치고 발길을 돌렸다.

"음, 완전 맛있어, 진짜. 당최 입에 안 맞는 음식이 없네. 혼자 먹어서 그런지 입에 아주 쩍쩍 붙고 말이야."

청비는 탁자에 한껏 차려진 음식 앞에서 혼자 외로이 닭 다리, 전유어(부침이나 전)를 손으로 집어 먹고 있었다.

"컥, 캑캑, 무, 물!"

청비는 음식을 한꺼번에 먹다 잘 넘어가지 않아 명치를 두드리며 캑캑거렸다. 항상 그래왔던 것처럼 컵을 들고 물 좀 달라 했지만 컵은 계속 빈 상태 그대로였다.

맞다. 내가 혼자 있겠다고 모두 내보냈지.

주변에 아무도 없는 걸 깨닫고 청비는 직접 물을 따라 벌컥벌컥 마셨다. 하지만 곧 물도 사레에 들려 다시 컥컥댔다.

사실 자신이 무얼 먹고 있는지, 지금 먹고 있는 음식이 어떤 맛인지 느껴지지 않았다. 심사가 뒤틀려서인지 먹기만 하면 목구멍에 걸려 넘어가질 않았다.

뭐? 어딜 가? 진짜 이상한 남자네. 나 좋다고 그렇게 순정남 행세를 하더니 왜 그 계란이랑 밥을 먹느냐고.

한참을 먹는 둥 마는 둥 깨작거리다 젓가락을 내려놓는데 밖에서 소리가 들렸다.

"아가씨, 대자 진하께서 오셨습니다."

곧 문이 열리고 태자가 들어왔다.

절대 기분 나쁜 내색 하지 말자. 평소처럼 하는 거야.

청비는 새치름한 얼굴로 태자의 얼굴은 보지 않고 그를 맞이했다.

"오셨어요?"

태자가 그녀의 바로 앞에 마주 앉았다.

"시녀들의 시중도 받지 않고 식사를 한 것이냐?"

"네."

청비는 짤막하게 대꾸하며 태자의 시선을 받지 않고 후식으로 준비해준 매실차를 마시려 나름 우아한 손동작으로 잔을 들었다.

"청비야."

"왜요?"

"그거 간장이다."

청비는 태자의 말에 자신이 들고 있는 것이 찻잔이 아닌 종지인 걸 보고 당황하며 얼른 도로 내려놓았다.

당황하면 안 돼. 나는 태자가 계란 뭐시기한테 간 것도 모르고 있는 거야.

평소대로, 평소처럼만 하자.

다시 매실차를 들어 한 모금 넘긴 뒤에야 청비는 힐끗 태자를 봐주었다.

"태자님은 식사 하셨고요?"

"그래, 난 이미 먹고 왔다."

청비는 시치미를 떼고 아무것도 모르는 얼굴로 물었다.

"근데 어디서 드신 거예요? 동궁전에는 안 계신 것 같던데."

"남……."

"남? 남, 뭐요?"

"남쪽 건물에 가서 먹고 왔다."

단휘는 '남궁'이라는 말 대신 '남쪽 건물'로 말을 바꾸었다. 청비에게 괜한 오해를 사고 싶지 않았다.

남쪽 건물이나 남궁이나. 둘러대려면 좀 그럴듯하게 하던가.

사실을 알고 있는 청비는 그 대답에 픽 하고 웃었다. 눈꼬리를 살짝 올리고, 입가 한쪽이 올라가는 비웃음 비슷하게.

"아, 그러셨구나. 그럼 더 있다 오시지 왜 저한테 오셨대요?"

"그걸 몰라서 묻는 것이냐?"

"……."

"보고 싶어서 왔다."

또 시작이네, 저 직구 화법.

"내가 널 좋아하지 않느냐."

완전 거침없는 쇠직구. 자신의 감정을 숨김없이 드러내는 태자의 행동에 청비는 당황스러웠다. 뭐라 해야 할지 몰라 합죽이가 된 것처럼 청비는 입을 다물고 있었다.

"내가 다친 것에 대해서는 궁의며 다른 아랫것들 역시 입단속을 시켜놓았다. 그러니 너도……."

"무슨 말인지 알겠어요. 근데 왜 자꾸 다친 걸 비밀로 하려고 해요?"

"난 그날 온천행을 간 것이었다. 근데 화살에 맞은 것을 알면 일이 커질 것이 아니냐. 며칠만 지나면 다 아물고 평소와 같아질 것이니 별일 아니다. 그리고…… 사실 물어볼 것이 있어서 온 거다."

단휘는 상의 안에서 4등분으로 곱게 접혀 있는 종이를 꺼내 청비에게 내밀었다.

"이게 뭐예요?"

청비는 종이를 펼치자마자 낯익은 글자와 인장을 보고선 두 눈이 동그래졌다.

"이건……."

"산청 계문에 붙여진 벽보에 내가 찍지도 않은 인장이 찍혀 있다니. 내용이 궁금하지 않으냐. 그래서 내가 가져오라 했다."

올 것이 왔구나. 태자의 인장을 허락 없이 몰래 쓰는 것이 엄청난 죄라는 건 청비도 알고 있었다. 다시금 돌이켜보니 자신의 행위가 보통 잘못이 아니었다는 생각이 들어 손발이 떨렸다. 자신을 뚫어져라 응시하는 태자의 눈빛에 긴장감이 치닫기 시작했다.

이런 말을 하는 걸로 봐서도 태자는 알고 있는 것이다.

내가 저지른 일이라는 걸. 도둑이 제 발 저리게 해주는 건가? 그냥 모르는 일이라고 잡아떼볼까? 하지만 서재에 숨어 있던 것까지 들켰는데 그냥 사실대로 말하고 봐달라고 하자.

"제가 그런 거예요. 잘못했어요. 앞으로 그런 일은 없을……."

청비가 잘못을 시인하는데 태자가 청비의 말을 막았다.

"찾았느냐?"

"네?"

“내 인장을 훔쳐 쓸 정도로 간절히 찾고 있는 사람 말이다.”

태자는 딱히 화나 보이지도, 자신을 탓하거나 하는 얼굴도 아니었다. 그는 조용한 어조로 한 번 더 물어왔다.

“찾았느냐고 물었다.”

만났다고 하기에도 애매했다.

태자의 성격으로 보아 분명히 이것저것 캐물을 것이 뻔한데. 찾던 이가 꽃 감관이었고, 이승에 존재하는 사람이 아니라는 말을 어찌한단 말인가.

“그것이…….”

“서서히 기억이 돌아오고 있는 것이냐?”

기억이 아니라 그렇게 알고 싶었던 것을 알게 되었다.

이탄국에 오게 된 이유며, 그 남자가 누군지도…… 그리고 내 정체에 대해서도.

“기억을 완전히 찾게 된다면 넌 원래 살던 곳으로 가겠구나.”

그는 자조적으로 대답했다. 너무도 쓸쓸한 얼굴이었다. 청비 역시 그 얼굴을 보니 마음이 아려왔다. 이제 궁에서 지금처럼 태자를 볼 수 있는 날도 얼마 남지 않았다. 이미 한국에서 죽었던 목숨이 조금 더 길게 이어지고 있을 뿐, 어차피 죽는 것은 같았다.

꽃 감관이 말한 그 시간이 오면 기억이 돌아왔다는 이유로 궁을 떠나야겠지.

태자며, 궁 안에서 자신을 아는 모든 이들이 그렇게 알고 있는 것이 더 나았다. 굳이 자신이 죽는다는 말을 하고 싶지 않았다.

“근데…… 나는 너를 보내줄 수가 없구나.”

“저 역시 나갈 생각 없어요.”

청비는 애써 밝게 웃었다. 남은 시간은 지금처럼 태자 옆에 있고 싶었다. 어차피 떠나야 하기에 좋아한다는 말은 할 수 없지만 태자의 얼굴을 보고 싶은 대로 보고…… 장난도 치고 더 많은 대화를 하며 보낼 것이다.

"기억도 없는데 저 혼자 궁 밖에 나가 뭘 하겠어요. 그리고 태자님이랑 약속했잖아요. 후궁 후보 다 떨어뜨려 주기로. 마지막 한 명만 남았는데, 그 여자도 처리해드려야죠."

"나는 네가 기억을 모두 찾아도…… 약속을 모두 지켜도…… 지금처럼 옆에 둘 것이다."

둘의 눈빛이 부딪쳤다. 표정이 없는 단휘의 얼굴은 마치 조각 같았다. 자신의 얼굴을 물끄러미 내려다보고 있는 것만으로도 심장 박동이 제멋대로 방망이질을 하고 있는데 이제는 아예 가까이 다가왔다. 청비의 온몸에 힘이 잔뜩 들어갔다.

"뭐, 뭘 하려고……."

"네가 싫어할 것을 할 것이다. 먼저……."

청비는 당황하며 조건반사적으로 고개를 돌렸지만 그는 자연스럽게 힘이 들어간 손으로 청비의 갸름한 턱을 잡았다. 태자의 눈동자에 자신이 어른거리며 비치었고, 순간 고집스럽게 꾹 다문 그녀의 입술에 그의 입술이 겹쳐졌다.

그는 청비의 윗입술과 아랫입술에 천천히 입을 맞추고는 멀어졌다. 목덜미에 닿았던 단휘의 뜨거운 숨결이 흩어지고 바짝 조여 있던 청비의 심장이 풀렸다.

청비는 제게서 떨어진 단휘를 실컷 노려본 후 옷소매로 입술을 마구 문질러 닦으며 꽥 소리를 질렀다.

"진짜 뭐 하는 거예요! 손 날아갈 뻔한 걸, 간신히 참은 줄 아세요!"

"끝난 거 아닌데."

청비는 태자의 말에 두 손으로 입을 가리고 경계의 눈빛을 보냈다. 떨리는 가슴을 모른 척하며 잔뜩 신경을 곤두세웠다.

"이번엔 또 뭐요?"

태자가 옅게 웃는다. 그는 무의식적으로 손을 뻗어 청비의 머리를 쓰다듬었고 순간 청비의 가슴에서 무언가 쿵 떨어져 내리며 요란해졌다. 얼어붙은 듯 서 있는 청비에게 태자는 둘만이 들을 수 있는 음색으로 말을 남겼다.

"무슨 일이 있어도 난 널 보내줄 수 없다, 이 말을 하러 온 것이다."

입술에 머리 쓰담쓰담까지 연속으로 당하니 청비는 머릿속이 새하얘져 태자의 말이 들리지 않았다. 태자가 나가고 청비는 멍하니 그 자리에 서 있었다.

태자가 뭐라고 하고 나간 거야? 숨이 잘 안 쉬어진다. 방 안 공기가 부족한가? 태자가 나가고 청비는 바로 창문으로 가 있는 대로 활짝 열었다. 그래도 열기와 답답함이 가시지 않아 그녀는 크게 숨을 들이쉬고 내쉬고를 반복했다.

태자는 아침 일찍 황제의 침소를 찾았다. 황제는 침의를 갈아입지 않은 상태로 침상에 앉아 태자를 들였다.

"아침 일찍 어인 발걸음인 것이냐? 이제 귀족 회의가 있으니 그곳에서 만날 터인데."

"귀족 회의에 들어가기에 앞서 올릴 말씀이 있어 이렇게 먼저 들렀습니다, 폐하."

황제는 원로회가 열리는 홀이 아닌 자신의 침소로 찾아온 태자를 보고 심상치 않은 분위기를 느꼈다.

"말해보라. 할 말이 무엇이냐?"

"미리 들으셨을 것입니다. 후궁 간택을 태자비 간택으로 바꾼다고 오늘 원로회에 통보할 것이라는, 제 전언을요."

황제는 알고 있다며 고개를 끄덕였고 계속되는 단휘의 목소리는 침중했다.

"저는 청비를, 후궁이 아닌 태자비에 올릴 것입니다."

자신을 찾은 연유가 무엇인지, 어느 때보다 진중한 태자의 태도에 담긴 의중을 생각하느라고 잠시 골몰하던 차에 들은 말이기에 황제는 자신이 잘못 들은 것이라 여기며 다시 되물었다.

"뭐라? 다시 한 번 말해보거라. 지금 그 아이를 뭐에 올린다 하였느냐?"

"태자비에 올린다 하였습니다."

단휘가 서슴지 않고 바로 대답하자 황제는 휘청하였고 이내 자세를 다시 잡아 태자를 날카로운 눈빛으로 대했다.

"그럼 항상 등한시하던 원로회에 참석하겠다 한 것도 그 이유 때문인 것이냐?"

"예, 오늘 참석하여 후궁은 없다, 청비만이 태자비에 오를 것이라 공표를 할 것입니다."

"그 무슨! 절대 안 될 말이다!"

황제의 노한 음성이 쩌렁쩌렁 침소 안을 채웠다. 하지만 단휘는 피하지 않았다. 자신을 바라보는 실망이 담긴 눈빛도, 격노한 호령도 덤덤히 받을 뿐.

"너는 장차 이탄국 지존의 자리에 오를 것이다. 그렇다면 태자비 또한 황후에 오르는 것이 당연하거늘. 어디 태생인지도 모르는 기억을 잃은 아이를 태자비에 올린다는 것이 말이 되느냐! 순간의 감정으로 인해 큰일을 그르칠 생각이더냐?"

황제는 태자가 그 기억을 잃은 청비라는 아이를 아낀다는 소문을 익히 들어왔었다. 태자가 원로회에 참석하는 이유도 분명 그 아이 때문일 것이라 여겼다.

당원행성 장군의 여식인 금란을 포기할 수는 없을 것이고, 또한 그 청비라는 아이를 아끼는 마음에, 금란은 예정되었던 것처럼 태자비에 올리고 청비라는 아이는 후궁으로나마 간택할 것이라 생각했던 자신의 계산이 틀린 것이었다.

후궁도 아닌 태자비라니, 절대 허락할 수 없는 일.

금란의 부친인 금석 장군과 혼사를 맺어 인연을 맺으면 차후 황위에 오르게 될 때 분명 힘을 실어줄 것이고 자신에게도 분명 두터운 지지 세력이 생기는 것이었다. 하지만 등을 돌리게 된다면 그들은 자신들의 세력 유지를 위해 다른 이와 결탁할 터, 태자의 큰 적이 될 것이 불 보듯 뻔했다. 당원행성 장군은 반드시 아군으로 만들어놓아야 할 인물이었다.

이것을 모를 리 없는 태자였다. 그런데 청비라는 여인을 태자비에 올린다니!

아직은 이르다, 어리다는 말로 태자를 불신하는 귀족 관료들의 목소리도 잠재울 수 있는, 더욱 태자로서의 입지를 다질 수 있는 혼인을 그 청비라는 아이로 인해 깬다는 것을 천무 황제는 도무지 이해할 수 없었다. 그는 주먹으로 왕좌의 팔걸이를 거칠게 내리치며 호통을 멈추지 않았다.

"절대 묵과할 수 없다!"

단휘 역시 천무 황제의 완고함을 예상했었다는 듯 별다른 반응을 보이지 않고 담담했다.

"나만 반대할 것이라 여기느냐? 아마 원로회에서도 태자의 결정을……."

"저의 혼사입니다. 왜 제 혼인에 남들 눈을 신경 써야 하는 것입니까?"

"그건 태자가 가장 잘 알고 있지 않은가. 태자 본인이 결정할 수 있는 문제가 아니니라."

"제가 원하는 여인과 평생을 함께하겠다는데, 누구의 결정도, 관여도 필요하지 않습니다."

황제를 보는 단휘의 눈빛은 간절했고 계속 이어지는 말의 어투는 들어달라는 호소와도 같았다.

"원로회에는 저 혼자 참석하겠습니다, 폐하. 시간이 없어 이 말씀만 드리고 가겠습니다. 제가 원하는 것은 황위가 아닙니다."

황위까지 포기할 수 있다는 의미를 내비치자 황제는 심장이 철컹했다.

"황위야 제 의지와 상관없이 올랐으니 얼마든지 내려놓을 수 있지만 청비는 제가 진정으로 원하는 여인입니다. 마음에도 없는 황위에 오르고자 청비를 포기할 수는 없습니다."

청비를 처음 본 날 궁 밖으로 보내지 못하고, 가지 말라 잡았던 그날부터 이렇게 될 것이라 예견했는지도 모른다.

청비를 잡았던 것은 단순한 호기심이 아니었다.

처음으로 제 마음을 내어준 여인이었기에 놓칠 수 없었음이라.

"그 아이가 다치는 것은 절대 볼 수 없으니 건드릴 생각은 마십시오."

단휘의 목소리는 한층 격앙되어 있었다. 입술을 굳게 다문 태자의 얼굴이 자신은 조금도 물러서지 않을 것이라는 말을 대신하는 것 같았다. 인사를 남기고 가는 아들을 보는 황제는 깊은 한숨을 내쉬었다.

이를 어찌해야 좋단 말인가.

"너무 무난한 것 같은데…… 제가 뒤통수가 좀 예쁜 편이라 올림머리로 해주세요."

청비는 경대를 들어 자신의 머리 모양을 신중하게 살피며 시녀들에게 이것저것 주문했다. 항상 시녀들이 해주는 대로 맡기고, 대충대충 하라는 말을 버릇처럼 했던 청비였다.

그저 다니는 데 편한 게 좋았고, 거추장스러운 건 싫었었는데 더 예뻐 보이고 싶은 게 여자의 마음인가.

청비는 평소보다 보여지는 것에 세세히 신경을 쓰고 있었다. 치장을 끝내고 나서도 머리를 매만지며 경대 앞을 떠날 줄 모르는 청비를 시녀들이 빤히 보았다. 시녀들의 눈빛이 느껴지자 청비는 어색하게 웃음을 흘렸다.

"그냥요. 기분 전환할 겸 해서요."

드디어 치장을 끝내고 일어나는데 처소 밖에서 반갑지 않은 이름이 들려왔다.

"금란 아가씨께서 찾아오셨습니다."

그 여자가 내 처소까지 웬일이지? 설마 어제 태자와 식사한 걸 자랑하려고 여기까지 온 거 아냐?

생각하니 또 열불이 치솟는다. 별로 달갑지는 않았지만 그렇다고 문전박대를 할 수는 없으니 들어오라 말하려 했다. 하지만 말을 하기도 전에 벌써 벌컥 문이 열리고 금란이 안으로 들어왔다.

금란이 들어오자마자 눈이 부셔서 청비는 인상을 찡그릴 수밖에 없었다. 눈이 부신 건 절대 외모 때문이 아니었다. 온갖 다양한 색깔의 보석들로 몸을 휘감은 데다 금붙이를 머리에 뒤집어쓴 것처럼 장식까지 하니 햇빛에 반사되어 그녀를 제대로 보기 힘들 정도였다.

"그렇게 들어가시면 안 되는데."

옆에서 말리는 시녀들의 얼굴엔 당혹함이 가득했다. 그런 것에도 아랑곳하지 않고 금란은 오만한 태도로 탁자에 앉아 처소의 주인이 된 것처럼 당당하게 청비의 시녀들에게 명령을 내렸다.

"너희들은 가서 차나 내오거라. 차 한잔 하러 온 것이니 더는 귀찮게 하지 말고."

청비는 그렇게 하라며 시녀들을 향해 고개를 끄덕였다. 곧 차가 준비되고 시녀들이 모두 나가자 금란과 청비 둘만이 있게 되었다. 청비는 탐탁지 않음이 고스란히 드러나는 얼굴로 금란을 보았다.

"이곳까지 정말 차를 마시러 온 건 아닐 테고, 무슨 일로 온 거예요?"

"무슨 일은, 후궁 후보라 해보았자 우리 둘뿐인데 자매처럼 가깝게 지내자는 뜻에서 온 것이다. 내 진심을 곡해하지 말거라."

자매? 진심? 우엑! 땅거미 용솟음치는 소리 작작하고 본론을 얘기하시지.

"어제 내 처소에 태자 전하께서 직접 와주셨느니라. 어찌나 다정하게 말을 걸어주시던지."

사실 다정은 아니었다. 처음부터 끝까지 한결같이 냉랭한 모습이었다.

"식사도 같이 하셨지. 이것저것 직접 챙겨주시기까지 하고 말이야."

태자는 본인은 생각이 없으니 다 먹으라고 말했는데, 그것을 챙겨준 거나 다름없다 생각하는 금란이었다. 눈이 세모꼴이 된 청비는 찻잔을 잡는 손에 힘 조절이 안 되어 부들부들 떨렸다.

역시나, 어제 일을 자랑하러 온 거였어.

"어찌나 살뜰히 챙겨주시던지, 우리 아버님 안부까지 살피시고 말이야. 미래의 악장(장인)이 되는 것이니 그리 마음을 써주시는 게 아니겠나 싶더라니까. 호호호."

들을수록 열만 뻗치는 말들이었다.

역시나 계란 저 계집애가 내 속을 뒤집으려고 왔네.

"맞다. 그쪽은 고아라 부모님이 안 계시지? 어머, 내가 모르고 그만."

절대 미안함이 느껴지지 않는 얼굴이었다.

"어쩐지 하나를 보면 열을 안다고. 가르쳐주는 부모님이 안 계시니 그리도 예의범절이 없었던 게야."

저게 터진 입이라고, 진짜.

"뭐? 하나를 보면 열을 알아? 네가 무당 눈깔이냐? 하나를 보고 열을 알게!"

"뭐, 뭐라 무당 눈깔? 감히 내게 그런 욕지거리를 하다니! 오호라. 네가 소식 듣고 이리도 방자하나 본데."

"소식? 무슨 소식?"

"오늘 원로회에서 후궁 후보 간택에 대해 태자 전하께서 하신 말씀 말이다. 네까짓 것을 태자비에 올리겠다니. 네가 그 때문에 살맛 나나 본데, 그 기쁨이 얼마나 갈지 내 두고 볼 것이야."

청비는 금란의 말에 화들짝 놀라 들고 있던 찻잔을 놓쳤다. 찻잔이 바닥에 떨어져 깨지면서 요란한 소리를 냈고, 꽃잎과 찻물이 사방으로 튀었다.

평화롭던 청비의 머릿속에 한바탕 우박이 들이닥친 것이나 마찬가지였다.

"방금 뭐, 뭐라고……."

청비는 너무 놀라 말을 더듬었다.

"아하, 설마 너 아직 못 들은 모양이구나. 하지만 그게 어디 가당키나 한 일이냐. 원로들 모두 반대하는 일이다. 신분도 모르는 미천한 계집인 네가 태자비라니. 태자 전하께 얼마나 더 누를 끼칠 셈인지……. 네가 태자비에 오르기 전, 네 신변에 무슨 일이 생길지 아무도 모르는 일 아니냐. 네가 이번 일로 워낙 많은 이들의 눈 밖에 난 상태이니 말이다."

가소가 가득한 금란의 눈초리가 청비에게 똑바로 고정되었다. 금방이라도 물어뜯을 듯한 살기가 느껴지는데 입가를 씨익 올리며 조곤조곤 말하는 금란의 태도는 소름이 끼칠 정도였다.

"조심하거라."

무엇을 조심하라는 건지 섬뜩한 한마디를 남기고 금란이 나간 뒤 시녀들이 들어와 깨진 잔을 치웠다. '괜찮으시냐', '다친 데는 없으시냐', 재차 물었지만 청비는 고개만 흔들 뿐 별다른 대답을 하지 않았다. 시녀들이 나간 뒤에도, 시간이 지나고 점심시간이 되었는데도 식사를 거른 채 청비는 계속해서 같은 자세로 앉아만 있었다.

태자비, 태자비, 태자비…….

온통 그 단어만이 덤불처럼 잔뜩 꼬여 머릿속을 떠나지 않는다.

그냥 나를 놀리려고 한 말일 거야. 그래, 태자비라니, 말이 안 되잖아. 저 계란이 뭘 잘못 알고 있는 거겠지.

청비는 아닐 거라며 고개를 강하게 도리질했다. 아직 태자한테서 직접 들은 말은 아무것도 없었다. 태자에게 듣기 전까지 아무것도 생각하지 말자.

하지만…… 만약 그 말이 사실이라면?

청비는 혼란스러웠다. 그저 이대로 후궁 후보인 채로 태자 옆에 있고 싶었다. 지금처럼 시간을 보내다 꽃 감관이 말하는 그 시간이 오면 그때 기억이 돌아왔다는 이유로 태자를 떠날 생각이었다.

하지만 태자비라니…….

그렇게 된다면 쉽게 태자를 떠날 수도 없거니와 더욱 자신의 마음을 숨길 수 없을지도 모른다. 그리고…… 태자에게 더 큰 상처를 주게 될지도.

어떻게 해야 하는 걸까. 청비는 한숨을 푹 내쉬었다.

어느덧 해가 저물고 방 안에는 어둠이 드리워졌다. 긴 시간 동안 침묵이 내려앉은 방 안에 다감한 태자의 목소리가 들려왔다.

"뭐 하느냐?"

태자가 들어오자 청비는 멍하니 그를 올려다보았다. 단휘는 청비를 보며 미소 지었지만 그럼에도 청비의 굳은 얼굴은 풀리지 않았다. 미동 없이 그에게 시선을 줄 뿐이었다.

"여름에 접어들었다 해도 저녁엔 바람이 차다."

단휘는 열려 있는 창을 닫고 청비에게로 다가왔다. 평소와는 다른 모습에 단휘는 걱정스레 청비의 이마에 손을 짚었다.

"열은 없는데. 혹 다른 곳이 안 좋은 것이냐?"

청비는 힘없이 고개를 저었다.

"태자님, 물어볼 것이 있어요. 누가 그러던데요……. 태자님께서 저를 태자비에 올렸다고."

"……."

단휘가 아무 말이 없자 청비는 어색한 이 상황을 농담조로 넘기려 했다.

"아니죠? 그죠? 제 생각에도 말이 안 되는데, 혹시나 해서요. 무슨 그런 말을 해 가지고 사람 놀라게……."

긴장감마저 돌 정도로 아무 말 없이 서 있던 태자가 자신 앞으로 의자를 바짝 끌어당겨 앉았다.

청비와 같은 눈높이에서 그녀를 바라보며 그는 천천히 입술을 떼었다.

"네가 들은 그 말은…… 사실이다."

청비는 눈을 크게 떴다.

사실이라고……?

자신이 잘못 들었나 싶었다. 그러다 다시 놀라움으로, 청비의 감정이 시시각각 변했다.

선뜻 말이 나오질 않는다. 놀라움이 혼재된 청비의 눈동자에 태자의 절절한 얼굴이 비쳤다.

"어제 분명 그러지 않았느냐. 난 너를 보낼 수 없다고. 이기적이라고 해도, 욕을 해도 좋다. 네 의견을 묻지 않고 멋대로 그리한 것은 미안하지만 내 생각은 바뀌지 않을 것이다."

금란의 말은 사실이었다. 자신의 의향을 묻는 것이 아니었다. 태자의 어조는 이미 정해진 듯 확고했고, 자신에게 통보를 하고 있는 것이나 다름없었다.

"태자라는 신분을 버리고 싶을 정도로 환멸해왔으면서, 나는…… 그 지위를 이용해 너를 내 옆에 둘 것이다. 널…… 태자비에 올릴 것이다."

"태자비라니……."

청비의 목소리가 가늘게 떨렸다.

"말도 안 돼요."

청비는 헛웃음을 지으며 설마 하는 얼굴로 단휘를 보았다.

"기다려주겠다 말한 건요? 다 거짓이었어요? 내 마음이 어떻든 상관없어요?"

"네 마음은 묶어둘 수 없다는 걸 안다. 하지만 나는 항상 네가 나를 떠날 거라는 생각을 해."

청비는 뜨끔하여 어깨가 움츠러들고 마른침을 삼켰다.

"네가 옆에 있는 지금도 그러해. 왜 그런 마음이 드는 것이냐……?"

자신을 보면서 태자는 항상 그런 생각을 했던 걸까?

마음이 아프다. 사실이니까. 결국 난 그를 떠날 수밖에 없다…….

이렇게 태자 옆에 있는 것조차, 태자의 불안함이 느껴지는 눈빛에 마음이 흔들리는 것조차…… 너무 미안하고 죄스러웠다. 청비는 나오지 않는 말문을 힘겹게 열었다.

"그럴 수 없어요. 나는 태자비가 될 생각이 없어요."

"대답이…… 칼날 같구나. 생각해보겠다는 말도 아니 하고. 그리도 싫은 것이냐?"

목소리에서 묻어 나온 단휘의 감정이 슬픔일지…… 아니면 냉정함일지…… 이끌리듯 천천히 그를 바라보는데 텅 빈 것처럼 가슴이 휑하다. 뻥 뚫려 찬바람이 드나드는지 한기까지 밀려들었다. 청비는 모른 척 고개를 돌렸다.

"제 성격 알잖아요. 저는 하고 싶지 않은 건 안 해요. 억지로 저를 태자비에 올린다 해도 의미 없다고요. 그러니 당장 없던 일로 하세요."

"왜 싫은 것인데? 혹시 건희 때문에 그런 것이냐? 태자의 후궁 후보였던 네가 태자의 호위 무사와 잘될 수 있을 것이라 기대라도 하고 있는 것이야?"

"그런 게 아니라……."

태자는 아직까지 오해하고 있네. 내가 건희를 좋아하고 있다고. 하긴 그것에 대해 제대로 해명을 하지 않았으니 오해할 만하지.

"그럼 무엇 때문에? 내가 널 기다려준다 하지 않느냐."

나에게는 이제 시간이 얼마 남지 않았다. 곧 떠날 텐데 당신에게 여지를 남길 순 없다. 결국 힘든 것은 태자 당신일 테니까.

청비는 마음을 단속해야 했다. 속마음을 최대한 드러내지 않으려 무표정한 얼굴로 대답했다.

"내가 당신을 좋아하지 않아서요."

냉정한 음색이었지만 목소리에는 떨림이 섞여 있었다. 하지만 청비는 여기서 끝내지 않고 더 단호하게 못을 박았다.

"미안해요. 난 태자비가 될 생각이 없어요."

청비는 고개를 돌렸다. 더 이상은 대화를 하고 싶지 않다는 의향으로.

"그래도 상관없다. 나는 너를 태자비에 올릴 것이다."

"내 생각은 묻지도 않고요? 내가 싫다고 했잖아요."

청비가 고개를 들자 태자가 그녀의 눈을 똑바로 응시했다.

"청이 아니다. 너에게 내리는…… 명이야."

차갑게 명령 투로 내뱉는 단휘의 말에 청비는 좌절감마저 들었다. 단휘가 자신을 지나쳐 문을 열고 나가자 청비는 다리에 힘이 풀리는지 그대로 바닥에 주저앉았다.

명이라니…….

한 번도 자신에게 명령을 내린 적이 없는 단휘였다. 기억을 잃었다는 핑계로 궁중 예의를 지키기는커녕 동갑내기로 여기며 그동안 얼마나 태자를 편히 여기고 말도 막 했던가.

그런 자신의 행동에도 태자는 자신을 다그치지 않았다. 태자라고 자신을 함부로 했던 적도, 명령을 내린 적도 없었다.

하지만 조금 전 태자가 싸늘하게 냉기를 풍기며 명을 내리니 청비는 심장이 툭 떨어지는 느낌에 어떤 말도 할 수 없었다.

난 자격이 없는 사람인데.

당신 옆에 있을 수가 없는데.

청비는 입술을 잘근잘근 깨물었다.

어떡하지. 정말 이대로 태자비에 오르게 되면?

깊은 생각에 빠져 시간 가는 줄도 모르고 침상에 누워 이불을 뒤집어썼지만 잠이 오지 않았다.

청각이 예민해졌는지 바람 소리, 바람에 창문이 흔들리는 소리 말고도 다른 소리가 들려왔다.

투둑, 투두둑.

닫힌 창문 밖에서 들려오는 반복적인 소리였다. 마치 누군가가 창문을 두드리고 있는 것 같았다. 깨금발로 다가가 창문을 열자 바람이 들이닥치고 휘장이 흔들렸다. 그 사이로 달빛이 간간이 방 안으로 흘러들어왔다.

아무도 없잖아.

어떤 인기척도 들리지 않아 바람에 날아다니는 나뭇가지 소리 정도로 치부한 청비는 다시 침상에 누웠다.

도무지 복잡한 마음이 가라앉지 않아 그냥 다 잊고자 눈을 꼭 감았지만 얼마 남지 않은 이탄국에서의 시간이 한탄스러워 저도 모르게 눈물이 흘러나왔다. 그러다 흐르는 눈물을 누군가가 쓱 닦아주는 게 느껴졌다.

청비가 흠칫 놀라 눈을 뜨니 흐릿한 시야에 달빛이 비치는 사내의 얼굴이 들어왔다. 꿈인지 현실인지 혼돈스러워 멍하니 상대의 얼굴을 주시하다 현실임을 느끼고 청비가 몸을 일으켰다.

"류하 왕자……?"

류하가 가만히 자신을 내려다보고 있었다.

"전에 내가 했던 말을 기억하느냐?"

청비는 생각지도 못한 류하 왕자의 등장에 어안이 벙벙했다. 전에 류하 왕자가 무슨 말을 했었지 생각에 빠질 틈도 없었다. 자신이 대답을 못 하고 있는 사이 류하가 먼저 말을 꺼냈다.

"널 데리고 도망친다 했었다."

청비의 눈이 확 떠졌고, 너무나 놀라 벌어진 그녀의 입은 다물어지지 않았다. 호흡 곤란이라도 온 듯 숨도 턱 막혀 그녀는 류하의 진중한 눈빛만을 받아낼 뿐이었다.

"단휘가 청비 너를 태자비에 올리겠다 공표한 것을 들었다. 너의 생각도 그러한 것이냐?"

청비가 대답을 머뭇거렸다.

"저는……."

"원하지 않는 국혼이라면 나는 널 데리고 갈 것이다."

"그렇다고 도망이라니, 그럼 류하 왕자가 위험해지잖아요. 분명 곤란한 상황에 처해지실 텐데……."

태자가 그 성격에 가만히 있을 리 없어. 나 때문에 형제간에 분란을 만들고 싶지 않아.

자신이 류하 왕자와 도망간 것을 알면 태자가 어떤 처분을 내릴지 생각만으로도 청비의 가슴속에는 두려움이 일었다.

류하 왕자는 그런 마음을 아는 것인지 평소와 같이 온화한 얼굴과 부드러운 음성으로 그녀를 다독였다.

"그런 것이라면 걱정 놓거라. 전부터 너를 데려가려 준비해놓은 것이니 쉽게 들키지 않을 것이다. 들킨다 하더라도 너를 내어주지도 않을 것이고."

"……."

"나를 따라가겠느냐……?"

사실 류하의 마음이 급했다. 청비에 대한 단휘의 마음이 그저 잠시 갖는 호기심 정도로 가벼운 것이라 여겼었다. 하지만 귀족과 원로들을 소집하여 열린 회의에서 청비를 태자비에 올린다 한 것을 들은 류하 왕자는 태연하게 가만히 있을 수가 없었다.

오늘 밤이어야 했다. 오늘 밤에 꼭 청비를 이곳에서 나가게 해야 했다. 이대로 해가 뜨면 영원히 기회는 오지 않을 것이다.

"널 이곳에 데려온 것은 나이니 나가게 해주는 것도 내가 해줄 것이다."

"태자님이 마음에 걸려요……."

"기억을 찾아서 궁을 나가는 것이라 서한을 남겨놓을 것이다. 기억을 되찾아 집으로 돌아가는 것이니 단휘도 별수 있겠느냐."

"하지만……."

쉽게 결정을 내리지 못하는 청비의 모습에 류하는 어느새 창밖의 기울어진 달을 보며 시간이 없다 재촉했다.

"그럼 이대로 태자비에 오를 생각이더냐? 생각할 시간이 없다. 날이 밝기 전에 하북성을 빠져나가야 한다."

청비는 선뜻 대답을 하지 못하고 류하와 창밖을 짧게 번갈아볼 뿐이었다. 태자비에 오를 수는 없지만 태자에게 한마디 말도 없이 이곳을 떠나는 것이 잘하는 것인지 마음이 무거웠다.

그래도 이곳에 있고 싶다는 생각이…… 마음 한구석에 어렴풋이 있었다.

—나는 너를 태자비에 올릴 것이다.

—청이 아니다. 너에게 내리는…… 명이야.

하지만 그것도 잠시, 귓속에서 메아리치는 태자의 음성에 청비는 주먹을 꼬옥 쥐었다.

"알겠어요. 왕자님을 따라갈게요."

방 안의 깊고도 무거웠던 침묵이 갈라졌다. 청비가 마음을 다잡은 듯 내뱉자 류하의 얼굴에는 안도감이 자리 잡았다.

어둠이 내려앉은 궁 안에는 궁을 지키는 호위병들 말고는 인적이 없었다. 달도 구름에 가려져 그나마 궁을 비추던 달빛도 거뭇거뭇했다. 그러했기에 궁 안을 빠르게 걷는 사내 둘의 얼굴을 확인하기란 쉽지 않았다.

병사가 횃불을 들고 와 얼굴을 확인하려 하면 류하가 앞으로 나서 얼굴을 보이며 왕자의 신분을 드러냈다. 그의 뒤에서 시종으로 보이는 작은 체구의 사내가 고개를 푹 숙이고 더 얼굴을 감추었다.

사내는 남복을 한 청비였다. 시종들이 쓰는 모자도 눌러쓰고 있어 쉽게 알아차리기 힘든 모습이었다.

여러 건물과 문을 지나오고 마지막 성문 앞에 다다랐다. 마지막 관문이라 역시 가장 까다로웠다. 다섯 명의 병사들이 다가와 횃불을 비추었고 류하가 갈 길을 서둘러야 한다며 그들을 막아섰다.

그때였다.

"왕자님 옆에 있는 자는 누굽니까?"

왕자 옆에 바짝 달라붙어 있는 청비가 수상했던지 병사 둘이 가까이 다가와 얼굴을 확인하려 했다.

"내가 부리는 시종이니라. 급히 세류성의 군단으로 심부름 보낼 것이 있어 내보내고 올 것이다. 예서 시간 낭비하고 싶지 않으니 지체 말고 문을 열거라."

청비는 들키지 않을까 조마조마한데 류하는 조금도 그런 내색 없이 평소와 같았다. 더 근엄함이 서린 그의 어투에 그를 대하는 병사들은 류하의 말이 끝나기 무섭게 바로 성문을 열어주었다.

밖으로 나오고 문이 닫히고서야 잔뜩 굳어 있던 청비의 몸이 풀어졌다. 그제야 청비는 얼굴을 들고 한결 편하게 주변을 볼 수 있었다.

궁을 나온 것이 실감이 안 나네. 이제 다시 올 일이 없겠지…….

궁을 등지고 류하를 따라가는데 발에 철근을 매달은 것인지 한 걸음 한 걸음 내딛는 걸음이 아주 무거웠다. 발이 쉬이 떨어지질 않았다.

어둠이 깔린 길을 걸어간 지 얼마 되지 않아 백마와 말 두 마리가 끄는 마차가 대기하고 있는 것이 보였다. 류하는 청비에게 기다리라는 말을 남기고 마차 앞에 서 있는 남자 둘과 대화를 나누었다.

"잘 부탁하네. 남은 일만 처리하고 나도 곧 뒤따를 걸세."

뒤따르다니, 그럼 류하 왕자가 함께 가지 않는다는 말이야?

그들이 나누는 대화를 듣고 있었던 청비는 류하의 말에 당황한 심경을 감추지 못하고 초조해져 오로지 그만 응시했다.

대화가 끝나고 젊은 사내는 백마에 올랐고 다른 중년의 남자는 마차를 모는 마부인 듯, 마차 앞에 앉아 떠날 준비를 마친 듯 보였다.

"청비야, 이제 오르거라."

류하가 마차 문을 열고 청비를 불렀지만 그녀는 오히려 뒤로 몇 발짝 뒷걸음질할 뿐 탈 생각을 하지 않았다.

"저와 같이 안 가세요?"

"나는 아직 할 일이 있다. 곧 뒤따를 것이니 먼저 가 있거라. 세류성에 전령을 보내놨으니 널 기다리고 있을 것이다."

청비의 얼굴에 불안함이 번지자 류하가 다가와 청비를 안심시킨 뒤 마차로 이끌었다.

“저들이 널 데려다줄 것이다. 믿을 만한 자들이니 안심하거라.”

“조심하세요.”

류하는 그러겠다 미소를 보내며 청비를 마차에 태우고 문을 닫았다. 마부가 채찍을 휘두르자 시끄러운 말의 울음소리와 함께 마차가 출발하고 그 뒤를 백마가 따랐다. 바삐 달리는 마차의 바퀴 소리로 인해 인적이 드문 길에 금세 정적이 깨졌다.

청비가 창문으로 머리를 내밀어 궁을 향해 애처로운 눈빛을 보내는 것을 류하는 가만히 지켜보았다.

청비가 한편으론 궁에 있고 싶었던 게 아닌지……. 청비의 마음을 제대로 알려 하지 않고 이대로 궁에서 나오게 한 것이 제 욕심을 내보인 것 같아 편치 않았다.

그는 마차가 멀어져 보이지 않을 때까지 응시하며 씁쓸한 미소를 머금고 고개를 돌렸다. 류하는 다시 궁 안으로 돌아와 남은 일을 마무리 지었다.

“같은 복장으로 모두 준비시켰습니다.”

부하의 뒤에는 청비와 체격이 비슷한 시녀 네 명이 청비와 같은 복장으로 서 있었다. 류하는 흡족한 얼굴로 고개를 끄덕였다. 부하에게 내뱉는 그의 말투는 단호했다.

“이 일에 대해서 절대 뒷말이 나오지 않아야 한다.”

“모두 입이 무거운 아이들만 선별하였으니 걱정하지 마십시오.”

날이 밝고 청비가 쓴 것처럼 서한을 남겨놓았다고 해도 단휘는 성격상 이를 무시하고 청비를 백방으로 찾아댈 것이 분명했다.

그는 청비가 나간 성문 말고도 궁 밖으로 나가는 다른 문으로 준비시켜 놓은 시녀들을 심부름 보낸다는 명목으로 데리고 나가 단휘가 후에 청비를 찾는 것을 어렵게 만들어놓았다.

밤에 궁을 나간 자를 찾는다고 이 잡듯 잡아낸다 해도 내보낸 시녀만 넷이요, 청비를 포함해 다섯이니 찾는 것은 쉽지 않으리라.

일이 마무리되니 벌써 새벽이 찾아오고 있었다. 날이 완전히 밝아오면 수로 공사를 다른 이에게 일임하고 자신은 소국 세류성으로 돌아간다고 폐하께 말을 올릴 생각이었다. 곧 청비를 따라갈 수 있다는 생각에 그는 가슴이 벅차왔다.

기다리거라. 곧 너를 뒤따를 것이다.

제20장

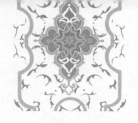

분노심(憤怒心) : 분하고 섭섭하여 화가 치미는 마음

밤새 왠지 모를 불안감으로 잠을 이루지 못한 단휘는 아침 식사도 들지 않고 청비의 시중을 맡고 있는 시녀장을 부르라 명했다. 무슨 일이 일어난 것 같은 예감을 떨칠 수가 없었다.

꽤 긴 시간이 흘렀음에도 시녀가 나타나지 않자 같은 건물에 있기에 늦어질 일이 없을 거라 생각한 그는 의대를 갖추었다. 이 시간까지 오지 않는 걸 보면 분명 청비에게 무슨 일이 생긴 것이 분명함이라.

단휘는 자신이 직접 가보겠다 하고 청비에게로 향했다. 심장이 제멋대로 날뛰는 것도 무시하며 그는 별일 아닐 것이라 애써 부정했다. 청비의 처소가 가까워질수록 시녀들의 말소리가 무척 소란스러졌다.

"아니 아직까지 못 찾으면 어떡합니까! 태자 전하께 가서 어찌 말을 올리라고."

"여기저기 가보실 만한 곳이며 궁 안을 모두 찾아봐도 보이질 않습니다."

소란스러움이 실체를 드러내자 단휘의 심장은 철컹 내려앉았다.

'못 찾는다', '보이지 않는다'는 시녀들의 말을 이미 들어버린 단휘였다.

"무슨 말이냐, 그것이! 청비가 없어지다니!"

청비의 방 앞에 서서 격분한 얼굴로 자신들을 바라보는 태자의 등장에 안절부절못하고 있던 시녀들은 까무러칠 듯 놀라 고개를 숙이고 몸을 벌벌 떨었다.

"대답하거라! 청비는 어디에 간 것이냐? 왜 보이지 않아!"

시녀들은 단휘의 불벼락에 서로 눈치만 주고받았다. 그러다 어렵게 한 명이 나서서 떨리는 음성으로 더듬더듬 말문을 열었다.

"그, 그것이 아침에 일어나신 기척이 없으셔서 들어와 보니 계시질 않으셨습니다. 일찍 일어나셔서 다른 곳을 가셨을 거라 생각하고 궁 안을 아무리 샅샅이 찾아봐도 도저히…… 도저히 찾을 수가……. 용서해주십시오! 전하, 저를 벌하여주십시오!"

"잘 찾아본 것이 맞느냐? 병사들을 시켜 다시 가서 찾으라 하라! 궁 안 구석구석, 이미 찾아본 곳도 다시 살피라 해!"

상황을 모두 지켜보고 있던 총사는 머리가 아파왔다. 태자가 청비를 정비로 들이기 위해 청비의 이름을 황명부에 올리는 것부터 태자비 간택까지 모든 것을 위임받은 그였다. 오늘도 그 일로 상의 차 일찍이 온 것이었는데 여인이 없어졌다니, 일이 복잡하게 돌아가고 있었다.

만일 이 사실이 알려지면 분명 마지막 남은 후궁 후보 쪽 집안에서 이를 추궁할 것이다. 청비 아가씨를 태자비는 물론이고 후궁 간택에서조차 제외시킬 빌미를 제공하는 것이리라.

태자비로 올려야 하는 여인이 없어지다니, 빠른 시간 안에 다시 되돌려놓는 것밖엔 방법이 없었다.

"전하! 이것이 놓여 있습니다! 이것 좀 보십시오!"

화장대에 올려져 있는 두루마리 서한을 발견한 시녀가 그것을 단휘에게 내밀었고 그는 곧장 펼쳐 빠르게 읽어 내려갔다.

전하, 저는 기억을 모두 찾았사옵니다.

지금까지 보살펴주신 은혜, 인사드리지 못하고 가는 걸 용서하세요.

있던 곳으로 다시 돌아가는 것이니 부디 저를 찾지 마세요.

-청비-

읽는 내내 단휘는 가슴이 동상에라도 걸린 것처럼 얼얼하고 아렸다. 몇 번이고 다시 읽어봐도 와 닿지 않는, 믿고 싶지 않은 내용이었다.

참으로 무정하구나. 이깟 글 몇 줄로 나를 끊어놓으려 함이냐.

단휘는 부들부들 떨리는 손으로 애써 잡고 있던 두루마리를 바닥으로 내던졌고, 청비를 시중들던 시녀들에게 고함을 쳤다.

"너희들도 당장 가서 청비를 찾아 내 앞으로 데리고 오거라!"

시녀들과 하인들이 나가자 청비를 향한 노여움과 괴로움이 단휘의 얼굴을 뒤덮었다.

궁을 도망칠 정도로 싫었던 것인가.

단휘는 눈을 감았다.

햇살이 부서지듯 환한 청비의 미소가 아른거린다. 꽃처럼 향기롭고 과실처럼 달았던 그 향기가 맡고 싶었다. 그는 지금 이 순간에도 청비가 보고 싶어 미칠 지경이었다.

단휘는 바닥에 떨어진 두루마리를 집어 들었다. 청비를 만나기 전까지만 해도 한 번도 무언가를 갖고 싶다 생각해본 적이 없던 자신이었다. 항상 주변에 진귀한 물건이며 값진 것이 넘쳐났고 자신의 지위로 못 가질 것이 없었다. 그러했기에 욕심을 내본 적도, 갖기 위해 노력한 적도 없었다.

하지만 청비는 처음으로 탐이 났고 손에 넣고 싶어 손을 뻗을수록 닿지 않았다. 모든 것이 제게는 처음이었던…… 청비였다.

더욱 놓아줄 수 없다.

나는 너를 찾을 것이다.

어디에 숨든 널 찾아낼 것이다.

"류하 왕자와 청비가 밤에 밀회를 가졌다?"

"예, 혹시 몰라 밤에도 동궁전을 지켜보라 사람을 붙여두었는데 류하 왕자께서 청비 아가씨 처소의 창으로 들어가는 걸 보았다 합니다. 그리고 아침 일찍 가서 몰래 살펴보니 시녀들이 청비 아가씨를 찾고 있는 듯 보였다 합니다."

뜻밖의 수확이었다. 청비에게 사람을 붙여놓아 보고를 받고 있는 무율은 일이 흥미롭게 흘러가고 있음을 직감했다.

"청비를 찾고 있다……? 그럼 어디로 사라지기라도 했다는 것인가."

청비를 보는 눈빛이 심상치 않던 류하 왕자였다. 근데 한밤중에 류하 왕자가 청비를 만나러 가고 아침에 청비의 모습이 보이지 않는다는 건…….

"류하 왕자가 다스리는 소국이 어디인지 당장 알아 오거라! 그리고 당장 떠날 채비를 하라!"

부하는 무율의 명령이 떨어지자 당황한 표정을 짓더니 머뭇거리며 말했다.

"하지만 황후 전하와 선약하신 식사가……."

무율의 입가에 미묘한 미소가 걸렸다.

"다음으로 미루고 혹시라도 나를 찾으면 잠시 이탄국 정찰을 다녀온다

하거라. 숨은 주인공들을 만나러 가봐야겠다."

"아직도 찾지 못했다?"

호위병들을 시켜 궁 안을 샅샅이 뒤져보라 명령을 내렸던 단휘는 시간이 지나 보고를 받고 있었다. 하지만 기다린 내용의 보고가 아니었기에 냉랭한 눈빛으로 그들을 노려보았다.

"궁을 나간 이들 중에 청비가 있는지 확인도 했고?"

"병사들 모두 하나같이 여인은 보질 못했다 합니다."

변장까지 하고 나간 것인가.

주먹을 꽉 쥐고 있던 단휘가 끓어오르는 화를 주체 못 하겠는지 책상에서 일어나 눈앞의 도자기며 두루마리들을 손으로 쓸어버렸다.

물건들이 요란한 소리를 내며 바닥으로 나뒹굴고, 시종들과 시녀들은 두려움이 가득한 얼굴로 더 고개를 푹 숙이고 숨을 죽였다.

"밤중에 나가신 듯한데, 워낙 날이 어두워 얼굴 확인이 쉽지 않아 찾는데 시간이 더 소요될 것 같습니다."

시간이 더 걸린다…….

단휘의 입에서 깊은 한숨이 절로 나왔다.

어디 있는지 모르니 불안한 건 당연했다. 기억을 찾았다는 핑계로 딴 마음을 품고 지난번같이 죽으려 하는 것이 아닌지 걱정이 밀려와 가슴이 바짝바짝 타들어갔다.

대체 어디로 가는지 알리지도 않고 왜 이대로 저를 떠날 수밖에 없었던 것인지 묻고 싶다.

혹여나 내가 너를 찾아갈까 싶어 그런 것이냐…… 당장이라도 내게 어찌

이럴 수 있는지 다그치고 싶다.

청비가 남겨놓은 서한을 보는 단휘의 낯빛이 더욱 어둡고 서늘해졌다.

궁이 아예 보이지 않게 되자 청비는 실감이 나는 것인지 이제 다시는 올 수 없음에 아쉬움과 서러움이 교차했다. 궁만 벗어나면 더 이상 태자비에 오를 걱정이 사라질 거라 생각했는데 멀어지니 마음은 더 심란했다.

왜 이러지, 내가? 이제 아무 걱정이 없으니 홀가분해야 하는 것이 맞는 것인데…… 왜 이리 마음이 시린 거지. 뜨거운 눈물 한 방울이 밤공기로 인해 차가워진 얼굴로 또르르 떨어졌다.

가슴이 욱신거린다. 왜 눈물이 나는 거지. 왜 이리 마음이 서글픈 거야. 그래. 마지막 인사를 못 하고 나와서 그것이 아쉽고 미안해서 그런 거야. 그것뿐이야.

그와 같이한 시간이 얼마나 되었다고. 그 시간에 감정이 깊어졌으면 얼마나 깊다고, 태자 때문에 그럴 리 없어…….

마부가 채찍을 휘두르며 하룻밤을 넘게 꼬박 달려 서두른 덕분에, 일찍 세류성에 도착할 수 있었다. 이른 아침이라 그런지 마을은 조용하고 한적했다. 마을을 지나 여러 군단의 검문을 거치고 얼마 안 있어 대저택으로 마차가 들어섰다.

제대로 잠을 이루지 못한 청비는 꾸벅꾸벅 졸며 마차 창으로 보이는 저택의 풍경을 눈에 담았다. 화려하진 않지만 정갈하면서도 대지가 드넓은 곳이었다.

마차가 서고 문이 열리자 자신을 기다린 것인지 하인과 하녀로 보이는 사람들이 청비가 내리는 것을 도와주었다.

"기다리고 계십니다."

길을 안내하는 하인을 따라가는 곳곳에서 군부대처럼 많은 인원의 병사들이 훈련을 하고 있었다. 여기저기 구경하며 건물로 들어가자 중년 남성이 청비를 반갑게 맞이해주었다.

"먼 길 오시느라 고생 많으셨습니다. 친구 분은 좀 전에 먼저 도착하셔서 부인을 만나고 계십니다. 어서 들어가보시지요."

열어준 방에서는 화기애애한 웃음소리가 들려오고 있었다.

친구라니, 누구를 말하는 거지? 처음 와본 이곳에 친구가 어디 있다고.

청비는 의아한 얼굴로 방 안으로 들어갔다. 고급스러운 원목 테이블 앞에는 류하와 닮은 온후한 인상의 중년 부인이 앉아 있었고, 그 앞에는 뒷모습이 낯익은 남자가 앉아 있었다.

느낌이 좋지 않아. 설마…… 아니겠지. 그래. 아닐 거야.

"청비 아가씨 맞죠?"

부인은 미리 알고 있었는지 이름을 부르며 반갑게 맞아주었다. 그와 동시에 맞은편에 앉아 있던 남자가 고개를 돌렸고, 일직선으로 날아온 그의 시선이 청비에게 꽂혔다.

"왜 이리 늦으셨습니까, 소저? 한참이나 먼저 와서 기다렸는데."

생글생글 웃는 저 넉살 좋은 얼굴. 자기 집 안방처럼 편하게 앉아 자신을 향해 오라고 손짓하고 있는 남자. 바로 다름 아닌 무율 왕자였다.

"아들이 보낸 서신을 통해 들었습니다. 여기서 편하게 머무르세요. 편하게 부인이라고 부르고요."

"네, 부인. 근데……."

어떻게 무율 왕자가 이곳에 있을 수 있는지 놀라우면서도 의구심이 생겼다.

"저 남잔 여기 어떻게……."

무율은 토끼 눈으로 자신을 보며 말을 잇지 못하는 청비에게로 다가갔다.

"뭘 그리 놀라십니까. 관광차 세류성에 왔을 뿐인데. 물 좋고 공기 좋고. 아름답고 교양 넘치는 부인도 뵐 겸해서 말입니다."

"관광? 오면서 보니까 훈련하는 병사들밖에 안 보이던데요. 여기에서 관광할 것이 뭐가 있다고……."

무율은 청비에게 대답을 하는 대신 부인에게 물었다.

"부인, 이곳에 며칠 머무르고 싶은데 괜찮겠습니까? 제가 사는 나라에는 이런 여유를 느낄 수 있는 곳이 많이 없어서인지 이곳이 아주 마음에 듭니다."

부인한테 말을 건네는 무율의 얼굴에는 여유로운 미소가 넘쳐흘렀다. 부인은 무율 왕자의 말에 흡족한 미소를 짓고 있었다. 아마도 무율 왕자가 벌써 부인에게 밑밥을 깔아놓은 게 분명했다.

좀 전에 도착했다 하니 아무리 일찍 왔다고 해도 자신과 몇 분 차이일 것이다. 세류성에 있었던 시간이 그리 길지 않았을 것이 분명한데 이미 부인한테 두터운 신뢰를 얻은 듯 보이는 무율이었다.

저것도 능력이라면 능력이지.

무율은 청비의 귀에 얼굴을 대어 귀엣말로 투덜거렸다.

"소저보다 일찍 오려고 미친 듯이 달려왔습니다. 근데 이곳, 완전 촌구석에 박혀 있어서 오는 데 애 좀 먹지 않았습니까?"

청비는 마지못해 건성으로 고개를 끄덕여주었다.

"얼마든지 머무르도록 하세요, 무율 왕자. 우리 류하 왕자의 친구 분이신데 허락이 무슨 필요가 있겠어요. 적적했는데 이렇게 말벗이 두 분이나 생기고 참으로 기분이 좋군요."

풉, 친구? 무율이 류하 왕자의 친구라고? 언제부터 류하 왕자의 절친이 되셨어?
청비가 게슴츠레 눈을 흘기자 무율은 모른 척 시선을 피했다.
"이리 마음이 후하시다니, 부인을 어머니로 둔 류하 왕자가 부러울 따름입니다."
"말하는 것도 참으로 정감이 가는 분이군요. 후훗."
청비도 그들을 따라 어색하게 웃음을 지었다. 부인의 반응으로 보건대 벌써부터 이 저택은 무율 왕자의 세상이 된 건가 싶었다.
무율은 왕자라면서 넉살과 아부가 아예 몸에 배어 있네, 배어 있어.
"그럼 두 분이 지내게 될 방을 안내하라 하겠습니다. 짐을 풀고 정원에서 식사를 같이할까 하는데, 괜찮으신가요?"
마차에서 먹은 것이 달걀과 말린 과일들뿐이라 부실해서 계속 허기졌는데 청비는 잘됐다 싶었다.
"네, 그럼 바로 짐 풀고 나올게요."
"조금 이따 뵙겠습니다, 부인."
무율과 청비는 대답을 하고 시녀를 따라 나가 복도를 걸었다.
"오면서 소저도 보셨겠지만 세류성이 정말 촌구석이라 볼 게 하나도 없더군요."
주변에 듣는 이들이 있기에 청비는 무율의 옆에 따라붙어 소곤거렸다.
"언제는 부인한테 공기 좋고 물 좋아서 머무르고 싶다면서요?"
무율의 입술 사이로 피식 미소가 비어져 나왔다.
"제가 그랬습니까?"
"그나저나 류하 왕자랑은 언제부터 친구였대요? 제가 알기로 두 분은 그다지 친분이 없어 보이던데."
"앞으로 친해지려 합니다."
분위기가 이리도 상이한데 친구가 된다고? 둘이 어울리는 모습은 상상조차 되지 않았다.

"우와, 햇살 봐."

복도를 걸으면서 보니 모든 창들이 남서쪽을 향해 있어 햇살이 궁 안으로 가득 들어와 그 열기로 인해 덥기까지 하였다. 집주인인 류하와 부인의 취향인지 예술품도 정말 많았다. 벽면을 오목하게 파서 만든 벽감에는 수많은 조각상과 도자기들이 배치되어 있었다.

"류하 왕자는 생긴 것만큼이나 취향이 고상하군요. 조각상도 디자인이 한참 유행 지난 것들뿐이니 말입니다."

청비처럼 안을 둘러보던 무율은 구시렁구시렁 말을 멈추지 않았다. 청비는 그를 무시하고, 시녀가 안내해주는 방 안으로 들어섰다.

"청비 아가씨께서 머무르실 방입니다."

청비가 안으로 들어가려 하자 무율이 먼저 그녀를 지나쳐 방으로 들어가 버렸다.

그는 방 한가운데에 서서 팔짱을 끼며 안을 휘 둘러보았다.

"왕자님의 방은 건너편 건물입니다."

시녀가 창문으로 보이는 맞은편 건물을 손으로 가리키자 무율은 그런 건 자신의 시종에게 알려주라며 시녀를 내보냈다. 무율은 장식장 위의 유리병을 손으로 쓸었다.

"류하 왕자가 신경 좀 썼군요. 이리 귀한 것들을 갖다놓으신 걸 보면."

방 곳곳에는 유리로 만들어진 장식품이 많았다. 모두 색깔이 형형색색이라 햇빛에 반사되어 방 안에는 무지개가 들어오는 것처럼 아름다운 빛이 가득했다. 이런 걸 감탄할 사이도 없이 방 안에 무율과 단둘이 남겨지자 어색함이 감돌았다.

"해륜궁에 남으시더니 이제는 세류성까지. 원래 계시던 곳에는 안 가세요?"

제 성에 안 찬다는 얼굴로 방 안을 쓰윽 보던 무율이 청비에게서 시선을 멈췄다.

“소저가 아는지 모르겠지만 저는 왕위와는 거리가 좀 있습니다. 계승 2위다 보니 형님은 내가 안 보이면 나름 안심할 것이고 막내 놈은 그나마 적은 기대감이라도 품을 테지요. 그래서인가, 모두들 제가 저들 눈에 안 보이는 것이 좋은가 봅니다.”

무율은 심각해지는가 싶더니 이내 가볍게 웃음을 보였다.

“뭐, 저도 여기저기 돌아다니는 걸 좋아하는 편이고.”

“전에 내가 말했던 건 생각해보는 거죠?”

그나마 친하게 지냈던 공주에게 말 한마디 없이 궁을 나왔으니 자신에게 서운함을 느낄 것이 분명했다. 그러니 공주와 무율의 혼인 문제만이라도 자신이 조금이나마 도움이 되었으면 했다. 청비는 무율을 향해 눈을 번뜩였다.

무율, 저 남자만 빠져주면 다 해결되는 건데.

“여기까지 왔으면서 그 걱정을 하십니까? 공주보단 까마귀 소저의 걱정이 먼저일 듯싶은데요.”

“제 걱정……이요?”

“자각을 못하시고 계십니다. 소저가 태자의 후궁 후보란 걸 잊은 건 아닐 테고, 근데 지금 소저가 와 있는 곳이 어딥니까. 태자의 형인 류하 왕자가 관리하는 소국입니다. 후보가 싫다고 궁을 나오는 건 어쩔 수 없다 쳐도, 혼인하려 한 남자의 형님 집으로 도망 왔다는 건 좀…… 그렇지 않습니까? 누가 봐도.”

그럼 어떡해. 당장에 태자비가 될 판에 이것저것 가릴 상황이 아니었는데.

“오해하지 마요. 저랑 류하 왕자님은 그런 사이 아니니까.”

“지금 중요한 건 그것이 아닙니다. 소저의 행동은 태자를 기만한 것입니다. 그건 능멸 죄에 해당된다는 걸 모르시는 것 같아 알려드리는 겁니다.”

느, 능멸 죄? 사극에서 보면 왕들이 자신을 기만했다면서 능멸 죄로 바로 참수시켜버리는 그런 거 말야? 내가 지금 그런 중죄를 저질렀다고?

쾅, 머리가 울렸다. 충격으로 청비의 얼굴이 석고상처럼 굳어졌다.

태자비를 피하고자 그냥 궁만 나오면 된다고 쉽게 생각한 것인가. 입이 달달 떨리고 꽉 쥐고 있는 손에서는 땀이 배어 나왔다.

아직 일어나지도 않은 일이고, 들킨 것도 아니야. 괜히 동요하지 말자. 어차피 류하 왕자는 당연히 말을 안 할 것이고 저 나불나불 입만 단속시키면 된다.

“나 여기 있다는 거 절대 비밀로 해줘요. 안 그럼 당신이랑 짜고 한 일이라 말할 거야.”

“훗, 저를 걸고넘어지시겠다는 겁니까? 뭐, 비밀로 해주는 거야 어렵지 않지만. 그럼 저도 한 가지 받아야겠습니다.”

장사 잘하네, 무율 왕자. 기브 앤 테이크 제대로 해.

“류하 왕자가 도착하면 분명 저를 내쫓으려 하겠지요. 그때 소저가 저를 세류성에서 지낼 수 있게 도와준다면 저도 소저가 여기로 도망 온 것을 입다물도록 하지요.”

내가 이 궁의 주인도 아니고 류하 왕자가 내쫓겠다는 걸 어찌 막아. 나를 완전 방패로 삼겠다는 거잖아.

“왜 그렇게까지 해서 여기 있으려는 건데요?”

시골 구석이라고 볼 거 없다 투덜거리고선.

“모르겠습니다, 저도.”

무율의 입가에 의미심장한 미소가 어렸다. 처음 청비를 봤을 때에는 이탄국 태자의 여인이라는 것에서 흥미가 생겼었다. 지금껏 후궁도 들이지 않고 여자를 마다하던 태자가 처음으로 관심을 보이는 여인이라니. 당연히 어떤 여인인지 알고 싶지 않겠는가.

하지만 막상 청비를 알게 되니 평범한 듯 보이면서도 지나칠 수 없는 무언가가 있었다. 워낙 많은 나라를 다녀보았기에 이국인들을 많이 만났었지만 청비는 어느 특정한 나라의 여인이라고 단정 지을 수 없었다.

더군다나 청비에 대해 계속 알아봐도 류하 왕자가 주청강에서 데려왔다는 것 말고는 알아낼 수 있는 것이 아무것도 없었다. 본인도 기억을 잃었다 하니 물어봐도 모를 것이고, 이국적인 외모며…… 말투와 분위기까지 어느 나라에서도 접해본 적이 없었다.

더군다나 이탄국의 태자가 태자비에까지 올린다 하는 말을 들으니 그저 평범한 여인이 아닐 거라는 직감에 홀린 듯 저도 모르게 이곳까지 오게 된 무율이었다.

"식사 준비가 다 되었습니다."

시녀의 음성에 청비의 얼굴에 화색이 돌았다. 무율과 단둘이 있어서 불편했던 청비는 잘됐다 싶어 바로 시녀를 따라나섰다.

건물을 나가 푸른 하늘과 조화를 이루는 돌기둥을 지나니, 긴 회랑이 둘러싸고 있는 대정원이 나왔다. 장엄한 크기의 분수대에서는 마치 폭포수가 흘러나오는 것처럼 시원한 소리가 들렸다. 마치 정원에 듣기 좋은 음률을 제공하고 있는 것 같았다.

"류하 왕자께선 조각상 모으는 게 취미이신가 봅니다?"

무율은 정원에 전시된 다양한 조각상들을 감상하는 것도 잠시, 금세 눈을 떼고 가소로워 하는 기색으로 말했다.

그러거나 말거나, 그를 무시하고 분수대 근처를 지나치는데 석상 하나가 눈에 띄었다.

"어? 저 조각상, 류하 왕자하고 닮았다!"

류하 왕자를 실제로 보고 조각을 한 건지 부드러운 표정이며 키까지도 얼추 비슷해 실제로 류하 왕자가 서 있는 듯한 느낌을 주는 석상이었다. 감탄하는 청비와는 달리 무율은 석상을 보며 비아냥거렸다.

"말로만 보던 성형 석상이 여기 있었습니다. 류하 왕자 코는 이리 안 높지 않습니까. 눈썹도 이리 안 두껍고. 오호, 이거 턱선도 아주 대놓고 깎으셨는데요. 너무 깎아서 턱이 아예 없어질 판입니다."

"저기, 무율 왕자."

청비가 그만하라 손짓했지만 무율은 멈출 기미가 없었다.

"에헤이, 원래 체고도 이 정도는 아닌데."

무율은 자신의 목을 손등으로 치며 류하에 대해 몸소 설명했다.

청비는 무율이 뭘 하든 전혀 눈에 들어오질 않았다. 청비는 안설부절못하며 무율 뒤에 류하 왕자가 와 있다는 걸 알려주고 싶었지만 대놓고 말로는 못 하겠어서 한쪽 눈을 연이어 찡긋했다.

뒤를 한번 돌아보라며 그녀가 눈치를 계속 주었지만 무율은 전혀 알아채지 못하고 자기 말만 내뱉을 뿐이었다.

"아예 딴 사람을 조각해놓았습니다. 류하 왕자 독불장군처럼 굴더니 은근히 이런 거 신경 쓰시는 분일 줄은."

그냥 말해줘야겠다.

"저기요."

"왜 부르십니까? 석상 심사평 좀 해주려는데요."

"뒤에 류하 왕자 와 있는데요."

무율은 입 모양으로 진짜인지 물었고, 청비는 고개를 끄덕였다. 당황한 기색도 잠시, 바로 뒤돌아 말을 거는 무율의 표정은 참으로 능글맞았다.

"생각보다 빨리 오셨습니다. 여기서 보니 더 반갑습니다, 류하 왕자."

류하는 얼굴이 흙빛으로 굳은 채 무율을 말없이 노려볼 뿐이었다.

"이곳이 류하 왕자가 다스리는 소국이라 들었는데 생각했던 것보다 좋습니다."

류하는 할 말이 많았지만 하루를 꼬박 쉬지 않고 내달려왔던 탓에 무율까지 상대하려니 피곤이 갑자기 몰려왔다. 대체 무율 왕자가 여기에 왜 있단 말인가. 일단 청비부터 챙겨야 했다.

류하는 무율의 말을 무시하고 청비에게로 다가갔다.

"오는 데 힘들지는 않았느냐?"

"힘들긴요. 오면서 여기저기 구경하고 좋았어요. 류하 왕자는요? 별일 없었어요?"

"별일이 있겠느냐. 아무 일도 없었다."

류하는 청비의 미소를 보니 피로가 다 풀리는 기분이었다. 무율은 류하와 청비 사이에 끼어들며 허리를 두드렸다.

"저는 오느라 고생 좀 했습니다. 말이 갑자기 멈춰서 허리를 좀 삐끗했더니……."

청비를 향해 보여주던 부드러운 얼굴이 순식간에 굳어지고 류하는 경계의 눈초리로 무율을 대했다.

"무율 왕자는 왜 이곳에 있는 것이오? 청비가 여기에 있는 건 당신이 알 수 없었을 텐데. 대체 어떻게 안 것인지 설명이 필요할 것 같군요."

"그것이……."

무율이 여유로운 미소로 대답을 하려는데…….

"류하 왕자!"

부인이 뛰어오며 류하 왕자를 반갑게 불렀다.

"오느라 고생하셨습니다. 왕자가 오기만을 얼마나 기다렸던지."

내내 기다렸던 아들이 돌아오니 부인은 너무 기쁜 나머지 눈물까지 흘렸다. 손수건으로 눈매를 닦으며 류하의 얼굴이며 손을 어루만져 그간의 그리움을 드러냈다.

"얼굴이 많이 수척해졌는데, 하북성에서 무슨 일이 있었던 겝니까?"

"아닙니다, 어머니. 제가 좀 늦었습니다. 오래 기다리게 해드려서 죄송합니다."

"친구 분들도 류하 왕자를 기다렸어요. 생전 친구라고는 데리고 오지 않더니 이렇게 두 분이나 오시고, 오늘 어미는 기분이 정말 좋습니다."

'친구들'이라는 말에 류하의 미간이 절로 구겨졌다. 류하는 무율을 보았고, 무율은 그런 류하의 시선을 피했다.

청비는 둘 사이에 끼어 눈치를 살폈다. 북방 회오리가 몰아치는구만. 갑자기 무슨 친구가 되겠다고, 무율 왕자는.

"여기 계속 서 있다가는 음식 식겠습니다. 어서 자리로 가시지요."

부인은 음식이 식는다 재촉하며 모두를 자리로 안내해 앉게 했다. 탁자를 가득 메운 진수성찬에 모두의 표정이 밝아졌다. 다들 수저를 들어 식사를 시작했다.

식사가 끝나고 젊은 사람들끼리 얘기를 나누라며 부인이 자리를 비켜주자 류하는 기다렸다는 듯 무율에게 날카롭게 물었다.

"대체 이곳에는 왜 온 것이오?"

"말하면 그대로 믿어주시는 겁니까? 저는 그저 관광차 왔을 뿐입니다."

"그 말을 내가 믿을 것이라 생각하고 내뱉는 것이오?"

류하는 무율의 속을 알 수 없는 저 웃음이 항상 석연치 않았다. 무율 왕자가 왜 이곳에 있는지 그 이유가 짐작 안 되는 건 아니었다. 분명 청비 때문에 이곳까지 왔을 것이다.

"세류성이 어디인 줄 모르시오? 이탄국 전방의 군단이오. 사로국이 우호국이긴 하나 동맹 국가도 아니니 언제든 침략을 할 수도 있다는 뜻이오. 그것을 모를 리 없을 것이고 타국의 왕자 신분으로 군단에 들어왔다는 건 포로로 잡힐 위험까지 각오했을 터. 그렇게 생각해도 되는 것이오?"

"세류성이 사로국 국경에 있는 것도 아닌데 내가 이곳에 온 것을 어찌 그리 경계하는 것입니까? 나는 분명 관광차 왔다고……."

"관광이라는 같잖은 말 따위는 집어치우고 본론을 말하시오. 이곳에 온 목적이 뭔지."

"이미 알고 있지 않으십니까?"

무율이 농을 하듯 가볍게 넘기며 눈썹을 들었다 놓았다. 류하의 표정은 더욱 차가워졌다. 세류성까지 따라왔을 줄이야. 청비를 감시라도 하고 있었던 것인가.

시간이 지날수록, 무율 왕자는 만만치 않아 보였다. 이런 위험한 자를 계속 이곳에 있게 할 수 없었다. 주위의 공기가 긴장으로 달궈지고 둘은 날이 선 눈빛을 누구 하나 먼저 거두지 않았다.

탁, 탁, 탁.

딱, 딱.

그때 둔탁한 소음이 그들의 얼음같이 찬 분위기를 깨버렸다. 소리가 나는 곳을 확인하니 그들이 앉아 있는 탁자에 그늘을 만들어주는 큰 나무 앞에서 청비가 소리를 내고 있었다. 무율과 류하는 그제야 청비가 자리에 없단 걸 알아채고 너 나 할 것 없이 서로 불렀다.

"청비야!"

"소저!"

청비는 자신을 부르는 소리도 못 들을 정도로 무언가에 집중하고 있었다. 그녀는 호두를 들고 나무에 있는 힘껏 쳐대며 껍질을 부수고 있었다. 오로지 단단한 껍질 속 알맹이를 먹겠다는 일념하에. 시중들던 시녀들이 대신 하겠다 해도 청비는 됐다며 호두를 계속 부수었다.

"이거! 왜 이리 안 부서져!"

그 모습에 류하와 무율의 입에서 웃음이 흘러나왔다. 청비는 성공했는지 산산조각 난 호두를 가져와 껍질에서 알맹이를 쏙 빼 먹으며 무슨 일이 있었느냐는 듯 그들의 시선을 받았다.

"먹고 싶으면 각자 깨 먹어요. 이건 내 노동의 몫이니까."

무율은 거드름을 떨며 호두를 손으로 집어 들었다.

"호두는 손으로 까야 제 맛이지요."

무율이 탁자에 내려놓은 호두를 높이 들어 올린 손으로 내리치자 호두는 보일 듯 말 듯 실금이 갔고 동시에 무율은 손을 감싸 쥐며 고통스러운 듯 신음을 삼켰다.

"흐업!"

무율은 참기 힘든지 손을 털기도 하고 주먹을 쥐어보기도 했다. 청비가 안쓰러운 듯 그를 보았다.

"괜찮아요?"

그 말을 기다렸다는 듯 무율은 청비에게 다가가 손을 내밀어 보였다.

"걱정되면 좀 살펴주시던가요."

청비는 무율의 부어오른 손바닥을 살폈다.

"어, 거기가 제일 아픕니다."

청비가 무율의 손을 잡고 있고 무율은 그런 청비에게서 눈을 떼지 않으니 이를 지켜보던 류하의 심기가 불편해졌다. 류하가 자리를 박차고 일어나 성큼성큼 그들 앞에 서더니 청비의 팔을 잡아 일으켰다.

"괜히 엄살 부리는 것이니 신경 쓰지 마라. 청비 넌 나와 갈 곳이 있다."

류하는 청비의 손목을 잡고 어디론가 향했다. 그는 근처에 있던 병사들에게 눈짓하여 무율이 따라오는 것을 막았고, 건물 안으로 들어와서도 누가 따라오는 것처럼 행동이 급했다.

급하게 가고 있어서인지 아니면 단둘이 있게 되어서인지 복도를 빈틈없이 울리는 발자국 소리만큼이나 류하의 심장이 빠르게 뛰었다.

류하가 청비를 데리고 간 곳은 청비가 이미 보았던, 앞으로 그녀가 머무를 방이었다. 청비는 류하의 손에서 자신의 손목을 빼내고 괜히 어색해 무슨 말을 할까 고민하다 말을 꺼냈다.

"방이 무척 마음에 들어요. 이렇게 좋은 방을 주시고 신경 써주셔서 감사……."

감사하다는 말을 더 이을 수 없었다. 류하 왕자가 자신을 끌어안는 바람에 청비는 어떤 말도, 행동도 취하지 못했다. 숨 쉴 구멍이 필요해 고개를 돌려도 류하가 자신을 꽉 안고 있어 청비는 조금도 움직일 수 없었다.

"류하 왕자?"

"이 순간만을 기다려왔다."

달큰한 꽃 내음이 풍겨오자 류하는 청비를 이대로 놓아주고 싶지 않았다.

내내 그리웠다, 이 향기가.

청비가 슬며시 몸을 빼는 게 느껴지자 류하는 천천히 그녀를 놔주었다.

"놀랐느냐?"

청비는 류하의 얼굴을 못 보겠는지 오로지 바닥에만 시선을 고정시켰다.

이러려고 여기에 온 것이 아닌데.

청비는 마음이 편치 않았다.

"미안하다. 나도 모르게 그만……."

류하는 청비의 얼굴을 살폈다.

"네가 이곳에 있다는 것이 아직도 믿기지가 않는구나. 고맙다. 내 손을 잡아줘서."

"……."

"너에게 보여주고 싶은 것이 많다. 소국이라 볼 건 별로 없지만 며칠 뒤에 열리는 축전이 볼 만하지. 축전에도 데려갈 것이고, 네가 가고 싶은 곳에는 모두 데려가주겠다. 또 하고 싶은 것이 있으면 말만 하거라. 모두 들어줄 것이니."

여전히 상냥한 목소리와 저를 바라보는 곧은 눈동자. 이렇게 옆에 있는 것만으로도 마음이 따뜻해졌다. 하지만 청비는 이 따뜻함을 마냥 편히 받아들일 수 없었다. 자꾸 마음 한구석이 하릴없이 무겁게 느껴졌다.

"이곳을 둘러보겠느냐?"

류하가 문을 열고 청비가 나오길 기다리자 그녀는 말하기를 주저했다. 차마 입이 떨어지질 않았지만…… 궁금한 건 어쩔 수 없었다.

이곳으로 오는 내내 궁금해서 계속 떨칠 수가 없지 않았던 질문.

"태자 전하는요? 혹시…… 저 안 찾던가요?"

"……."

"제가 갑자기 없어졌다고 화 많이 났죠? 말도 안 하고 나갔다고 분명 저 미워하고 있을 거예요. 막 길길이 날뛰거나 하진 않았어요?"

류하의 얼굴은 씁쓸히 굳어졌다. 그는 청비를 물끄러미 바라만 보았다.

왜 그리 쓸쓸해 보이는 것이냐. 네가 그런 얼굴을 하면…….

청비를 보는 류하의 표정이 복잡했다. 예상 못한 것은 아니었다. 기억을 모두 잃고 깨어나 계속 지내온 곳이니 해륜궁이며 동궁전을 그리워할 수 있을 것이라 생각했었다. 그런데 지금 청비가 제게 묻는 말들은 궁이 아니라 모두 단휘에 관한 것이었다.

청비가 가장 마음을 쓰고 있는 것은 단휘인 것 같았다. 제 손을 잡았지만…… 청비는 단휘를 생각하고 있는 것이다. 그는 입 안이 썼다. 청비만 이곳에 데리고 오면 모든 게 다 제 뜻대로 될 거라 정리해놓은 마음이 들쑤셔지는 느낌이었다.

"단휘가 보고 싶은 것이냐?"

"아, 아니에요! 그게 아니라……."

청비는 난처했다. 궁을 나왔으면서 단휘에 관해 물어보는 것이 자신이 생각해도 머쓱해 바로 부정했지만 나오는 말들은 더듬거려졌다.

"그런 게 아니라……."

"이미 넌 궁을 나온 몸이다. 잊거라."

류하는 짤막하게 대꾸하는 것으로 청비의 말을 끊었다.

"제가 괜한 걸 물었어요."

청비의 착 가라앉은 목소리에 류하의 마음은 편치 않았다. 풀이 죽어 힘없이 자신을 지나치는 청비의 모습을 류하는 그냥 모른 척할 수 없었다.

"단휘를 보고 오진 못했다."

청비의 얼굴이 류하에게로 향했다. 그녀는 자신의 말에 눈동자를 빛냈다. 그 모습에 목이 메었지만 저를 보며 눈동자를 반짝거리니 그만둘 수 있으랴.

"아마 계속 너를 찾고 있을 것이다. 네가 기억을 찾아서 원래 살던 곳으로 간 것처럼 서한을 써놓았으나 그 성격상 받아들이지 못할 테지."

류하의 말투는 딱딱하기 그지없었다.

"아, 저 대신 서한까지…… 남겨주셨군요. 신경 써주셔서 감사해요."

청비는 자신을 위해 애써준 류하에게 미안한 마음에, 더는 단휘에 관한 것을 물어보지 않아야겠다, 생각하고 말을 돌렸다.

"여기 석상이며 도자기 정말 많던데요? 벽까지 파서 전시할 정도라니. 하나하나 설명 듣고 싶어요. 어떤 것들이 있는지."

"그래."

류하는 씁쓸한 미소를 지으며 대답했다. 주위를 왔다 갔다 맴돌며 쉴 새 없이 떠드는 청비의 행동이 더욱 부산스러웠지만 그는 그럴수록 더 마음이 죄어왔다.

“태자 전하, 궁정 석공이 전하를 뵙길 청하옵니다. 맡기신 석상이 완성되었다 합니다.”

청비의 방에 들어와 청비의 손길이 닿았던 가구며 물건들을 살피고 있던 단휘가 기억을 더듬었다.

석공이라……. 내가 석상을 맡겼던 적이 있던가.

“그래. 잊고 있었군.”

청비에게 선물로 주려 궁정 석공 중에서도 가장 실력이 뛰어난 자를 선별해 청비의 석상을 맡겼던 것이 기억난 단휘의 입가에 희미한 미소가 자리 잡았다.

시간이 꽤 지난 데다 청비가 궁을 나가 정신이 없는 탓에 잊고 있었는데 완성이 되었다니 청비의 얼굴이 보고 싶었던 차에 잘됐다 싶었다.

깜짝 선물로 주려고 청비 몰래 석공에게 서한으로만 청비의 얼굴 생김새와 신체의 특징을 적어 보내 빠른 시일 내로 조각해놓으라 일러두었는데 벌써 완성이 되었다니, 무척 궁금해졌다.

“석공은 어디 있느냐?”

“정원에 있사옵니다. 조각한 석상을 어디에 전시할지 자리를 찾고 있는 것으로 아옵니다.”

단휘가 급한 걸음으로 정원으로 나가자 석공이 시종들과 같이 석상을 석교 옆으로 옮기고 있었다. 멀리 있어 선명하지 않았지만 단휘는 청비의 얼굴이 조각된 석상을 보는 것만으로도 가슴이 벅찼다.

마치 실제로 청비가 석교 옆에 서 있는 것처럼.

석공이 태자를 발견하고 머리를 숙이며 예의를 갖추자 단휘는 손짓으로 답해주고 석상 앞에 섰다.

"비슷하구나, 그럭저럭."

몸의 높이도 청비와 같았고 얼굴 역시 청비의 이목구비와 아주 흡사했다. 표정 또한 보는 이로 하여금 절로 미소가 지어질 정도로 환하게 웃고 있으니 더욱 마음에 들었다. 청비가 가끔 보여주는 눈부신 미소만큼은 아니더라도 말이다.

"자네가 조각하는 석상들이 숨만 불어 넣으면 마치 살아 움직일 듯 정교하다더니, 과장은 아니로군."

단휘는 흡족한 듯 고개를 끄덕이고는 이어 석상의 세세한 부분까지 살폈다. 눈에 새기듯이 석상을 보던 단휘의 시선이 얼굴에서 목으로, 그리고 가슴에서 딱 멈추었다. 순간 단휘의 눈동자에 섬광이 일었고 진지하던 눈매가 매섭게 올라갔다.

"네놈이 감히!"

단휘가 버럭 화를 내며 석공의 멱살을 잡았고, 주위에 있던 시종과 시녀들은 태자의 서슬 퍼런 어조에 또 뭔 일인가 싶어 겁에 질린 얼굴로 가슴을 졸였다. 석공은 태자가 옷 앞섶을 움켜잡고 뒤흔드는 바람에 목이 자라목으로 변해서는 영문을 몰라 공포에 질려 있었다.

"저, 전하 왜 그러시옵니까. 소인이 무슨 잘못을 저질렀는지……."

"저거 말이다!"

"캑캑, 무엇이 말입니까요?"

"네놈이 정녕 몰라서 묻는 게냐! 가…… 가……스……!"

제 입으로 '가슴'이라는 말을 하는 것이 낯부끄러워 단휘는 다른 말로 대체했다.

"흉부 말이다! 네놈이 직접 눈으로 보았더냐? 청비의 흉부가 어찌 저리 납작하냔 말이다!"

"그것이 전하께서 적어주신 서한에는 아담하다고 하셔서…… 보내주신 그림에서도 그렇고……."

단휘는 석공의 멱살을 거칠게 내려놓고 석상을 손가락으로 가리키며 호통을 멈추지 않았다.

"체구가 아담하다 했지! 내가 언제 저것까지 아담하다 했느냐!"

"죽을죄를 지었습니다, 전하! 다시 한 번 기회를 주신다면 이번엔 아주 크게 늘려서……."

"듣기 싫다! 그리고 늘리긴 뭘 늘려? 이런 음흉한 놈을 봤나. 보기 싫으니 당장 끌고 나가라!"

석공이 호위병들에게 끌려나가자 단휘는 분을 삭이며 납작한 흉부의 청비의 석상을 노려보았다.

"다른 석공을 찾아볼까요?"

시종이 조심스럽게 말을 올리자 단휘는 고개를 저었다.

"됐다. 관두거라."

부질없는 짓이었다. 받아줄 주인이 없지 않은가.

청비는 없고 똑같은 얼굴의 석상이 눈앞에서 웃고 있으니 단휘는 한숨이 절로 나왔다.

웃지 마라, 청비야. 너는 무엇이 그리 좋은 것이냐? 나는 네가 보고 싶어 돌 지경인데. 참으로 평온하구나, 넌…….

"모두 물러가라. 혼자 있을 것이니."

시종과 시녀들을 비롯해 멀리서 호위하던 병사들까지도 모두 자리를 떠나 보이지 않자 단휘는 잔디에 털썩 드러누웠다. 가슴이 먹먹했다. 청비가 궁에서 사라진 이후로 시간이 멈춘 듯 청비와 관련된 것이 아니면 그 어떤 것도 머릿속에 들어오질 않았다.

온통 청비 생각으로 가득함이라.

이대로 다시 못 볼 수도 있을 거라 생각하니 가슴이 욱신거려 고통스러워 절로 얼굴이 일그러졌다. 단휘는 눈을 감았다.
보고 싶다…… 청비야.

류하 왕자와 건물 밖으로 나가자 무율 왕자가 병사들과 실랑이를 벌이고 있었다. 창병으로 보이는 병사 여섯은 장창으로 무율이 건물 안으로 들어가지 못하게 막아서고 있었지만 그렇다고 포기할 그가 아니었다. 무율은 계속 몸으로 밀어붙이고 있었다.
"내가 누군 줄 알고 이러는 것이냐? 난 사로국의 왕자다! 근데 감히 나를 막아서다니, 당장 비켜 서거라!"
설마 했는데 무율 왕자, 아직까지 저러고 있었네. 류하 역시 무율이 끈질기다 생각했는지 짧은 한숨을 내쉬며 그들 앞으로 가 건조하게 말을 내뱉는 것으로 실랑이를 중지시켰다. 병사들에게 가보라고 고갯짓을 하자 우르르 흩어져 셋만이 남게 되었다.
"대체 언제 갈 생각이오?"
무율 왕자는 못 들은 척 삐딱한 얼굴로 팔짱을 꼈다.
"청비 소저가 여기 있는데, 내가 어딜 가겠습니까?"
류하는 기가 찼다. 어떻게든 이곳에서 내보내야 하는데 신분이 왕자라 함부로 대할 수도 없으니 참으로 난감했다.
"여기서 공짜로 있자는 것도 아니니, 있는 사람이 이러면 안 되지요. 자는 값, 먹는 값 모두 치를 것입니다. 워낙에 가진 게 돈밖에 없으니 후하게 말입니다."
"그래서 계속 여기 있겠다는 것인가?"
류하와 무율의 이글거리는 눈빛이 공중에서 격전을 일으키며 부딪치고 있었다.

"저기요들, 여기서 이러지 말고 그만 자리로 가보는 게 어떨지…… 부인도 저기 오시는데."

청비가 부인을 가리키며 중재하자 무율과 류하는 동시에 그쪽을 보았다. 마침 부인이 손에 찻주전자를 들고 걸어오고 있었다. 이를 놓칠리 없는 무율이었다.

"부인, 그 연약하신 몸으로 그 무거운 걸!"

막걸리가 든 주전자도 아니고 찻주전자가 뭐가 무겁다고, 하여튼 과장은.

청비의 따가운 눈초리에도 무율은 부인 옆에 달라붙어서 왜 부인이 직접 들고 오시냐, 시종에게 시키시지 그러다 팔 다치신다며 걱정했고, 부인은 그런 것이 마음에 드는지 웃음을 연발했다.

"호호, 다정하기도 해라. 우리 류하 왕자에게도 요런 붙임성이 좀 있어야 하는데."

"어머니."

류하 왕자의 어조에는 그만하시라는 압박이 실려 있었다.

"그럼 이제 다과를 나눌까요?"

부인의 권유에 모두 다시 탁자에 자리했고, 부인은 찻잔에 차를 따랐다. 누구도 먼저 말을 꺼내지 않아, 부인이 잔에 차를 따르는 소리 말고는 주위는 아주 고요했다. 청비는 찻잔을 들어 입가심 겸 후식으로 차를 한 모금 마셨다.

"와."

시원한 데다 달콤하면서도 쌉싸름한 맛에 감탄사가 절로 나왔다.

"차를 좋아하는 편은 아닌데, 이건 정말 제 취향이에요."

"제호탕이 입맛에 맞으셨나 보군요."

"제호탕이요……?"

"오매육, 초과, 백단향, 축사인을 곱게 갈아 꿀에 섞어 반나절 중탕하여 연고 상태로 만든 후 항아리에 담아두었다가 찬물에 타서 마시는 여름 차입니다."

워낙 차를 좋아하는 나라라 한여름에도 뜨거운 차를 마셔야 하나 걱정했는데 다행히 찬물에도 타서 마시는 차가 있었다니.

청비는 차 맛에 푹 빠져 향과 맛을 음미했다.

"살피긴 했는데 또 손볼 것이 있어, 류하 왕자의 방을 좀 살펴야겠습니다. 그럼 남은 대화 마저 하고 들어가세요."

부인이 대화를 편히 하라며 자리를 피해주었지만 류하와 무율 사이의 어색한 분위기는 나아지질 않았다. 청비는 차를 마시며 찻잔 너머로 눈동자만 굴려 말이 없는 무율과 류하를 번갈아 보았다. 시간은 흘러 그들 앞에 놓여 있던 차는 차갑게 식어갔고, 무율을 주시하고 있던 류하가 먼저 침묵을 깼다.

"무율 왕자, 한 가지 묻겠소. 청비를 따라 이곳까지 온 연유가 뭐요?"

"저도 한 가지 묻겠습니다. 대체 왜 청비를 이곳까지 데리고 온 것입니까?"

두 남정네의 질문은 모두 자신에 관한 것이었다. 청비는 난감해서 한마디 끼어들려 했지만 류하 왕자가 말을 막았다.

"청비야, 오느라 힘들었을 텐데 들어가서 일찍 쉬어라. 나는 예서 무율 왕자와 더 할 이야기가 남은 것 같구나."

잘됐다 싶었다. 마침 졸음이 오고 있었던 청비였다.

마차에서 앉은 채로 자는 바람에 잘 못 잤는지 허리도 아팠는데 침상에 누워 편히 쉬어야지.

청비는 조용히 의자에서 일어나 건물로 들어갔고 둘만 남게 되자 류하는 단호한 얼굴로 급변했다.

"내가 청비를 데리고 온 것을 왜 당신이 궁금해하는 거지?"

조용하지만 칼날과도 같은 냉정한 목소리.

"어차피 들킬 일 아닙니까? 태자의 성격상 포기하지 않을 것이고, 세류성에 청비가 있는 걸 머지않아 알게 될 텐데 군이 그런 위험을 감수해서까지 왜 데리고 온 것인지, 그 이유를 알고 싶은 겁니다."

류하는 더 이상 할 말이 없다는 얼굴로 의자에서 일어섰다.

"당신이 물어서도 안 되고 상관할 바도 아니오."

멀어져가는 류하의 뒷모습을 보는 무율의 입가에는 비소가 어렸다.

당신도 꽤나 불쌍한 사내로군.

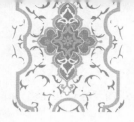

제21장
불신지심(不信之心) : 믿지 않는 마음

방에 들어온 청비는 바로 침상에 누웠다. 오는 길이 험했던 탓에 바로 곯아떨어지겠지 싶었는데 막상 누우니 잠이 오질 않았다.

불면증이 따로 없네, 정말.

시간만 덧없이 흘러가, 밤이 되어 암흑이 찾아왔지만 청비는 계속 뒤척이기만 할 뿐 잠들지 못했다. 결국 눈을 떴다. 창이 커서인지 달빛이 환히 들어와 방 안을 메우고 있었다.

환한 달빛이 잠 못 들게 하는 것일까.

애꿎은 달만 탓하며 다시 이불을 폭 뒤집어쓰고 누워 있었지만 잡념만 가득해진 청비는 도저히 이대로는 잠을 이룰 수 없어 침상에 걸터앉았다. 꼭 무엇을 잃어버린 것처럼 허한 마음에 손바닥으로 가슴을 꾹 누르고 깊은 숨을 들이켰다.

도무지 뻥 뚫린 허전함이 채워지질 않는다. 언제까지고 이런 날이 계속될 것만 같아 혼자 있는 시간이…… 실로 두려워졌다.

어쩌면 이것이 시작일지도.

오늘 밤을 시작으로 난 이 허전함에 익숙해져야 한다.

좀 걸으면 잠이 오려나.

청비는 방 안을 왔다 갔다 하다, 산책을 할 겸 아예 정원으로 나갔다. 정원에는 그녀처럼 잠 못 드는 이가 있었으니, 류하 왕자였다.

"밤이 깊었다. 왜 안 자고 나온 것이냐?"

류하 왕자의 목소리는 밤이라 더욱 잠겨 있었다. 거기다 얼굴에 달까지 비치니 그가 더 처연해 보이기까지 했다.

"그냥 첫날이라 그런가, 잠을 좀 설쳐서요. 류하 왕자도 잠이 안 오시나 봐요."

오늘따라 유난히 큰 달을 사이에 두고 류하와 청비가 마주 섰다.

"묻지 않는구나. 궁금할 만도 한데."

청비는 의아한 얼굴로 류하를 보았다.

"내가 널 데리고 온 이유, 궁금하지 않느냐?"

따로 생각을 해본 적이 없었다. 류하가 물으니 청비는 그제야 류하가 왜 자길 도와주었을까……라는 궁금함을 가졌다.

"생각해본 적 없느냐?"

류하는 혼잣말처럼 낮게 말했다. 청비는 꾹 다물고 있던 입을 천천히 열었다.

"미안해요, 지금에야 물어서. 왜…… 절 도와준 건가요?"

이제 와서 묻는 것이 미안해졌다. 듣는 것도 미안해졌다. 들려올 대답을 기다리며 긴장이 되는지 청비가 눈썹을 파르르 떨었다. 순간 바람이 류하와 청비를 스쳤다.

사르르…… 환상처럼, 한 폭의 그림처럼, 하얀 배꽃이 류하와 청비의 머리 위로 흩날리고, 바람이 남기고 간 잔 여운에 꽃잎들이 살랑살랑 춤을 추듯 청비와 류하 앞에 흐드러졌다.

청비는 입 모양으로 감탄하며 제 앞으로 떨어지는 꽃잎을 받으려 작은 손을 내밀었고, 류하는 그 모습에 눈을 떼지 못했다. 배꽃 향기와 청비의 향이 뒤섞여 마음이 어지러웠다.

청비의 그림자가 저를 안아주듯 제게 향해져 있었고…… 그림자가 아닌 청비의 따뜻한 몸을 안아보고 싶었다.

한 발짝…… 두 발짝…… 류하가 다가갔다.

꽃잎을 받으려고 등을 보이고 있는 청비를 그대로 뒤에서 안는데 자신의 두 팔에 감싸진 청비의 어깨가 좁았다.

생각보다 더 가녀린 몸……. 너무 약해서 부서질 것 같아 심장이 들썩이는 동시에 가슴이 저렸다.

기다렸다…… 청비야. 네가 물어봐주기를. 왜 너를 도와준 것이냐 했느냐?

"내게도 기회를 달라는 뜻이었다."

류하의 떨리는 목소리가 등 뒤에서 들려오자 청비는 몸을 돌리려 했다. 하지만 그녀의 몸을 가둔 단단한 팔이 그것을 제지했다. 잠기듯 품에 안긴 채로 청비는 류하의 말을 들었다.

"널 좋아한다, 청비야."

항상 따스하고 편안하게만 생각했던 류하 왕자의 고백.

갑자기 선이 그어지는 것처럼 그가 불편해지는 건 예견했던 일일지도 모른다.

힘이 되었던, 항상 옆에 있어 주었던 그가 아득히 멀어지는 느낌이었다.

"놓아주세요, 왕자님."

"아니, 놓을 수 없다. 이제야 네 앞에 섰는데, 어떻게 널 이곳까지 데리고 왔는데 그냥 놓으라는 것이냐. 지금껏 이런 마음을 가져본 적이 없다, 청비야. 네가 내게로 온 이상, 난 널 놓지 않을 것이다. 세상 누구보다 소중히 대해주겠다."

등 뒤에서 류하의 심장 고동이 느껴지는 것 같았다. 그의 몸이 미세하게 떨리고 있었다.

어떻게 말해야 할까. 난 당신이 생각하는 감정과 같지 않다고? 당신의 사랑을 받을 수 있는 평범한 여인이 아니라고……?

목이 메어왔다. 착하고 상냥한 류하 왕자에게 상처를 주고 싶지 않았다.

"지금 당장 답해달라는 것이 아니다."

귓가에 애잔한 류하의 음성이 스쳤다. 류하가 청비의 어깨를 천천히 돌려세우자, 안타까운 그의 시선이 닿았다. 희부연 달빛이 비춘 그의 얼굴은 너무나 아릿해 보였다. 달빛이 마음까지 비추어주는 듯 청비는 류하의 진심을 마주하는 것이 미안했다.

"생각해보거라, 청비야."

까만 밤하늘에 구름 한 점 없어 유난히 환한 달빛이 그들에게 쏟아졌다. 그들은 서로 다른 마음으로 자신들에게 부서지는 달빛을 받아들이고 있었다.

류하에게, 이는 달빛의 유혹…….

푸르스름한 달빛이…… 진동하는 향이…… 유혹하고 있음이라.

그녀를 안으라, 마음을 내보이라…… 말을 걸고 있음이라.

청비에게, 이는 달이 그려낸 꿈…….

부디 꿈이길…… 달빛이 환해 잠 못 드는 이에게 주는 꿈이라.

그도…… 그의 마음도…… 모든 것이…… 깨어 일어나면 환영처럼 사라지는 꿈이라.

류하는 말없이 청비를 그녀의 방으로 데려다주었고, 그녀는 잠을 이룰 수 없었다. 새벽이 되어서야 눈을 조금 붙이고 일어나니, 류하와 있었던 일이 더욱 꿈처럼 생각되었다. 류하 왕자의 슬픈 눈동자가 계속 뇌리에 남아 마음이 무거웠다.

정이 깊고 성격이 부드러워 자신을 대하는 행동이 당연히 여동생이나 책임감 같은 것에서 비롯된 거겠지 싶었는데, 그는 자신을 여인으로 보고 있었다.

손을 내밀 때 류하의 손을 잡지 말았어야 했던 것일까.

태자에게 상처를 주고 싶지 않았다. 태자비에 오르지 않는다면, 그를 떠난다면 더 이상 엮일 인연이 아니라 여겼다. 그렇게 단순한 생각으로 이곳까지 온 것이 어쩌면 결국 또 다른 이에게 상처를 주게 되는 것일지도. 류하에게 기대감을 가지게 만드는 것일 수도.

자신을 봐달라는 류하의 쓸쓸한 음색이 다시 한 번 생각난 청비는 입술을 깨물었다. 물론 상냥하고 부드러운 류하가 좋았지만 그가 그녀를 생각하는 마음과 자신의 마음은 확연히 다른 것이다. 분명 상처를 줄 수밖에 없을 것이다.

그리고 이런 고백을 받았으면서도 청비는 다른 이를 계속 생각하고 있었다. 청비에게 어제의 그 환한 달빛보다 더 스며들고 있는 이는…… 단휘.

그 이름을 떠올리는 것만으로도 머릿속에 파동이 일고 미미하게 심장이 떨려왔다.

단휘가 떠오르다니…….

그가 주는 것이 싫다 떠난 것이 저인데. 왜 자꾸 그가 보고 싶은 것인지…… 그녀조차도 이해할 수 없는 마음이었다.

이미 마음속으로 빼도 박도 못하게 그가 들어와 있었나 보다. 아마도 있을 때는…… 옆에 있을 때에는…… 몰랐나 보다. 그가 주는 것이…… 그가 주는 사랑이…… 크게 자리 잡고 있었다는 걸.

이제야 깨달아버리다니.

“제 말을 듣고 있는 것입니까?”

“네?”

화원에서 탁자를 두고 청비와 마주 앉아 있는 무율은 청비가 제 말에 답하지 않고 골똘히 생각에 빠져 있자 탁자를 손가락으로 두드리며 멍하니 생각에 빠진 청비의 얼굴을 제게로 두었다.

“저녁에 포도주 축전 전야제에 같이 가자고 하였습니다.”

“네, 그래요.”

청비는 어색한 미소로 그러자고 응답했다. 힘없이 축 가라앉은 목소리에 무율이 인상을 찡그리며 그녀의 안색을 살폈다.

“잠자리가 바뀌어 잠을 못 잔 것입니까?”

“네…… 그냥 뭐. 그런데 류하 왕자는 안 보이시네요.”

“바쁜 것 같아 보였습니다.”

내일부터 축전이 시작된다 하니 자신의 소국에서 열리는 만큼 후원도 해야 했고, 그동안 자리를 비워두어 밀려 있는 정사를 보느라 류하 왕자는 늦은 오후가 된 지금까지도 얼굴을 볼 수 없었다.

대답을 빨리 해주어야 할 텐데. 시간을 더 끌지 않는 것이 좋을 것 같은데.

하지만 기회를 달라 하니 앞으로 류하의 얼굴을 어찌 봐야 할지……. 청비는 마음이 무거웠다. 그에게 상처를 주게 될 것 같아 가슴이 아려왔다.

“류하 왕자와 무슨 일이 있었습니까?”

제 속을 훤히 꿰뚫어 보는 것인지 무율의 목소리에 청비는 흠칫 놀라 급히 부정했다.

“무슨 일은요! 괜히 지레짐작하지 마세요.”

자신이 당황하는 모습을 보고 놀리거나 더 추궁할 것이라 여겼는데 공교

롭게도 무율은 그저 묵묵히 일어나 화원의 풍경을 살피러 갔다. 마치 청비에게 혼자 생각할 시간을 주는 것처럼.

그렇게 안 보이는데 눈치는 참 빠르단 말야.

"밤중에 궁을 나간 이가 모두 스무 명이 넘사옵니다. 그들 중에는 퇴거하거나 심부름을 가는 이도 있었고 외국의 사신도 있었습니다. 그래서 그들의 행방을 모두 알아내는 데에는 아무래도 시간이 걸릴 것 같습니다."

건희는 어떤 감정도 내보이지 않는 태자의 얼굴에 인사를 올리고 힘겹게 말을 내뱉었다. 청비에 관한 일만 신경 써오던 태자였다. 오늘 오전에는 직접 찾아야겠다며 같이 나섰지만 하북성 광장과 구석진 골목까지 몇 바퀴 돌고도 별 수확이 없었다. 그런데다 또 자신 역시 기대에 부응하지 못할 대답을 올려야 해서 마음이 무거웠다.

"내가 그 대답을 들으려 너를 부른 줄 아느냐."

단휘는 시간이 지날수록 애가 탔다. 군사 훈련을 한다는 명목 아래 위에 보고를 하고 오전부터 병사들을 데리고 청비를 찾으러 다녔었다. 샅샅이 수도를 둘러보았으나 매번 빈손으로 되돌아온 그였다.

벌써 단단히 숨었거나 하북성을 빠져나갔음이라.

아무래도 단시간 안에는 찾지 못할 듯해서 단휘는 청비가 어디로 떠날 건지 말을 흘리고 갔을 거라 여겼다. 그래서 그녀가 좋아한다고 연서까지 준 건희와 그나마 궁에서 친하게 지냈던 신아 공주를 떠올리고는 그들을 부른 것이었다.

신아 공주는 그가 들어오라 할 때까지 밖에 기다리고 있으라 명한 상태여서, 지금 그의 서재 안에는 건희와 단둘뿐. 단휘는 차마 꺼내고 싶지 않은 그때의 일을 회상했다.

"너에 대한 청비의 감정이 특별했던 걸로 안다."

아직도 청비가 건희를 좋아하고 있다고 생각한 단휘는 건희를 의심할 수밖에 없었다.

설마 좋아하는 이에게도 말 한마디 없이 궁을 나갔을까.

자신한테는 아니더라도 이놈한테는 분명 언질을 했을지도 모른다. 감정을 최대한 억눌러보지만 질투의 감정이 수반되는 건 어쩔 수 없다.

"내가 묻는 말에 거짓이 없어야 할 것이다. 청비가 궁을 나가기 전 너를 만난다거나 서한을 주고받은 일이 없더냐?"

"전하, 어찌 그런……!"

단휘는 감정을 배제한 채 건희를 직시했다.

"그런 일은 절대 없었습니다! 정말입니다. 믿어주십시오, 전하! 제 말에는 한 치의 거짓도 없습니다."

"믿지 못한다. 청비에 관한 일이라면 더욱 아무도 믿을 수가 없다!"

단휘의 눈에 불신이 서렸다.

"가둬라."

지극히 간결한 명령어. 떨어지는 말은 칼날이었다.

"청비에 대해 그 어떤 것이라도 실토할 때까지 건희를 가둬라!"

만약 청비가 궁을 나간 것에 아는 것이 없다 해도 저놈을 향한 청비의 감정은 아직도 받아들이기 힘든, 참을 수 없는 감정이었다.

청비를 계속 찾지 못해 솟구쳐 오르는 답답함과 분이 건희에게 불똥이 튄 것이라.

그때였다. 병사들이 들어와 건희의 양팔을 잡아 일으켜 세우려는데 때마침 문 밖에서 이를 엿듣고 있던 신아 공주가 뛰어와 병사들을 저지했다.

"놓거라! 건희를 놓으란 말이다!"

“신아 공주! 네가 상관할 바가 아니야!”

“오라버니! 제 말을 들어주세요. 건희는 아닙니다. 건희는 청비가 궁을 나간 것에 대해 알고 있는 것이 없습니다. 당연히 모릅니다!”

“네가 어찌 그런 말을 하는 것이냐?”

신아 공주는 밖에서부터 흘리던 눈물로 인해 얼굴이 눈물범벅이었다. 그녀는 심호흡을 한 뒤 주위를 물렸다.

“모두 나가거라!”

공주가 병사들을 향해 목소리를 높이자 그들은 건희를 놓긴 하였으나, 차마 나가지는 못하고 태자의 눈치를 보았다. 누구의 명을 따라야 하는 것인지 난처한 얼굴이었다.

“청비와 건희에 관한 것이옵니다. 주위를 물려주세요.”

공주의 음성은 들릴 듯 말 듯 힘이 없었다. 한 마디 한 마디 내뱉는 것도 힘이 드는지 안색 또한 파리했다. 공주의 행동을 이해할 수 없기에 태자는 잠시 고민한 후에 병사들을 물렸다. 갑자기 공주가 이러한 행동을 한 데는 이유가 있을 것이다. 병사들이 나가고 공주는 미안함이 가득 담긴 얼굴로 건희를 일으켰다.

“미안해요. 나 때문에.”

“아닙니다, 공주님. 저 때문에 이 일로 공주님의 명예가 실추될까 염려스럽습니다.”

공주와 건희의 눈빛이 애절하게 얽혔다. 청비가 소식을 전해준 덕분에 건희는 공주의 정략혼이 사실인지 확인하기 위해 공주를 찾아갔었다. 그렇게 서로의 마음을 확인하게 된 후로 둘은 주변의 시선을 피해 감정을 키워가고 있었던 터였다.

“건희를 좋아하는 건 청비가 아닙니다, 오라버니.”

공주의 말에는 울분이 섞여 있었다. 단휘는 당황하였지만 계속해서 신아 공주의 말을 경청했다.

“접니다, 오라버니. 제가 건희를 좋아해요. 청비는 중간에 제 부탁을 들어준 것뿐이라고요. 오라버니께서 보신 연서 또한 제가 건희에게 쓴 것이었어요.”

단휘는 믿을 수가 없다는 얼굴로 신아 공주를 무섭게 을렀다.

“그게 무슨 말이냐! 네가 건희를 좋아한다 그 말을 하는 것이냐? 그때 그 연서도 신아 네가 쓴 것이었다고 말하는 거야, 지금?”

“그래요, 오라버니. 오라버니는 오해하신 거예요. 제가 비밀로 해달라 하여 청비가 오라버니한테 거짓을 말하게 된 거라고요. 모두 제 탓입니다.”

단휘의 심장이 거칠게 뛰어댔다. 공주의 말이 끝나기 무섭게 서안 서랍에서 청비가 건희한테 보냈던 그 연서를 꺼냈다. 찢겨져 있었지만 몇 줄의 문장은 온전했다. 이에 그치지 않고 단휘는 청비가 궁을 나가기 전 처소에 놓고 갔던 서한을 가져와 둘을 나란히 놓아 글씨체를 비교했다. 글씨체가 확연히 달랐다.

공주의 말이 사실이란 말인가? 혹시, 그럼, 설마…… 이것도……?

자신의 인장을 몰래 찍었던 벽보를 서랍에서 꺼내어 같이 비교하니 역시나 이것도 글씨체가 달랐다.

모두 청비가 썼다고 알고 있던 것들이 제각기 다른 글체라니!

“신아야, 청비한테 글을 가르쳐주었다거나, 청비가 글을 쓸 줄 알더냐?”

“모를 것입니다. 글을 읽는 것도, 쓸 줄도 모르는 것으로 압니다.”

단휘의 입에서 자조적인 웃음이 희미하게 흘러나왔다.

“그래……. 그럼 이것 역시 청비가 쓴 것이 아닐 수 있다.”

이 일은 차후에 거론할 것이라 으름장을 놓은 뒤 단휘는 청비가 마지막으로 남기고 간 서한을 손에 꼭 붙든 채 그녀의 처소를 찾았다.

“청비의 시녀들을 모두 부르거라. 긴히 알아야 할 것이 있다.”

시녀들이 한자리에 모였다. 딱딱하게 굳어 있는 태자의 표정에 그녀들은 태자가 어떤 경을 칠지 몰라 공포에 질린 얼굴로 서 있었다.

"청비가 글을 쓰는 것을 본 적이 있더냐?"

시녀들은 태자의 심중을 모르기에 겁에 질린 눈빛을 주고받기만 하다, 한 명이 어렵게 입을 열었다.

"본 적이 없사옵니다. 제가 알기로는 청비 아가씨는 기억을 잃어 글을 쓸 줄 모르시는 것으로 압니다."

"그래, 맞다."

단휘 자신도 본 적이 없었다. 청비가 글을 배우는 것도, 글을 쓰는 것도.

새로운 실마리가 생기니 단휘는 더욱 다급해졌다.

"여봐라!"

마침 보고를 올릴 것이 있어 대기하고 있던 총사가 고개를 숙이며 서자 그런 인사도 받을 틈이 없이 단휘는 바로 그에게 청비가 마지막으로 남기고 간 서한을 내밀었다.

"이 편지와 같은 글씨체를 가진 이를 궁에서 찾아오라!"

"예, 전하. 그리고 급히 보고 드릴 것이 있사옵니다."

총사는 모두 내보내고 듣는 이가 없도록 문까지 닫은 다음 조심스럽게 말을 꺼냈다.

"청비 아가씨께서 사라진 그날 밤에 궁을 나간 이들의 명단을 살피는 중 수상한 점이 있었습니다."

"계속 말해보거라."

"궁을 나간 이들 중 다섯 명이 류하 왕자님과 관련이 있었습니다. 그 시각 성문을 지키던 병사들을 불러 조사해보니 류하 왕자님께서 심부름을 보낸 것으로, 직접 이 일에 개입하신 듯 보여집니다."

"류하 형님이 관여했다?"

총사의 말에 이어진 단휘의 음성은 조용히 내뱉는 혼잣말이었다. 딱딱하게 얼어붙은 얼굴에 냉정한 눈초리가 비수와도 같았다.

청비가 없어졌을 때 단휘 역시 류하 형님을 생각했었다. 하지만 이틀 전 청비가 없어진 날 궁 안을 다니며 청비를 찾던 중에 폐하를 뵈러 가는 류하를 발견하고 류하 형님은 아니라고 생각했다. 만일 청비를 도망치게 도왔다면 분명 같이 갔을 것이라 여겼기 때문이었다.

결국 류하 형님이 청비를 도망치게 해준 것이었나.

어릴 적부터 형님은 조용하고 침착한 성격으로 나서는 걸 싫어해 일을 크게 만들지 않았었다. 형을 제치고 동생인 자신이 태자에 올랐을 때에도 전혀 서운한 기색이 없었다.

쫓겨나는 것이나 다름없는, 변방의 소국으로 내려가게 되었을 때에도 불만을 보이지 않던 형님이었다.

어떠한 일에도 자신의 감정을 내보이는 일이 없던 형님께서 후궁 후보였고 태자비에 올릴 것이라 원로회에서까지 공표한 청비를 도망치게 도와주었다니.

청비를 향한 감정이 그렇게까지 컸던 것인가.

단휘는 솟구치는 분노의 감정을 억누르며 말을 내뱉었다.

"서한의 글씨 주인도, 청비도 찾을 필요가 없다. 내가 직접 찾으러 갈 것이다."

아침, 점심 식사도 따로 했었기에 류하 왕자를 계속 보기 힘들 것 같았는데, 지금 청비의 앞에 그가 앉아 있었다.

무율 왕자와 청비하고 같이 시간을 보내기 어려울까 봐 부인이 바쁘다는 류하를 직접 불러들여 자리를 마련한 것이었다. 하지만 그들 사이에는 어색한 기류가 감돌았다.

청비는 얼굴을 들지 않고 묵묵히 차만 홀짝였다. 이도 잠시, 부인이 정적을 깨며 말을 걸었다.

"어제 잠자리는 괜찮았는지 모르겠습니다."

처음으로 류하가 데리고 온 친구들이기에 혹시나 불편하진 않을까 부인은 무척이나 신경이 쓰였다.

"신경 써주셔서 고맙습니다, 부인. 아주 편히 잘 잤어요."

청비의 대답이 만족스러운지 부인은 미소를 지어 보였고 무율 역시 제 집보다 편했다는 둥, 이대로 여기서 계속 눌러 있고 싶다는 말로 화기애애한 분위기를 만들었다.

단, 류하 왕자와 청비 사이의 침묵은 어쩔 수 없었다. 류하는 말없이 묵묵히 차를 마실 뿐이었고, 청비 역시 최대한 신경 쓰지 않으려 그에게 시선을 두지 않았다.

둘의 분위기를 살피던 무율이 불쑥 끼어들었다.

"싸운 것입니까? 어째 분위기가……."

"청비야, 오늘 저녁에 시간 있느냐? 마을을 보여주고 싶구나."

류하는 무율의 말을 자르듯 어떤 대꾸도 없이 청비에게 말을 걸었다. 무율과 축전 전야제에 가기로 했던 것 같은데. 무율이 자신을 보며 고개를 저으며 거절하라는 표정을 보였지만 류하와 어제 일에 대해 좀 더 대화를 해야 했기에 잘됐다 싶었다.

"네, 데리고 가주세요."

"청비 소저, 그럼 안 되지 않습니까? 저랑 먼저 약조를……."

그들을 보고 있던 부인이 끼어들어 무율 왕자에게 부드러운 미소를 건넸다.

"그럼 무율 왕자는 저와 가시면 되겠군요."

무율은 청비에게 말을 더 붙이려 했지만 부인에 의해 막혔다.

"왠지 무율 왕자와 같이 가면 자주 가보는 마을도 더 신선하고 재밌을 것 같군요."

"아, 예. 그, 그럼 그러도록 하지요, 부인."

부인에게 그러자 말은 했지만, 청비를 흘깃 보는 무율의 눈빛에는 불만이 가득했다.

청비는 부인이 준비해준 옷으로 갈아입고 류하가 기다리고 있는 곳으로 나갔다. 류하는 준마에 올라타 있었고, 그 옆에는 마차가 대기해 있었다.

"청비 넌 마차를 타고 갈 것이다. 내려가는 길이 가파르니 말을 같이 타고 가는 건 위험할 수 있다."

그리하겠다, 대답을 한 뒤 청비는 마차에 올랐다. 가는 내내 창으로 앞서 가고 있는 류하의 뒷모습을 훔쳐보던 청비는 한숨을 내쉬었다.

이런 관계는 정말 어색했다. 어떻게든 다시 예전으로 돌아가고 싶었다.

하지만 싸운 것도 아니니 사과를 해서 될 일도 아니고, 언제까지고 모른 척할 수도 없는 일. 청비는 류하와의 관계에 대해 마땅한 답이 나오지 않아 머리가 지끈거렸다.

마차가 멈추어 청비가 창밖을 내다보니 벌써 가장 번화가에 도착해 있었다. 마차에서 내린 청비는 마을의 모습에 탄성을 내질렀다.

"우와."

깜깜한 밤이었지만 건물마다 등을 켜놓아 마을 전체가 밝았다. 축전 전야제라 그런지 거리에 사람들도 많이 다니고 있었다. 사람들의 표정은 모두

들떠 있고 즐거워 보였다. 청비 역시 이탄국에 와서 처음 맞는 축전이었기에 저들처럼 설렜다.

기분 전환한다 생각하고 즐기자, 청비야.

청비는 류하를 따라 내리막길을 걸었다. 하북성에 있을 때에도 시장에 가본 적이 있었지만 그때는 환한 낮이었고 지금 이곳은 밤이라 그런지 분위기가 완연히 달랐다.

전처럼 자신을 찾는 시녀와 시종들도 없기에 시장을 구경하는 청비의 얼굴에는 여유로움이 넘쳤다. 너무 좋아하는 청비의 모습에 류하 역시 그녀를 데리고 오길 잘했다는 생각이 들었다. 여기저기 기웃거리며 왔다갔다 돌아다니던 청비의 눈에 여러가지 장신구를 파는 상점이 눈에 들어왔다.

"정말 예쁘다. 이거 다 수제품이죠?"

청비는 좌판에 놓인 정교한 솜씨로 만들어진 귀걸이와 팔찌, 목걸이들을 보며 한국에서 하던 버릇처럼 자연스럽게 물은 것인데 주인은 무슨 소리를 하느냐는 얼굴로 눈을 치켜떴다.

"그럼 이걸 다 손으로 만들지 뭘로 만들겠소?"

맞다. 여긴 공장이 없지. 모든 것을 손으로 직접 만드니 핸드메이드 제품만 있을 수밖에.

청비는 진주로 만들어진 귀걸이 한 쌍을 집어 올렸다. 포도가 연상되는 모양이었다. 은거울 앞에 서서 귀걸이를 귀에 대어보며 청비가 마음에 들어하자 류하의 얼굴이 미소로 밝아졌다.

"이 정도면 값이 되겠소?"

류하가 옆에서 바로 값을 지불하자 청비는 그를 만류했다.

"사주시지 않아도 되는데."

류하는 별거 아니라며 옅게 웃음을 흘렸고 청비는 고맙다 마음을 표한 뒤 그를 따라 거리를 걸었다. 시장 한가운데에 위치한 공터 앞에서 류하가 걸음을 멈추고 무대로 보이는 곳으로 청비를 데려갔다.

달빛이 내리는 큰 무대와 그 앞으로 펼쳐 있는 수십 개의 의자에는 벌써 많은 사람들로 자리가 채워져 있었다.

여긴 뭐 하는 곳이지? 무대가 있는 걸 봐선 무슨 공연하는 곳인가?

비어 있는 의자에 류하가 청비를 앉게 했고 자신도 따라 그 옆에 앉았다. 청비는 주변을 두리번거렸다.

"여긴 뭐 하는 곳이에요?"

"공연을 보고 싶어 하지 않았느냐?"

류하가 목소리를 낮추어 청비의 귀에 속삭였다. 류하 왕자는 해륜궁에서 자신이 한 말을 아직까지 기억하고 있었다. 류하 왕자의 친절함에 청비는 마음이 시려왔다. 자신에게 이토록 잘해주는데. 이를 등져야 하다니 마음이 더욱 무거워졌다.

자리가 모두 채워지자 공연이 시작되었고, 사람들은 숨을 죽였다. 수금을 타고 나오는 아름다운 선율과 벽면의 은은한 등불, 하늘에서 쏟아지는 아름다운 달빛들이 고즈넉한 밤의 무대를 만들어냈다.

배우들이 나오고 공연이 시작된 지 꽤 되었는데도 배우들은 말 한마디 하지 않고 몸짓으로 인상, 감정, 혹은 상황을 보여주었다.

"근데 배우들 대사가 없어요."

"대사가 없는 무언극이다."

우리나라로 치면 팬터마임 같은 거네.

"배우의 의상으로 그가 어떤 역할을 맡았는지 알 수 있지. 보라색은 부유한 걸 나타내고, 나이 든 사람은 흰색을, 젊은이를 연기하는 배우는 밝은 계열의 옷을 입는다."

류하는 중간중간 이해하지 못할 것들을 설명해주어 청비가 집중할 수 있게 해주었고, 청비는 시간 가는 줄 모를 정도로 연극에 깊이 빠져들었다.

공연이 끝나고 청비와 류하는 왔던 길을 다시 걸었다. 아직도 거리에는 사람들이 다니고 있었지만 소란스럽던 아까와는 달리 한적했다.

"저…… 류하……."

청비는 멈춰 서서 류하를 불렀으나 그는 계속 걷기만 할 뿐 돌아보질 않았다.

자신이 무슨 말을 할지 아는 것일까?

류하가 밤이 늦었다며 말할 여지를 주지 않아, 청비는 말을 이을 수 없었다. 말할 기회를 놓친 것이었다.

어쩔 수 없이 묵묵히 류하를 따라 다시 내렸던 곳에 도착해 마차에 오른 청비는 무릎에 얼굴을 묻으며 한숨을 쉬었다. 류하의 고백에 대한 자신의 대답을 더이상 미루면 안 될 것 같았다.

벌써 도착했는지 마차가 멈추었고 문이 열리자 온화하면서도 자신을 담담히 보는 류하의 얼굴이 고스란히 눈에 와 닿았다. 청비는 말에서 내려 결심한 듯 류하를 보았다.

"류하 왕자님, 할 말이 있어요."

예상한 듯 류하는 알겠다며 청비와 저택 안을 거닐었다. 안에는 그들의 발자국 소리만이 들릴 뿐 정적이 흐르고 있었다. 청비는 계속해서 자신의 마음을 솔직하게 말하지 않고 미루는 것은 류하를 위한 것이 아니라는 생각이 들었다. 자신의 욕심으로 시간을 더 끌고 싶지 않았다.

그가 기회를 달라 하였지만 그건 아무 의미 없이 시간만 흘려보내는 것처럼 느껴질 뿐이었다. 자신의 마음은 변함이 없기에, 류하에게 헛된 희망을 주는 것이라.

"당장 답을 달라 하지 않으셨지만, 이대로 말을 계속 안 하고 있는 것은 왕자에게도 좋지 않을 것 같아요."

"……."

"……미안해요, 저는……."

"네 마음 안다. 말하지 않아도."

어르는 듯 자신의 말을 받는 류하의 목소리는 마치 자신의 등을 가만히 쓸어주는 손길 같았다. 눈가가 붉어진 청비는 미안함에 흘러내리는 눈물을 얼른 훔치며 목소리를 죽였다.

"미안해요……. 정말, 미안해요."

"아니다. 내가 지고 있던 무거운 짐을, 너에게 옮겨준 듯하구나. 내가 미안함이 크다."

류하 왕자는 오히려 자신이 미안하다고 말하고 있었다. 그의 가라앉아 있는 음성이 청비의 마음을 내리눌렀다.

"내가 한 말은 그냥 잊거라. 시간이 늦었으니 방 앞까지 데려다주겠다."

방문 앞에 도착해 류하를 향해 인사를 한 뒤 청비가 문을 닫으려던 순간…….

"청비야."

자신을 부르는 류하의 목소리에 청비는 멈칫했다. 살짝 열려진 문틈 사이로 류하의 그림자가 들어왔다. 문이 거의 닫혀 있는 것이나 다름없어 류하의 얼굴은 보이지 않았다.

"고맙다, 기회를 줘서."

"……."

"내겐 오늘 너와 보낸 시간들이…… 지금 이 순간도 네가 내게 주는 기회였다."

문 너머로 들려오는 류하의 음성은 떨리고 있었다.

"네가 힘든 것이 싫구나. 나로 인해…… 힘들어하지 말거라."

그림자가 사라지고 저벅저벅 멀어져가는 발소리에 류하의 떨리는 음성이 자꾸 귓가를 맴돌아 청비의 가슴은 저며왔다.

그녀는 새벽 내내 잠을 이룰 수가 없었다. 세류성에서는 계속해서 불면의 밤이 이어졌다.

날이 밝아 아침이 찾아왔다. 류하는 다른 요새의 비호 상황을 보러 일찍 성을 떠나 부인과 무율 왕자와 함께 아침 식사를 했다. 청비가 잘 먹지 못하고 멍한 시선으로 깨작거리자 무율은 청비의 숟가락에 반찬을 올려주었다.

"전처럼 팍팍 좀 먹으세요. 축전에 가려면 많이 먹어둬야 합니다."

기대했던 축전이었지만 보러 갈 마음이 생기지 않아 청비는 힘없이 고개를 저었다.

"저 안 갈래요. 그냥 여기 남아 있을게요."

"어제 전야제도 같이 안 가주고. 축제도 안 가겠다는 겁니까?"

무율은 기분이 안 좋을수록 바람을 쐬어야 한다며 같이 가자고 재차 말했고 부인까지 합세하여 옆에서 자신을 부추겼다.

"오늘이 첫날인 만큼 볼 것이 정말 많습니다."

청비는 내키지 않았지만 부인까지 가보라는 성화에, 억지로 이끌려 어제 그 시장을 다시 걷게 되었다.

낮이라 볼거리는 확실히 더 많긴 했다. 어제보다 더 활기차고 많은 인파들로 북적거렸다.

사거리에 다다르자 길 한가운데에는 종적(縱笛), 배소(排簫), 중금, 북 등 다양한 악기로 축전의 분위기를 돋우는 악사서부터 우스꽝스러운 몸짓으로 광대가 가무를 추었고, 그 뒤를 따라 가면을 쓴 시민들이 춤을 추며 축제 분위기를 만끽하고 있었다.

무율에게 손목이 잡힌 청비는 그 대열에 끼어 사람들 틈에 섞이게 되었다. 흥이 나지 않았지만 분위기에 맞춰주려 억지웃음을 지어 보였다.
"왕자님."
그때 뒤따라오며 호위하던 무율의 부하가 심각한 얼굴로 무율에게 귀엣말로 무언가를 전달하자, 무율이 얼어붙은 듯 그 자리에 서서 부하가 건넨 가죽 띠로 말려 있는 종이를 펼쳐 급히 읽어 내려갔다.
무율의 얼굴이 금세 딱딱하게 굳어졌다. 평범한 서한이 아닌 비밀 전령인 듯 보였다. 나불나불 떠들며 자신의 기분을 최대한 맞춰주고 있던 무율은 침묵했고, 낯빛이 어두워졌다.
곧 무율에게서 다급한 명령이 떨어졌다.
"청비를 엄호하라!"
"하시만 왕자님께서 위험에……."
"난 괜찮으니 넌 뒤에서 동향을 맡거라."
부하들에게 청비의 호위를 맡긴 무율은 우뚝 멈춰 주변을 살폈다. 눈빛은 눈보라가 칠 만큼 날카로웠다. 공기도 얼어붙을 것 같은 긴장감이 그들을 감돌았다.
"엄호하라니…… 무슨 일이에요?"
무율이 받은 전령은 해륜궁에 남아 상황을 살피고 있던 자신의 부하가 긴급히 보낸 서한이었다. 태자가 모든 것을 알아냈다는 것과, 태자의 후궁 후보 중 금란이라는 여인 역시 태자 측근에 간자를 붙여놔 청비가 세류성에 간 것을 알아내 그녀를 죽이려 이곳에 사람들을 보냈다는 것이었다.
사람을 보냈다는 건 청비를 해하려 하는 의도가 분명했다. 이 전령이 오는 데에는 상당한 시간이 걸렸음이라. 그럼 분명 그 여인이 보낸 자들도 벌써 이곳에 와 있을지도 모르는 것이었다.
검을 꺼내 든 무율은 매의 눈으로 주위를 살피며 청비를 엄호했다. 말이 있는 곳까지는 거리가 꽤 있었기에 가는 도중에 혹여나 무슨 일이 생길 것 같은 불안함이 엄습해왔다.

청비는 항상 웃음기가 배어 있는 무율이 심각한 표정으로 자신의 손목을 꼭 움켜쥐자 무슨 일이 생길 것 같아 표정이 굳어졌다. 무율은 청비를 자신의 등 뒤에 바짝 붙어 있게 했다.

"저도 알아야죠. 대체 무슨……."

그때였다. 무율과 그녀의 주변에서 가면을 쓴 채 평범하게 춤을 추고 있던 자들의 눈빛이 차갑게 돌변하는 동시에 우르르 청비와 무율을 감쌌다. 눈짐작으로 봐도 아홉은 넘어 보였다.

이게 무슨 일인가 싶어 청비는 몸을 움츠림과 동시에 그들을 관찰했다. 모두 하나같이 작정한 듯 눈에는 살기까지 비쳤다. 한눈에 자신의 목숨까지 노리고 있는 적임을 그녀는 간파했다. 무율의 심해처럼 차가운 음성이 내리깔렸다.

"누구냐? 정체를 밝혀라."

"우린 위에서 내리는 명령대로 움직일 뿐이다."

말이 끝나기 무섭게 아홉 명의 사내들은 모두 같은 동작으로 장검을 꺼냈고 이들 주위로 싸늘한 공기가 휩싸였다.

한 치의 양보도 없이 서로의 시선을 응시하다 그중 한 명의 칼날이 가차없이 청비에게로 향했고, 그녀는 몸을 돌려 위험천만하게 칼날을 피했다. 하지만 청비를 비켜간 것도 잠시, 이번에는 세 명이 동시에 청비에게 달려들었다.

무율은 몸을 돌려 자신이 소지하고 있던 단검으로 칼날을 맞받아쳐 저들이 그와 청비에게 접근할 거리를 주지 않았다.

근처에 있던 사람들은 비명을 지르며 도망갔고, 그중에 넘어지는 이도 있어서 거리는 순식간에 아수라장이 되어버렸다. 칼날이 부딪히는 소리가 바람을 가르며 시끄럽게 거리를 울렸다.

죽일 각오로 덤벼드는 자들을 보자 청비는 공포심에 온몸이 위축되었다. 하지만 저라고 가만히 있을 수 있나 싶었다. 상대는 아홉이었다. 수적으로 상당히 밀리는 상황에 무율의 보호만 받을 순 없지 않은가.

청비는 가장 비실해 보이는 한 놈을 골라 앞차기로 목을 가격했고 남자가 쓰러진 틈에 주변을 두리번거렸다. 검을 들고 달려오는 적을 몸으로만 상대하기엔 무리였다.

공격할 무기가 필요해. 뭐 없나?

마침 무율의 부하가 쓰러뜨린 적의 칼이 발 앞에 떨어지자 청비는 이게 웬 떡이냐 싶어 잽싸게 칼을 집어 들었다. 그리고 자신에게 달려오는 자들을 향해 다가오면 다 죽이겠다는 기세로 사정없이 칼을 휘갈겼다.

청비는 검도에서도 진검을 잡아본 적은 있으나 짚단이나, 나무에만 대고 연습해봤지 실제 사람에게 써본 적이 없기에 손이 달달 떨렸다.

한국이었다면 이건 살인이야, 살인.

하지만 지금은 그런 걸 따질 상황이 아니었다. 우선 내가 살고 봐야 했다.

“야얏! 오기만 해! 다 죽는다!”

인정사정없이 칼을 휘두르느라 어느새 청비는 무율에게서 멀어져 있었고 그것을 놓칠 리 없는 적들이었다. 적들은 바로 청비에게 달려들었고 한꺼번에 공격을 취했다.

청비는 방어 태세를 갖춰 놈들이 가까이 오면 뒤로 물러나며 공격을 막아내어 놈들과의 거리를 좁히지 않았다. 그 틈에 놈들의 약점을 찾다가, 가장 약해 보이는 놈부터 골라 검으로 호선을 그리며 위협했다.

만만치 않은 검술에 쉽게 처리할 수 있을 것 같지 않다는 생각에 가장 우두머리는 단도를 날려 청비의 칼에 정확하게 명중시켰다. 검이 튕겨나가는 짧은 파공성과 함께 바닥으로 떨어지며 굉음을 냈다.

그 소리에 무율은 자신을 공격하던 적들을 부하에게 넘기고 바로 달려와 청비의 앞을 적으로부터 막아섰다. 하지만 작정한 듯 달려드는 세 명의 장정을 혼자 상대하기엔 쉽지 않았다. 얼마 안 있어 무율의 단검도 바닥으로 떨어졌다.

"미안하다, 청비야. 아직은 내가 부족한 듯싶구나."

적들은 눈을 번뜩이며 청비와 무율을 에워싸고는 입가에 비릿한 미소를 지었다.

갑작스러운 공격에 청비는 대체 왜 저들이 자신들을 노리는지 궁금해할 틈도 없었다. 이제 모두 끝이구나라는 생각에 맨몸이고 뭐고 마지막 발악이라도 해보자 싶어 갈라지는 음성으로 '이야얍!' 기합과 함께 발차기로 최후의 일격을 가하려는데,

"멈춰라!"

누군가의 호령이 들려왔다. 쩌렁쩌렁한 음성에 청비의 목소리가 묻히는 건 물론이고 적들의 공격도 멈추었다. 갑자기 어디선가 우르르 등장한 건지 남자들 열댓 명이, 자신들을 향해 칼을 겨누고 있던 적들을 둘러싸고 검을 꺼내 들었다. 새로 등장한 사내들은 세류성의 병사로 보이진 않았다. 그들은 세류성의 군복이 아닌 일반 평복을 입고 있었다.

누구지? 세류성의 병사들도 아닌데, 대체 누가 우릴 도와주는 거지? 아니다. 지금은 그런 걸 따질 형편이 아니다.

지금 그보다 더 중요한 건…… 생사의 갈림길에 서 있는 자신이었다.

"빨리 저 여인을 없애!"

상황이 역전되어 위험에 처했으면서도 적들은 여전히 칼을 놓지 않은 채, 아예 청비만을 노리기로 한 듯 서로 눈짓을 하더니, 반으로 편을 나누어 청

비를 위협했다. 나머지 인원만이 새로이 나타난 사내들의 공격을 막아냈다.

무율은 청비를 향해 검을 날리는 남자 둘 중 한 명의 어깨를 발로 가격해 쓰러뜨리며 청비에게 소리쳤다.

"청비 소저!"

무율의 외침에 청비는 자신의 앞을 막아선 남자를 향해 정권 지르기를 날렸고, 그가 비틀거리는 틈을 타 가장 가까이 보이는 골목으로 뛰어 들어갔다.

더 이상 쫓아오지 말아야 하는데.

한참을 뛰어 골목을 빠져나가자 청비는 멈춰 설 수밖에 없었다.

골목 끝은 넓은 공터였다. 공터 뒤로 벽이 사방에 둘러싸여 있어 더는 앞으로 나아갈 수 없는 막다른 곳이었다.

몸을 숨길 곳이 필요해.

공터에는 청비의 키를 훌쩍 넘어서는 긴 장대들이 세워져 있었고, 그 장대에 매달려 있는 줄에는 하얀 무명천과 각양각색의 명주 천들이 사방으로 널려 있어 주변을 꽉 메우고 있었다. 아마도 누군가 햇빛에 잘 마르라고 널어둔 것 같았다.

추측컨대, 이곳은 다양한 염료가 들어 있는 가마솥까지 있는 것으로 보아 천을 염색하는 염방이 아닐까 생각됐다.

천들이 땅에 끌릴 정도로 길어 몸을 숨기기에는 안성맞춤이었다. 청비는 몸을 천 쪽으로 바짝 붙이고 들키지 않게 고개를 비스듬히 숙여 밖을 조심히 살폈다. 설마 여기까지 쫓아오진 못했을 거라 여겼는데 그 예상은 보기 좋게 빗나갔다.

골목에 긴 그림자가 드리워지고, 그림자가 자신이 있는 곳으로 점점 가까워지고 있었다. 청비는 고개를 홱 돌리고 숨을 죽였다.

혹시 들킨 건가?

저벅저벅 커져가는 발소리는 청비를 극한의 긴장감으로 몰아넣고 있었다. 심장은 요동을 치고, 숨을 제대로 쉴 수 없어서 호흡까지 할 수 없는 지경에 이르렀다. 그러다 어느 순간 발소리가 더 이상 들리지 않자 청비는 귀에 온 신경을 곤두세웠다. 천이 바람에 나부끼는 소리 말고는 공터는 아주 고요했다.

그냥 갔나?

조심스럽게 얼굴을 반쯤 내밀어 아까 그곳을 다시 살펴보는데 그림자는 이미 사라지고 없었다.

후우, 다행이다.

그제야 긴장이 풀려 청비는 안도의 숨을 내쉬었다. 하지만 그도 잠시, 갑자기 장대에 걸려 있던 무명천이 스르르 내려가는 것이 아닌가.

바람은 미풍이었다. 주변에 다른 천들은 아무렇지 않게 걸려 있는데 자신의 앞에 있던 하얀 무명천만 내려가고 있었다. 그렇다면 누가 인위적으로 잡아 내린 것이 틀림없었다. 너무나 순식간의 일이라 도망을 갈 수도, 소리를 낼 수도 없었다.

얼어붙은 것처럼 굳은 채 앉아 있는 자신의 발치에 천이 펄럭거리며 모두 떨어지고, 들켰구나 싶어 그녀는 흠칫 몸을 떨었다. 질끈 감았던 눈을 슬며시 뜨는데 꿈인가, 환영인가. 그가 있었다. 분명 꿈이 아니었다. 청비는 천천히 몸을 일으켜 그 앞에 섰다.

찾아 헤매지도 않고 단숨에 청비의 얼굴에 일직선으로 날아온 그의 시선이 말해주었다. 이는 현실이라고.

가슴이 차올랐다. 심장 박동이 아까보다 더 제멋대로 날뛰어 이젠 어떤 소리도 들리지 않았다. 연기가 자극하는 것처럼 눈이 맵고 눈물이 차올라 눈앞을 가렸다. 연기가 가슴께까지 꽉 차버린 건지 가슴도 답답한 것이, 숨을 쉬는 것이 쉽지 않았다.

그가 눈앞에 서 있는 것이 믿기지가 않아 얼떨떨한데, 두 눈은 조금도 흔들리지 않고 그에게로 향해 있었다. 시간이 멈춘 듯 허공에서 서로의 눈빛이 얽히고 청비의 입에선 그의 이름이 나지막이 흘러나왔다.

"단휘……."

스산하게 불던 바람이 멈추어 천이 펄럭거리는 소리도 더 이상은 들리지 않았다. 그들 사이에는 적막이 감돌았다. 잔뜩 졸아든 마음이 풀어지질 않은 청비는 두 눈을 꾹 감았다 떴다. 여전히 태자는 손에 잡힐 듯 바로 그녀의 눈앞에 있었다. 청비의 눈에는 오로지 그만이 또렷이 각인되었다.

만약 태자를 만나면 어떻게 될까 상상을 해본 적이 있었다. 들킨다면…… 분명 그가 화를 많이 낼 거라 생각했는데. 하지만 지금 그는 그저 아무 말 없이 물끄러미 사신을 보기만 한다. 위태로우면서도 깊은 눈빛에 눈동자가 붙들려 청비는 단휘에게서 눈을 떼지 못했다.

"어떻게…… 당신이……."

더는 말을 이을 수 없었다. 단휘의 한쪽 입술이 들리면서…….

"찾았다."

팔을 잡아당기는 그의 손길에 청비는 쓰러지듯 단휘의 품에 안기게 되었다. 단휘의 떨리는 음성이 귓가에 흩뿌려졌다.

"고맙다."

"……."

"……온전히 있어줘서."

잠긴 태자의 목소리에 눈물이 차올라 청비는 금세 시야가 가려졌다.

단휘가 한 걸음 청비에게서 떨어져 그녀의 어깨를 꼭 잡은 채 그간의 제 심정을 토로했다.

"내내 불안했다. 네가 혹시나 또 몹쓸 마음을 먹진 않을까…… 또 지난번처럼 위험에 빠지진 않았을까…… 그리고……."

말을 잇지 않아도 청비는 단휘의 마음을 읽을 수 있었다.

보고 싶었다고…… 단휘의 눈빛이 그리 말하고 있었다. 그리웠다고…… 자신을 잡고 있는 떨리는 단휘의 손길이 그리 말하고 있었다.

"태자……님……."

목이 메어와 목소리를 내는 것이 힘들었다. 청비의 입 사이로 흘러나오는 말이 울음에 삼켜졌다.

"괜찮아?"

청비는 대답 대신 힘없이 고개를 끄덕였다. 그녀를 걱정스레 보던 단휘는 몸에 이어 손을 살피고 다시 그녀의 얼굴을 훑어보며 물었다.

"몸은? 다친 곳은 없느냐?"

"괜찮아요, 저는……."

목이 메어서 말도 제대로 나오질 않았다. 자신도 모르게 마음이 흐트러졌다. 자신도 모르게 자꾸 눈이 갔다. 단휘의 목소리에 귀가 기울여지고 단휘의 손을 뿌리치고 싶지 않았다.

맴도는 속엣말이 자꾸 밖으로 비어져 나오려 한다. 보고 싶었다고…… 내내 태자님을 생각했었다고…… 떠나서야…… 내가 당신을 많이 좋아하고 있다는 걸 깨달아버렸다는 말이 마음에 꽉 차 있었다.

마음 가는 대로 할까 싶다가도 자신은 평범한 여인이 아니라는 것이…… 속마음 보이는 것을 주저하게 만든다. 제 욕심으로 태자와 인연을 만들 수는 없었다. 이대로 마음을 내보이기 전에 이 상황을 빠져나가야 했다.

청비는 단휘를 지나치고 등을 보인 채 최대한 가볍게 보이려 말을 툭 내뱉었다.

"돌아가세요."

나오는 목소리는 단정한데 얼굴은 금방이라도 울음이 터져 나올 것처럼 일그러졌다.

"청비야."

등 뒤에서 자신을 부르는 단휘의 목소리에 청비는 다시 심장이 떨리고 발도 떨어지질 않았다.

"나와 궁으로 돌아가자."

아무 대답도 할 수 없었다. '네'라는 말이 나올 것 같아서. 당신에게 그리 모질게 말했는데. 태자비가 되기 싫다 여기까지 왔는데. 이대로 그를 따라갈 수는 없었다.

"내가 이대로 너를 두고 가기를 바라는 것이냐?"

고스란히 느껴질 전해질 정도로 그의 목소리는 떨고 있었다. 피해야 하는데 들릴 듯 말 듯 서글픈 단휘의 음성이 돌부리가 되어 발에 걸린 것 같았다.

"난 이대로 가지 않을 것이다. 네가 또 내 곁을 떠난다면, 네가 어디 있든 널 찾아낼 것이고, 계속 이것이 반복된다 해도 난 너를 놓을 수가 없다. 이미 그렇게 되어버렸다…… 난. 너 하나 없을 뿐인데…… 잠을 이룰 수도 없고, 웃을 수도 없었다. 너만이 그리웠어."

"……."

"너 없는 날들이 이리 무의미할 줄은 나도 몰랐다……."

태자로 태어나 떠받드는 것에만 익숙해온 단휘가 자신의 마음을 보이고 있었다. 너무 절절해서 두 다리에 힘을 주고 서 있을 수 없을 정도로 그의 마음이 느껴지는데…… 그래도 그의 마음을 받아, 태자비라는 자리에 오른다는 건 생각조차 할 수 없는 일이었다.

태자를 놔줘야 한다는 생각만이 들 뿐이었다. 끝을 아니까. 나의 마지막을 아니까.

마음을 다잡은 듯 내리깔아진 차가운 음성이 청비에게서 흘러나왔다.

"난 이곳 사람이 아니에요."

"알고 있다."

"기억을 잃은 것도 아니에요. 처음부터 거짓말한 거라고요."

청비는 쉬지 않고 계속 최대한 감정을 누르고 차분하게 말을 이어갔다.

"눈을 떠보니 이곳이었고…… 여기가 어디인지도 모르고 갈 곳도 없었고…… 그래서……."

"상관없어."

"거짓말을 했어요. 전부요."

"상관없다고. 그런 걸 알아도 나는 아무렇지 않다. 그저 널 잃고 싶지 않아."

단휘는 청비를 돌려세워 똑바로 얼굴을 마주했지만 청비는 그의 시선을 차마 받지 못하고 시선을 아래로 내렸다. 단휘의 꽉 잠긴 목소리가 청비의 가슴 깊숙이 파고들었다.

"갑자기 나타났던 청비 네가 아니냐. 그러니 언제라도 금방 사라질 듯해서…… 항상 널 생각하면 위태롭고 불안했다."

단휘의 진심을 보고 싶지 않았다. 청비의 눈동자에 고인 눈물이 소리 없이 흘러내렸다. 단휘의 진심을 외면하려 몸을 돌렸지만 바로 그의 단단한 가슴이 청비의 등에 닿았다. 청비는 몸이 움츠러들었고, 그는 청비를 가둔 팔에 더 힘을 실어 제 품에서 놓지 않았다.

단휘의 따뜻한 체온이 전해져오자 청비는 온몸이 마비가 된 듯 움직일 수 없었다. 심장만이 주체할 수 없을 만큼 떨릴 뿐이었다.

"기억하느냐? 내 곁에 있어달라 했던 말."

자신이 마음을 털어놓았던 날을 떠올리며 단휘는 더욱 힘을 주어 청비를 꽉 안았다.

"그 말은 거둘 것이다. 더는 내 곁에 있어달라 하지 않으마. 내가 네 곁에 있으면 된다."

"태자님……."

"이제는 내가 할 것이다. 너는 그냥 가만히만 있거라. 내가 옆에 있을 것이고, 내가 네 손을 잡을 것이다. 싫다면…… 기다려주겠다. 받아들일 때까지. 내 마음도, 태자비도 말이다."

해가 기울고 있었다. 그들을 에워싸고 있는 하얀 천에 석류 빛 석양이 부채꼴 모양으로 퍼져 들어와 단휘와 청비를 비추었다. 청비가 나오지 않는 목소리로 단휘의 이름을 부르려던 순간이었다.

"청비야!"

골목에서 자신을 찾는 류하의 목소리가 들려오자 청비의 고개가 저절로 그쪽으로 향했다.

류하 왕자가 이 모습을 본다면…….

상처 입은 류하 왕자의 모습이 떠올라, 청비는 단휘의 품에서 나오려 했다. 하지만 단휘는 꿈쩍도 하지 않았다.

"류하 왕자가 찾고 있잖아요."

청비는 버둥거리며 단휘의 팔을 밀어내고 몸을 뺐다. 점점 가까이 들려오는 소리에 몸을 돌려 발을 내딛는데 앞에 떨어진 천을 밟는 바람에 미끄러지듯 고개가 꺾이며 몸 전체가 뒤로 넘어갔고, 단휘가 휘어진 청비의 등과 허리에 팔을 뻗었다.

둘은 같이 바닥에 풀썩 쓰러졌다. 청비가 넘어지면서 중심을 잃지 않으려 장대를 잡고 쓰러진 바람에 장대들이 와르르 넘어지고 걸려 있던 커다란 천들은 스르르 떨어져 그들의 몸을 덮었다.

단휘의 한 손은 청비의 등을 받치고 한 손은 바닥을 짚은 채였다. 그 자세로 그는 청비의 얼굴을 가만히 내려다보고 있었다. 그의 눈동자가 그녀에게 향해 있었다. 청비는 자신의 얼굴로 쏟아지는 그 곧고 또렷한 눈길을 가만히 받아야 했다.

얇은 무명천 아래, 단휘의 품에 갇혀 어쩔 줄 몰라 하는데 누군가의 발소리가 가까이 들려왔다. 그 소리에 청비가 움찔해 몸을 일으키려 하자 단휘는 그럴 틈을 주지 않았다. 더욱 단단한 제 몸의 무게로 청비를 꼼짝 못하게 했다.

청비는 이대로 있다간 몸이 닿을 것 같아 일어나려 했던 몸을 아예 바닥에 밀착해버릴 수밖에 없었다. 이어 귀에 들릴 듯 말 듯, 숨소리처럼 낮은 단휘의 음성이 그녀의 귓전에 흩어졌다.

"조용."

발소리도…… 류하의 목소리도 들리지 않았다. 허공을 지나는 마른 바람소리만이 주위에 깔리고 있었다. 감당할 수 없는 어색한 분위기에 청비가 그만 일어나라는 말을 하려 했지만, 단휘의 입술 사이에서 나오는 뜨거운 온기가 뺨에 닿자 벙어리가 된 듯 입을 열 수 없었다.

뺨이 데이는 것처럼 그의 숨결이 닿는 부위들이 화끈거렸다. 어떤 동요도 없을 것 같은 그의 눈이 그녀의 입술로 향하자 위험 신호가 그녀의 머릿속에서 울렸다.

"절대, 아무 짓도, 하지 마요."

"눈앞에 있는데 아무것도 하지 말라?"

단휘의 눈매가 가늘어지면서 청비를 깔아보는가 싶더니 짐짓 정색했다.

"가만히 있어."

청비가 뭐라 할 사이도 없이 그의 입김이 입술에 닿으니 그 뜨거움이 전해져 제 입술도 뜨거워졌다. 곧 뜨거운 입술의 감촉이 느껴졌고, 거부하고 싶어도 거친 듯 부드럽고 감각적인 그의 입술에 취해 밀어낼 수 없었다.

거칠게 파고들다가도 또 간질이듯 깃털처럼 부드럽기도 했다. 촉촉이 젖어가는 느낌이 싫지가 않았다. 입술을 떼면 닿을 듯 말 듯한 거리에서 단휘는 다시 청비를 바라보았다. 자신을 놓아주지 않는 그 시선에 사로잡힌 듯 청비 역시 그에게서 눈을 떼지 못했다. 다시 단휘가 청비의 입술을 갈망하듯 탐했고, 주위의 공기가 그들의 열기로 데워졌다.

청비는 머릿속이 하얗게 비워지는 것 같았다. 목 안쪽에서 소리가 꽉 막힌 듯 아무런 소리도 낼 수 없었다. 들이켠 숨을 내쉬지 못해 호흡곤란이 오기 직전의 상태에 이르러서야, 단휘의 숨결이 멀어지고 이내 뜨거움도 사라졌다. 단휘가 몸을 천천히 돌려 손으로 받치고 있던 청비의 등과 허리를 잡아 자신의 위에 올리니, 둘의 방향은 이제 반대로 바뀌었다.

청비는 그의 흔들림 없는 흑요석 같은 눈동자에 빨려 들어가 버릴 것 같았다. 들뜬 공기가 답답한 듯 가슴이 오르락내리락하며 심장이 금방이라도 터질 듯 쿵쾅대고 있었다.

사르륵, 그들을 뒤덮고 있던 천이 바람에 의해 반쯤 걷히고, 단휘는 손으로 달아오른 청비의 얼굴을 천천히 쓸었다.

"이게, 꿈은 아닐 거야."

단휘의 목소리가 미세한 떨림 속에 겹쳐 들렸다. 단휘는 청비의 얼굴에서 뗀 손에 허전함이 들기가 무섭게 청비의 손을 다신 놓치지 않을 듯 꽉 잡았다. 그러고는 청비를 일으켜주었고, 그의 눈가에는 연한 웃음이 올랐다.

"꿈이어도 넌 못 가."

어둑해진 초저녁 밤, 그들의 포개진 그림자가 공터에 일렁였다.

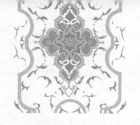

제22장
계심(悸心) : 두근거리는 마음

단휘와 청비가 골목을 나오자, 그가 이끌고 온 개인 호위 무사들과 류하 왕자의 병사들이 한데 섞여 광장에 진을 치고 있었다. 그러고 보니 무율의 모습은 어디에도 보이지 않았다.

아까 자신을 보호하다 무율이 다친 것이 생각나 청비는 눈으로 여기저기를 살폈다.그녀를 보면 그 웃음기 가득한 얼굴로 '별거 아니었다', '내 실력 봤냐', 말을 걸어올 줄 알았는데, 그의 모습은 어디에도 없으니 걱정되는 건 어쩔 수 없었다.

더군다나 한순간도 놓치지 않고 그녀를 호위하며 보호해주지 않았던가.

어? 저 남자들은…….

자신과 무율을 공격하던 남자들이 바닥에 나뒹굴어져 있었다. 그리고 낯이 많이 익은 사내가 그들을 향해 검을 겨누며 심문하고 있었다. 태자의 근처에서 많이 봤던 병사 중 하나였다. 그는 태자와 청비를 발견하고는 검을 검집에 넣고 바로 뛰어왔다.

"쉽게 입을 열지 않을 듯 보입니다. 금부에 넘겨 심문을 해야 할 것 같습니다."

"이 일은 너에게 맡길 것이다. 배후를 확실히 알아내거라."

둘의 진지한 대화 속에 청비가 끼어들었다.

"무율 왕자는요?"

"저들을 처리해달라는 말을 남기고 먼저 길을 나서셨습니다."

"다친 것 같던데, 그 몸으로요?"

청비가 걱정스러운 얼굴로 묻자 사내는 태자의 눈치를 보며 그런 것 같다는 말과 함께 고개를 끄덕였다. 무율을 걱정하는 청비의 모습에 단휘의 눈썹이 확 치켜 올라갔다. 단휘의 시선이 곱지가 않은 것이 느껴져 그녀는 웃음으로 상황을 넘겼다.

"걱정이에요. 단순한 걱정."

"딴 놈 걱정하는 게 단순하다고? 그냥 집어치우거라."

"아, 맞다! 아까 분명 류하 왕자님 목소리를 들었는데."

청비는 류하를 떠올리고 그를 찾으려 했다.

"아가씨께서 돌아와 계실지도 모른다고 먼저 가서 기다리시겠다, 하셨습니다."

사내의 말에 청비의 마음이 급해졌다. 자신을 애타게 찾고 있을 류하에게 가서 자신이 무사함을 빨리 알려야 하는데 눈에 들어온 단휘의 표정이 참으로 복잡 미묘했다. 단휘는 평소의 모습으로 돌아와 있었지만 그의 표정에는 수심이 어렸다. 청비 역시 걱정으로 얼굴에 한가득 그늘이 졌다.

혹시 류하 왕자가 나를 세류성으로 데리고 왔다고 둘이 싸우기라도 하면 어쩌지? 가뜩이나 류하 왕자의 마음을 거절한 것이 계속 마음에 걸려 미안해 죽을 것 같은데.

"저기 태자님, 제가 이곳으로 온 거 말인데요……. 류하 왕자님 잘못이 아니에요. 제가 데려가달라고 한 거예요……."

단휘의 낯빛이 어두워졌다. 대놓고 이런 말을 하기가 좀 그랬지만 류하 왕자가 화를 입는 건 정말 볼 수 없을 것 같았다.

"궁이 너무 싫어서, 태자비가 되기 싫어서 궁에서 도망치게 해달라고 내가 부탁한 거라고요. 그러니까 류하 왕자님한테는 뭐라 하지 말았으면 좋겠어요."

단휘는 청비의 말에 어떤 대꾸도 하지 않았다.

너는 항상 그렇게 아무렇지 않은 듯…… 내 마음을 헤집는구나.

청비가 건희를 좋아하는 것이 아니었음을 깨닫고 좋아한 것이 어제였는데, 하루만에 저것은 또 류하 형님을 운운하는 것인가.

"다시 한 번 이야기하지만 류하 왕자는 정말 아무 잘못도 없어요."

청비는 나름 강한 어조로 이야기했지만 단휘의 무표정에 내심 걱정이 되었다. 드디어 단휘가 입을 열었다.

"넌 평범한 여인이 아니다. 네 의사가 어찌 됐든 나, 단휘의 여인이라고. 그러니 네가 원한 것이었다 해도 널 데리고 이곳까지 온 형님의 죄는 보통 큰 죄가 아닐 수 없다. 그래서 하는 말인데."

무슨 말을 하려고 저렇게 으름장을 놓는 거지? 청비는 실로 긴장되기까지 하였다.

"나도 거래란 걸 해볼까 한다. 네가 그랬지? 거래란 양쪽 모두 얻어지는 것이 있어야 성사된다고."

내가 그랬던가……? 그랬던 것 같기도 하고.

"류하 형님께는 너를 세류성으로 도망치게 해준 것에 대해 죄를 묻지 않겠다. ……대신 너는 나와 궁으로 간다."

단휘의 두 눈이 냉랭했다.

"싫, 다, 는 궁으로 또 데려가서 미안하지만 말이다."

혹시 태자가 스타카토를 알고 있나. '싫다'는 저 단어를 힘을 주어 딱딱 끊어서 말하고 있어. 거기다 미안하다는 말의 어조가 참으로 단호하게 들렸다.

"널 이곳에 둘 순 없어. 그리고……."

태자가 갑자기 다른 곳으로 얼굴을 돌리더니 헛기침을 했다. 동시에 얼굴도 붉어졌다.

왜 저러지. 또 무슨 말을 하려고.

"나와 둘이 있을 때에는…… 이름을 부르거라."

그거 어려운거 아닌데. 나야말로 바라는 건데. 맨날 태자님, 태자님 하는게 얼마나 낯간지러웠다고.

"그럼 아예 말도 틀까요?"

우리, 동갑인데.

"거기까진 아냐."

싹둑 단박에 잘라버리는 모습에 웃음이 새어 나온 청비는 짐짓 표정 관리에 들어갔다. 어찌 됐든 급한 불은 끈 것이나 다름없었다. 태자비에 올리지 않겠다는 말을 믿는 수밖에.

처음에는 그렇게 쌀쌀맞고 제멋대로에, 자신을 아랫것 취급하던 태자가 이리도 변하지 않았는가.

그리고 마음도 자꾸 자신을 끌어간다……. 마음 가는 대로 하라고 한다. 그냥…… 있고 싶은 곳으로 가라고 한다.

나는 단휘와 같이 있고 싶다. 얼마남지 않은 시간이라도 말이다.

"당신을 따라갈게요. 대신 조건이 있어요."

"조건?"

"내일 가요. 여기서 하룻밤 머무르고."

류하 왕자와 얼굴을 보고 인사는 하고 싶었다. 곤란한 상황에 처해질 걸 알면서도 자신을 도망치게 해주었던 왕자였다. 자신이 뭐라고…… 그리 예뻐해주고 잘해준 것인지. 보잘 것 없는 나를 그리 좋아해주었는데.

이렇게 떠나는 게 너무나 미안했다. 류하 왕자에게 안녕을 고해야 하는 것이…… 너무나 가슴이 먹먹했다.

단휘는 잠시 생각하더니 그러겠다, 대답하고는 청비를 말에 태웠다. 둘은 같은 말을 타고 류하 왕자의 성으로 향했다. 청비와 단휘가 탄 말이 가장 앞서 가고 건희와 병사들이 멀찌감치 떨어져서 그들을 뒤따랐다.

저를 꼭 감싼 자세로 말의 고삐를 잡아 방향을 바꾸는 단휘를 보며 청비는 다시 한 번 지금 이 순간이 꿈이 아닌 현실임을 실감했다. 결국 단휘가 자신을 찾았고, 다시 그와 해륜궁으로 돌아가게 됐다. 파도가 몰아치는 것처럼 가슴이 벅찼다. 반가움은 숨길 수가 없었다.

나도 모르게 그리웠던 건가. 그가…… 그리고…… 보호받고 있는 듯한 이 안정감이…….

단휘를 볼 수 없었던 시간 동안 생각이 참 많았는데. 자신이 이탄국을 겉도는, 아니 이곳에 있어야 할 이유를 찾지 못하고 있었는데. 왜일까. 단휘를 보고 나니 제자리를 찾은 듯 청비의 마음이 편안해졌다. 단휘가 눈앞에 있는 지금이 현실인 걸 알지만 그래도 확인하고 싶었다.

"단휘."

"방금 뭐라……."

단휘는 청비에게로 시선을 돌려 말을 잇다 짐짓 못들은 척 무표정을 유지했다.

"못 들었다. 내 이름을 다시 불러보거라."

못 듣긴. 들었으니까 자신의 이름을 부른 건지 알지. 사기꾼.

"다시 불러보라 했다."

"……단……휘, 좀 뒤로 떨어져 주시죠?"

단단한 가슴과 팔 근육으로 날 감싸고 있으니 몸이 자동으로 움츠러들고 있어. 더 이상은 위험하다고.

"그럼 나보고 말에서 떨어지란 말이냐?"

"누가 떨어지래요. 그냥 좀 더 뒤로 가라는 거죠."

청비와 단휘가 투닥거리는 사이에 성에 도착했고, 마침 나가려 했는지 말 안장에 올라타려는 류하와 마주쳤다. 또 엇갈리면 어떡하나 싶었는데 다행이라는 생각으로 청비가 단휘의 도움을 받아 말에서 내려 류하 앞에 섰다.

"류하 왕자님, 어디…… 가시던 길이세요?"

"여기서 계속 기다릴 수만은 없어 널 다시 찾으러 가려 했다. 대체 어떻게 된 일이냐?"

"그게 좀 복잡한데요, 그러니까……."

일어났던 일들에 대해 쉽게 말을 잇지 못하는데 류하 왕자가 성큼성큼 걸어 오더니 바로 자신을 당겨 안는 것이 아닌가.

"무사해서 다행이구나."

류하가 숨 막힐 듯 힘을 주어 청비를 놓아주지 않자 지켜보는 단휘의 눈동자에 불이 지펴지고 있었다.

"저와 같이 있었습니다."

단휘가 말을 던지고 나서야 류하 왕자는 청비를 안은 팔을 풀고 그녀를 한참 동안 바라보았다. 그녀는 계속 입술만 달싹거릴 뿐 자신을 향한 류하의 눈을 마주할 수 없었다.

류하는 이런 청비의 행동에 더욱 마음이 쓰렸다. 단휘의 등장으로 앞으로 일어날 일들은 이미 예상하고 있었다.

이제 꽤 오랫동안 못 보게 될 터인데…… 더 많이 기억하고 봐놓아야 하는데…… 청비는 자신의 눈에 들어오려 하질 않는다.

"류하 왕자님, 저는 괜찮아요."

애써 담담하게 답하는 청비를 보는 류하의 얼굴에 미소가 어렸다. 목소리라도 들을 수 있어서 다행이라는 듯. 하지만 그 미소는 이어지는 단휘의 음성에 찬물을 맞은 듯 사라졌다.

"이번 일은 그냥 묻어두겠습니다, 형님."

단휘는 거칠게 튀어 오르는 말을 최대한 억눌렀다. 그간 청비가 없어져 자신이 힘들었던 걸 생각하면 으름장이라도 놓고 싶었지만 청비와 약속을 하였기에 그는 최대한 감정을 죽이며 말을 이었다.

"하지만 다시 이런 일이 생긴다면 저는 형님을 다시는 보지 않을 각오로 대할 것입니다."

힐난처럼 날아온 단휘의 경고. 두 번은 봐주지 않겠다는 뜻이 강하게 내포되어 있었다. 단호함을 담은 단휘의 시선과 그럼에도 별로 개의치 않아 하는 무표정한 류하의 시선이 딱 부딪쳤다.

둘 사이에 흐르는 날카로운 긴장감에 청비는 일이 더 커질 것을 염려해 황급히 둘 사이를 중재했다.

"태자님. 저기 죄송한데, 자리 좀…… 류하 왕자님과 할 말이 있어요."

청비의 눈짓에 단휘는 내키지 않았지만 인사할 시간은 줘야겠다 싶어 금방 끝내라는 듯, 헛기침을 하고는 건물로 들어갔다.

모두들 자리를 떠나 둘만 남겨지게 되자 청비는 차마 말을 꺼낼 수 없어 난처함이 가득한 얼굴로 류하를 보았다. 공백 없이 세상을 채운 밤의 깜깜함은 둘 사이의 정적을 더욱 고요하게 만들었다.

청비가 우물쭈물해하는 사이 류하가 먼저 정원으로 향하자 그녀도 묵묵히 그를 따라 걸었다. 류하는 평소와 사뭇 달랐다. 무언가를 직감하고 있는 듯 그에게서는 평소의 부드러운 분위기가 아닌 차분함을 넘어 묵직함이 흘렀다.

"청비야."

청비는 멈춰 섰다. 그나마 둘의 어색함을 깨주었던 발자국 소리마저도 멈춰진 것이었다. 정원을 한참 걷는데도 말없이 제 눈치만 보고 있는 청비에게 류하가 먼저 말을 건넸다. 그는 청비가 자신에게 무슨 말을 하려는지 굳이 듣지 않아도 알 수 있었다.

다시 돌아가겠다 그 말을 하려는 것이겠지. 그 말을 하기가 얼마나 어려울 것인지 안다. 이것이 내가 너를 위해 해줄 수 있는 마지막인가.

"내게 할 말이 있겠구나."

류하는 회유하듯 청비를 향해 부드러운 미소를 지었다.

"맞아요. 왕자한테 할 말이 있어요. 그러니까 그게……."

류하는 힘겹지만 먹먹하고 허망한 감정을 미소로 가장해 자신이 먼저 그 말을 꺼냈다.

"나도 할 말이 있다, 청비야. 이제 그만 하북성으로 돌아가거라."

마음에도 없는 말을 해야 하다니 가슴 아픈 한숨이 절로 나왔지만 그는 애써 참았다. 흔들리는 눈에 힘을 주며 류하는 속마음을 가라앉히고 보통 때처럼 보이려 했다.

"네 마음을 안다."

청비는 오도카니 서서 류하를 응시했다. 다른 날보다 더 부드러운 그의 음색에, 그의 다정함에 눈물이 나왔다.

"미안해요, 류하 왕자님."

"미안해하지 말거라. 언제든 널 보러 갈 것이니. 널 보낸다 해서 내 마음에서도 보내는 것은 아니다."

"……."

"하북성에 돌아가면 너를 보는 사람들의 시선도 전과는 다를 것이다. 아마…… 더 힘들어질지도……. 힘든 일이 있으면 언제든 나를 부르거라. 잊지 말거라. 내가 너를 무척 아낀다는 걸."

훌쩍이는 청비를 평온한 음성으로 괜찮다고 다독이는 류하였지만 그의 얼굴에 드리워진 슬픔까지 지울 순 없었다.

"너와 보낸 며칠이 내겐 가장 좋았던 시간이었다. 그러니 울지 말거라. 너는 내게 큰 선물을 준 것이나 다름없으니까. 오히려 내가 너에게 고맙구나."

"……."

"내일 배웅은 못 할 것 같으니 여기서 작별 인사를 하마. 조심히 올라가거라."

"류하 왕자. 정말…… 고마……웠어요……."

청비가 들릴 듯 말 듯 흐느끼며 말했다. 류하는 떨리는 청비의 작은 어깨를 안아줄 수도 없었다. 서글프게도 그저 이렇게 지켜보아야만 하는 현실이 그의 가슴을 더욱 무너뜨렸다.

너를 보내고 아마 난 또 후회를 하겠지.

너를 주청강에서 발견해 단휘에게 보였던 그날 난 너를 해륜궁으로 데리고 가지 않았어야 했다.

너를 두고 해륜궁을 떠나던 그날…… 어떻게든 네 곁에 있어야 했다.

그리고 지금, 너에게 돌아가라 말하고 돌아선 이 순간을…… 후회한다.

다음 날, 청비는 세류성에 머무르는 동안 식구처럼 살뜰하게 살펴주었던 부인과 작별 인사를 나누었다. 류하 왕자를 못 보고 떠나는 것이 아쉬웠지만 다음에 또 만나기를 기약하며 청비는 그렇게 세류성을…… 류하를…… 떠났다.

세류성을 출발한 지 하루하고도 반나절이 지나서야 청비와 단휘 일행은 궁에 도착할 수 있었다. 단휘는 오는 동안 고단했을 테니 쉬라며 청비를 처소 앞까지 데려다주었고 그녀는 시녀들의 유난스러운 걱정에 내내 시달리다가 늦은 밤이 되어서야 혼자 있을 수 있었다.

다시 돌아온 하북성과 동궁전. 그리고 자신의 처소. 청비는 침상에 앉아 처소 안을 훑어보았다.

이곳을 비운 건 그리 길지 않은 시간인데도 뭔가 예전 같지가 않은 건 왜일까.

앞으로 궁에서 힘들어질 거라는 류하 왕자의 말이 무슨 뜻인지 이해가 될 것 같았다. 궁에 다시 돌아오고 나니 많은 것이 달라져 있었다. 그 전까지는 자신을 신기하게만 보아왔던 궁 안의 사람들은 더 깍듯이 자신을 대했고, 동궁전의 시중을 드는 시종과 시녀들은 그저 잠시 머무는 손님이 아니라 벌써부터 그녀를 황실의 일원으로 여기는 듯 모셨다.

집중되는 이목과 자신의 모든 걸 감시하고 주시하는 숨 막힐 듯한 분위기에서 자신이 잘 적응할 수 있을지. 이런저런 생각에 잠을 청해도 잠이 오지 않자 청비는 침상에서 일어나 세류성에서 가져온 물건 중 부인이 선물로 준 꽃술을 탁자로 가져왔다. 부인이 직접 담근 것이라며 세류성을 떠날 때 준 것이었다.

술을 잘 마신다거나 평소 즐겨 마시진 않지만 복잡해진 자신의 상황을 잠시나마 잊고 싶은 데다 잠도 안 오니 이번 한번 정도는 괜찮겠지 하는 생각에 청비는 술병 마개를 열었다.

잔에 따르는 것도 귀찮아 병째 들어 한 모금 마셔보는데 과실주처럼 달콤하고 입 안 가득 퍼지는 꽃의 풍미에 매료되어 감탄사가 절로 나왔다.

"음…… 달다 달아. 이런 건 또 처음 마셔보네."

갈증이 났던 차에 역시 한 잔으로는 부족했다. 뭔가 아쉬움이 들었다.

그래. 어차피 보는 사람도 없는데 뭐.

두 모금…… 세 모금…… 어느새 다섯 모금을 연달아 마시는데도 참으로 정신이 말짱했다. 취기라고는 개미 똥만큼도 오르지 않으니 점점 들이키는 횟수가 늘고 나중에는 자신이 얼마나 마셨는지도 모를 정도였다. 다만 병이 가벼워져 가는 것이 꽤 많은 양을 먹었으리라 짐작만 될 뿐이었다. 바라던 대로 취하는 것 같긴 하나 정신만 몽롱할 뿐 잠은 오지 않았다.

오히려 이대로 눕게 되면 어지러움 때문에 숙면이 아닌 불면에 시달릴지도.

아, 어지러워.

머리를 세차게 흔들고 눈을 떠 앞을 보는데, 이런 눈을 감고 있는 게 더 나았다. 이제는 방 안의 가구와 물건들이 자신을 둘러싸고 강강술래를 하고 있는 게 아닌가.

"딸꾹, 딸꾹!"

하다못해 딸꾹질까지. 딸꾹질이 나올 때마다 몸이 붕 떴다 내려오는 느낌이었다.

신세계가 따로 있는 게 아니었어. 오호라, 좋구나.

그러다 별안간 무슨 생각이 든 것인지 청비는 처소를 박차고 나왔다.

그 순간 빛나는 청비의 눈은 마치 먹이를 찾아 황무지 기슭을 어슬렁거리는 하이에나 같았다. 올라간 입은 배트맨에 나오는 조커의 트레이드마크인 쫙 올라간 입꼬리, 딱 그것이었다.

앞에서 대기하고 있던 시녀들이 놀라 다가오니, 청비는 손을 마구잡이로 휘저으며 그들과 거리를 유지했다.

"오디 마, 오디 마!"

제대로 서 있지도 못하는 청비를 보며 시녀들은 무슨 일인가 싶어 가까이 다가가다 확 풍겨오는 술 냄새에 당황했다.

"청비 아가씨, 괜찮으세요?"

그들은 얼른 곁으로 와 심한 비틀거림으로 금방이라도 고꾸라질 것 같은 청비를 부축했다. 하지만 청비는 시녀들의 손길을 뿌리치며 무작정 앞을 향해 걸어갔다. 하지만 제대로 된 걸음걸이가 아닌 호랑나비 춤과 닐리리 맘보의 중간쯤에 가까운 스텝이라고 해야 할까.

“아가씨, 밤이 늦었습니다. 이만 처소로 돌아가셔야 합니다.”

시녀들이 자신의 앞을 가로막자 청비는 더 나아가지 못하고 울상을 지으며 혀 짧은 목소리로 떼쓰듯 요구했다.

“그럼 떵비, 때자한테루 데려다주떼염.”

“때자요……? 때자라면…… 태자 전하를 말씀하시는 건가요?”

“웅! 때자! 어능! 어능 때자!”

이제는 주정까지 하는 건가. 시녀들은 이 상황을 어떻게 해야 할지 난감해했다. 그러거나 말거나 청비는 계속해서 바닥에 쓰러질 듯 말 듯 호랑나비 스텝을 밟고 있었다. 시녀들은 여기서 이렇게 시간을 지체하다간 분명 무슨 일이 터지겠다 싶어 일단 청비를 처소로 데려가려 했지만 순순히 응할 그녀가 아니었다. 청비는 눈을 감고 있는 건지 웃는 건지 연신 눈웃음을 지으며 혀 꼬이는 말을 멈추지 않았다.

“아앙! 언능 때자한테루 가자니까.”

청비의 생떼나 다름없는 성화에 시녀들은 잠시 고민했다. 명령인지 주정인지 알 수 없는 말. 정말 이 야밤에 전하의 침소에 아가씨를 데려다줘도 되는 건가 싶었다.

하지만 또 생각해보면 둘은 이미 부부나 마찬가지 아닌가. 이미 궁 안에서도 청비 아가씨가 후궁은 당연하고, 태자비에까지 오를 거라는 소문이 자자한 상황이었다. 시녀들은 서로 눈짓하다 결론을 내린 듯 청비를 단휘의 침전 앞으로 데려갔다.

“다 왔습니다, 아가씨.”

청비는 익숙한 방문을 보고는 조금의 거리낌도 없이 문을 확 열어젖히고 안으로 들어갔다. 문이 닫히자 안은 너무나 깜깜하고 고요했다. 워낙 안이 넓다 보니 어디가 어디인지 청비는 손을 허우적거리며 태자를 찾았다.

나 지금 눈 감았나? 그래서 안 보이는 건가. 이상하네. 뜨나 감으나 깜깜해. 이럼 태자가 어디 있는지 못 찾잖아.

도통 보이질 않아 단휘가 어디 있는지 알 수가 있나. 손은 여전히 허공을 왔다 갔다 하고 바닥에서 천천히 한 발 한 발 떼는데.

"네가 이 시간에 여긴 왜 온 것이냐?"

방금 잠에서 깬 건지, 가라앉은 단휘의 음성이 청비의 머뭇거리는 행동을 멈추게 했다. 그는 청비의 인기척에 자리에서 몸을 일으킨 직후였다. 청비가 대답이 없자 그는 침상 옆 탁자에 놓여 있는 등불을 켜고 자리에서 일어났다. 창을 가리는 휘장이 단휘의 손에 걷히고 환한 달빛 무리가 이내 그들을 비추었다. 단휘는 청비의 시선을 마주하고 차분하게 말을 이었다.

"왜 아무 대답이 없어? 혹 어디가 아프기라도……."

"아픈 게 아니야. 떵비 치해또욥."

"떵비? 그게 뭘 했다고?"

"떵비가 취했다요."

"대체 말투가 왜 그런 건데?"

가물가물한 눈으로 헛소리를 늘어놓고 있는 청비를 심상치 않게 보던 단휘가 갑자기 인상을 썼다.

윽! 이 냄새는…….

그는 눈을 가늘게 내리 깔며 청비를 훑었다. 평소와는 다른 청비의 모습들이 이제야 하나둘 눈에 들어오기 시작한 것이다.

"설마 술을 마신 것이냐? 것도 이 밤에 혼자서?"

청비는 말 대신 입꼬리를 씨익 올리며 고개를 끄덕이는 것으로 대답을 대신했다.

"야밤에 술에 취해 사내 방에 들어오는 것이 참으로 자연스럽구나."

평소라면 흡사 사냥매같이 앙칼진 눈으로 자신을 보며 말대답하기 바쁠 텐데 완전히 취기가 올랐는지 얼굴은 달아올라 있고 순한 눈으로 자신을 빤히 보고만 있으니 그는 더 뭐라고 할 수가 없었다. 그 모습에 적응이 안 되어 단휘는 기가 찬 듯 헛웃음을 쳤다.

"대체 지금이 몇 시진인지는 아는 것이냐?"

나무라거나 다그친다고 하기엔 그의 목소리가 부드러웠다. 더군다나 그는 웃고 있었다. 청비의 풀린 눈이 단휘의 얼굴에 고정되었다. 그녀는 심각한 표정으로 그를 들여다보았다. 피식거리는 느긋한 그의 미소에 청비는 더 정신 못 차리겠는지 여전히 말이 나오지 않았다.

평소에는 몰랐는데 태자가 원래 저런 눈빛으로 나를 봐주었었나?

따뜻하고 다정한 눈이 자신에게로 집중되니 청비는 온 얼굴이 화끈거렸다. 손부채질로 얼굴 가득 달아오른 열기를 식혀보는데 이제는 정신까지 오락가락하는 건지 어질어질 핑 돌았다.

놓으면 안 돼. 붙잡자, 내 정신 줄. 난 여기에 할 말이 있어서 온 거라고.

"다시 해요."

"무얼 말이냐?"

"프러포즈 그거."

"프러……포즈……?"

생소한 단어에 단휘가 혼잣말로 읊조리는 사이, 청비가 성큼 앞으로 다가오더니 다짜고짜 검지를 휘둘렀다.

"너 말이야, 너."

"뭐? 너?"

"나한테 태자비가 되어달라고 했지?"

"뭐? 했지?"

어째 점점 말이 짧다. 청비는 단휘의 치켜 올라간 눈썹 정도는 개의치 않는 얼굴이었다.

“내 말 끊지 말고 들어라.”

‘너’에 이어 이제는 말이 짧아져 아예 반 토막이 났다. 감히 누가 이탄국 태자한테 ‘너’라는 말과 함께 반말을 할 수 있을지. 근데 딱히 거슬린다거나 기분이 나쁘지가 않았다. 생소한 청비의 모습에 자꾸 웃음이 새어 나오려 할 뿐이었다.

하지만 그렇다고 가만히 있으면 칠푼이 팔푼이가 따로 없어 보일 듯해 불쾌한 척이라도 해야 하나 싶어, 그는 나름 지을 수 있는 엄한 얼굴로 청비의 말을 우선 들어보기로 했다.

“그……런 말을 우리나라에선 프러포즈라고 하거든……. 근데 나는 싫다고. 데이트다운 데이트 한 번도 안 해놓고 아주 날로 먹을라 해.”

혀 꼬인 어투로 자기 말만 내뱉고는 순간 다리에 힘이 풀렸는지 쓰러지려 하자 단휘가 청비의 허리를 잡았다. 청비는 하고 싶은 말을 해서 속이 시원해진 건지, 눈을 감은 채로 기분 좋은 미소를 짓고 있었다. 그 모습에 단휘는 짧은 한숨을 쉬었다.

아예 취하셨군.

제대로 서 있지도 못하는 청비를 두 팔로 안아 들고 문을 열려던 순간, 갑자기 청비가 두 손으로 그의 목을 잡아당기는 것이 아닌가. 당황한 단휘는 청비의 손에서 벗어나려고 목에 힘을 주었고, 청비는 여전히 꿈속을 헤매고 있는 듯 눈을 감고 있는 상태였다.

“이모, 쏘야랑 오백 한 잔…… 육백 같은 오백으로다가…….”

주정이나 다름없는 잠꼬대가 끝나고 청비는 완전히 잠이 들었는지 곯아떨어졌다. 잠시 고민하던 단휘는 문으로 향하던 발걸음을 옮겨 청비를 자신의 침상에 눕혔다. 이불도 조심히 가져와 덮어주고 눈이 부실까 봐 등불도 꺼주었다.

혹여나 깰까 봐 그는 최소한의 움직임으로 조용히 침상 옆에 앉아 청비의 자는 얼굴을 지켜보았다.

세상모르게 잠이 든 청비는 매우 평온해 보였지만 그녀를 담은 단휘의 눈동자는 매우 흔들리고 있었다. 청비의 얼굴 위를 비추고 있던 하얀 달빛은 달이 구름에 가려졌는지 점점 희미해져가고 이내 방 안은 깜깜해졌다.

밀려온 어둠에 단휘의 이성도 가려지고 있었다.

나 역시 너에게 취한 것인가.

시간이 흐르고 달이 기울어갔다. 새벽이 찾아오자 새벽달의 푸른빛이 청비와 단휘를 감쌌다. 청비의 얼굴 위로 흐트러진 머리칼을 단휘가 조심스럽게 치워주자 청비가 눈을 떴고, 알 수 없는 미묘한 표정의 단휘가 그녀의 눈에 들어왔다. 다른 곳을 볼 수 없었다.

깊이를 알 수 없는 눈동자에 사로잡혀 청비의 눈동자는 꼼짝도 할 수 없었다. 그의 시선에 붙잡혀 몸이 움직여지질 않았다.

"이제 도망가지 마."

"……."

"궁에서도…… 나한테서도."

그 말이 주문이나 되는 것처럼 정말 도망은커녕 청비의 전신은 마비라도 된 듯 움직일 수가 없었다. 조금씩 생각이 나기 시작했다. 술을 먹고 단휘의 방에 들어가 자신이 무얼 했는지. 도저히 내가 했다고 생각하고 싶지 않은 주정들과 행패나 다름없는 행동들.

무슨 생각으로 야밤에 이 방에 들어온 거람. 미쳤나 봐. 이건 뭐 빼도 박도 못하는 상황이라고!

후회하기엔 이미 늦었다. 단휘의 얼굴이 점점 가까이 다가오고 있었다. 심장이 밖으로 튀어 나올 것만 같았다. 마치 정말 그러기라도 할까 청비는 손바닥으로 자신의 가슴을 꾹꾹 눌러댔다. 지금 이 상황을 모면해야 되는데 몸도 움직이질 않고 딱히 할 말도 생각이 나지 않는다.

어떻게 하지. 자연스럽게 빠져나갈 수 있는 방법이 필요한데. 그래, 이미 떠버린 눈 끝까지 감지 말고 그냥 이대로 눈 뜨고 자는 척하자.

단휘에게 고정되어 있던 눈동자에 힘을 팍 주며 청비는 눈을 감지 않았다. 눈이 감기려고 파르르 떨리는 걸 어떻게든 참으며 청비는 멍하니 시선을 허공으로 향했다. 마치 눈을 뜨고 자는 사람처럼 보이게끔.

"그걸 연기라고 하는 것이냐?"

흠칫했지만, 그렇다고 '티 많이 났어요?' 하고 바로 실토하는 건 민망하다.

"그럼 자거라. 나도 옆에서 잘 것이니."

잔다고? 지금 이 상황에서? 거기다 바로 내 옆에서?

설마 했는데 단휘는 정말 아무 거리낌 없이 청비 옆에 누웠다.

뭐야 진짜네? 진짜로 내 옆에서 자려고 하네, 이 남자.

비스듬히 팔을 괴고 아예 눈까지 감으니 청비는 멍하니 할 말을 잃은 얼굴로 그를 내려다볼 뿐이었다.

"뭐 하느냐? 눕지 않고."

단휘는 눈을 감은 채 자신의 옆자리를 손바닥으로 툭툭 치며 청비도 누울 것을 독촉했다.

"아니, 그래도 어떻게 옆에서……."

처음엔 머뭇거렸지만 술기운에 몸도 천근만근 무겁고 졸음이 연신 쏟아지니 에라 나도 모르겠다 식으로 단휘 옆에 그냥 누워버렸다. 잠이나 자야지 하는데 미동도 없이 눈을 감고 있던 단휘가 자신의 손을 가만히 잡았다. 청비가 흠칫 놀라 손을 빼내려 했지만 단휘는 놔줄 생각이 없는 듯했다.

"남자 방에 겁도 없이 들어왔으면서 이 정도 대가는 치러야 하지 않겠느냐."

청비는 손이 꽉 잡혀 있는 상태로 그의 말을 들어야 했다.

"다음에도 이렇게 불쑥 들어오면 그땐 이리 끝내지 않을 것이니 조심하고."

야밤에 불쑥 단휘의 침소로 들어온 것은 자신이니 무슨 할 말이 있으랴. 더군다나 지금은 한 발짝도 움직일 수 없었다.

보통 때라면 뿌리치고 침상을 나와 제 방에 갔을 테지만 궁을 떠난 후로 계속 잠을 이루지 못했던 데다 술기운도 올라 이겨내기 힘든 졸음이 쏟아져 내렸다. 우선 자고 봐야 했다.

나도 모르겠다. 그냥 자고 보자.

청비가 스르르 눈을 감자마자 바로 잠이 들고 방 안에는 적막이 찾아왔다. 단휘는 슬며시 눈을 떠 제 옆에서 고른 숨소리를 내며 자고 있는 청비를 보았다. 이제 그는 다른 원하는 것도, 더 바랄 것도 없었다. 그냥 지금 이대로 시간이 멈추어도 좋겠다는 생각마저 들었다.

이곳이 이제 전보다 많이 편해진 걸까. 제대로 든 잠에 청비는 꿈을 꾸고 있었다.

다시 한국으로 돌아가는 꿈. 집에 돌아왔는데도 아빠에게 안겨 있는데도…… 마음 한구석이 비어 있던 허전했던…… 이곳을…… 단휘를…… 많이 그리워하는 꿈이었다. 아빠나 한국을 그리워하는 꿈은 많이 꾸었었지만 이탄국을 생각하고 단휘를 생각하는 꿈은 처음이었다.

이제 일어나려고 기지개를 펴는데 창으로 들어오는 햇살에 눈이 부셔 제대로 눈을 뜰 수가 없었다. 표정을 찡그리며 앞을 보니 단휘의 얼굴이 바로 자신의 코앞에 있었다. 깜짝 놀라 눈을 번쩍 뜨는 청비와 달리 그는 청비의 이마에 흘러내린 머리카락을 넘겨주며 한결 여유로웠다.

"일어났느냐?"

"당신이 왜……."

단휘의 입가에 희미한 곡선이 그려졌다. 그 미소에 청비가 왜 저러나 고개를 갸우뚱거리다 어제 일이 떠오르자 입이 쩍 벌어졌다. 어젯밤 있었던 일을 떠올리니 정말이지 어디든 숨고 싶었다.

청비는 자신이 덮고 있던 이불을 머리끝까지 올려 썼다. 도저히 단휘의 얼굴을 볼 수가 없었다.

"아주 잘 자던데. 누구는 잠 한숨 못 잤건만."

그의 목소리가 정말 살짝 쉬어 있었다.

나 때문에 못 잤다고?

청비는 이불은 걷지 않고 단휘의 말을 받았다.

"제가 잠버릇이 좀 있어요."

"그게 아닌데."

"그럼……"

"'날 잡아드세요.' 하는 얼굴로 새근거리며 옆에 자고 있는데, 아무것도 할 수 없으니 잠이 오냔 말이지."

헉. 뭐 저런 말을 저렇게 무덤덤하게 해.

괜히 민망한 탓에 얼굴을 제대로 보지 못하겠어서 이불을 내려 눈만 보이게 한 뒤 힐끗거리는데 그와 눈이 마주쳤다.

화들짝 놀라 바로 시선을 내렸지만 태자의 얼굴이 단번에 가까워지고 이마가 닿을 듯한 거리에서 멈춘 그가 입술을 들어 올리며 자신을 놓아주질 않는다.

악, 안 돼. 난 그 미소에 약하다고.

단휘가 웃는 듯 마는 듯 모호한 얼굴로 바라보고 있으면 그때마다 심장이 간질간질거렸다. 지금이 딱 그 상태였다.

여전히 눈만 빼꼼 내놓은 채 그의 눈치를 살피는데 갑자기 이불에 덮여 있는 자신의 입술 위로 단휘의 입술이 와 닿는 것이 아닌가.

예상하지 못한 순간에 훅 들어와 당황한 청비는 힘껏 단휘를 밀쳤다.

"뭐, 뭐예요!"

"앞으로 취하는 건 내 앞에서만 하라고."

단휘가 지어주는 환한 웃음에 청비의 마음이 들썩거렸다. 내내 보고 싶었다, 저 웃음이.

"술버릇이 참으로 가관이라 다른 이들한테 보여줄 수가 있어야지."

"익히 들어서 알아요."

"익히 들어? 그럼 내게 했던 행동을 다른 이들한테도 했었다는 것이냐?"

"……."

"설마 아니지……?"

단휘는 눈을 가늘게 뜨고 청비를 흘겼다. 눈웃음으로 무장한 그 발그레한 얼굴을 자신 말고도 다른 놈이 알고 있다 생각하니 단휘는 기분이 나빠졌다. 설마 나를 끌어안은 것처럼 다른 놈팡이한테도 그런 건 아니겠지?

청비는 술버릇이 다양했다. 어제 선보인 술주정에서부터 고성방가에 아무 이유 없이 웃기 등등…… 이 모든 걸 학교 OT며 MT 때 차례차례 보여준 덕분에 그 이후로는 아무도 그녀에게 술을 주지 않았었다.

"다른 사람들한테 안 할 수가 없죠. 술을 혼자 먹지 않는 이상."

"뭐 남자가 아니면 됐다."

"남자들도 포함인데."

"들?"

불쾌함에 단휘의 표정이 굳어졌다.

"한 명도 아니고 남, 자, 들?"

'들'이라는 한 단어에 유독 더 힘이 들어간 듯했다. 청비는 별 뜻 없이 고개를 끄덕였고 단휘의 미간이 일그러졌다.

왜 그래요, 태자. 무섭게시리.

눈을 가느스름하게 뜨며 흘긋 보더니 그는 돌연 청비의 손목을 올려 잡아 그대로 침상에 쓰러뜨렸다. 단휘가 바위처럼 끄떡없이 자신을 짓누르는고 있는 데다 손목까지 태자의 손에 잡혀 있어 청비는 꼼짝도 할 수 없었다. 빠져나오려 버둥거리는데 태자의 힘이 더 강해졌다. 더욱더 움직일 수가 없었다.

태자와 눈높이가 같아지고 서늘한 눈이 저를 하릴없이 내려다보고 있으니 밀폐된 공간에 갇힌 듯 숨이 막혔다. 청비의 눈동자가 심하게 흔들렸다.

"들어보니 전에 살던 곳에서 남성 편력이 상당했나 본데 이제 끝이야, 그것도."

편력? 편력이라니? 그런 쪽 취향은 전혀 아닌데. 청비는 전혀 수긍할 수 없다는 얼굴을 했다.

"아쉽겠지만, 이제 너한테는 내가 마지막이거든."

눈으로 웃는 태자의 목소리가 나른하게 풀어져 있었다. 그에 반해 청비는 계속해서 몸이 경직되어 긴장을 놓지 않았다.

"마지막?"

"말 그대로 내가 네 마지막 남자라고."

"그런 막무가내 식……."

대답하던 청비의 말꼬리가 사라졌다. 자신을 내려다보는 단휘의 사뭇 진지한 얼굴에선 청명함과 여유로움이 풍겼다. 이렇게 정면에서 딱 가까이 있으니, 눈이…… 심장이 떨린다.

자신의 손목을 잡고 있는 태자의 손아귀에 힘이 풀리는 것 같은 찰나, 청비는 안간힘을 써 태자에게서 빠져나왔다. 청비는 어서 이 자리를 뜨고 싶었다.

침상에서 내려가려는데 태자가 그녀의 손을 잡아당겨 다시 앉혔다.

"아침 먹고 가."

단휘의 부름에 시녀들이 들어오고 탁자에는 바로 아침 식사가 차려졌다. 시녀들의 시중도 필요 없다며 나가라 명해 방 안에는 여전히 단둘이었다. 배고팠지만 청비는 자신을 계속 빤히 보는 단휘 앞에서 허겁지겁 먹을 순 없어 밥을 한 숟갈 뜨고 깨작거리며 부담스러운 그의 눈길을 받아냈다.

"진정 궁금한 게 있는데, 네 오지랖은 대체 어디까지인 것이냐?"

청비는 무슨 말을 하느냐는 얼굴로 단휘를 보았다.

"내 앞에서 그러지 않았느냐. 건희를 좋아한다고."

"……."

"신아한테 다 들었다."

공주가 실토했나 보군. 시간 나는 대로 공주부터 찾아가봐야겠네.

"건희 일은 신아를 위해서 한 것이라 넘어간다 치고, 그럼 무율 왕자는 또 왜 그곳에서 같이 있었던 건데?"

"관광차 온 거라고 하던데요."

"하! 관광? 그럼 넌 정녕 그 말을 믿었고?"

"저기, 저…… 식사 좀 편히 하면 안 될까요? 자꾸 이런 식으로 나올 거면 나 여기서 안 먹을래요."

단휘 때문에 음식을 제대로 넘기기 힘들어 청비는 당장 일어날 것처럼 의자를 뒤로 뺐다.

"알았다. 더는 말 안 하겠다."

잠시 숨을 고른 청비가 잔을 들어 물 한 모금을 마시려는 순간…….

"가만 보면 넌 남자가 끊기는 날이 없어."

"컥."

사레가 들렸는지 청비는 얼굴이 빨개져서는 캑캑거렸고 단휘는 그녀의 등을 두드려주며 걱정하면서도 여전히 말을 이었다.

"네 그 눈웃음도 문제고, 그 출처를 알 수 없는 향도 그렇고, 이국적인 생김새도 그래. 모든 것이 문제야."

한참 기침을 하고 나서야 간신히 진정이 된 청비가 단휘를 쏘아봤다.

"그만하죠? 언제까지 그런 말 할 건데요?"

"네가 내 말에 세뇌당할 때까지."

"……."

"내 태자비가 되어줄 때까지."

태자비라니……. 그 문제는 도저히 지금으로선 감당할 수가 없었다. 청비는 말을 삼켰다.

지금이 좋은데. 태자와 지금 같은 관계에서 한 발짝도 엇나가고 싶지 않았다.

"강요하는 것이 아니다. 그렇게 하지 않을 것이고. 다만…… 이렇게 계속 세뇌를 시키다 보면 언젠가는 너도 그럴 마음이 생길 거라 생각하니까."

부드러운 미소와 함께 단휘는 쉽게 포기하지 않을 것임을 돌려 말했다. 청비는 불편한 지금 상황을 피하기 위해 고개를 숙여 괜히 모른 척 말을 넘겼다.

"태자비가 되어달라는 건 결혼을 해달라는 건데."

"결혼?"

"그래요, 결혼. 남자와 여자가 서로 사랑하는 사이가 되면 결실을 맺듯 가정을 이루고 미래를 함께하는 거. 제가 살던 곳에선 결혼이라고 해요."

"그럼 나랑 그 결혼이란 거 하면 되는 것이 아니냐."

저거 프러포즈 같은데. 당연히 생각도 없지만 뭔 놈의 프러포즈를 저리 번갯불에 콩 구워 먹듯이 해. 어쨌든 분위기는 좀 나아졌으니 태자비 타령

하는 거나 은근슬쩍 넘겨버려야지.

"근데 그 결혼이란 거 절대로 쉽게 하지 않아요. 우린 제대로 된 데이트도 안 해봤잖아요. 보통은 많이 만나서 데이트도 하고 그래야 하는데."

"데이트는 또 무엇이냐?"

가르칠 게 한두 가지가 아니군.

청비는 짧은 한숨을 내쉬었다.

"남자와 여자가 만나서 서로 같이 시간을 보내고…… 더 가까워지고 하는 거죠. 이를 테면, 둘이서만 밥을 같이 먹는다거나 놀러 간다거나…… 그런 거요."

청비는 강의를 해주듯 단휘에게 찬찬히 설명을 해주었다.

"아무튼 제가 살던 곳에서는 그래요. 상대방을 좋아한다고 해서 그리 쉽게 결혼하진 않는다고요. 결혼이 얼마나 중요한 건데."

한창 열을 내는 청비를 빤히 보던 단휘가 턱을 괴고 있던 손을 입으로 가져갔고, 그의 손가락 사이로 옅은 웃음이 흘러나왔다. 청비는 그 웃음에 이끌려 단휘를 바라보았다. 그의 입가에는 미소가 맺혀 있고 갈색 눈동자는 진지하게 일렁였다.

쿵, 쿵, 쿵.

청비의 귀에 북소리가 들리는가 싶더니 심장 박동도…… 나오는 숨도 정신없이 떨리기 시작했다.

하. 또 시작이다, 내 심장.

"뭐라? 태자비 간택을 보류해달라?"

생전 먼저 걸음 안 하던 풍정전을 갑자기 찾아와서는 태자비 간택을 무기

한 보류하겠다니, 단휘를 보는 천무 황제의 얼굴이 냉엄해졌다. 풍정전의 분위기가 싸늘하게 냉각 상태로 급변했지만 단휘는 표정 하나 변하지 않고 조금의 망설임도 없이 다시 같은 말을 반복했다.

"예, 폐하. 당분간 보류해주십시오."

"그 아이를 태자비에 올리겠다며 원로회에서까지 공표할 땐 언제고 이제는 다시 보류해달라 그 말이냐?"

"제 마음 같아선 그 아이를 당장 태자비에 올리고 싶으나 아직은…… 때가 아닌 듯합니다."

"때가 아니라니?"

잠시 주저하는 모습을 보이다 대답을 꼭 들어야겠다는 천무 황제의 분위기에 단휘가 천천히 입을 열었다.

"지금은 그 아이가 저를 받아주질 않아 좀 더 시간을 주어야 할 것 같아서 말입니다."

뭐 받아주질 않아?

황제는 자신이 잘못 들었나 싶었다.

태자가 싫으면 싫었지. 감히 그 아이가 태자를 거부하고 있다고?

황제의 눈에 힘이 팍 들어가고 코에선 보이지 않는 콧김이 분출했다.

"그, 그럼 너 혼자 그 아이를 좋아하고 있다는 것이냐!"

"……."

"태자비에 올리겠다 한 것도 너 혼자만의 생각이고?"

"그렇다고 보시면 됩니다."

그렇다고 보면 돼? 마치 남 이야기를 하는 듯 저리 아무렇지 않은 얼굴로 대답하는 모습을 보고 있자니 황제는 참으로 기가 막혔다. 어찌 저리 태연할 수 있느냔 말이다. 한 나라의 태자씩이나 되어가지고 짝사랑을 하는 꼴이라니.

"내 참, 이런 일이 있나. 이건 있을 수가 없는 일이다. 장차 내 자리를 물려받아 이탄국을 다스리게 될 네가 여인 하나 어쩌지 못한다는 게 말이 되느냐 말이다!"

"폐하. 홍분을 가라앉히시는 것이……."

"지금 홍분 안 하게 생겼느냐! 내 아들이 까였는데! 혹 제대로 전달을 못한 것은 아니냐? 애초 네가 그 아이한테 은애한다 말도 못 붙여본 것이야?"

태자 저놈 자존심이 어디 보통 자존심인가. 분명 좋아한다는 말 한마디 못 하고 더 매몰차고 야속하게 그 아이를 대하였을 것이다. 그래놓고 저를 안 좋아해준다 저러는 것일 테지.

"볼 때마다 좋아한다 말합니다. 그 아이한테 제 속마음을 보인 지는 한참 되었습니다. 근데……."

"근데?"

"아직까지 반응이 없습니다."

자신이 들인 여러 비빈들로 인해 제 어미도 눈을 감는 그날까지 마음고생이 심했던 터라 분명 그 영향을 받아 지금껏 여인을 멀리하였던 태자였다. 그러니 여인의 마음을 알 턱이 있나. 그 아이의 마음을 알려 하지 않고 그냥 제 감정만 내세웠을 것이다. 여자는 자고로…….

"그냥 마음만 보이지 말고 머리를 쓰거라. 원래 여인들은 물질적인 것에……."

"보석이며 세상 몇 안 된다는 진귀한 물건을 줄기차게 갖다 바쳐봤지만 안 먹힙니다."

물질적인 것도 안 먹인다? 황제의 얼굴이 자못 심각해졌다. 자신이 여태껏 살아오면서 보석이 싫다는 여인이 있었나, 떠올려 봤지만 거부한 이가 단 한 명도 없었기에 천무 황제조차도 청비가 어떤 아이인지 도통 알 수가 없었다.

그럼 남은 건 이제 그것 하나인데. 그것만은 절대 거부하지 못할 테지.

궁의 여인들이라면 모두 탐을 내는 자리가 아닌가.

"그럼 태자비에 올린다고도 해보았느냐? 태자비는 차후 황후에 오를 수 있는 것이다. 그럼 그 아이도 별수 없이 당연히……."

"태자비 싫다 도망간 걸 어제 잡아왔습니다만."

천무 황제는 말하다 말고 입을 쩌억 벌렸다.

차기 황후 자리인 태자비도 싫다니, 이탄국의 여인이라면 누구나 되고 싶어 꿈에서나마 그리는 그 자리를. 태자가 무엇이 부족하기에 싫다 거부하는 것인지. 저 훤칠한 키며, 인물이 못한 것도 아니고 말이다.

반도 중 가장 번성하여 대영토를 가진 이탄국을 저 앞에 갖다줄 태자였다. 어디 출생인지도 모르는 저가 좋다는 이유로 아비와 황족, 원로들과 맞서면서까지 태자비에까지 올려준다는데 그 아이는 대체 왜…….

황제는 생각에 잠겼다. 태자가 자신의 집무실에 들어왔을 때만 해도 자신은 무조건 그 아이를 태자비에 올리는 것은 반대할 생각이라며 태자비는 턱도 없는 소리라고 말하려던 것을 잊은 지 오래였다.

무슨 방도를 써야 그 아이가 태자의 마음을 받아준단 말인가.

황제는 머릿속에서 온갖 방법들을 끄집어내고 있는 중이었다. 일개 후궁도 아닌 태자비였다.

다들 줄 서는 그 자리를 싫다 하는 것은 분명 문제가 있는 것이지. 그 아이가 기억을 잃었다더니 혹시 머리 어딘가를 다친 게 아닐까, 그래서 뭐가 좋고 나쁜 것인지 분별력이 떨어지는 것이 아닌가 짐작을 해보는 황제였다.

"저는 그 아이의 마음을 잡고 싶습니다. 그러니 시간이 필요합니다. 태자비 간택을 보류하여 주십시오."

"황족들이나 원로들은 그 청비라는 아이를 인정하지 않고 있는 분위기다. 근데 밀어붙여도 모자랄 판국에 간택을 보류하겠다니 분명 말이 나올 것이다. 그들이 가만히 있겠느냐?"

황좌에 앉아 자신의 아들을 내려다보는 황제의 얼굴에는 수심이 가득했다.

"마냥 비워둘 수 없는 자리이니 명분이 있어야 한다."

단휘는 목에 걸린 말을 가시 뱉듯 내뱉었다.

"그래서 제가 친히 이렇게 폐하의 도움을 청하는 것이 아닙니까."

어떻게든 그 아이를 포기할 수 없다는 태자의 마음이 그대로 느껴졌다. 자신이 아는 태자는 지금껏 무언가를 애타게 가지려 해본 적이 없었다. 하물며 그 아이 하나 때문에 태자의 지위도 버리겠다 하지 않았던가.

참으로 걱정이 안 될 수가 없었다. 혹여나 그 아이 하나 때문에 자신의 아들이 무너져버릴 것 같은 마음이 들었다.

"곧 제전이 다가오니 그것을 준비한다는 이유로 태자비 간택을 미룰 것이라 공포하겠다."

직접 찾아와 청을 올려 거둔 수확이 흡족한 듯 단휘는 이내 미소를 지었다. 하지만 이것으로 끝난 게 아니었다.

"대신 당원행성의 금석 장군의 여식 또한 궁에 머물게 할 것이다."

"폐하. 그건 받아들일 수 없습니다. 저는 청비 말고……."

"네 마음은 안다. 하지만 저들은 청비의 자질과 신분을 걸고 받아들이지 않을 것이 분명해. 한데 태자비 간택까지 보류하겠다 하면 분명 문제를 삼고 그냥 넘어가지 않을 것이다. 그러니 금석 장군의 여식을 궁에 두어 좀 더 살피어 간택하기 위해 보류하는 것이라 한다면 누가 반대의 의견을 올리겠느냐? 저들의 입막음이라 생각하고 이번만큼은 내 말대로 하거라."

"……."

황제도 더는 양보할 생각이 없다는 얼굴로 단휘의 대답을 기다렸다.

"알겠습니다. 청비를 태자비에 올릴 때까지만입니다. 그 역시 길지 않을 것입니다."

금석 장군의 여식의 일이 혹처럼 붙게 됐지만 우선 태자비 간택을 미루는 것은 일단락 지은 셈이었다. 이제 마음이 좀 놓이는 것 같았다.

그 아이가 바라는 것이니까.

최대한 청비가 원하는 대로 해주고 싶었다. 자신의 생각대로만 밀고 나갔다가 결국 손에 잡힌 물처럼 스르르 빠져나갔던…… 청비가 자신을 떠났던 일이 방금 있었던 일처럼 생생했다.

청비는 물이나 마찬가지였다. 아무리 잡고 싶은들 물을 잡을 순 없다. 손 안에 있다 해도 흘러내리고 꽉 잡을수록 오히려 더 증발할 뿐.

다시 그런 일을 겪을 순 없었다.

제23장

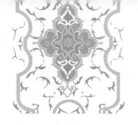

간난심(艱難心) : 몹시 힘들고 고생스러운 마음

태자는 곧장 청비를 찾았다. 마치 습관처럼.

청비는 마침 동궁전 정원에 나와 있었다. 나른한 오후 햇살이 청비에게만 쏟아지는 듯 그녀는 반짝거리며 빛이 났다. 시녀들과 말을 주고받으며 소리 내어 웃고 있는 모습을 보자 단휘의 입술 끝이 절로 올라갔다.

뭐가 그리 재미가 있는 것인지 상체까지 숙이며 소리 내어 웃고 있었다. 그녀의 유연한 동작을 따라 검은 머리카락이 출렁거리고 그녀의 웃음소리는 싱그러운 음률이 되어 정원을 떠돌았다.

"어? 언제 왔어요?"

이내 자신을 발견한 청비는 총총거리며 다가왔다. 주변 시녀들의 눈치를 보는가 싶더니 그녀는 까치발을 해 단휘의 귀에 얼굴을 대고 작게 속삭였다.

"단휘."

갑자기 가까이 와 귓속말로 자신의 이름을 부르니 얼떨떨해 단휘는 청비를 보았다. 그녀의 얼굴에는 여전히 미소가 묻어 있었다.

"둘만 있을 때는 이름 부르라면서요? 시녀들도 있으니까 전하만 들으라고."

"……."

"못 들었어요? 다시 불러줄까요?"

"아, 아니. 들었다."

어여쁘다. 사랑스럽다. 당장에라도 품에 안아보고 싶은데 보는 눈이 이리도 많으니. 그는 헛기침과 동시에 주춤거리며 청비에게서 한 발짝 떨어졌다. 청비의 목소리가 계속 자신의 귀를 간질이는 것 같았다. 좀 떨어져야 평소의 담담한 얼굴로 그녀를 대할 수 있을 것 같았다.

"태자님, 저 말 타는 거 배우고 싶어요. 말 타는 걸 몰라서 얼마나 고생하고 있는데요."

들썩거리는 심장을 다잡으려 정신을 차리듯 숨을 고른 단휘는 다시 시선을 청비에게로 옮겼다.

"네? 말 타는 것 좀 배우게 해줘요."

단휘는 의심이 앞섰다. 저것이 혹시 도망가려고 배우는 게 아닌가 하는.

"혹시 수를 부리는 것이라면."

"도망 안 가요. 절대로."

청비의 얼굴엔 단호함마저 비쳤다. 그 말에 단휘는 속으로 만족스러운 미소를 감추었다. 청비 입으로 직접 저 말을 들으니 안심이 되었다.

"도망 안 갈 거니까 제대로 배우게 좋은 말로 좀 빌려줘요."

"빌려주지 않고 아예 줄 테니 대신 오늘은 내 말을 타는 것이 어떻겠느냐."

"어디…… 가려고요?"

단휘가 설핏 미소를 지으며 대답했다.

"데이트? 그거나 해볼까 해서."

청비의 눈이 커졌다. 태자와 눈이 딱 마주치자 청비의 뺨은 순식간에 화끈거릴 정도로 붉게 익었다.

태자가 지금 나한테 데이트 신청을 했어! 한국에서도 몇 차례 받아봤었지만 이렇게 가슴이 뛰었던 적이 있었던가.

단휘는 자신이 말하고도 멋쩍은지 나오지도 않는 헛기침을 하며 허공을 바라보았다. 그의 잘 다듬어진 눈썹이 미세하게 흔들린다.

"좋아요. 마침 저도 기분 전환 좀 하고 싶었는데."

거절하면 어떡하나 내심 걱정했는데 청비가 수락을 하니 단휘는 입가가 올라가려는 걸 애써 담담한 얼굴로 무장하며 평소처럼 행동했다.

"아까 보니 무척 즐거워 보이던데 무엇이 좋아 그리 웃었던 것이냐?"

"이것 때문에요. 뭐예요, 이 석상은?"

청비가 가리킨 것은 단휘가 석공에게 맡겨 완성시킨 청비의 조각상이었다. 언뜻 보면 청비와 똑같았지만 자세히 보면 그녀를 상당히 미화해서 만든 조각상이었다.

"너에게 선물로 주려 만든 것이다."

"이게 저라고요?"

단휘는 고개를 끄덕였다.

"네가 없었을 때 이걸로 그나마 위안이 되었다고 해야 하나."

"이건 좀 아닌데요. 난 눈이 저렇게 크지도 않고 코도 저리 날렵하지도 않은데. 특히 턱, 좀 심하다. 양악을 해도 저렇게까지 브이라인 못 뽑아낼걸요."

"나는 저 석상보다는, 내 눈앞에서 종알거리고 있는 네가 더 낫구나. 미소도 없고, 내 이름을 불러주는 목소리도 들을 수 없으니 무엇 하나 너보다 나은 것이 없지."

청비는 뭐라 대꾸할 수 없었다.

입에 꿀을 발랐나. 아주 틈만 나면 꿀 발린 말들이네.

괜한 민망함에 청비는 얼굴을 돌려 단휘의 눈을 피했다. 저런 솔직함을 아무렇지 않게 받아들이려면 시간이 꽤 필요할 듯했다.

곧 병사가 말을 그들 앞으로 데려오자 단휘는 먼저 말에 훌쩍 올라 청비에게 손을 내밀었다.

손을 잡기 전 청비는 그를 올려다보았다. 햇살을 등지고 있어서일까, 평소보다 더욱 눈이 부신 태자였다. 바람이 불어와 그의 어깨에 걸쳐진, 금실로 수놓인 붉은 단의가 휘날렸다.

그 모습이 너무도 당당하고 아름다워 그녀는 자신도 모르게 넋을 잃고 바라보았다. '화찢남'이 여기 있었네. 화보를 찢고 나온 남자.

단휘를 제외한 주변의 모습은 흑백 화면 같았다. 카메라가 있었다면 꼭 사진으로 찍어 남겨놓고 싶을 정도의 화보 같은 모습에 청비는 그를 빤히 보았다.

"뭐 해? 안 잡고."

"아……."

넋 놓고 보느라 청비는 단휘가 자신에게 손을 내민 것도 몰랐다.

"안 되겠네. 직접 태우는 수밖에."

말이 끝나기 무섭게 단휘는 말에서 내리더니 청비를 훌쩍 들어 말에 올려놓았다. 갑작스러운 돌발 행동에 놀란 청비가 비명을 지르며 말에서 떨어질까 겁을 내니 단휘가 한 팔을 뻗어 청비를 받치며 병사들에게 명을 내렸다.

"둘이 갈 것이다. 아무도 따르지 말거라."

명이 떨어지기 무섭게 병사들이 길을 텄다.

"엄마! 엄마!"

청비는 금방이라도 말에서 떨어질 것 같은 공포에 계속 엄마를 찾아댔다. 잔뜩 겁먹은 얼굴로 당황해하는 청비의 모습에 단휘는 웃음이 나는 것을 참으며 바로 그녀의 뒤에 올라탔다.

단휘가 청비의 몸 양쪽으로 팔을 뻗어 고삐를 잡자 청비는 그제야 안심이 되는지 숨을 돌렸다.

하지만 자신을 가둔 단단한 팔과 함께 등 뒤로 그의 체온이 느껴지니 이건 뭐 백허그 자세나 다름없다고 해야 하나. 안심은 되지만 최대한 몸을 움츠리고 가야 하는 불편한 자세가 되어버린 것이다.

하지만 이것도 잠시…….

"내게 더 기대거라."

여기서 더 붙으라니, 절대 싫어.

"괜찮아요."

"후회할 텐데."

"내가요? 왜요?"

청비의 말이 떨어지기 무섭게 단휘는 고삐를 후려쳐 천천히 가고 있던 말을 거칠게 몰기 시작했다.

말이 속력을 내어 질주하니 청비의 몸이 앞으로 쏠림과 동시에 이렇게 가다간 금방이라도 굴러 떨어질 것 같았다. 괜찮다고 거절한 것을 단 3초 만에 잊고 그녀는 최대한 그의 팔 안으로 들어가 밀착했다.

단휘는 궁을 나오고 마을을 지나 길도 제대로 나 있지 않은 산속으로 말을 계속 몰았다. 한참을 깊이 들어가는가 싶더니 그래도 끝난 것이 아니었다. 터널과도 같은 숲속을 지나서야 목적지에 도착한 건지 단휘가 고삐를 잡아당겨 말을 천천히 거닐게 했다.

그 덕분에 청비는 주변의 풍경들을 여유롭게 눈에 담을 수 있었다. 눈앞에는 조용한 호수와 함께 그에 어우러진 자연 경관이 여태껏 본 적이 없을 만큼 환상적으로 펼쳐져 있었다. 청비의 입에서는 "우와~" 하는 탄성이 계속 흘러나왔다.

단휘가 말에서 먼저 내린 다음 청비를 내려주었고, 청비는 이끌리듯 경치를 더 가까이서 보려고 호수 쪽으로 걸어갔다. 끝이 보이지 않을 정도로 드넓은 호수는 마치 그림을 그려놓은 듯, 선이 고운 산자락에 걸쳐 있었다.

햇살이 물결에 너울거리며 반사되어 수면이 은빛으로 반짝거려 눈이 부실 정도였다. 호수의 경계선에는 새하얀 자갈들이 펼쳐져 있고 호수의 색을 담은 것 같은 푸른색과 하얀색 꽃들이 그 주변을 가득 에워싸고 있었다.

신이 아니라면 만들어내지 못할, 어디서도 본 적 없는 신비한 풍경이었다.

잔잔히 흐르는 호수의 물살, 산새들의 지저귐과 바람에 흔들리는 잔 나뭇가지의 소리들이 섞여 아름다운 선율을 내고 있어 더욱 몽환적인 곳이었다.

"정말 멋지네요. 태어나서 이렇게 아름다운 곳은 처음 봐요."

풍경에 취했는지 계속 멍하니 바라보고 있던 청비가 내뱉은 첫 마디였다.

"이곳을 올 수 있는 건 황족뿐이다. 워낙 외진 곳에 있어 황족들의 발길도 극히 적은 곳이지."

표정으로 보아 분명 맘에 드는 것이리라.

단휘는 청비를 이곳으로 데려오길 잘했다는 생각이 들었다.

"너에게 보여주고 싶었다."

청비는 호수의 경관에 할 말을 잃은 것인지 침묵으로 일관하다 단휘를 향해 돌아섰다. 청비의 더 깊어진 검은 눈동자를 마주하니 단휘는 혼이 빼앗길 것 같았다. 감탄 어린 청비의 표정이며, 풍기는 성숙한 분위기는 더욱 여인의 모습을 짙게 했다.

이곳의 절경과 청비의 신비스러운 외모가 어우러져 단휘는 더욱 눈을 뗄 수 없었다. 숨도 멈추어졌다. 시간이 멈춘 듯 잠시 동안 말하는 것을 잊어버린 그는 청비의 얼굴을 말없이 보았다. 청비 또한 말이 없었다.

그들의 적막은 후두둑 떨어지는 빗방울의 방해로 깨어졌고, 어느새 하늘을 뒤덮은 먹구름으로 인해 주위가 어둑해졌다. 단휘는 청비가 비를 맞지 않게끔 두르고 있던 단의를 청비의 머리 위로 씌웠다.

"저는 괜찮은데……."

"그냥 쓰고 있거라."

청비는 자신의 머리에 덮인 옷을 두 손으로 꼭 붙들어 잡았다. 단휘는 청비의 허리에 팔을 둘러 호수 바로 앞에 큰 그늘을 만들고 있는 나무 아래로 데려갔다. 자잘하게 내리기 시작한 빗방울은 더욱 거세어지고 바람도 강해졌다. 하지만 청비는 갑자기 내리는 비가 싫지만은 않았다.

"비 냄새가 나요."

한국에서는 비가 내리면 미세 먼지가 섞인 듯 흙냄새도 나고 색깔도 탁했는데 이탄국에서 내리는 비에서는 상쾌한 냄새가 났다.

손을 내밀어 빗방울을 받으니 금세 손바닥 안에 빗물이 고였다. 비는 역시나 투명할 정도로 아주 깨끗했다. 마셔보고 싶은 유혹이 들 만큼.

"여기 비 좋다."

단휘는 밀려드는 청비의 향기로 인해 비 냄새까지 맡을 겨를이 없었다. 비바람으로 인해 주변은 온통 청비의 향기로 가득 차 있었다.

"단휘, 괜찮아요?"

나무가 어느 정도 비를 막아주는 데다 단휘가 준 옷 덕분에 청비는 비를 많이 맞지 않았지만 나뭇가지와 잎 사이로 새어 들어오는 빗방울이 떨어지고 있어 단휘의 어깨 한쪽은 축축하게 젖어 있었다.

"옷이 다 젖겠어요."

"실패한 것 같구나. 데이트란 것을 해보려는데 비가 방해를 하니 말이다."

"저는 좋은데요."

"네가 좋으면 그걸로 됐다."

"가장 기억에 남을 것 같아요."

청비의 들뜬 목소리에 단휘의 눈썹이 휘어졌다.

"지금 뭐라 했느냐?"

내리는 비만큼이나 차갑게 식은 단휘의 음성에 청비는 두 눈을 끔뻑거렸다. 왜 그러지? 요 정도 칭찬으로는 성에 안 찬다는 건가. 청비는 자신이 한 말에 단휘가 무척 흡족해하는 줄 착각하고 새침하게 다시 대답했다.

"최고. 최고. 오늘 데이트. 다섯 손가락 안에 꼽힐 정도로 최고라고요."

이 정도면 얼마나 큰 칭찬을 해준 것인가. 근데 어라, 이상하다. 분명 좋아할 줄 알았는데 단휘의 얼굴은 더 흙빛이 되어갔다. 이거 더 띄워줬어야 했나?

가라앉은 분위기에 어떤 말로 기분 좋게 해줄까 고민하는 사이, 그가 먼저 입을 열었다.

"나는 네가 처음이다. 내 뒤에 누군가를 태워본 것도 네가 처음이고 네가 말한 그 데이트라는 걸 해보는 것도 네가 처음이다. 근데 넌 참으로 지나치게 개방적이고 다채로워."

저거 칭찬이 아닌 듯한데?

"네가 그간 말한 전적으로 짐작컨대 한두 번은 데이트란 것을 해보았을 거라 생각은 했다. 근데, 뭐라? 나와의 데이트가 다섯 손가락 안에 꼽혀?"

치밀어 오르는 화를 억누르며 나오는 말투였지만 새어 나오는 숨은 격했다.

"그럼 손가락에 안 꼽히는 것들은 얼마나 수두룩하다는 것이냐! 대체 얼마나 많은 놈들을 만났기에 그런 말이 나오는 것이냐고."

"그렇게 많지는 않고……."

썸 탔던 거랑 소개팅까지 합한 수를 어떻게 다 기억을 해. 청비가 기억을 더듬어보는데 태자가 막았다.

"생각하지 마."

"네?"

"그만두라고."

청비의 생각은 정지 화면처럼 멈추었다. 제 입술에 밀어붙인 단휘의 입술에 청비의 눈이 당황하여 커졌고, 온몸의 세포가 곤두서버렸다. 허락하지 않은 입맞춤인데 싫지가 않았다.

단휘의 머리칼에 맺힌 빗방울이 청비의 얼굴로 떨어져 차가움에 흠칫하면서도 그의 입술만큼은 따뜻해 거부하기가 힘들었다. 부드럽고 사려 깊음까지 느껴지니 더욱 그랬다. 내리는 비에 적셔지는 것만큼이나 두 사람은 서로에게 젖어들고 있었다.

단휘의 옷을 잡고 있는 손에 너무 힘을 주고 있어서 쥐가 날 지경에 이르고 곤두박질치는 심장으로 인해 청비는 더 이상은 안 될 것 같아 눈을 질끈 감으며 뒤로 걸음을 물렸다.

단휘와 거리가 멀어지고 체온도, 입술에 닿던 따스함도 멀어졌다.

갑작스러운 입맞춤으로 인해 어색해진 분위기에도 빗방울은 계속해서 후두둑 떨어지고 먹구름으로 인해 회색으로 가득했던 하늘도 어느새 구름이 걷혀 조금씩 햇빛이 비치었다.

비는 이제 아예 멈추었다. 빗방울들이 나뭇가지에서 나뭇잎을 타고 땅으로 또르르 떨어지는 소리 말고는 청비와 단휘 둘 다 말이 없어서 주위가 아주 고요했다.

두 사람 사이에 흐르는 어색한 침묵.

무슨 말이라도 해야 할 것 같았다.

"비가 그쳤네……요."

이런. 전혀 자연스럽지가 않잖아. 벽을 보고 이야기해도 이거보단 낫겠다. 평소처럼 말을 걸라고. 시선 처리도 평소처럼 하고.

청비는 계속 말을 걸었다.

"지나가는 소나기였나 봅니다."

"……."

"인생사 새옹지마. 비 온 뒤에 땅이 굳는다는 말이 있지요. 좋은 일이 생기려나 봅니다, 그려."

"……."

뭐지. 숨 막힐 것 같은 이 고요함은. 대체 왜 아무 말도 안 하는 거냐고.

마치 혼자 새벽녘 수목원에 와 있는 듯한 기분이랄까.

탁, 탁, 탁, 탁—.

어디선가 목탁 두드리는 소리까지 들려오는 듯했다.

아 배고파. 목탁 생각하니까 절간의 연잎 밥 땡기네.

어떻게든 단휘에게 말을 걸어보겠다는 청비의 시도는 보기 좋게 실패로 끝나고 상황은 더 악화된 듯했다.

자꾸 말 걸어서 귀찮은가. 단휘가 아무 반응도 보이지 않으니 청비는 아예 포기했는지 그에게서 시선을 돌려 몸에 묻은 물기를 손으로 털었다. 이것도 계속 반복하다 보니 옷에는 더 이상 물기도 남아 있지 않았다.

태자가 어떤 표정을 짓고 있나 궁금해 슬그머니 눈동자만 굴려서 보려는데, 비에 젖은 머리카락들이 얼굴에 다닥다닥 붙어 자신의 시야를 가리고 있었다.

손으로 대충 자신의 머리를 만져보니 완전 부스스한 산발 머리였다. 일찍 좀 알아챌걸. 이대로는 추노 한 편 찍어도 손색이 없겠어.

얼굴의 반을 가리고 있는 머리카락을 손으로 빗어 귀 뒤로 넘기며 고개를 돌리는데 단휘와 눈이 정통으로 마주치고 말았다. 그가 피할 줄 알았는데 전혀 그럴 생각이 없어 보였다.

단휘는 한쪽 다리를 살짝 굽힌 채 나무에 기대어 있었다. 내내 계속 보고 있었던 건지 그의 시선이 따가울 정도였다. 지금껏 입을 다물고 있더니만 지금은 또 다짜고짜 말을 툭 내뱉는 그였다.

“그런 것 좀 하지 마.”

그런 거라니 내가 뭘 어쨌다고 하지 말라는 거야.

태자는 심기가 불편해 보였다.

그래, 내가 져주자. 편안하게 궁으로 돌아가려면 우리 태자님 기분을 풀어드리는 수밖에.

나름 무언의 애교 장전. 우쭈쭈, 오야, 오야.

청비는 지을 수 있는 최대의 애교 미소를 단휘를 향한 표정에 걸어놓았다. 하지만 무엇 때문인지 단휘의 표정은 더 엄해질 뿐이었다.

“그렇게 웃지도 말란 말이지.”

청비가 픽하는 비웃음과 함께 한쪽 입술을 들었다. 그럼 뭘 할까? 숨만 쉬냐?

“그냥 아무것도 하지 마.”

“아니 왜 다 하지 말라고 하는 건데요? 내 행동 하나하나가 눈엣가시 같은가 봐요.”

“아니.”

이랬다저랬다 또 변덕 시작이군.

청비는 입술을 깨물었다. 어떻게든 이 순간만 참아보자는 나름의 행동이었다.

“내 앞에서만 하라고.”

청비가 고개를 돌려 단휘를 보았다.

듣긴 들었는데 다시 들어야겠다. 무슨 의미인지 모르겠으니.

“뭐라고 했어요, 지금? 뭘 그쪽 앞에서만 하라는 거예요?”

“그런 건 좀 알아서 생각하지?”

단휘의 얼굴만 봐도 그가 이 상황을 얼마나 낯간지러워 하는지 충분히 알 수 있었다.

"이제 그만 돌아가야겠다. 늦었어."

단휘는 말이 끝나기 무섭게 몸을 돌려 걸음을 서둘렀다. 청비는 따라가지 않고 멈춰 서서 의아해했다. 그는 왔던 길이 아닌 정반대의 길로 걸어가고 있었다.

초행길인 나도 아는 것을. 길눈이 어둡나. 말도 반대편에 서 있는 게 떡하니 보이는구만.

"단휘."

이름을 몇 번 부르는데도 단휘는 뒤를 돌아보지 않았다. 그저 빨리 쫓아오라며 궁에 어서 돌아가야 한다는 말만 되풀이할 뿐.

저기요. 나도 돌아가고 싶거든요. 근데 그쪽은 가는 길이 아니라고.

청비가 두리번거리며 왔던 길을 찾았지만 짧은 시간에 세차게 내린 비로 인해 호수가 많이 불어나 주변이 거의 물에 잠기고 있는 상태였다.

간신히 왔던 방향을 찾았지만 말을 묶어놓은 곳까지 가려면 물에 잠겨 있는 길로 나가야만 했다. 아직까진 물이 그리 깊지 않아 보였다. 이대로 물이 더 불어나면 아예 건너지 못할지도 모른다. 청비는 더 늦기 전에 건너야겠다는 조급함이 들어 단휘를 불렀다.

"단휘! 가는 길은 이쪽이에요!"

단휘가 다시 이쪽으로 올 때까지 기다릴 여유가 없었다. 물이 더 불어나기 전에 조금도 지체해서는 안 되겠다 싶어 청비는 바로 물속으로 발을 디뎠다. 급한 마음에 뛰어가다시피 하는데 생각보다 거센 물살에 균형을 잡지 못하고 청비가 그만 휘청거렸다.

"엄마야!"

단휘가 바로 뛰어왔으나 청비는 이미 넘어져 물에 빠진 상태였다. 다행히도 물이 그리 깊지 않아 앉은 채로 몸의 반만 물에 젖은 청비는 단휘의 부축을 받고 몸을 일으켰다.

"괜찮은 것이냐? 내가 길을 헷갈렸구나."

옷이 다 젖은 상태에서 바람까지 맞으니 밀려오는 추위에 청비는 양팔을 부둥켜안고 덜덜 떨었다. 떨림과 함께 몸에 남아 있는 힘도 모두 빠져나가는 느낌이 들었다. 기진맥진해 주저앉고 싶을 정도로. 예전에도 이런 느낌을 받은 적이 있었다.

낯설지가 않다. 몇 번이나 경험했던 그 감각.

곧 청비의 눈앞에는 신기루 같은 광경이 펼쳐졌다. 비로 인해 흙탕물이 된 호수는 정화라도 되는 것처럼 처음 봤던 것보다 훨씬 더 맑고 투명하게 일파만파로 변해가고 있었다.

청비는 그 광경에서 눈을 떼지 못했고, 단휘는 청비를 품에 꽉 안은 채 말 한마디 없이 호수를 바라볼 뿐이었다.

그래, 꼭 예전 그날과 같아.

전에 공주와 같이 갔던 화원의 늪지대에서의 일이 떠올랐다. 늪지대에 빠져 죽을 뻔했지만 늪이 맑은 물로 솟아오른 덕분에 목숨을 구할 수 있었던…… 직접 겪었는데도 불구하고 믿기 힘들었던 그날.

그런데 지금도 그때와 같은 현상이 자신의 눈앞에서 펼쳐지고 있었다. 꽃감관의 말처럼 정말 자신에게 물을 정화시키는 능력이 있다는 걸 다시금 확인하게 된 순간이었다.

이 모든 것이 나 때문에 생긴 일이라니…….

흙탕물이었던 호수는 금세 속이 다 보일 정도로 투명해져 단휘와 청비의 발목에서 찰랑거리고 있었다.

단휘는 청비가 걱정이 되었다. 옷이 흠뻑 젖은 청비는 체온이 떨어지는지 얼굴이 하얗게 창백해지고 입술이 파래졌다.

단휘는 급히 청비를 안아 자신들이 비를 피했던 나무 아래로 데려갔다.

먹구름 사이로 쏟아지는 햇살은 나뭇가지 사이를 거쳐 마치 조명처럼 듬성듬성 단휘와 청비를 비추었다. 모여드는 빗방울로 인해 싱그러운 잎사귀들은 무게를 견디지 못하고 하나둘 그들의 앞으로 떨어졌다.

"청비야, 너는 이곳 사람이 아니라 했었다."

"……."

"어디서 온 것이냐?"

무덤덤하게 묻고 있었지만 목소리에선 미세한 울림이 느껴졌다. 청비는 고개를 치켜 올렸다. 언젠가는 물어보겠지 예상은 하고 있었기에 당황한 기색은 없었다. 다만 눈빛이 흐려질 뿐.

단휘는 청비가 했던 말을 떠올렸다.

'난 이곳 사람이 아니에요.'

대체 이 아이는 어디서 온 것일까……. 이 아이에게서 일어나는 신비한 일들은 대체 어떻게 설명할 수 있단 말인가……?

지금껏 그 어느 누구도 마음에 이처럼 흠뻑 스며든 적은 없었다. 청비는 맑은 날 갑자기 내린 소낙비처럼, 자신의 삶에 무작정 뛰어든 여인이었다.

그래서일까? 꼭 꿈처럼 사라질까 불안했다. 만일 지금 이 순간이 꿈이라서 깨어났을 때 청비를 다시 볼 수 없게 된다 해도 잔상은 언제까지고 그대로 남아 청비를 잊지 못해 계속 그리워할지도. 현실에 존재하는지 여부조차 모를 텐데도 말이다.

그러니 더욱 놓칠 수 없었다. 꿈이라면 깨지 않을 것이고 이대로 저 아이가 사라진다면 일생을 찾아다닐 테니 말이다.

이제 청비가 없는 미래는 생각할 수가 없었다. 저 아이가 주는 온기에, 이슬같이 맑은 웃음에, 청비의 미소 하나, 손짓 하나에 깊이 빠져들고 있었다. 지독히도 말이다.

"나는 이 시대 사람이 아니에요. 나는……."

청비는 더 이상 말을 잇지 못했다. 단휘가 어떻게 받아들일지, 자신을 이상하게 생각하는 건 아닐지, 두려움이 머리를 어지럽히고 있었다. 목이 메어오고 눈동자는 안개가 낀 것처럼 젖어들었다.

몸에서 힘이 전부 빠져나가기라도 했는지 서 있는 것조차 힘들었다. 천근만근 힘에 겨워 온 힘을 다해 발을 한 발짝 바닥에서 떼어 단휘에게 가는 순간, 눈앞이 아득해지는가 싶더니 청비의 눈꺼풀이 희미하게 떨리다 이내 감겼다.

"청비야!"

단휘는 맥없이 쓰러지는 청비를 안으며 이름을 불렀지만 창백한 얼굴로 안겨 있을 뿐 아무 대답이 없었다. 전에도 분명 이런 일이 있었다.

황후의 후원에서 분명 늪지였던 곳이 물로 가득 차 있었던 그날도 청비는 이렇게 정신을 잃었었다. 늪지의 물이 지금처럼 투명하고 맑게 변한 것에 얼마나 놀랐던가.

검계에 잠입해 청비를 발견하고 구한 그날에도 갑자기 비가 내려 위험한 상황을 벗어날 수 있었던 데다 늪이 못으로 변해 있었다.

눈앞에서 벌어진 믿기지 않는 신비한 일들은 청비와 관련이 있는 것이 분명했다. 단휘는 청비를 안은 채 뛰었다. 청비를 말에 태우고 궁으로 돌아가는 동안에도 별별 생각이 다 들어 심장이 졸아들었다 펴졌다 하는 통증에 숨도 쉬어지지 않았다.

청비가 평범한 여인은 아닐 것이라 생각은 해왔으나 이렇게 불현듯 다시 확인하니 명치부터 깊숙이 불안함이 밀려든다. 지금 이렇게 눈앞에 있는데도 왜 청비가 제게서 더 멀어지는 것 같은 기분이 드는 것인지, 꼭 언젠가 잃을 것만 같은 기분이었다.

청비를 잃는다니…….

생각하는 것조차도 고통스러웠다. 누군가 자신의 심장을 손에 쥐고 뭉개기라도 하는 양 그는 얼굴을 일그러뜨렸다.

청비는 눈을 떴다. 몸이 물에 가득 적셔진 솜처럼 무거웠다. 간신히 몸을 일으키는 걸 단휘가 옆에서 도와주었고, 청비의 시선이 그를 향했다.

"정신이 드는 것이냐?"

단휘는 자신을 안타까운 표정으로 응시하고 있었다. 하얀 얼굴이 더 창백하기까지 하고 눈매는 더욱 깊어져 있었다. 제 걱정에 옆에서 쉬지 않고 자신을 돌봤을 태자에게 청비는 미안함이 들었다.

"이제, 안심이 되는구나."

단휘의 안색은 그제야 본래대로 돌아왔다. 목소리도 어찌나 다정한지 청비는 이 사람이 태자가 맞나 하는 표정으로 물끄러미 바라 보았다.

"궁의 말로는 네가 몸이 약해졌다 하는구나. 한동안은 일어날 생각하지 말고 쉬어라. 몸에 좋은 음식들로만 준비하라 이를 것이니."

창을 보니 날이 벌써 어두워져 있었다. 자신이 쓰러지고 시간이 꽤 흘렀나 보다. 그 일을 눈으로 보았으니 분명 궁금할 것인데, 단휘는 더 이상 묻지 않았다. 내 걱정이 먼저인가 보다.

아니면…… 어떻게 말을 꺼내야 할지 모르는 것일 수도…….

"궁금하지 않아요? 나에 대해서 말이에요."

청비는 천천히 숨을 골랐다. 말해야 할 날이 올 줄은 알았는데…… 막상 하려니 믿어주지 않을 것도 같고, 자신을 이상한 사람 취급할 것도 같아 두려웠다.

"나는 한국……에서 왔어요."

단휘가 어떻게 받아들일지 걱정되었지만, 청비는 태연하게 말을 이어갔다.

"당신은 모를 거예요."

단휘의 눈썹이 휘었다.

한국은 전혀 들어본 적이 없는 곳이었다. 생소한 이름이었다. 하지만 그뿐, 그는 놀라거나 당황스러운 기색을 보이지 않았다.

"어떻게 설명을 해야 할지……."

"설명하지 않아도 된다."

단휘의 말은 공허한 메아리에 지나지 않았다. 지금이 아니면 또 이렇게 말을 꺼내는 것은 어려울 것이었다.

"말해야 해요."

청비는 단휘의 생각이 궁금했다.

"당신은 모르는 곳이에요. 왜냐면…… 이 시대에는 없는 나라거든요. 시대도 다르고 한참 후의 시간에서 왔으니까. 한국에서도 이탄국은 들어본 적도 없는 나라예요. 이런 걸 다른 차원, 다른 시대라고 해야 하나……."

"……."

단휘의 눈을 마주치는 것이 왜 이리 겁이 나는지 모르겠다. 이곳에도 비가 왔던 것인지 창밖으로 모여든 빗방울이 창틀로 똑똑 떨어지는 소리 말고는 고요한 침묵이 그들을 감싸고 있었다. 호흡하는 것조차 잊어야 할 것 같은 이 적막이…… 단휘의 대답을 기다리는 것이…… 심장을 불규칙적으로 둥둥거리게 만들었다.

"네가 평범하지 않다는 것은 안다."

그래, 차라리 평범하기라도 했었다면……. 간절한 바람에 눈도 시큰거린다. 청비는 눈을 제대로 떠서 단휘를 볼 수가 없었다. 자신이 말하지 않는다면 영원히 모를 것이다. 단휘의 마음을 받아줄 수 없지만, 옆에 있는 것은 괜찮지 않을까 생각했는데…… 이렇게 실토를 하고 있으니 그가 자신을 어떻게 볼지, 이제 앞으로 그와 어떻게 되는 건지 막막해졌다.

"난 상관없다."

상관이 없다고?

"내가…… 이상하지 않아요? 평범하지 않다는 건 당신도 알고 있잖아요."

"그래서? 그래서 또 지난번처럼 날 떠나기라도 하려고?"

"왜…… 그런 말을 해요."

자신의 마음을 꿰뚫기라도 한 것인지 단휘의 날카로운 눈빛에 청비의 얼굴이 굳고 나오는 목소리가 데인 듯 얼얼했다.

"네가 누구든, 어디서 왔든…… 내가 모르는 것이 더 있다 해도 그런 건 중요하지 않아."

한 점 동요도 없이, 이리도 쉽게 중요하지 않다 말하니 청비의 가슴 한편이 찌릿 아파왔다. 자신은 한마디 한마디 힘겹게 끌어올려 내뱉고 있건만, 그가 자신의 상황을 너무 모른다는 생각이 들었다. 신경이 곤두선 청비의 얼굴에 날이 바짝 섰다.

청비는 그리 쉽게 말하지 말라고 날카롭게 쏘아붙이고 싶었다. 하지만 이전에 본 적 없는 그의 시린 눈빛이 그녀의 시선을 잡아끌었다. 할 말도 잊어버렸다. 마음을 읽히기라도 한 듯 자신을 바라보는 그의 눈빛은 한없이 다정하고 연민이 가득했다.

"네가 이 시대 사람이 아니라 해도 어쨌든 지금 너는 내 앞에 있지 않으냐? 나는 그것이 제일 중요하다."

너무나도 확고한 일침과도 같은 그의 말에 순간 울컥해 감정이 북받쳐 올랐다.

"네가 어디서 왔든, 네가 평범하지 않든 내게 중요한 건 네가 내 앞에 있다는 것이다. 나는 네가 이렇게 픽픽 쓰러지는 것이 더 마음이 쓰이고 아프구나."

재차 따스한 단휘의 음성에 참고 있는 눈물이 나올 것 같아 그와 눈동자를 마주하지 못하고 청비는 고개를 푹 숙였다. 머리카락에 얼굴이 가려져 눈물이 비어져 나와도 보이지 않을 것이니 굳이 울음을 참지 않아도 되었다.

"나는 매 순간 이렇게 너와 마주하고 있어도 불안해."

단휘의 입에서 흘러나오는 음성에서 느껴지는 떨림에 청비의 동공이 흔들렸다. 불안하다는 그의 말에 가슴속에서 무언가가 떨어져 내리는 듯했다. 눈을 시큰거리게 하는 쓴 공기가 입 안으로 흘러들어갔나 보다. 입이 쓰고 말이 잘 나오질 않는다. 청비는 애써 침묵으로 일관하며 욱신대는 감정을 억눌렀다.

"청비야."

이름을 부르는 것뿐인데도 그의 음성에서는 쓸쓸함이 묻어났다. 단휘는 청비의 흘러내린 머리카락을 귀 뒤로 넘겨주었고 머리칼에 가려져 있던 눈물이 그렁그렁 맺힌 눈동자와 대면했다.

"너는 기억을 잃은 것이 아니라 했다. 이 시대엔 없는 나라에서 왔다면 갈 곳이 없는 것이 아니냐. 그러니 그 구실로라도 내 옆에 있거라."

"……."

"그럼에도 싫다면…… 대신 나 자신을 볼모로 삼는 수밖에."

순간 청비는 자신이 잘못 들었나 귀를 의심했다.

자기 자신을 볼모로 삼는다고?

"푸훗."

청비는 저도 모르게 웃음이 나왔다.

대체 무슨 말이지. 이탄국이 무슨 전쟁이 나서 타국에 포로로 잡혀가 있는 것도 아니고 갑자기 무슨 볼모 타령? 그것도 스스로를 볼모로 삼는다니.

웃음을 터뜨린 청비와 대조되게 그의 얼굴은 사뭇 진지했다.

"웃지 말거라. 진심이니까."

"그게 무슨 뜻이에요?"

"네가 나를 떠나기라도 한다면 나는 막 살 것이라는 말을 하는 것이다. 모든 걸 내려놓고 아무것도 아닌 날 보고 싶으냐? 그렇다면 그렇게 하거라. 나를 버리거라."

버리라니. 그 말을 저렇게 아무렇지 않은 얼굴로 할 수 있나.

"너를 만나기 이전엔 그 어떤 것도 내가 원해본 적이 없었다. 이탄국의 태자 자리도, 내 본국인 이탄국도, 무엇 하나 내가 원한 것이 아니었으니까. 근데 넌 달라. 내가 생애 처음으로 원한 것이 너고 유일하게 갖지 못한 것도 너다. 오롯이 너 하나를 갖지 못하는데 다른 걸 가져서 뭣 하겠느냐. 모든 것이 부질없게 느껴지는구나. 그러니 모든 걸 버리고 막 살 수밖에."

"꼭 협박처럼 들려요."

"네가 나를 떠날까 봐 붙잡아두는, 어떻게든 너를 보아야겠다는 간절한 협박이라고 해두지."

"그게 통할 거라 생각하는 거예요?"

"밑져야 본전 아니겠느냐."

단휘의 입가에는 연한 미소가 걸려 있었다.

"아가씨, 이러시면 저희가 혼납니다."

"그것이 아니라, 말의 안장을 잡고 몸으로 잡아당기듯이 올라타셔야 합니다!"

청비는 승마를 배워야겠다며 말들이 있는 사육장으로 와 조련하는 청년에게 무작정 말 한 필을 달라고 졸랐다.

태자가 그리 아끼고 총애한다는 여인이었다. 해달라는 대로 해주지 않았다가 해를 입을까 싶어 청년은 곧장 말을 가져왔다. 청비는 청년이 말을 데리고 오자마자 올라타려고 안간힘을 쓰고 있는 중이었다. 그런 청비의 모습에 시녀들과 청년은 안절부절못하며 말리기 바빴다.

청비는 무언가에 몰두할 것이 필요했다. 어차피 한국으로 돌아갈 순 없으니 이곳에서 남은 시간을 어떻게든 잘 살아가는 수밖에 없지 않은가.

지금 자신의 모습을 보면 참으로 한숨이 절로 나왔다. 단휘가 아니면 자신은 이곳에서 아무것도 아닌 존재로 혼자 할 수 있는 것도, 잘 하는 것도 없었다.

한국에서 그리 열심히 했던 태권도도 검으로 무장한 도적 떼들 앞에서는 호랑이 앞에 쥐 신세였고, 한창 열을 올려 땄었던 워드 자격증도, 겨울방학을 소비해 취득한 운전면허증도 이곳에서는 다 소용없는 것이었다.

이탄국에서 새롭게 모든 걸 다시 시작해야만 했다.

"와! 이것 좀 봐요! 나 탔어요. 드디어 말에 올라탔다고요!"

가까스로 말의 안장에 올라타 앉은 청비는 환호에 가까운 목소리로 기쁨을 표현했다.

"이제 몸을 숙이지 말고 상체를 세우셔야 합니다!"

몸을 세워 고삐를 잡으려 하는 순간, 말이 갑자기 방향을 바꾸자 청비는 균형을 잡지 못하고 이리저리 흔들리다 말의 목에 매달린 채, 눈을 질끈 감았다.

"꺄악!"

말이 더 심하게 날뛰는 바람에 청비는 비명과 함께 바닥으로 내팽개쳐졌지만 누군가가 잡아채 바싹 끌어안는 바람에 나뒹구는 것은 모면할 수 있었다.

놀란 가슴을 진정시킬 틈도 없이 청비는 자신의 얼굴이 묻혀 있는 누군가의 품에서 고개를 빼어 올려다보았다. 단휘, 그였다.

"말에 밟히기라도 하고 싶었던 것이냐?"

단휘의 미간이 모아지고 눈빛이 가물거린다. 청비는 그의 품에서 벗어나 자신을 혼내는 듯한 말투에도 해맑은 웃음을 보였다. 괜찮다는 말 대신 보이는 미소였다.

"그렇게 웃지 마. 한마디 해야겠는데, 그렇게 웃으면 내가 말을 제대로 할 수 있겠느냐."

그러라고 짓는 눈웃음인데 당연히 그래야지. 청비의 입꼬리는 더욱 올라갔고, 눈은 반달처럼 휘었다. 단휘는 청비를 혼내는 대신 말을 내준 마구간지기 청년과 시녀들을 매서운 눈초리로 보았다. 청비는 그들 앞에 서서 태자의 눈길을 대신 받았다.

"이 사람들이 하지 말라는 거 내가 우겨서 탄 거예요. 그러니 뭐라 하지 마요. 그리고 나는 당신 덕분에 하나도 안 다쳤으니 된 거 아닌가요?"

청비의 빙글거리는 미소에 단휘는 이내 표정을 풀었다.

"그만하고 우리 좀 걸어요."

청비는 단휘의 팔을 잡고 방향을 돌려 사육장을 나섰다. 얼마나 걸었을까. 둘은 정원으로 들어섰고, 어제 내린 비 덕분인지 나무 잎사귀와 꽃에는 아직도 물방울이 맺혀 있었다. 물방울에 반사된 햇빛 덕에 나무 잎사귀와 꽃들은 보석처럼 빛이 나고 더 생기 있어 보였다.

더 걸어가니 소리 없이 고여 있는 잔잔한 연못에 그들의 걸음이 파동이 되어 찰랑거렸다. 흔들리는 물결에 이제는 앞서 걷고 있는 단휘와 그 뒤를 따라 걷는 청비의 모습이 비치었다.

단휘의 보폭에 맞추느라 뒤에서 쫓고 있는 청비가 앞에서 갑자기 우뚝 선 단휘를 보고 놀란 듯 멈춰 섰다. 단휘가 청비 쪽으로 돌아서자 그들의 거리는 한 치의 바람도 허용되지 않을 것처럼 좁았다.

너무 가깝다. 가슴이 울렁거린다. 아침 식사를 과하게 했나.

조금만 움직이면 그의 몸에 부딪힐 것 같아 청비는 무의식적으로 한 발짝 뒷걸음질했다.

"네가 타기에 순한 말을 구해주겠다. 말 타는 건 내가 자주 가르쳐줄 순 없을 것이니 건희에게 너를 가르치라 일러놓겠다."

그렇게까지 해주면야 정말 고맙지.

청비의 얼굴에 화색이 돌았다. 하지만 단휘의 얼굴에서는 상심이 보였다. 어두운 그늘이 내려앉은 것 같았다. 청비는 몸을 숙여 곱게 피어 있는 꽃 한 송이를 꺾어 단휘의 옆머리에 슬며시 꽂아주었다.

"후훗, 기억나요? 당신이 내 향기를 하도 갖고 싶어 하는 것 같아서 내가 당신을 꽃으로 장식해줬던 거요."

"아니, 틀렸다."

단휘가 단박에 아니라고 부정하자 청비의 얼굴에서 웃음이 멎었다.

장난쳐서 화났나?

"그때도…… 지금도…… 갖고 싶었던 건 네 향기가 아니었어. 그건 변함이 없다. 생각해보면 참 신기하단 말이지."

"……."

"어떤 물건이든 금방 싫증이 났었는데. 살면서 딱히 갖고 싶은 것도 없었고. 근데 지금은 다르다. 갖고 싶은 것이 도무지 하나인데 참 어렵구나."

청비의 얼굴이 모호해진다. 진지함이 일렁이는 단휘의 눈동자에 그녀가 담기고, 무색 무감의 어조가 이어졌다.

"나는 네가 참 어렵다."

곧장 제게로 머무른 단휘의 시선에 청비의 얼굴이 붉어졌다. 식사만 과하게 한 게 아니라 옷도 두껍게 입었나 보다. 너무 덥다.

감기 기운이 보인다고 아침에 시녀가 어깨에 둘러준 겉 상의를 벗어버리고 싶었다. 공기가 후끈해 열기가 손끝에서부터 올라온다.

"하지만 곧 네가 해답을 줄 것이니 그때까지는 참아야겠지."

심각해진 청비의 얼굴을 보는 단휘에게서 흘러나온 웃음은 청비의 정수리에서 흩어지고 그녀의 심장은 또 즉각적인 반응을 보였다.

쿵쿵쿵. 멈출 줄 모르는 제멋대로의 소리. 정말이지, 심장이 아주 제멋대로다.

"가자."

단휘가 손을 내밀자 청비는 그의 손과 얼굴을 번갈아 보았다.

내게는 이 손을 잡는 것이…… 이 남자에게 마음이 가는 것이 어렵다.

앞으로 다가올 날이 왜 이리 두렵고 어려운 것일까. 왜일까……?

청비는 그의 손 대신 팔에 손을 얹었고, 단휘가 그 위에 자신의 손을 살며시 덮었다. 햇살이 푸른 하늘에서 수면으로, 청비와 단휘에게로 우수수 쏟아져 내리고 있었다.

제24장

택심(宅心) : 마음에 새겨 두고 잊지 아니함

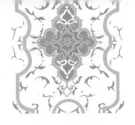

말을 본격적으로 배워도 좋다고 단휘에게 허락을 받은 청비는 아침 식사를 마치자마자 어제 찾았던 사육장으로 향하였다.

아주 단시간 안에 배워서 여기저기 말 타고 다녀야지.

사육장에 도착하자 그녀에게 말 타는 법을 가르쳐주기 위해 건희가 먼저 와 있었다.

"건희 님!"

청비의 부름에 말의 상태를 세심히 살피고 있던 건희가 고개를 숙이며 인사를 올렸고 곧 백마를 보여주었다.

"전하께서 친히 고르신 백마이옵니다. 어미를 닮아 기질이 순하니 배우기에 좀 더 편하실 것입니다."

얌전하게 꼬리를 올렸다 내렸다 장난을 치고 있는 백마는 딱 보기에도 순해 보였다. 청비는 말과 친해지려 갈기를 쓰다듬으며 조심스레 입을 열었다.

"건희 님, 지난번에는 상황이 그래서 물어보질 못했는데 어떻게 된 거예요? 전하께선 다 알고 계시던데."

단휘는 자신이 건희를 좋아하지 않는 걸 알고 있었다. 그렇다면 공주와 건희의 사이도 알고 있는 것일까?

"그것이……."

건희는 대답을 망설였다. 기다리다가는 하루가 지날 듯했다. 건희한테 듣는 것은 어려울 것 같고 공주님한테 물어보는 게 더 빠르겠어.

"공주님은 어디 가셨어요? 통 보이질 않으시던데."

"공주님께선 제전을 앞두고 신전으로 제를 올리러 가는 행차에 가셨습니다."

건희의 얼굴에 어렴풋이 미소가 피었다. 청비는 그것을 놓치지 않았다. 분명 자신이 모르는 뭔가가 생긴 것이다. 이 둘 사이의 관계가 자신이 알고 있는 것보다 더 진전된 것 같은 느낌이 들었다.

"아마 새벽에 도착하신 걸로……."

그때였다.

"청비야!"

신아 공주가 청비에게로 뛰어와 바로 부둥켜안으며 반가움을 표현했다. 청비는 공주를 떼어놓고 반가워할 틈도 주지 않았다. 대체 자신이 없는 사이에 일이 어떻게 진행이 된 것인지 그 궁금함을 푸는 것이 먼저였다.

"대체 어떻게 된 거예요? 제가 건희 님을 좋아한다고 했던 게 거짓이라는 걸 태자님이 알고 계시던데."

"그것이……."

건희처럼 대답을 얼버무리는 공주의 얼굴에 홍조가 어렸다. 건희와 공주는 서로 청비의 눈치를 보았고, 둘은 시선이 맞닿자마자 누가 먼저랄 것 없이 고개를 푹 숙였다.

"두 분……."

굳이 말하지 않아도 알 것 같았다. 어디다 둬야 할지 모르는 두 사람의 눈동자가 대신 답을 해주고 있었다. 자신을 없는 사람 취급하는 건희와 공주의 대화는 참으로 다정했다.

"잘 다녀오셨습니까. 공주님?"

"나 없이도…… 잘 지냈어요?"

"잘 지내지 못했습니다."

"……나도…… 그랬는데……."

자신을 사이에 두고 대화를 하는 두 사람에게선 막 시작하는 연인의 냄새가 폴폴 풍겼다. 청비는 괜스레 마음이 설렜다.

"제가 없는 사이에 대체 무슨 일이 있으셨던 거예요? 같이 좀 알자고요."

공주는 청비의 팔을 잡아끌어 사람들의 인적이 드문 곳으로 데리고 갔다. 여전히 시선은 건희를 응시한 채 공주는 청비의 궁금함을 풀어주었다.

"네가 건희에게 내가 정혼한다는 소식을 전해준 덕분이야. 그날 건희가 나를 찾아왔고, 건희의 마음을 확인할 수 있었지. 너에게 정말 고맙다. 소식을 알려주려 너를 찾아갔었는데 시녀들은 네가 아파서 요양을 갔다 하더구나. 오라버니는 마치 네가 없어진 것처럼 너를 찾으려 수소문이었고. 너야말로 대체 어떻게 된 것이야?"

"그냥 허락 없이 궁 밖을 나갔었다 다시 돌아왔다, 요 정도로만 알아주세요."

"오라버니가 어찌나 길길이 날뛰던지, 아무 잘못 없는 건희에게까지 화가 미치어 나와 건희 사이를 어쩔 수 없이 말하게 되었어. 현재는 너와 오라버니만이 우리 둘 사이를 알고 있는 셈이지."

역시 단휘는 알고 있었구나. 단휘는 이 둘 사이를 어떻게 보고 있을까.

"단휘, 아니 태자님은 뭐라세요?"

환하던 공주의 얼굴이 급속도로 어두워졌다.

"아무 말도 없어. 나한테나 건희한테나. 그래서 더 마음이 무겁구나."
공주의 표정이 한층 더 가라앉았다.
"우선은 두고 보자는 마음이시겠지. 절대 허락은 안 하실 거야. 그래도 아바마마나 어마마마께는 말하지 않아서 얼마나 천만다행인지 몰라."
단휘가 더는 말을 안 했다는 건, 지켜보겠다는 뜻일까?
부디 자신처럼 공주와 건희 님이 잘되길 바라는 마음에서 그런 것이었으면 좋겠다.
"네가 보기엔 오라버니 속내가 어떤 것 같니?"
"그런 이야기는 아직 나누지 못해서 잘 모르지만, 공주님은 태자님의 동생이세요. 그러니 전하도 어쩌시겠어요. 동생이 좋아하는 남자라는데. 건희 님이 공주님께 소중한 존재라는 걸, 건희 님 아니면 안 된다는 걸 보여주세요."
공주가 청비의 말에 희미하게나마 웃음을 보였다. 자신을 응원해주는 이가 한 명은 있다는 생각에…….
"건희 님에게 말 타는 법 배울 건데 공주님도 같이 배워요!"
청비는 가라앉아 있는 음울한 분위기를 띄워보고자 공주에게 권했다. 공주는 어렸을 적에 단휘를 따라 말 타는 법을 배웠지만 건희한테 배운다는 말에 수줍게 그러자며 응수했다.
"그럼 이곳은 보는 눈도 많으니 다른 곳으로 가자. 이곳에서 멀지 않은 곳에 아는 빈터가 있어."
공주가 건희에게 가 자신도 말 타는 법을 배우겠다고 해서 건희는 마구간지기에게 말 한 필을 더 가져오라 명했다. 말 두 필이 준비되자 그는 말을 데리고 앞장서서 가는 공주와 청비를 따라갔다.
가면서도 공주는 계속 뒤를 보며 건희를 힐긋거렸다. 청비는 보다 못해 건희를 잡아끌어 공주의 옆에 서게 하였고, 다른 사람이 이상하게 생각하지 않게끔 둘 사이에 딱 붙어 있었다. 그러고는 둘의 대화에 일절 끼지 않고 묵묵히 듣기만 했다.

항상 연서만 주고받다 이렇게 직접 말을 주고받으니 건희와 신아는 이 시간이 참 소중하고 행복하게 느껴졌다.

"건희, 얼굴이 많이 상했어요. 그동안 밥도 안 챙겨 먹고 잠도 잘 못 잔 거예요?"

"그렇습니까? 아마 공주님을 못 봐서 그런가 봅니다."

"칫, 뭐예요. 난 얼굴이 더 포동포동해졌는데 그럼 건희 생각 안 해서 그런 건가. 그간 건희를 못 봐서 얼마나 보고 싶었다고요."

공주의 새침한 말에 건희는 당황하며 포동포동한 얼굴이 더 보기 좋다며 공주의 비위를 맞춰주었다. 듣고 있는 것만으로도, 이렇게 보는 것만으로도 마음이 따뜻해지고 눈이 달큰했다.

부디 이 둘이 깨어지지 않고 잘되기를……. 하지만 공주에겐…….

문득 머릿속을 스치는 이가 있으니, 신아 공주의 정혼남인 사로국 왕자 무율이었다.

아직은 무율의 문제가 남아 있었다. 그에게는 미안하지만 이미 공주의 마음은 건희에게 묶여버렸으니 둘의 혼사는 성사될 수가 없었다.

그가 포기해야 할 텐데.

얽히고설킨 그들의 관계가 쉽지는 않을 것 같아 청비는 걱정이 앞섰다. 그러면서 자신의 처지도 함께 그 걱정에 포함시켰다.

공주와 건희가 잘되는 모습을 보고 떠날 수 있다면 좋을 텐데.

신분으로 인해 둘의 관계가 그리 밝아 보이지는 않았지만 그래도 공주가 부러웠다. 공주한테는 그래도 시간이 많으니까. 나는…….

자신의 신세에 한숨이 나오고 불안한 기운이 느껴져 청비는 몸을 감쌌다. 어느새 빈터에 도착했는지 건희는 말 타는 법을 가르쳐주기에 앞서 말의 안장과 고삐를 재정비하고 있었다.

“건희 님, 최대한 빠른 시간 안에 탈 수 있게 가르쳐주세요.”

“워낙 운동신경이 남다르시니 금방 배우실 수 있을 겁니다.”

청비는 아무런 생각을 하고 싶지 않아 건희가 가르쳐주는 대로 말을 타는 것에 온 신경을 집중했다.

그래도 몇 번 타봤다고 금방 터득해 빠르게 달리는 것까지는 무리여도 빈터를 혼자서 몇 바퀴 돌 정도의 실력은 되었다.

이제 좀 탈 만해 산책도 하고 싶었지만 벌써 해가 저문 지 한참이 지나 있었다. 청비는 공주와 헤어지고 궁으로 돌아왔다. 처소로 들어와선 시녀들의 도움도 필요 없다 물리고 혼자가 되었다.

오늘 아주 제대로 몸 썼네.

어두운 처소 안, 불을 켜는 것도 잊은 채 빨리 씻고 싶어 지저분해진 옷부터 갈아입으려 허리끈을 풀고 옷을 고정시키는 핀을 빼는 순간이었다.

“거기까지 하는 게 좋을 것 같은데.”

깜깜하게 어둠이 깔린 방에서 갑자기 들려온 남자의 목소리에 소스라치게 놀란 청비가 바닥으로 넘어졌다. 그녀는 일어나지도 못한 채 안을 샅샅이 훑었다.

“누, 누구야!”

“…….”

재빨리 일어나 주변을 경계하고 등불을 켜니 자신의 발 앞으로 그림자 하나가 길게 드리워져 있었다. 흠칫 놀라 숨을 들이켠 청비가 눈으로 천천히 그림자를 쫓았다. 그림자의 주인이 서서히 청비의 눈에 들어오고 지레 겁을 먹었던 그녀의 시선이 툭 풀렸다.

창가에서 달무리를 등에 지고 달빛을 받으며 서 있는 남자는 무율 왕자였다.

“무율 왕자?”

무율의 얼굴에 지그시 서려 있던 미소는 노골적인 흐뭇함으로 변했다.

“무율 왕자!”

“설레는데. 그렇게까지 반가워해주면.”

“여긴…… 어떻게…….”

무율은 항상 그랬듯 놀라서 말문이 막힌 청비를 장난스럽게 받아쳤다.

“청비 소저 목소리가 꽤나 듣고 싶었습니다.”

“대체 여긴 어떻게 들어온 거예요?”

무율이 턱짓으로 가리킨 곳에는 창문이 반쯤 열려 있었고, 그 사이로 들어온 바람에 의해 휘장이 흩날리고 있었다.

“본국으로 돌아간 거 아니었어요?”

바람이 잠잠해졌는지 날리던 휘장도 제자리를 찾았고, 무율의 모습이 전부 보였다. 그런데 무율의 자세가 어딘가 모르게 이상해 보였다. 그의 얼굴에는 웃음기가 있었지만 한쪽 팔을 잡고 버티고 서 있는 모습이 무척 힘겨워 보였다. 자세히 보니 무율의 상의가 피로 붉게 물들어 있었다.

“옷에 피가……!”

“별것 아닙니다.”

“별거 아닌데 그렇게 피가 흥건해요?”

“형님과 워낙 사이가 안 좋다 보니 이런 일도 겪게 되네요.”

“형, 형님이요? 그럼 친형이 이렇게 만들었다는 거예요?”

“태자가 소저를 데리러 왔길래 굳이 더 있을 필요 있나 싶어 먼저 하북성으로 떠나다 자객들을 만났습니다. 눈엣가시로 여기는 동생 놈 하나 없애려고 그런 것 같은데 뭐 저는 이렇게 살아남았고요.”

친형이 자객을 보냈다니. 믿기 힘든 말에 청비의 눈이 커졌다.

사극을 보면 왕위를 두고 피가 섞인 형제끼리도 서로에게 칼을 겨누며 죽이려 하지 않던가. 금수저 왕자라고 꼭 좋은 것만은 아니었네.

"아무리 그래도 그렇지. 어떻게……."

"제가 서열 2위가 아닙니까. 그러니 1위인 형님 쪽에선 나를 없애야 안심이 될 것이고, 서열 3위인 아우 역시 내가 없어져야 희망이 생길 테지요. 진작부터 내 목숨이 내 것만은 아니었습니다. 항상 위태위태하다고 해야하나."

무율은 별거 아니라는 식으로 가벼이 답했지만 청비의 눈에는 그것이 더 안쓰럽게 느껴졌다. 무율의 팔을 살펴보려는데 그가 미간을 움찔거렸다.

"윽."

비틀거리는 무율을 청비가 얼른 잡아 부축했다.

"정확히 어딜 다친 거예요?"

"저 엄살 같은 거 못 부립니다. 그러니까 지금 제 상태는 진짜 아픈 거라 여기고 부디 살살 다뤄야 합니다. 다친 아기 대하듯 그리 말입니다."

계속 능글거리는 무율의 태도에 청비는 그냥 무시하기로 하고 탁자 앞 의자를 빼어 편히 앉게 했다. 그런 다음 찬찬히 그의 상태를 살폈다.

피가 스며든 옷이 검붉은 색인 걸로 보아 다친 지 꽤 시간이 지나 보였다. 어떻게 해야 할지 고민하는 청비를 유심히 보고 있던 무율이 나지막이 입을 열었다.

"황후를 찾아갈까 했습니다. 그런데 이대로 혹시 죽을 수도 있다는 생각이 들고…… 마지막이면 어쩌나 싶고……."

"……."

"그래서…… 무작정 청비 소저한테 오게 되더군요. 궁금하기도 하고 말입니다."

"궁금? 뭐가요?"

"그 이후에 태자와는…… 잘된 것입니까?"

뜸을 들이며 묻는 무율의 얼굴이 진지했다. 청비는 말을 아꼈다.

"이 상황에서 그런 게 왜 궁금해요. 그것보다는 치료를 먼저 받아야 하는데."

오는 내내 이 여인의 얼굴이 생각났다. 누군가가 이렇게 보고 싶을 수도 있다는 걸 무율은 처음 알았다. 왜 이곳으로 왔는지는 그 자신도 의문이었다.

"나한테 온다고 나을 것이 없는데. 내가 당신을 치료해줄 수 있는 것도 아니고요."

난처한 얼굴로 다그치면서도 혈색을 잃어 창백한 무율의 얼굴을 보며 어떻게 해야 할지 몰라 청비는 전전긍긍했다.

"내 방에는 처치할 만한 약들도 없는데, 어쩌지……."

"소저는 무조건 저를 도와야 합니다."

무턱대고 도와야 한다니, 완전 당당하네.

"왜요? 나는 당신하고 그리 친하지도 않은데."

"나는 불우 이웃이 아닙니까."

"불우가 무슨 뜻인지는 알고 말하는 거예요? 그리고 언제부터 내 이웃이었어요, 그쪽이."

"지금 내가 무척이나 힘든 상태니까요. 가진 것도 하나 없는 데다 처지가 딱하고 어려우니 불우가 맞는 것이고, 사로국은 이탄국의 이웃 나라이니 내가 소저의 이웃이 되는 셈이지요."

아주 다 갖다 붙이시네. 말 같지도 않은 소리를 계속 듣고 있다간 밤도 꼴딱 샐 듯싶었다. 청비는 결단을 내려야 했다.

어쨌거나 사람은 구해놓고 봐야 하는 것이 아닌가. 이러다 정말 큰일이 날지도.

무율은 진심이었다. 청비의 얼굴을 보고 싶었다. 그래서 이곳으로 발길이 향했고 이렇게 눈앞에서 보고 있자니 이것이 현실인지 아닌지 헷갈리기 시작했다. 하지만 눈앞이 가물거려 이제는 청비를 앞에 두고도 제대로 볼 수 없었다. 검날에 어깨를 스친 것뿐이었지만 오는 동안 피를 적지 않게 흘린 탓에 의식이 혼미해지고 있었다.

"안 되겠어요. 사람을 불러올게요."

무율은 대답할 힘도 없는지 고개만 끄덕였다. 청비는 급히 처소 밖으로 나가 시녀에게 최대한 빨리 의원을 모셔 오라 부탁하고 안으로 들어왔다.

"이봐요!"

무율은 아예 탁자에 엎드린 채로 정신을 잃은 상태였다. 몇 번을 깨워도 그가 반응이 없자 청비는 무율 주변을 왔다 갔다 하다 그냥 의원이 오길 기다리는 것보다는 응급처치라도 해줘야 할 것 같아 무율 앞에 앉았다.

배운 대로만 하는 거야, 배운 대로만.

우선 상처 부위를 깨끗하게 해줘야 할 것 같아 청비는 가위를 가져와 무율의 옷소매를 잘랐다. 피로 흠뻑 젖어 살에 눌러 붙은 옷을 천천히 걷어내다 보니 상처 부위까지 건드리게 되었다. 그러자 무율은 숨이 격해지고 얼굴을 더욱 일그러뜨렸다.

청비는 더욱 집중해 상처 주위의 옷가지를 제거했다. 수건으로 쓰는 깨끗한 면보도 가져와 무율의 겨드랑이 쪽으로 천을 밀어 넣어 어깨 부분에 매듭을 지어 묶어주었다. 고통스러운지 무율의 신음이 이어졌다. 혹여 무율이 정신을 잃을까 봐 걱정되어 청비는 말을 걸었다.

"이제 다 되어가니까 좀만 참아요."

"……."

"그래도 나름 아프지 않게 살살 하는 거예요."

무율은 고개를 끄덕이며 천천히 눈을 떴다. 청비가 맞은편 의자에 앉아 있어 거리가 아주 가까웠다. 청비의 손이 자신의 어깨로, 팔로 스칠 때마다 몸속 혈관들이 팔딱거리는 것 같았다.

청비가 말할 때마다 그녀의 숨결이 그의 귀로 이어지고…… 그의 얼굴에 닿았다. 청비의 행동을 하나하나 눈에 담으며 지켜보다 무율은 입술을 깨물고 솟아오르는 마음을 가다듬었다.

더 이상은 안 돼.

"다 참겠는데……."

상처 부위를 동여매고 남은 천으로 그의 몸에 묻어 있는 피를 닦아주던 청비의 손을 그는 낚아채듯 잡았다. 청비의 커다래진 두 눈을 마주하니 마음이 혼란스러웠다.

"소저의 향기는 정말 못 참겠군요."

"……."

"전보다 더 진동을 하는 것 같습니다. 더 정신을 잃을 것 같으니 좀 떨어져 있는 것이 어떻습니까?"

무율은 요동치는 가슴을 내리누르며 청비를 대했다.

"나불거리는 거 보니, 별로 아프지 않은가 보네요."

꽉 묶어놓은 상처 부위를 툭 내려치자 무율은 한쪽 눈을 찡그리고는 '윽' 소리를 내며 청비의 어깨에 자신의 머리를 툭 기댔다. 청비가 반사적으로 어깨를 빼려 하자 무율이 나직이 속삭였다.

"내가 이러는 데에는 정당한 이유가 있습니다. 오는 동안 잠을 못 잤고…… 피를 많이 흘렸고…… 또 소저의 향기에…… 어지러워서 그럽니다."

침묵이 방 안을 휘감았다. 정말 잠이 든 것인지 그에게서 고른 숨소리가 들려왔다. 청비는 최대한 움직임을 최소화하여 그가 깨지 않게 천천히 몸을 뒤로 뺐다. 그때 문을 두드리는 소리와 함께 시녀의 목소리가 들려왔다.

"아가씨, 궁의께서 도착하셨습니다."

"들여보내세요."

궁의가 들어오더니 무율을 발견하곤 적잖게 놀란 얼굴로 청비의 눈치를 살폈다.

"이분은 누구신지…… 저는 아가씨가 아프신 줄 알고 급히 달려온 것인데."

"궁의한테 피해 될 일은 없을 것이니 걱정 말고 치료 좀 부탁드려요. 피를 많이 흘려서 서두르셔야 해요."

잠시 머뭇거리던 궁의는 무율 앞에 앉아 상처를 살폈다.

"그럼 부탁드려요. 저는 잠시 다녀올 곳이 있어서요."

궁의에게 무율을 맡긴 청비는 우선 단휘에게 알려야 할 것 같아 조용히 방을 나와 그의 침소로 향했다.

"지금 안 계시다고요? 그럼 어디에……."

"폐하와 변방으로 사냥을 가셨는데 하루 더 계신다 하시어, 오늘은 돌아오시지 않는다고만 전해 들었습니다. 하실 말씀이 있으시면 내일 태자 전하께서 돌아오시는 대로 아가씨께 가보라고……."

"아뇨! 그러실 필요 없어요. 절대로 그러지 마세요."

혹시나 그녀가 무율과 같이 있는 것을 보고 오해할까 싶어 먼저 말을 해줘야겠기에 단휘를 찾아온 청비였다. 근데 하필 궁을 비운 상태라니. 그 성격에 오해라도 하면 길길이 날뛸 것이 뻔했다.

"내일 언제쯤 도착하는지 아세요?"

"원래 오늘 저녁에 도착하시는 것으로 알고 있었으나, 내일 오신다 하시니 이는 예정된 것이 아니라 그것까지는……."

청비는 할 수 없이 발길을 돌려야 했다.

그럼 그냥 기다리는 수밖에 없겠네.

청비는 자신의 방으로 돌아가는 내내 어떻게 해야 할지 생각이 많았다. 아픈 사람을 내칠 수도 없고, 그렇다고 자신이 보살피기엔 위험 요소가 따랐다. 어쨌거나 자신은 단휘의 후궁 후보가 아닌가. 외간 남자를 방에 들였다는 것이 알려지면 그냥 지나갈 수 없는 문제요, 단휘도 무척 곤란한 입장이 될 것이다.

어느새 처소 앞에 도착하자 궁의가 그녀를 기다리고 있었는지 주위를 훑더니 청비만이 들리는 목소리로 조심스레 말을 꺼냈다.

"며칠 누워서 안정을 취하게끔 해야 합니다."

"고생하셨어요. 늦은 밤에 갑자기 죄송해요."

"아닙니다. 그보다 상처는 크지 않은데 피를 좀 많이 흘린 탓에 기력이 많이 상했습니다. 잠도 못 자고 음식도 제대로 먹지 않은 것으로 보입니다. 여러 날을 두고 봐야 할 듯합니다. 우선 시종에게 부탁해 옷과 약을 가져오라 말해놨으니 일어나는 대로 옷을 갈아입히시고 약을 먹이세요. 그리고 상처가 덧나지 않게 최대한 몸을 움직이지 않게 하셔야 합니다."

궁의는 내일 들르겠다 조용히 말을 마쳤고, 청비는 고마움을 표했다.

"조심히 가세요."

궁의를 보내고 안으로 들어가니 상의를 탈의한 무율이 그녀의 침상에 누워 있었다.

언제 저기로 가서 누운 거야? 진짜 아픈 것만 아니었으면, 으휴.

안 보려 해도 자꾸 시야에 들어오는 것이 거슬려 청비는 이불을 꺼내 무율의 몸에 던졌다. 눈은 감고 있었지만 아직 잠이 든 것이 아니었던지 무율의 입가가 활처럼 휘었다.

"역시 나를 걱정해주는 겁니까. 정성을 담아 이불도 덮어주고 말입니다."

"정성을 담긴, 그냥 맨 몸뚱아리 보기 싫어서 덮어놓은 거예요. 그리고 안 자면서 왜 자는 척해요?"

"잠이 오는데 소저가 들어오는 소리에 깼습니다."

"내 방이니까 들어오는 거죠."

청비의 말이 끝나기 무섭게 무율이 눈을 번쩍 뜨며 몸을 일으켰다. 어깨의 통증이 심한지 이마를 구기면서도 여전히 건네는 말투는 장난스러웠다.

"그 말인즉 저와 같이 있겠다는 걸로 들립니다만."

여전히 입은 살아 있었네, 이 작자.

청비가 같잖은 소리 그만하라는 얼굴로 쏘아붙였다.

"내가 그럴 것 같아요? 안 그래도 지금 고민 중이에요. 당신을 어떡할지. 지금 당장 내 방에서 내쫓을지 말지."

"매정합니다, 소저. 소저도 알다시피……."

"불우 이웃이라는 둥 수작 부릴 거면 그냥 가만히 있는 게 좋을 거예요."

더는 능구렁이 같은 수법에 넘어가지 않는다고.

"동정이 통하지 않는다면."

"동정은 정말 딱하고 가여운 사람한테나 통하는 얘기죠."

"그럼, 협박은 통하는 겁니까?"

협박? 자신이 무율에게 협박을 받을 만한 약점을 잡힌 적이 있던가. 괜히 던져보는 거겠지. 청비는 콧방귀를 뀌었다.

"신아 공주님이 사랑에 빠진 것 같던데."

화들짝 놀란 청비는 말까지 더듬거렸다.

"무, 무슨 말을 하려는 거예요? 갑자기 고, 공주님은 왜 끌어들여요."

"사실 그날, 석궁장에서 나오고 소저가 건희라는 남자와 대화하는 걸 다 들었습니다. 공주와 그 남자가 그렇고 그런 사이 아닙니까. 그러니 소저가 그 남자한테 공주님을 데리고 도망가라 말한 것이고요. 황족인 공주를 꾀어내는 거, 그거 아주 대역죄입니다. 더군다나 제가 알기론 건희라는 자는 태자의 호위 대장이던데 말입니다. 완전 흥미롭지 않습니까? 공주와 일개 호위대장의 이루어질 수 없는…… 으읍!"

청비는 베개를 가져가 무율의 얼굴에 박치기를 시켜 더 이상의 언급을 막았다.

못 들었다 할 땐 언제고 이제 와서 저런 말을 하는 이유가 뭐냐고.

청비는 입 안이 바짝바짝 말랐다.

"다 들었으면서 왜 지금껏 못 들은 척한 거예요?"

"그러게 말입니다. 제가 왜 그런 엄청난 일을 입 다물고 있었던 걸까요."

무율은 생각보다 위험한 남자임에 틀림없었다. 도무지 속이 보이지 않으니 어떤 감도 잡을 수가 없었다. 청비는 답답함에 입술만 질끈 물었다.

"아마, 이런 식으로 써먹을 날이 올 줄 알았는지도 모르지요."

무율이 의미심장한 웃음을 흘렸다. 나오는 말들 모두 위험 수위가 높으니 긴장이 되어 청비의 꽉 그러쥔 손에 땀이 배었다. 하지만 무율은 청비와 정반대의 분위기였다. 팽팽한 긴장감을 즐기는 듯한 여유로운 미소까지 보이고 있었다. 그러고는 계속 자신과 상관없는 남 이야기를 하듯 무관심한 얼굴로 말했다.

"절대 이루어질 수 없을 겁니다, 그 둘은."

"왜요? 신분 차이 때문에? 아니면 공주님이 당신 정혼자라서?"

무율은 냉정한 얼굴로 청비의 말을 막아버렸다.

"제가 고할 겁니다, 황후 전하께."

"안 돼!"

놀란 청비가 그만 고함을 지르고 말았다. 상상조차 하고 싶지 않은 일이었다.

만약 황후가 알게 된다면 건희와 공주가 어찌 될지…….

벌써 그런 일이 일어난 것처럼 청비의 온 전신에 두려움이 몰려들었다.

무율은 청비의 잔뜩 굳은 얼굴을 놓치지 않았다. 역시나 그녀는 동요하고 있었다.

자신의 일도 아니면서 저리 걱정하는 모습이라니, 참으로 별난 여인이었다.

"그래서 당신이 얻는 게 뭔데요?"

청비는 최대한 아무렇지 않은 척 무표정을 유지했지만 나오는 목소리는 미세하게 떨리고 있었다.

"그럼 무율 당신과 공주님이 혼인할 수 있다고 여기나 보죠?"

무율의 눈빛이 한층 더 깊고 어두워졌다. 신아 공주가 자신에게 마음이 있든 없든 혼인을 해야만 했다. 서열 1위인 태자 형님과 적장자로 태어난 동생 사이에서 살아남으려면 자신을 함부로 해할 수 없는 입지가 절실했다. 그래서 현재로선 공주와의 혼인으로 얻어지는 부마의 자리가 반드시 필요했다.

"좋아요. 지금 당장은 내 방에서 나가라고 하지 않겠어요. 당신 몸도 그런데 그 상태로 어딜 갈 수 있겠어요. 하지만 내일 아침에는 나가줘요."

"소저도 들었을 텐데요. 저는 나을 때까지 푹 쉬어줘야 합니다."

그럼 며칠씩이나 내 방에 있겠다고?

기가 차서 청비는 입이 다물어지질 않았다. 뻔뻔함을 넘어 아주 당당하기까지 하니 말이다.

"그러니 청비 소저가 저를 봐주셔야겠습니다. 제가 어느 정도 괜찮아졌다 싶을 때에 알아서 갈 것이니."

사실 청비 옆에 있겠다는 무율의 속내는 따로 있었다. 이대로 홀로 본국에 돌아갈 방법은 없었다. 자신을 제거하지 못한 형님이 벼르고 있을 텐데 전장에 맨몸으로 뛰어들 순 없었다. 그러니 당장이라도 황후에게 가서 먼저 청할 수밖에는. 공주와의 혼인을 서둘러달라고 말이다.

이탄국 공주와 혼인을 하고 돌아간다면 형세가 달라질 것은 불을 보듯 뻔한 것이 아닌가. 현재 가장 번성하고 넓은 영토를 가진 나라가 이탄국이었다. 그런 강국의 부마가 된 자신을 함부로 할 수는 없을 것이니 말이다.

마음에 없는 혼인이기는 하나 그에게는 이미 선택권이 없었다. 본국으로 돌아갈 수 있는 유일한 방법이었다.

신아 공주와 혼인을 하면 지금처럼 청비를 쉽게 찾아올 수도, 이렇게 편안히 얼굴을 볼 수도 없음이라. 그러니 얼마 안 되는 시간일지라도 이 여인 옆에 있고 싶었다. 곧장 떠날 것 같은, 어디에도 안주하지 않을 것 같은 저 검은 눈동자가 잠시나마 자신에게 향했으면 했다.

언제부터였는지는 알 수 없었다. 하지만 이제는 마음에 두어서는 안 될 여인이었다. 앞으로 자신의 삶에선 감정보다는 야망이 앞서야 했기에. 하지만 지금 이 순간만큼은 몸을 돌봐야 한다는 핑계로 저 여인 곁에 있고 싶었다.

대화가 끊기자 무율은 집요한 눈으로 청비의 대답을 기다렸다.

"좋아요. 나을 때까지 있든지 말든지 알아서 해요. 하지만 내가 당신을 더 도와줄 거라고 생각하진 마요. 앞으로는 전혀 댁한테 신경 안 쓸 거니까. 방도 쓰고 싶은 대로 써요. 나는 다른 방에 가서 자면 돼요."

무율이 픽 웃었다. 청비의 으르렁거리는 모습이 귀여워 웃음이 나왔다. 그것을 좋게 받아들일 리 없는 청비였다.

"왜 웃어요? 방금 나를 협박해놓고 웃음이 잘도 나오시네."

"고맙다는 인사를 하려고요."

이제 와서? 청비는 '퍽이나.' 하는 표정을 짓는 것으로 대답을 대신했다.

"소저를 난처하게 만들었다니 미안하군요."

무율이 갑자기 꼬리를 내린 강아지처럼 태도를 누그러뜨리니 한편으론 또 측은했다.

친형한테 죽임을 당할 뻔한 데다 이제는 자기 나라로 쉽게 돌아가지도 못하고. 좀 안됐네.

둘 사이에 어색함이 감돌았다. 마침 시녀가 의원이 약과 옷을 보내왔다며 문을 두드렸다. 청비는 시녀가 주는 것을 받아 들어 무율 앞에 내려놓았다.

"알아서 입고, 알아서 먹어요."

"이 일은 잊지 않고 보답하도록 하지요."

청비는 행여나 하는 얼굴로 대꾸 없이 방을 나가 시녀에게 바로 자신이 쉴 수 있는 빈방을 달라 했다.

"사정이 좀 있어서요."

어리둥절해하면서도 손님방을 내주는 시녀에게 청비는 애써 웃음을 지어 보였다.

청비는 방에 들어가자마자 문을 닫고 침상에 벌러덩 누워 눈을 감았다.

참 긴 하루였다. 피곤함이 몰려오고 하품이 연신 쏟아졌다.

내일 단휘는 언제 오려나. 부디 단휘가 먼저 무율을 발견하지 않고 자신이 먼저 말할 수 있어야 할 텐데.

타이밍이 안 맞으면 어쩌나…… 이런저런 생각에 잠을 못 이루던 청비는 새벽이 되어서야 잠이 들었다.

아침 일찍 청비는 다시 단휘의 침소를 찾았다. 하지만 저녁이 되어서야 올 것 같다는 시녀장의 말에 아쉽지만 돌아가야 했다.

청비는 오늘도 말 타는 것을 배우기 위해 사육장으로 향했다.

"이봐, 거기."

가는 길, 적의가 가득한 앙칼진 목소리가 청비의 발을 붙잡았다. 뒤돌아보니 태자의 후궁 후보 중 마지막으로 남은 여인, 바로 금란이었다. 금란은 청비를 향해 검지를 까딱이고 있었다.
저게 어디서 손가락질이야.
"호호, 너였구나."
의기양양하게 앞에 선 금란은 한껏 비웃음이 섞인 얼굴로 청비를 위아래로 쓰윽 훑었다.
"난 또 꼴이 하도 싼 티가 줄줄 흐르기에 궁에서 막일이나 하는 시녀인 줄 알고 불렀지."
말을 타기 위해 좀 더 편한 복장으로 나온 청비였다.
싼 티가 줄줄 흐른다니. 아오, 저걸.
똑같이 막말을 해주고 싶었지만 청비는 우선 한 번은 참아주기로 했다. 오히려 청비 옆에 있던 시녀의 표정이 붉으락푸르락해졌다.
청비 아가씨가 태자 전하께서 가장 총애하는 여인이라는 것을 이 궁 안에 모르는 사람들이 없건만 금란이라는 저 여인은 어찌 저리 득의양양한지. 후궁 후보 주제에 벌써 뭐라도 된 것처럼 거만하게 구는 모습이 차마 봐줄 수가 없었다.
시녀가 한마디 하려는 걸 청비가 무언의 손짓으로 막으며 고개를 저었다. 그러거나 말거나 금란의 비아냥거림은 멈출 줄 몰랐다.
"끼리끼리 논다고 촌뜨기들만 달고 다니네."
"……."
"들리는 말로는 요양을 갔다 왔다고?"
류하 왕자를 따라 세류성에 간 걸 태자가 요양 갔다 온 것이라 둘러댔나 보네.
"난 또 아주 멀리 도망이라도 친 줄 알았지."
금란의 말에 청비는 뜨끔했다. 자신의 진짜 행적을 알고 있는 듯한 의미심장한 말이었다. 청비는 표를 내지 않으려 표정 관리에 들어갔다.

"내가 미쳤어요? 이 좋은 곳을 놔두고 도망가게. 아파서 며칠 푹 쉬고 왔어요."

"그래, 아팠던 것이 맞는 것 같구나. 더 볼품이 없어진 거 보면 말이다. 넌 어째 갈수록 얼굴이 썩는구나."

말을 해도 참. 저런 말들만 골라서 이죽거리는 걸로 보아, 아주 나를 깔아뭉개려 작정을 한 게지. 하지만 곱게 들어줄 나인가. 한국에 있을 때도 칭찬은 받은 만큼, 욕은 먹은 만큼 곱절로 되돌려주는 성격이었다. 여기라고 참을 순 없었다.

"아, 모르셨구나. 제가 몸이 좀 약골이라서요."

"얼굴도 하자. 몸뚱아리도 하자. 죄다 하자 투성이인 너를 어디다 써먹겠……."

"그러니까요. 내 말이요."

자신의 말에 동조를 해주자 금란은 순간 멈칫해 무슨 말을 하려고 저러지 싶은 얼굴로 청비를 흘겼다.

"이렇게 써먹을 데 없는 저한테 대체 뭐가 좋다고 그리 목을 매시는지. 우리 그이는 내 몸 좀 약하다고 비가 오나 눈이 오나 내 걱정만 한다니까."

"그, 그이?"

태자를 부르는 청비의 호칭이 마음에 들지 않았는지 금란이 눈썹을 찡그렸지만 청비는 거침없이 말을 이어갔다.

"네, 우리 그이 태자님이요. 그쪽은 내가 궁에 돌아온 것이 꽤나 거슬리시나 본데."

"……."

"나도 그래요. 나도 그쪽하고 같은 심정이라고요. 좀 쉬다 오고 싶었는데 기어이 태자님께서 직접 데리러 오셔서는, 내가 없음 안 된다, 아무것도 손에 안 잡힌다, 나밖에 없다, 나 없인 일분일초도 못 산다 하시니…… 뭐, 돌아올 수밖에요. 정말 오기 싫었는데."

저 늘어놓는 말 좀 보게. 더 들어주기 힘들었는지 금란의 얼굴이 새파랗게 질렸다. 청비 옆에 서 있던 시녀도 웃음을 참느라고 입술에 경련까지 일고 있었다. 금란은 주먹을 있는 힘껏 쥐고 입술을 깨물었다.

"그래도 나한테 고마운 줄 알아요. 그나마 멀리서 태자님 얼굴 볼 수 있는 거. 그거 다 내 덕분이니까. 내가 궁에 돌아와줬기 때문에 태자님도 궁에 돌아온 거라고요. 그렇게 돌아가라 해도 말을 안 들으시니. 할 수 없이 제가 온 거죠, 뭐."

살짝 거짓이 섞이긴 했지만 금란의 코를 납작하게 해주고 싶은 청비였다.

"태자님과 제 관계…… 뭐, 공식적이지는 않지만 궁 안 사람들 중 모르는 이가 있나요. 태자님이 저만 보는 청비 해바라기인 거 다 알잖아요."

궁 안 사람들뿐만이 아니었다. 태자가 청비라는 이국적인 외모의 여인에게 푹 빠져 있다는 것은 이제는 궁 밖에까지 퍼지고 있었다. 거기에 태자가 직접 태자비로 간택까지 하겠다고 했으니 이대로 가다간 정말 저것이 태자비에 오르는 것은 시간문제일지도. 그래서 더욱 빨리 저 오만한 계집을 제거해야만 했다.

청비가 류하 왕자의 도움으로 세류성에 갔다는 이야기를 듣고 이때다 싶어 아버님께 부탁해 사람까지 보냈건만 하필 태자 일행이 그때 나타나 일이 성사되지 못해 다음을 기약해야 했다. 다음에 두고 보자 벼르던 차에 시녀들 앞에서 이렇게 수모까지 얹어주니 금란은 더욱 분이 치밀어 이를 부득부득 갈았다.

"태자 전하께서 워낙에 저를 아끼시고 저에게만 일편단심이시라 저도 난감합니다. 좀 나눠주기라도 했음 좋겠는데 말이죠."

"뭐라? 나, 나눠줘?"

"네, 너무 태자님의 사랑이 엄청나니 모래알의 반 정도는 나눠드리고 싶네요.”

“감히 네깟 것이 무언데 그딴 말을 지껄이는 것이냐! 아무것도 아닌 평민 나부랭이 주제에!”

“맞아요. 저는 아무것도 아니죠. 가진 것도 없고 누구처럼 대단한 가문의 여식도 아니니까요. 하지만 그것이 무엇이 중요한가요. 현재 태자님 옆에 있는 게 누군지가 중요하지.”

금란은 어떤 대답도 할 수 없었다. 항상 태자님이 어디 계신지 물으면 들려오는 대답은 한결같았다. 청비 아가씨와 같이 계시다고, 청비 아가씨를 찾아가셨다고, 오로지 청비 저것과 관련된 얘기뿐이었다.

얼마 전 자신의 처소에 왔음에도 자신에게 눈길조차 주지 않고 방 안만 둘러보며 아버님이 보낸 서신 같은 게 있냐, 아버님은 요새 뭐 하고 지내시냐는 그런 말들뿐, 그녀에게는 관심이 없던 태자였다.

“제가 적선하는 셈치고 태자님께 청해 금란 아가씨께 얼굴 좀 한번 보이라 말해볼까요?”

“적선? 참으로 건방지구나. 그리 너를 그리 아끼신다는 태자님께서 왜 친히 나를 궁에 남겨두시는지, 그건 궁금하지 않더냐?”

금란의 말에 청비가 순간 멈칫했다.

단휘가 금란을 궁에 남겨두었다니…… 청비가 혼란스러운 얼굴을 하자 그것을 놓칠 리 없는 금란이었다.

“원래 그런 것이 아니겠느냐? 너도 잘 알 것이다. 후궁 후보 중 남은 이는 너와 나뿐이라는 거. 지금 전하가 너를 총애한다 해서 우쭐대지 말거라. 지금이야 태자 전하께서 눈에 뭐가 씌어서 너를 아낀다 하지만 그것이 얼마나 갈 것 같더냐? 원래 사내란 한 여인에게 푹 빠진 만큼, 질리는 것도 순간이지. 더욱이 태자 전하이시다. 나라의 안위를 위해 마음에 없어도 후궁을 여럿 두셔야 하는 법. 한 여인에게만 묶여 있을 수 없는 분이시란 말이다.

아무것도 가진 것 없는 네까짓 것이 얼마나 전하 옆에 있을 수 있는지는 내 두고 볼 것이다!"

청비는 머릿속이 멍해져 금란의 말에 아무런 대꾸도 하지 못했다. 말도 안 돼. 단휘가 금란을 궁에 남겨두었다는 말은 솔직히 충격적이었다. 하지만 아직 단휘에게 직접 들은 것이 아니기에 저 여자의 말만 듣고 오해할 순 없었다. 그러니 더욱 금란의 말에 휘둘리는 모습을 보이고 싶지 않았다.

"왜? 내 말을 못 믿겠느냐?"

금란의 이죽거림이 멈출 줄 모르자 청비의 쥐고 있는 주먹에 절로 힘이 들어갔다.

아오, 한 주먹거리도 안 되는 게. 요걸 그냥! 이참에 아주 그냥 개떡으로 만들어줄까 보다.

입꼬리를 실쭉 내려뜨리며 자신을 향해 비웃음을 흘리는 금란의 얼굴에 청비는 주먹을 날리고 싶은 걸 간신히 참고 또 참았다. 생각해보면 금란은 처음부터 존재감이 남달랐던 여인이었다. 이미 궁을 나간 다른 후궁 후보들과는 달리 쉽게 나가떨어지지 않을 것 같은 느낌이 들었다.

청비는 열불이 치밀고 분한 기분을 애써 가라앉혔다. 더 상대했다간 부글부글 화만 날 것 같았다.

"더러워서 피한다는 말이 뭔지 확실히 알았네."

더 이상 상대하고 싶지 않은 얼굴로 금란을 무시한 청비는 시녀들에게 길을 재촉했다.

"우리 여기서 시간 낭비하지 말고 그만 갈 길 가죠."

"뭐, 뭐야? 지금 뭐라 했어! 더, 더러워? 감히 너같이 천한 것이 내게 그런 막말을 해? 가긴 어딜 가! 너 거기 안 서!"

금란은 화가 끓어올랐지만 이미 청비는 멀어져 가고 있었다. 저만치 가고 있는 청비를 굳이 붙잡아 세우는 것도 자존심에 금이 가는 행동이라 금란은 악심으로 눈이 뒤집혀서는 있는 대로 버럭 고함질을 쳤다.
"아악! 절대 가만 안 둬!"

"아버님, 그 청비라는 계집을 도저히 봐줄 수가 없습니다!"
아버지 금석 장군이 처소에 들자마자 금란은 기다렸다는 듯 참았던 분심을 풀기 시작했다.
"하는 말이며 행동이 아주 가관도 아니에요. 무슨 일이 있어도 그것을 가만 놔두지 않을 거예요!"
금란은 청비와 나눈 대화를 좀처럼 떨치기 힘들었다. 이런 모멸감은 난생 처음이었다. 시간이 지났음에도 아직까지 바득바득 이가 갈렸다.
"흑흑흑, 글쎄 그것이 제게 뭐라 한 줄 아세요?"
금란은 나오지도 않는 눈물을 억지로 짜내며 징징 어리광을 피웠다.
"제게 적선을 한답니다, 적선을! 가뜩이나 궁 생활도 외롭고 힘든데 이런 수모를 겪어야 하다니. 아악!"
울다 징징거리다 금란은 이번엔 목에 핏대가 곤두설 정도로 악을 질러댔다.
"악! 감히 지가 뭐라고! 벌써부터 뭐라도 된 것처럼 저한테 말하는 투가 아주 볼썽사나워서 봐줄 수가 없어요! 제발 아버님이 나서서 눈엣가시 같은 그것을 좀 치워주세요! 네?"
"참거라. 지금의 기다림으로 더 큰 것을 얻을 것인데, 잠깐을 못 참는단 말이냐."
길길이 날뛰며 고함을 치는 금란과는 달리 금석 장군에게선 한결 여유로움이 느껴졌다. 찻잔을 들어 눈을 감고 향을 음미하는데 그 모습이 마음에 들지 않아 금란은 마주 보고 앉아 다시 한 번 채근했다.

“기다리라뇨, 아버님. 언제까지 기다려야 하는데요? 네? 지금 이렇게 태평히 앉아서 차를 마시고 있을 때가 아니라니까요.”

자신이 조르는데도 별 반응을 보이지 않고 여유작작한 금석 장군의 태도에 금란은 포기했는지 돌아앉아서는 혼잣말로 툴툴거렸다.

“하필 그때 태자가 나타나서 일을 망치는 바람에…… 아, 아까워. 세류성에서 어떻게든 그것을 해치웠어야 했는데.”

세류성에 자객을 보냈을 때 청비를 제거하지 못한 것이 일생의 한으로 남을 것 같았다. 금란의 아쉬움 가득한 말을 들은 금석이 돌연 기함한 얼굴로 자리에서 벌떡 일어났다. 주위를 물려 둘만 있었는데도 금석은 목소리를 확 낮추고는 금란을 질책했다.

“그 일은 다신 언급을 해선 안 된다 하지 않았느냐! 우리가 사람을 보낸 그날, 세류성에는 그 계집뿐만 아니라 태자도 있었느니라. 그게 무얼 의미하는지 모르는 것이냐? 태자를 시해하려 했다는 죄목까지 뒤집어쓸 수도 있다는 것이다. 그 일을 우리가 도모했다는 것이 발각되면 바로 추포되어 처형감이란 말이다. 그러니 그렇게 입조심을 해야 한다 일렀거늘!”

금란은 아비의 말에 정신이 번쩍 들었다.

그저 청비를 없애려고 한 모종의 계략이 태자가 나타나는 바람에 실패해 아깝다고만 여겼었는데 그 일이 대역죄로까지 확대될 수 있다니. 자신은 물론이고 집안을 몰락시킬 수도 있다는 생각에 금란이 새파랗게 질린 채 몸을 바들바들 떨었다.

“앞으론 조심하겠습니다. 제가 너무 화가 나서 이성을 잃었어요.”

“그래, 앞으로 그 일은 금기로 여기거라.”

“아버님, 말이 나와서 말인데 그 일이 우리가 꾸민 일이라는 걸 들키는 건 아니겠죠?”

"걱정 말거라. 그때 보냈던 자객들은 내가 수족처럼 부리던 자들이다. 그들의 식솔까지 내가 데리고 있으니 절대 입을 열지 않을 것이야. 우리만 입 조심하면 아무도 모를 일이지. 그리고 그 계집은…… 쥐도 새도 모르게 처리할 것이니 좀 더 기다리거라. 이제 더는 볼 날이 없을 것이니."

금석 장군의 입매가 뒤틀렸고 그 잇새로 비릿한 웃음이 새어 나왔다.

"언제쯤인지 저도 알고는 있어야……."

"제전 마지막 날이다."

"제전이라 하시면……."

"제전 마지막 날에, 무엇을 하는지 너도 알 것이다."

마지막 날? 금란은 기억을 되짚다 떠오르는 것이 있는지 눈을 빛냈다. 금석 장군은 반들거리는 수염을 손으로 쓸어가며 말을 이었다.

"해마다 도문산에서 기우제를 지내지 않느냐."

"네, 저도 알죠. 우물에 제물을 바치는 거잖아요. 가뭄이 들지 않고 나쁜 병이 돌지 않게 해달라는 의미로."

"제물로 당연히 죄수를 바치나 그날은 미리 손을 써 죄수 대신 그 계집을 제물로 바칠 것이다."

"하지만 어떻게요? 그게 가능할까요……?"

"사람들의 관심이 온통 제전에만 쏠릴 것이니 그 틈을 노릴 것이다. 그 아이 주변에 일찍이 심복을 시켜 사람을 심어놓았느니라. 더군다나 일찍이 제물로 쓰이는 자들의 얼굴을 가리개로 덮어놓으니 제물의 얼굴을 확인할 수도 없고, 또한 그 입을 막아놓으니 말을 할 수도 없다. 그러니 제물이 그 계집인지 아닌지 알 턱이 있나. 그대로 영영 사라질 수밖에."

금석 장군의 간교한 계략이 만족스러운지 금란의 웃음소리가 높아졌다.

"호호호호! 아버님만 믿고 기다리고 있겠어요."

"태자비에 오르게 되면 그건 다 내 덕이니 이 아비의 공을 잊지 말거라."

"당연하지요. 제가 아버님의 뒷배 노릇을 톡톡히 해드릴 것입니다."

제전이 코앞으로 다가오고 있었다.

이제 그 계집의 명줄도 얼마 남지 않았음이야.

금란은 생각만 해도 십 년 묵은 체증이 내려가는 후련한 기분이었다. 그녀의 입꼬리가 절로 휘었고, 치켜 올라간 눈매는 더욱 표독하게 날이 섰다.

제25장

투심(妬心) : 질투하는 마음

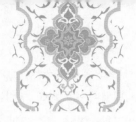

사육장에 도착하자마자 청비는 씩씩거리며 마구간지기를 불렀다.

"말 좀 내주세요! 당장이요!"

금란 때문에 받은 스트레스 여기서 다 풀고 가야지.

마구간지기는 청비가 온 것을 보고 바로 백마를 데려왔고 청비는 말의 머리를 쓰다듬으며 친한 척을 했다.

"오늘 언니가 폭주할지도 모른다. 그러니 잘 부탁해."

시녀들과 마구간지기는 뒤로 물러서서 청비를 지켜보았고, 청비는 여러 번 해보았기에 어려움 없이 말안장에 올라탔다.

이제 이 정도쯤이야.

말에 오르는 것도 겁내서 허둥지둥했던 걸 모두 봐왔기에 그 모습을 본 마구간지기와 시녀들은 박수를 치며 청비를 추켜세웠다. 감탄하는 저들의 눈빛에 더욱 기분이 들떠 청비는 이번엔 달리는 모습을 보여주고 싶어 공터로 말을 몰았다.

시선은 언제나 전방, 자세는 수직으로 유지.

배웠던 것을 다시 한 번 되뇌며 숙지하고 청비는 슬슬 속도를 내보았다. 워낙 운동신경이 있는 데다 흰둥이와 교감까지 하게 되니 실력은 자신도 깜짝 놀랄 정도로 늘고 있었다. 원래부터 무언가에 몰두하면 헤어 나올 줄 모르는 성격이라 말 타는 것 역시 한동안은 푹 빠져 있을 듯했다.

이렇게 재밌는 것을 진작 배울걸. 아주 질리도록 타야지.

오늘은 여기저기 다녀보고 싶었지만 건희도 단휘를 따라가 혹시 사고라도 나면 뒷수습을 해줄 이가 없었기에 사육장 안에서 말을 달렸다. 점점 속도가 붙기 시작하고 다섯 바퀴 이후부터는 세보지 않아 몇 바퀴를 돌았는지도 알 수 없었다.

어느 때보다도 머릿속 생각들이 많아서인 듯했다. 그도 그럴 것이 요 며칠 사이에 참 많은 일들이 있지 않았던가.

궁에 돌아오면 모든 것이 잘 풀릴 거라 생각했는데 그것은 자신의 착각이었고, 해결해야 할 일들 투성이었다. 우선 가장 신경 쓰이는 건 금란이었다. 그녀 말대로 단휘가 궁에 남겨둔 것이 사실이라면…… 어찌해야 할지 마음이 산란했다.

어째서? 그는 왜 금란을 궁에 남겨둔 거지?

후궁 후보들을 다 내쫓아달라고 할 땐 언제고.

거기에다 자기 나라로 돌아간 줄 알았던 무율의 등장과 함께 무율이 공주님과 건희의 관계를 알고 있는 것도 걱정이 되었다.

말을 타도 기분이 나아지질 않아 이 상태로는 도저히 못 타겠어서 청비는 고삐를 잡아당겨 달리는 것을 멈추었다. 방향을 돌려 출발점으로 향하는데 그곳에서 낯이 익은 사내가 자신을 향해 손을 흔들고 있었다.

"설마……."

자신이 방금 본 것이 제대로 본 것이 맞는지 확인하기 위해 청비는 눈에 힘을 주고 크게 떴다. 아니나 다를까, 시녀들 옆에 서서 환하게 미소 짓고 있는 그는 역시나 무율이었다.

아픈 거 아니었어? 저자가 왜 여기 있는 거냐고.

시녀들 역시 자신들이 모시는 태자의 여인인 청비 앞에 외간 남자 무율이 등장하니 불편한 기색이 역력했다. 청비는 도무지 이해가 가지 않는 얼굴로 무율 앞으로 가 말을 세웠다.

"여기서 뭐 해요?"

"방 안에만 있으니 답답해서 바람 좀 쐬러 나왔습니다. 근데 청비 소저 다시 봤습니다. 어느새 말까지 탈 줄 아시고."

"배운 지 얼마 안 되었어요."

청비는 무율과 말을 섞고 싶지 않아 시큰둥한 얼굴로 눈길도 주지 않고 대답했다.

"저 이제 그만 탈게요."

그 말에 마구간지기가 달려와 말안장을 잡아주어 청비가 내리는 걸 도왔다. 청비는 등자에 발을 걸고 반대쪽 발을 먼저 바닥에 내렸다.

청비가 나머지 등자에 걸은 발을 빼내는 순간, 그녀가 다 내린 줄 알고 백마가 앞으로 나아갔다. 마구간지기가 말안장을 놓지 않고 있어 끌려가는 건 모면했지만 그 바람에 청비가 놀라 급히 발을 빼는 바람에 몸이 기우뚱 뒤로 넘어갔다.

"꺅."

다행히도 휘청거리는 청비를 무율이 뒤에서 받쳐주어 땅바닥에 철퍼덕 고꾸라지는 건 면할 수 있었다. 하지만 그것도 문제였다. 무율의 한쪽 손이 자신의 어깨를 잡아 받치고 있었고 다른 한 손은 허리를 잡고 있었는데 바로 놔주질 않았다.

"이제 좀 놓죠."

"제가 모르는 게 한둘이 아니었습니다."

무율의 말은 청비의 심기를 거슬리게 했다.

또 무슨 말을 하려고?

"소저의 허리가 부서질 듯 이리 여리여리할 줄이야."

땅에 고꾸라지지 않은 것에 안도했지만 몸이 경직되어 바로 일어날 수 없는 상태였다. 근데 그 틈에 저런 말을 듣게 되니 순간 당황한 청비는 초인적인 힘으로 무율을 밀쳐 그에게서 빠져나왔다.

음흉한 새끼 같으니라고.

근데 청비보다 시녀들이 더 많이 놀란 듯했다.

"아 난 괜찮아요, 괜찮아."

아니, 저들의 표정이 놀란 것만은 아니었다. 그녀들은 얼굴이 사색이 되어서는 누군가의 눈치를 살피고 있었다. 시녀들은 초조함이 가득 담긴 얼굴로 청비에게 계속 눈짓을 했다. 시녀들이 가리킨 뒤쪽에서 뭔가 심상치 않은 기류가 느껴졌다.

아직 뒤를 돌아보지 않았는데도 왜 숨이 턱 막히고 긴장이 되는 걸까.

걷잡을 수 없는 불안감이 청비의 몸을 휘감았다. 심장은 갓 잡은 생선처럼 팔딱거렸다.

느낌이 왔다. 느낌만으로 알 수 있었다. 청비의 몸이 천천히 슬로우 모션으로 그쪽으로 향했다. 그리고 잠시 후 단휘의 얼굴과 정면으로 딱 마주쳐 버렸다.

아주 잠깐 안긴 건데, 봤나?

굳이 묻지 않아도 그의 표정이 말해주고 있었다.

봤네, 봤어. 이런 낭패를 봤나.

청비는 애써 어색한 미소를 지어 보였다.

사냥하러 갔다더니 맹수와 친구 먹었나?

단휘는 맹수 같은 눈빛으로 잡아먹을 듯 그녀를 보고 있었다. 심기 불편한 감정이 단휘의 얼굴에 고스란히 나타나 있었다. 청비는 이대로 땅으로 푹 꺼지거나 산화라도 되고 싶은 심정이었다. 하지만 현실은 그가 자신 쪽으로 걸어오고 있다는 것.

이 상황을 어떻게 넘겨야 할지……. 빠져나갈 생각조차 할 틈이 없다. 단휘의 서늘한 눈빛을 받아내는 것만으로도 벅찬 상황이었다.

눈치를 살피다 무율 쪽으로 고개를 돌리는데 여긴 또 왜 이런가. 사막의 모래바람이 불어닥친 것인지 어떤 표정도 없이 건조한 얼굴의 무율을 보는 것만으로도 모래가 씹히는 것 같았다.

이쪽이나 저쪽이나 편치 않는 건 매한가지. 그래, 그냥 최대한 오버하자. 단휘가 더는 말을 못 꺼내게끔.

청비는 침을 꼴깍 삼키고 입 모양으로 '아에이오우'를 연발하며 입을 풀었다. 그리고 입꼬리를 최대한 올리며 소프라노 음을 끌어냈다.

"어머머? 태자님!"

동네 미용실 원장님이나 할 법한 '어머머' 추임새와 함께 손바닥을 치며 청비는 단휘에게로 쪼르르 달려갔다. 너무 과장된 반가운 얼굴로 말이다.

"대체 언제 오신 거예요? 사냥은 재밌으셨어요? 가서 뭐 잡았어요? 나도 사냥 구경 가고 싶다. 언제 한번 데려가줘요. 네?"

"……."

"태……자님……?"

그는 아무 대답이 없었다. 그늘이 드리운 얼굴로 자신을 내려다볼 뿐. 청비는 더 계속해서 모노드라마를 찍었다.

"호랑이 같은 맹수도 잡았어요? 아이 무서라. 사냥 가서 맹수가 달려들면 어떡해."

"……끼."

"네?"

"토끼 잡았다고."

아…… 토끼. 웃음이 나오는 걸 청비는 입술을 꾹 다물어 참았다.

이 상황에서 웃으면 비웃는 걸로 알 거야. 그럼 또 얼마나 난리를 치겠느냐고.

하지만 자꾸 웃음이 새어 입술이 씰룩거려져 청비는 분위기 전환을 위해 얼른 말을 돌렸다.

"저는 단휘, 아니 태자님이 저녁에 오시는 줄 알았어요."

"원래는 그럴 예정이었다."

대답을 하면서도 단휘의 시선은 무율에게서 떨어질 줄 몰랐다. 무율 역시 단휘의 서슬 퍼런 눈을 피하지 않으며 그들에게 점점 가까워졌다. 무율의 여유만만한 표정을 보니 단휘의 심사가 매우 뒤틀렸다.

감히 대놓고 내 것에 손을 댔다 이거지.

내내 굳어 있던 단휘의 얼굴에 얼음이 얼듯 싸늘한 냉소가 지어졌다.

"근데 일찍 오길 잘했지."

"제 얼굴을 빨리 보니 좋으……."

"안 그럼 내가 이 두 눈으로 직접 그 꼴을 못 봤을 것이 아니냐. 둘 사이가 꽤나 살가워 보이던데 말이다."

"명색이 태자님이신데…… 하시는 말씀이 참으로 교양 뚝뚝 묻어나네요. 그리고 살갑긴요. 그건 단지……."

그런 모습을 연출했던 것에 대해 변명을 하려는데 어느새 코앞에 와 있는 무율이 청비 대신 중재에 나섰다.

"잘못 보신 겁니다. 제가 감히 어찌 태자 전하의 여인에게 흑심을 품고 손을 대겠습니까?"

"사로국으로 돌아간 것이 아니었던가? 궁에는 언제 온 것이고, 왜 자꾸 청비 옆에 당신이 있는 거지?"

"문제가 생겨 머물게 되었습니다. 좀 더 신세를 지겠으나 길지는 않을 것입니다."

세류성에 갔을 때에도 어떻게 알고 간 건지, 청비 옆에는 무율이 있었다.

오늘 또한 청비 옆에 달라붙어 희희낙락하는 꼴이라니. 참으로 거슬리는 자가 아닌가.

청비를 보는 눈이 심상치 않다는 건 느끼고 있었지만 이렇게 또 둘이 같이 있는 것을 보니 단휘의 속에서 불길이 치솟았다.

청비는 자신이 나서야 한다 생각했다. 둘에게서 뿜어져 나오는 기운이 팽팽했다. 이들의 대화가 길어질수록 서로에게 가지고 있는 적대감만 더 드러낼 뿐 더 나아가서는 언성이 높아질 것이 뻔했다.

"저기요, 저에게도 집중 좀 해주시죠!"

단휘와 무율의 맞붙던 눈동자가 그제야 청비에게로 쏠렸다.

"두 분 이제 그만 각자 갈 길 가는게 어때요? 저도 이만 들어가 쉴 건데. 말 타는 데 너무 무리를 했더니 피곤해서요."

"따라와."

단휘가 먼저 발을 내딛고 청비는 열심히 그 뒤를 따랐다. 어딜 가서 무슨 소릴 하려나 싶어 청비는 살짝 걱정이 되었다. 단휘가 멈춘 곳은 그녀의 처소였다.

태자는 아무도 들이지 말라 명을 내렸고, 방 안에는 청비와 단휘 단둘이 있게 되었다. 선뜻 말을 걸기 힘든 분위기에 청비는 조심스레 그의 눈치를 살폈다.

"오해할까 봐 말하는 건데, 아까…… 그게 어떻게 된 거냐면요……."

"왜 자꾸 한눈을 파는 건데? 대체 그놈하고 무슨 관계길래?"

다짜고짜 하는 말이 참…….

"무슨 관계라니요, 뭐가 있어야 얘기를 하죠. 진짜 아무 사이도 아닌데. 그냥 얼굴만 아는 정도?"

"하! 얼굴만 아는 정도? 근데 그놈 품에 그리 찰싹 달라붙어 있었단 말이지?"

어금니라도 깨물고 말하는지 나오는 말들이 모두 으름장에 비꼬는 투였다.

"엄밀히 말해 제가 넘어지려는 걸 무윤 왕자가 받쳐준 거예요. 그게 다인데."

"받쳐줘? 내가 그놈 손을 봤는데? 너의 허리에서 딱 멈춰 서서, 안쪽으로 파고들던 그놈 손을 내 두 눈으로 목격했는데? 잡아뗄 생각 말거라."

"아니, 뭘 또 안쪽으로 파고들어요? 보는 눈 참 희한하시네."

더는 오해가 확대되지 않게 청비는 아니라고 부정했지만 그는 나름 자신만의 상상의 나래를 펼치고 있었나 보다. 단휘의 분기가 좀체 가라앉을 기미가 보이지 않았다.

은근히 집요하네, 이 남자.

청비는 답답하기도 하고 길길이 날뛰는 단휘의 모습이 참으로 오랜만이라 웃음이 '풉' 하고 터져 나올 것 같았다. 어떤 말을 해야 이 상황을 잘 넘길 수 있을지 고민하던 차에 좋은 생각이 번뜩 떠올랐다. 그녀는 진지한 얼굴로 단휘를 똑바로 보았다.

"그럼 진짜 진실을 말해줘요?"

단휘의 눈은 드디어 올 게 왔구나 하고 예리하게 빛이 났다. 청비가 두 눈을 치켜 올려 그를 보았다.

"감당, 되겠어요?"

얼마든지. 단휘는 눈을 가늘게 떴다.

"보고 싶었어요."

"……."

"보고 싶었다고요."

전혀 예상하지 못한 말이었다. 단휘는 놀랐는지 할 말을 잃었다. 숨이 콱 막히는 듯했다.

무턱대고 보고 싶었다니.

포위 당하기라도 한 것처럼 그는 자리에서 꼼짝하지 않고 얼어 있었다. 하지만 감정만은 시시각각 변했다.

처음엔 뭐지? 잘못 들었나 긴가민가했는데 청비가 한 번 더 말하자 당황스러웠다. 심장 소리도 요란해져 머리 꼭대기까지 박동이 울리더니 지금은 떨림으로 가슴이 싸르르했다.

정면으로 눈이 딱 마주치자 까만 밤일수록 별이 더 환히 빛나듯 청비의 까만 눈동자가 유난히 반짝거렸다. 그 모습에 엄해지려 했던 단휘의 마음도 이미 풀어진 지 오래였다.

"그러니까 궁을 왜 비워요. 그럼 나도 데리고 가든가요."

"궁에 혼자 있지도 못 한다는 것이냐?"

"혼자 있기에 이 궁은 너무 크니까…… 그러지."

중얼거리는 사락사락한 목소리. 투정 부리는 새쭉한 표정. 평정심이 다시 와르르 한순간에 무너지고 만다.

네가 너무 좋다. 너를 어쩌면 좋을까.

단휘가 청비를 잡아당겼다. 단휘의 품에 갇힌 청비는 예기치 못한 일에 얼굴이 화악 달아올랐다.

안겨 있어서 자신의 벌게진 얼굴이 보이지 않을 테니 차라리 다행인가.

"근데 무율 그놈은 어디서 잔 것이냐?"

태자는 '쨍그랑' 그릇이 깨지는 것만큼이나 분위기를 깨버린다. 분위기가 어째 좀 살랑살랑 피어나는가 싶었는데 또 무율 얘기를 꺼내는 이 남자. 그래, 우선 대답은 해주고 보자.

“아마도 여기?”

단휘는 청비의 어깨를 잡아 확 제게서 떨어지게 했다. 그의 짙은 눈썹이 꿈틀거렸다.

“설마하니 지금 네 침소를 말하는 것은 아니겠지?”

“맞는데.”

청비는 작게 고개를 끄덕이고 오해할까 싶어 바로 덧붙였다.

“무율이 다친 상태라 몸을 움직일 수 없어서 그렇게 했어요. 대신 저는 다른 방에서 잤고요.”

“그놈이 네 방에서 잠까지 잤다?”

분명 그렇다 말을 했는데도 단휘는 곱씹는 듯 계속 혼자 되뇌었다.

“그놈이 네 침상에서 잠을 잤고…… 네 의자에 앉았고…… 이 방을 거닐었다…….”

단휘의 눈에 시뻘건 불이 지펴지고 있었다. 일말의 침묵이 오가고 그는 고함을 치며 시녀를 불렀다. 태자의 성난 부름에 문 앞에서 대기하고 있던 시녀가 바로 들어왔다.

“부르셨습니까, 전하.”

“이 방의 베개, 이불을 모두 새것으로 바꾸거라. 아니다. 그냥 침상을 통째로 갖다 버리고 다시 새것으로 가져오거라!”

“예?”

갑자기 멀쩡한 침상을 바꾸라니, 시녀는 이해를 못 한 듯 의아해했다. 청비 역시 시녀와 같은 얼굴로 단휘를 볼 수밖에 없었다.

“침상을 왜 바꿔요?”

“그놈이 누웠다.”

그것으로도 만족하지 못하겠는지 단휘는 멈출 줄 몰랐다.

“의자도, 바닥에 깔린 보료도 모두 바꾸거라.”

"멀쩡한 걸 자꾸 왜 바꾸라는 건데요?"

"그놈이 앉았고, 그놈이 밟았으니까. 혹시 또 그놈 손 탄 물건은 없느냐? 잘 생각해보거라."

청비는 말문이 막혀 말할 타이밍을 놓쳐버렸다. 또 뭐 바꿀 게 없나 방을 훑어보던 단휘의 얼굴에 옅게 미소가 드리워지고 있었다.

왜 또 그래. 무슨 말을 하려고.

"그래. 차라리 잘되었다. 이참에 처소를 옮기는 것이 어떻겠느냐?"

하다못해 이제 방까지 옮기라고? 굳이 저런 말들에 대꾸해줘야 하나. 근데 처소를 옮기는 것을 물어보는 얼굴에 저 묘한 웃음기는 뭐지? 뭔가 있어. 그냥 넘기기엔 석연찮고 의심스럽다.

"어디로 옮기라는 건데요?"

"어디긴."

설마……. 청비의 눈이 가느스름해진다. 그래, 말해. 어딘지.

"당연히 내 침전이지."

컥. 설마가 맞았네. 혹시 태자가 말하는 걸 내가 왜곡해 다른 의미로 받아들인 걸 수도 있으니 다시 한 번 확인이 필요했다.

청비는 진정되지 않는 마음을 들킬까, 무념무상 무표정으로 무장했다.

"아, 그러니까 태자님이 저한테 침전을 내주겠다는 거죠? 태자님은 다른 곳으로 옮기는 거고. 그런…… 거죠?"

청비는 이번만은 잘 들으리라 눈을 크게 뜨고 두 귀를 집중했다.

"내가 왜 다른 곳으로 옮겨야 하지. 내 침전을 놔두고."

역시 잘못 들은 게 아니었다. 청비는 눈을 부릅떴다.

"뭐예요? 그, 그러니까 지금 같은 방을 쓰자는 거예요?"

청비가 발끈하며 따지는데도 단휘는 여유롭기만 했다.

"그럼 안 되는 것이냐?"

오히려 그는 반문한다. 정말이지 종잡을 수가 없는 남자였다.

평소에 보여주는 모습은 완전 구시대적이면서 이런 건 또 앞서 가시네. 이런 거일수록 단칼에 잘라줘야지. 아예 생각도 못 하게.

"네, 당연히 싫죠! 다른 사람이랑 방 쓰는 거 완전 별로거든요. 더군다나 남녀가 유별한데 어찌 같은 방을 쓰자는 거예요?"

같은 방을 쓰자는 말은 사실 단휘가 농으로 던져본 말이었으나 청비가 진지하게 받아들여 흥분까지 하니 그 모습이 귀여워 더 놀려주고 싶은 마음이 들었다. 그는 청비의 말에 대답 대신 눈썹만 밀어 올릴 뿐이었다.

"왜 아무 말도 없어요? 내가 허락할 거라고 생각하는 건 아니죠?"

태자의 입꼬리가 곡선을 띠며 올라간다. 청비는 그 의미 모를 미소에 의아한 표정으로 그를 바라봤다. 시선은 자신에게서 떼지 않은 채 그가 느긋한 움직임으로 다가왔다.

청비 역시 단휘와 같은 박자로 뒤로 점점 몸을 뺐다. 단휘가 청비에게 얼마만큼 다가간 것일까. 청비는 계속 뒷걸음질을 치다보니 등이 벽에 닿게 되어 더 이상 피할 곳이 없었다. 지켜보는 단휘의 만면에 짓궂은 웃음이 올랐다.

이제 어떻게 하나 보자.

그는 멈추지 않고 그대로 다가가 청비를 자신의 시선 아래에 두었다. 이마와 이마가 맞닿을 듯한 거리에서 단휘의 진지한 눈빛은 자신을 놓아줄 생각이 없는 듯했다. 곧 그의 속삭이듯 낮은 목소리가 머리 위에서 울렸다.

"그 상대가 나니까 허락을 해야지."

명령을 하는 것처럼, 고압적이면서 따를 수밖에 없게 만드는 저 어조가 싫었다. 이런 다정한 목소리로 말하는 것은 더더욱.

청비는 단휘를 보았다. 단휘 역시 고개를 비스듬히 기울인 채 청비를 보고 있었다. 실바람조차 허용되지 않는 좁은 틈 사이에서 서로의 눈동자가 부딪혀 있으니 청비의 심장 소리가 더욱 거세어졌다. 제 속에서 분명 누군가가 난타를 하는 것이다. 그게 아니라면 이렇게 시끄럽게 울려대 제 귀를 괴롭힐 순 없었다.

심장만큼은 제어할 수 없지만, 표정만큼은 아무렇지 않은 듯 청비는 입술을 꾹 다문 채 담담히 그와 마주하고 있었다. 어떤 감흥도 없어 보이게끔 최대한 힘을 뺀 무표정으로.

"너의 그 얼굴이 좋다."

단휘의 말에, 차 있던 긴장의 숨이 툭 놓아진다.

"넌 유일하게 내 눈을 똑바로 바라볼 수 있는 여인이지."

뜨거움이 다가온다.

귓가에서 뺨으로…… 뺨에서 입술로…….

단휘의 숨결이 제 입술에서 흩어졌다.

"유일하게 태자의 방에서 지낼 수 있는 기회건만, 이리 냉정하게 거부하는 것이냐?"

자신의 마음을 확인한 것도 얼마 되지 않았건만. 더군다나 지금 단휘가 농을 하는 건지 아니면 정말 진심인지도 구분이 안 갔다. 그리고 같은 방을 쓰자니 절대 안 되지. 내가 이런 면에서는 또 보수적이란 말이지. 우선 화제를 바꿔서 이 상황을 벗어나야겠다.

"그럼 그 여자는요?"

태자를 보기만 하면 물어봐야지 하며 벼르던 것을 청비는 대뜸 꺼내놓았다.

"그 여자? 누구를 말하는 것이냐?"

"계란인지 금란인지 하는 그 여자요."

먹물을 뒤집어쓴 것처럼 단휘의 안색이 어두워졌다. 그는 별다른 대답도 하지 않았다.

분명 변명이라도 하겠지 예상했었는데 아무 말이 없으니 청비는 기분이 상했다. 태자와의 지금 이 관계가 좋다고만 여겼을 뿐 다른 여인이 단휘와 자신 사이에 들어온다는 것은 생각해본 적이 없었다.

저 다정함을, 저 미소를 다른 여인도 알게 된다고? 그건 절대로 싫다.

"방금 내가 유일하다고 했어요? 아니던데? 그 여자가 그러던데요. 단휘 당신이 자기를 궁에 있으라 했다고."

단휘가 누굴 만나든, 그 여자를 궁에 머물게 하든 말든 나는 지켜볼 수밖에 없었다. 좋다 싫다 관여할 권리는 내게 없었다. 나는 단휘에게 내 속마음을 아직 털어놓은 적도 없었을 뿐더러 태자비가 되기 싫다 거부하지 않았던가.

하지만 왜 이렇게 화가 나는 걸까. 화풀이할 상대도 없으니 더 속으로 꽁해 있었다. 그런 자신의 모습을 태자한테 보이기 싫어 청비는 태자에게서 벗어나 의자에 앉아 고개를 돌렸다.

"뭐 상관없어요. 내가 관여할 일은 아니니까."

"상관없다?"

"……."

단휘는 청비가 앉아 있는 의자의 양 팔걸이를 잡아 그녀에게로 몸을 바짝 숙였다. 그들의 거리는 무릎이 맞닿을 정도로 다시 가까워졌다.

"관여할 일도 아니다?"

"……."

단휘가 되물어도 청비는 못 들은 척 입술을 다물었다. 혹여나 자신이 질투 뭐 그런 걸 한다고 생각할 수 있는 여지를 줄 수 있으니 무반응이 가장 좋을 것이다.

"아니, 너만이 할 수 있는 일이지. 간단해."

간단하다고?

자신의 복잡한 생각을 일축시켜버리는 저 여유로운 미소에 이놈의 심장은 다시 뛰고 있다.

이럼 안 된다, 심장아.

청비는 마음을 다잡았다.

"네가 태자비가 되어주면 돼. 그럼 그 즉시 내보내겠다."

"그건 안 돼요."

단휘의 눈에 짐짓 서운함이 아른거렸다.

일말의 망설임도 없는 가시 같은 말. 한두 번도 아니니 이제 괜찮을 때 됐잖아. 씁쓸한 위안도 아주 잠시, 아직도 아프긴 하다.

지금껏 자신을 밀어내는 말을 숱하게 들었기에 이제 아물 때도 되었건만, 이런 말은 면역이란 게 없었다. 이렇게 마음 밑바닥에서부터 찬바람이 드나드는 것처럼 허하고 한기가 배어 올라오는 것을 보면. 단휘는 그런 마음을 숨기고 내색하지 않았다.

"그래서, 기다려준다 하지 않느냐."

청비에게 보이는 그의 얼굴 역시 평소 그대로였다. 목소리 또한 절대로 상처받은 걸 들키지 않을 만큼, 평소와 별반 다르지 않았다.

청비 역시 말이 없었다. 그녀는 하고 싶은 말이나 해야 할 일이 있다면 그 즉시 하고 마는 참을성이 없는 직선적인 성격으로 알고 있었는데 유독 자신에게만은 조급하게 굴지 않았다. 제게 오는 것만큼은 천천히, 결코 서두르지 않았다. 드디어 얼굴을 마주하고 자신을 본다 싶으면 어느새 한 발짝 뒤로 가 있다.

이제 마음을 여는 것 같다가도 보면 제자리이니 어찌 불안하지 않을 수 있을까.

본능적인 불안함.

언제든 떠날 사람처럼 제게 마음을 주지 않고 거리를 유지하는 것처럼 느껴진다.

아니면 내가 오해하는 것일 수도……. 거리를 유지하는 것이 아니라, 아예 내게 마음이 없는 것이다.

이 아이의 마음을 알고 싶다.

“그 여자를 궁에 남긴 것은 너를 옆에 두려 그리한 것이다. 너를 생각하는 내 마음을 몰라서 그런 말을 하는 것이냐?”

태자비……. 그 문제는 청비에게는 결코 간단하거나 쉬운 것이 아니었다.

결국 그날은 올 것이니까. 내가 그를 떠나야 하는…….

그렇다고 단휘에게 솔직히 말을 하고 싶지는 않았다.

분명 상처를 받겠지. 그가 자신을 어떻게 볼지 두려웠다. 인연을 만들지 않을 거라면 아예 숨기는 것이 좋을지도. 지금 흔들리는 이 마음은 저버리면 그만이었다. 머지않아 단휘가 받게 될 상처보단 덜할 것이었다. 이 정도는 쉬이 넘길 수 있을 것이었다.

“당신 마음을 알지만 태자비는 정말 생각해본 적 없어요.”

“왜지?”

단휘의 음성에서는 서운함과 감추지 못하는 미세한 떨림이 고스란히 묻어나왔다.

“대체…… 왜 그렇게 그 자리가 싫은 것이냐? 네가 다른 곳에서 왔다 하나 그 정도는 알 것 이다. 여인이라면 모두들 한 번쯤은 동경하고 오르고 싶어 하는 지위가 아니더냐. 근데 너만은 왜 그토록 거부하는 것이야?”

자신이 물어놓고 단휘는 쓸쓸히 혼잣말을 되받았다.

“안다.”

“…….”

“네가 싫은 것은…… 태자비가 아니겠지.”

그의 시선이 청비에게서 벗어났다.

"네가 싫은 것은…… 그 자리가 아니라 나이지 않느냐."

청비는 가슴이 죄어와 더 이상 답할 수가 없었다. 단휘의 목소리에 실린 미세한 떨림이 청비의 몸을 관통해버렸다. 이내 짓누르는 듯한 고통이 찾아왔다.

조용히 고개를 숙인 채 눈물이 차오른 청비는 뜨거워진 눈시울을 식히고 한참 만에 입을 열었다.

"그럼 이렇게 해요."

아직 진정되지 않아 떨리는 눈동자였다.

"나는 얽매이는 거 싫어해요. 단휘 당신하고 나는 좋은 것만 하는 거예요."

청비가 옅게 미소를 지었다.

"연애해요, 우리."

"연……애?"

"네, 연애요. 그냥 지금처럼 맛있는 것도 같이 먹고, 이곳저곳 다니면서 시간을 보내자고요. 어떤 여자가 될지 모르겠지만, 당신이 부인을 맞을 때까지."

단휘는 어찌 그런 말을 할 수 있느냐며 자리를 박차고 일어나고 싶었다. 그는 간신히 주먹을 꽉 움켜쥐며 감정을 억눌렀다. 그의 손목이 부르르 떨렸다.

"그 뒤에 너는? 내가 다른 여인과 혼인을 한다면, 너는 어찌할 것이냐?"

단휘에게서 흘러나온 목소리는 싸늘하고 지독히도 낮았다. 청비는 막상 다른 여인과 혼인을 한다는 말을 단휘의 입에서 직접 들으니 생각했던 것보다 더 가슴에 통증이 이는 것을 느꼈다.

"어쩌긴요……."

눈물과 함께 모든 말이 왈칵 쏟아질 것 같았다. 감정을 억누른 채 내뱉어야 하는 한마디 한마디는 무척 힘겨웠다.

"어딘가에 묶이지 않고 자유로이 살겠죠. 당신을 떠나서……."

그녀는 말을 채 잇지 못했다. 단휘의 밀어붙이는 입술에 그녀의 힘겨웠던 말이 삼켜졌다. 갑작스러운 단휘의 행동에 청비는 고개를 돌렸지만 단휘의 손에 턱이 잡히고 더 집요한 그의 입맞춤에 무방비하게 당할 수밖에 없었다.

그가 주는 열기와 아득함에 빨려 들어갔다. 어떻게든 여기서 멈춰야 했다. 청비는 힘껏 거부하며 그를 밀쳤다.

"그만해!"

단휘가 청비의 두려움이 이는 눈동자를 마주한 순간 다시 청비를 향한 손이 허공에서 멈추었다. 청비는 여린 몸을 잔뜩 움츠린 채 붉어진 눈으로 자신을 보고 있었다.

겁을 먹은 것인가? 내가 그렇게 만들었구나.

미안하다는 말이 입 안까지 차올랐지만 차마 나오지 않았다.

자신을 떠나겠다니…….

만일 그런 일이 다시 일어난다면…… 한번 겪어봐서인가. 생각하는 것만으로도 속은 허한 것을 넘어 동상을 입은 것처럼 선득하기까지 했다. 단휘는 청비를 향해 뻗었던 손을 툭 떨어뜨렸다.

이 아이를 마음에 둔 순간부터, 아니 처음 본 그날부터 가슴이 텅 비었던 것 같다. 자신을 받아들이지 않을 것을 예상이나 했었던 것일까. 또 찬바람이 불고 가슴에 한기가 올라온다.

춥다. 가슴이…… 또 혼자이고 마는 자신이…….

그는 나가려던 발걸음을 멈추고 쓴웃음과 함께 결국 무너지는 소리를 내뱉고 말았다.

"하자, 그 연애라는 거."

청비는 고개를 푹 숙였다. 그가 얼마나 이 말을 힘들게 하는 것인지, 얼마나 그가 괴로운지 알 수 있었다. 정말이지 모든 사람들이 좋아하는 사람에게서 정말 듣고 싶은 말일 텐데.

달콤한 그 말이 이렇게 절절하게 느껴질 순 없는 거다.

"하지만 기한은 내가 정해."

"……."

"기한은……."

단휘는 닫히기 직전 잡고 있던 문을 놓았고 단 한마디 말을 남겼다.

"평생이다."

차가운 음성이 가슴을 후벼 파듯 귓가에 남았다. 청비의 두 눈은 커다랗게 확장되었다.

아프다. 심장이 너무 아프다.

이런 건 처음 느껴보았다. 악 소리도 못 낼 정도의 고통에 숨도 제대로 쉬질 못하고 청비는 참았던 눈물을 후두둑 떨어뜨렸다.

평생……이란다.

분명 그가 남기고 간 말이었다. 그 말은. 평생 저를 놓지 않겠다는 말이다. 자신은 또 상처를 주고 말았는데도 단휘는 변함없이 그 자리에 있었다. 심장이 아픈 것만이 아닌, 한없이 떨어지고 있는 느낌이었다.

청비는 가슴께에 손을 올려 꾹꾹 눌렀다. 잡아지질 않는다. 이제는 움켜잡기까지 해본다. 심장이 아프다는 게 어떤 느낌인지 이제 알 것 같았다. 오그라들다가 누가 비틀기라도 한 것인지 끝이 없을 것 같은 통증이 멈추지 않는 것. 심장이 제자리를 찾지 못하고 계속해서 나락으로 떨어지는 그 아픔이 마치 저인 것 같아서 더 고통스러웠다.

단휘는 내가 평범하지 않다는 것을 알고 있다. 이곳 사람이 아니라도 상관없다 했었고. 그는 조금도 주저하지 않고 다가오는데, 나는 한 발 내미는 것도 망설이고 있다니.

청비는 흐르는 눈물을 손으로 막은 채 고개를 숙여 무릎에 묻었다.
이제 혼자만의 시간이었다.
누구도 대신 아파해주지 않는…… 나 혼자만의 시간.

무율의 발은 그 어느 때보다 무거웠다. 제 아무리 고민을 해봐도 본국으로 돌아갈 방법은 한시라도 빨리 황후를 찾아가 공주와의 혼인을 서두르는 것이었다.
이것만큼 돌아갈 수 있는 가장 안전한 방법은 없었다. 천릿길처럼 느껴졌음에도 자신은 어느새 황후 앞에 와 있었고 명치에 뭔가 걸린 듯 먹먹함에 그의 음성은 갈라졌다.
"늦게 찾아뵈어 죄송합니다."
"일어나세요, 무율 왕자."
황후의 명에 무율이 몸을 일으켰다.
"갑자기 서한 한 장 남겨놓고 사라지더니, 이제야 나타나고. 대체 무슨 생각인 겁니까?"
무율은 황후가 쏟아내는 질타를 고스란히 받았다. 그러면서 자신을 내치지 않는 것을 안도하면서도 웬일인지 마음은 계속 답답하고 무거웠다.
"소식은 들었습니다. 지금 사로국 상황이 심상치가 않더군요."
"그렇다면 전하의 생각 또한 달라지셨을 수도 있겠군요. 지금 저의 입지가 많이 흔들리고 있는 상태라서 말입니다. 태자이긴 하나 형님은 병약하시고 뭐 제 아우도 전하의 사윗감으로는 썩 훌륭한 편이라 사료됩니다만."
"당연히 생각을 해봤습니다. 안 그래도 이틀 전 무율 왕자의 아우인 선무 왕자에게도 이미 혼담이 들어와 있는 상태고요."

무율은 분노가 스멀스멀 기어 나오는 것을 느꼈다. 자신이 돌아올 수 있는 모든 길을 막으려 작정한 셈이었다. 무율은 흔들리는 스스로를 다잡아야 했다.

이마저 놓친다면 이제 더는 물러날 곳이 없었다. 무율은 황후의 심중을 파악할 수 없어 초조했지만, 전혀 내색하지 않고 오히려 여유 있는 척 미소를 지었다.

"선택은 여전하십니까? 혹은 마음이 변하신 겁니까?"

"나는 무율 왕자를 기다렸습니다."

다행스럽게도 아직까진 상황이 자신에게 유리하게 흘러가고 있었다.

"저를 기다려주시고 변심하지 않으신 이유가 있으신지요."

황후는 한쪽 입매를 살짝 올리며 무율을 굽어보았다.

"이유라……."

황후는 원래 방관자의 입장에서 느긋이 사태를 관망이나 하듯 지켜보려고 했었다. 사로국의 1위 계승권을 가진 태자는 태어났을 때부터 약체라 아예 그쪽에서 오는 혼담은 거절해왔던 터였고, 나머지 두 왕자를 유심히 지켜보았었다.

후궁에게서 태어난 무율 왕자와 적장자인 막내 선무 왕자.

무율 왕자는 자신만큼이나 야욕이 있고 머리를 쓸 줄 아는 이라서 마음이 맞아서 좋았다. 선무 왕자는 적장자이긴 하나 나이가 어렸다. 신아 공주보다 여섯 살이나 어린 것이 마음에 걸렸다.

사실 국혼에서 나이는 그다지 중요하지 않았다. 아직 공주의 혼인 상대에 관해 공표를 하지 않았으니 둘 중 왕권을 잡는 이와 국혼을 올리면 될 일이었다.

하지만 들리는 소문으로는 1위 계승권을 가지고 있는 태자의 목숨을 막내 왕자가 쥐락펴락하고 있다고 했다. 그래서 그에게 선뜻 공주를 내주기에는 영 마음이 불편했다.

피를 나눈 형제까지 죽음으로 몰아 왕위에 오르는 사내라, 그 냉혹한 면모로 보아 공주를 행복하게 만들어주지 않을 것 같았다. 그래서 무율 왕자 쪽으로 완전히 마음이 기울어 자신이 뒤에서 그에게 힘을 실어줘야겠다고 결정을 내린 터였다.

"상황이 어렵게 되었지만 그래도 무율 왕자께서 처음부터 혼약이 오갔던 분이 아니십니까? 제전이 끝나는 대로 무율 왕자와 공주의 국혼을 공표할 생각입니다. 그러니 그때까지는 조용히 계세요. 다른 이들 입에 오르내리지 않게 말입니다."

변함없는 황후의 지지에 한시름 놓는 무율이었다. 그럼에도 여전히 표정은 어두웠다.

"조심하겠습니다."

고개를 숙이며 예의를 표하고 처소에서 나왔지만 일이 잘 해결되었음에도 마음이 가볍지 않았다. 한숨을 가슴 깊이 쉬는데 문 앞에서 엿들은 건지 자신을 경멸의 표정으로 보고 있는 신아 공주와 맞닥뜨렸다.

"이봐요, 나랑 정말 혼인할 생각이에요?"

가늘게 좁혀진 공주의 두 눈에는 경계심이 가득했다. 공주의 마음을 자신에게로 돌려야 하는, 심지어 자신이 매달려야 하는 상황임에도 불구하고 우두커니 선 그의 입에서 나오는 말은 냉랭했다.

"여기서 다 들으신 거 아니십니까? 들으신 그대로입니다."

"나는 당신한테 아무런 감정이 없어요! 오히려 난 당신이 싫다고!"

"알고 있습니다, 공주님이 제게 마음이 없으시다는 건. 공주님께 제게 마음을 달라, 저를 생각해달라 하는 강요는 일절 하지 않을 것입니다. 정략혼인데 그것마저 바라면 되겠습니까? 저 역시 그러하니까요."

"뭐, 뭐라고요?"

지금까지 그를 몇 번 본 적도 없었지만 그 어느 때보다도 지금 무율 왕자의 모습은 낯설다 못해 아예 다른 사람을 보는 것 같았다. 표정 없는 얼굴에 냉기가 흐르는 낮은 목소리. 서늘할 정도의 싸한 분위기에 더는 말을 붙일 수 없었다.

무율은 짧게 목례를 하고 공주를 지나쳤다. 공주는 멀어지는 무율의 뒷모습을 울상을 지은 채 노려보다 자신이 문 앞에서 들은 것을 다시 한 번 확인하고자 황후의 처소 문을 벌컥 열고 안으로 들어갔다.

청비는 이틀 동안 아무것도 하지 않았다. 다른 이들이 본다면 그냥 무던하게 시간을 보내고 있는 것으로 여기겠지만 청비는 어떤 것도 하고 싶은 의욕이 없었다.

식사 시간이 되면 밥을 먹고 생각에 잠겨 있다 잠들기도 하고, 또 깨면 생각하는 것을 반복하며 온종일 처소 안에서만 시간을 보냈다.

생각의 대부분은 태자에 대한 미안함이었다. 그에게 상처를 준 것에 아파하고 있었다. 자신이 너무 심하게 말을 한 건 아닌지 후회스럽다가도 또 그렇게 하지 않았다면 그에게 기대감을 가질 수 있다는 생각에 잘했다고 여기기도 하고, 온종일 마음이 왔다 갔다 했다.

그녀는 그렇게 우울하게 시간을 보내고 있었다.

"아가씨, 신아 공주님께서 오셨습니다."

며칠째 거울도 보지 않아 분명 얼굴이 엉망일 것이다. 청비는 급히 자리에서 일어나 머리를 매만지고 옷매무새를 정리했다. 힘들어하는 표를 내기 싫어 애써 밝은 기색으로 공주를 맞이했다.

"공주님 오셨……?"

공주의 얼굴을 본 순간 청비는 말을 잇지 못했다.

헉! 이런, 나보다 더한데?

얼마나 울었는지 말갛던 눈동자는 보이지도 않고 퉁퉁 부어 마시멜로 두 개가 겹쳐 있는 듯한 눈두덩이가 가히 압도적이었다. 거기다 눈물로 범벅된 얼굴로 손을 양껏 벌려 자신을 부둥켜안으려 하고 있었다.

보기만 해도 부담스러운데, 포옹까지 필요로 하다니.

청비는 눈을 질끈 감고 공주를 안으며 위로의 차원으로 토닥토닥 등까지 두드려주었다.

공주님한테도 무슨 일이 생긴 걸까.

그녀에게서도 가라앉은 걸 넘어 참담한 분위기가 풍겼다.

"공주님…… 무슨 일 있으세요?"

청비는 조심히 물었지만 대답이 없으니 이러지도, 저러지도 못하고 어정쩡하게 안은 채로 공주가 대답해줄 때까지 기다리는 수밖에 없었다.

"너한테밖에 하소연할 사람이 없어서 말이다."

"대체 무슨 일이신데요?"

그제야 공주는 청비에게서 떨어지더니 손수건을 꺼내 눈물을 훔쳤다.

"그게…… 있지."

공주는 말을 하다 청비와 눈이 마주치고 놀란 얼굴을 했다.

"청비야, 너는 얼굴이…… 왜……."

나도 티가 나나?

밤에는 어쩔 수 없이 눈물이 나왔다. 잠이 들다 다시 새벽에 눈을 뜨면 자신의 신세가 불쌍하고 한탄스러워 또 눈물이 나왔다. 낮에는 그래도 시녀들도 있어 울고 싶은 걸 꾹 참았는데 충혈된 눈이며 부기가 아직까지 남아 있었나 보다.

공주 역시 측은하게 청비를 바라보았다.

"너도 얼굴이 많이 상했구나. 나만큼이나 운 것 같은데. 무슨 일 있었느냐?"

공주는 자신의 손을 꼬옥 잡아주며 잔뜩 쉰 목소리로 걱정스럽게 물었다. 혼자 있는 것이 자신을 위로하고 진정시키는 데는 좋을 거라 생각했는데 이렇게 누군가의 다독거림을 받으니 마음이 따뜻해졌다.

"저보다 공주님은요? 무슨 일인지 말씀해보세요."

"그게 말이다, 아까 우연찮게 어마마마를 뵈러 갔는데 그자가 와 있더구나."

"그자라면……."

"무율 말이다. 무율 왕자가 어마마마랑 이야기를 하고 있었어. 몰래 엿들었는데 글쎄, 나와의 혼인을 이대로 계속 진행하겠다고 그러더구나."

결국 그자가 공주와 혼인하려나 보네. 참 속을 알 수 없는 남자다. 분명 공주와 건희가 어떤 사이인지 다 알게 되었으면서도 혼인을 하겠다니.

"어마마마께서도 제전이 끝나면 내 혼인을 바로 공표한다고 하니 이제 한 달도 안 남은 것이지. 그 이후에 바로 국혼이 거행될 거야. 청비야, 이를 어쩌면 좋으니. 계속 눈물만 나고 속상해서 다른 어떤 것도 손에 잡히질 않아. 그렇다고 그한테 털어놓을 수도 없어. 내 사정을 알고 있는 건 너뿐이다 보니 올 데가 여기밖에 없더구나."

"싫다고 말씀은 해보셨어요?"

"당연히 했지. 그 말을 들은 날부터 계속 어마마마 옆에서 설득해봤지만 내 뜻은 전혀 받아들이질 않으셔. 결국 난 무율 그자에게 시집가게 될 거야."

공주의 얼굴이 하얗다 못해 푸른빛까지 돌아 너무 창백했다. 체념한 듯 받아들이겠다는 얼굴로 애써 미소를 지어 보이는데 오히려 그것이 금방이라도 쓰러질 듯 위태로워 보였다.

"그래도 괜찮아."

괜찮다고? 뭐가?

공주의 눈에선 연신 눈물이 흘러내리는데 목소리는 결연했다.

"괜찮아. 괜찮아."

공주는 자신에게 주문을 외는 것처럼 끊임없이 같은 말을 읊조렸다.

"지금 당장 헤어지는 것도 아니고 건희와 함께 있을 수 있는 시간이 아직은 남아 있는 거니까. 얼마나 다행이야."

안타깝게 공주를 바라보고 있던 청비는 그 말을 듣는 순간 이해가 되지 않았다.

"다행……이요? 한 달도 안 되는, 짧은 시간밖에 안 남은 건데 다행이라니……. 그 시간이 지나면 공주님은 무율과 혼인하는 거라고요. 그럼 건희님과 헤어지셔야 하는데 그래도 괜찮으세요?"

"그렇다고 걱정과 불행으로 남은 시간을 쓸 순 없으니까. 평생을 함께한다면 좋은 거지만, 그렇지 않다 해서 지금 이 순간도 불행해야 하는 법은 없지 않느냐. 오히려 남은 시간이 더 소중하게 느껴지는구나."

청비는 할 말을 잃었다.

평생을 함께하지 못한다 해서 이 순간도 불행한 것은 아니라고……? 남은 시간이…… 소중하게 느껴진다니…….

공주가 하는 말들이 자신의 상황과 겹쳐져 청비의 머릿속은 새하얘졌다.

"어쩌면 지금 이 순간이 내 평생 가장 행복한 시간이라는 생각이 들어. 네 말대로 얼마 남지 않은 짧은 시간이라 더욱 슬퍼하고 괴로워할 시간도 없고 말이다. 지금으로선 건희 옆에 있을 수 있는 이 시간을 낭비하고 싶지 않아."

공주는 지금이 제게 가장 행복한 시간이라 했다. 내게도 그럴까? 나에게도 역시 시간이 얼마 남지 않았는데. 어쩌면 나는 내 생에서 가장 행복할 수 있는 시간들을 저버리고 있는 건지도 몰랐다.

"그건 건희도 마찬가지일 거라 믿는다. 그 역시 나와 같이 있는 것을 후회하지 않을 거라 믿고 있어. 나를 사랑하는 남자니까."

공주는 자신의 마음을 속이지 않는다. 원하지 않는 혼인을 앞두고 있으면서도, 건희에게 자신의 마음을 보였다.

옆에서 그것을 지켜봤으면서도 나는 왜 몰랐을까.

헤어지는 걸 먼저 생각하고, 후에 받을 상처를 두려워한다면 사랑을 시작할 수 없다. 마음을 숨긴다고 해서 그를 밀어낼 수 있는 것도 아니며, 피할 수 있는 일도 아닌데 말이다.

그래. 나는 내가 할 수 있는 선에서 최선의 선택을 하면 되는 거였다. 나는 왜 그것을 이제야 깨달은 걸까?

공주의 말에 생각지 못했던 것을 깨달아버렸다. 청비는 누군가한테서 머리를 한 대 세차게 얻어맞은 것처럼 번쩍 정신이 드는 것 같았다.

"고마워요, 공주님. 다음에 또 얘기해요!"

청비는 공주의 손을 잡다 그것으로 부족했는지 꽉 안기까지 했다. 자신이 하는 말을 가만히 듣고만 있던 청비가 갑자기 제 손을 꼬옥 잡고 끌어안으며 고맙다고 눈물을 보이니 공주는 다소 당황했지만 자신 역시 제 속을 털어놓아 마음이 편안해져서인지 미소를 흘렸다.

"나도 고맙다. 내 이야기를 들어줘서. 나 역시 기분이 한결 좋아졌어."

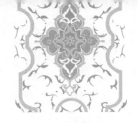

제26장
이심전심(以心傳心) : 마음과 마음으로 서로 통함

"내용이 안 들어와. 도무지 읽히질 않는구나."

단휘는 서고 창틀에 기대앉아서 책들을 살피고 있었다. 하지만 그러다 또 청비가 제게 한 말이 생각나는지 글자가 눈에 안 들어와 책을 그대로 덮어버렸다. 다른 책을 집어 들고 집중을 하는가 싶다가도 다시 덮어버리고, 그는 계속해서 같은 행동을 반복하고 있었다.

끼익—.

분명 혼자 있고 싶다고 말해 건희며 시종들도 모두 물렸건만 서고 문이 열리는 소리에 단휘의 눈이 날카로워졌다. 시종이나 시녀는 아닌 듯했다. 들어왔다면 소리를 냈을 것인데 누군지는 몰라도 안쪽 책장에 숨어 기척도 내지 않고 있었다.

단휘 역시 최대한 발소리를 내지 않고 책장으로 갔다. 자신 앞으로 드리워진 그림자를 확인하려는 순간 바람이 불어오자 그는 경계의 눈빛을 풀었다.

책장에 가려져 모습이 보이지 않았지만, 창문을 열어놓은 탓에 바람에 흐트러지는 긴 머리카락이 보였고, 어떻게든 알 수밖에 없는 익숙한 향기가 풍겨왔다.

서고 안은 한참 오래전의 책부터 현재의 것까지 빽빽하게 채워져 있어 종이 냄새가 가득했다. 거기에 이제는 청량하면서도 달큰한 향이 섞여 있었다.

분명 청비였다.

대체 이곳에 왜…….

서고 안에 퍼져 있는 붉은 노을 사이로 그림자가 동요하듯 너울거렸다. 단휘가 한 걸음 한 걸음 발을 내딛으니 묵직한 발자국 소리와 함께 서고 안에 있는 만들어진 지 꽤 오래된 책장들의 삐걱거리는 소리가 평화롭던 서고의 정적을 깨웠다.

단휘가 그림자 앞에 멈춰 섰다. 역시 그녀였다. 생각지 못하게 지금 이 순간 청비가 제 눈앞에 있으니 가슴이 요동을 쳤다.

그렇게 노력했던 평정이 청비를 보는 것만으로도 산산이 부서져버린 것이다.

"여긴 왜 온 거지?"

자신의 속과는 달리 말이 무미건조하게 튀어나왔다.

"서고에 볼일이 있는 것은 아닌 것 같고, 나한테 또 남은 말이 있는 것이냐?"

청비가 한 발 떼어 책장에서 반쯤 가려 있던 몸을 모두 드러냈다. 그녀는 손으로 입술을 매만지며 고민하는 얼굴이었다. 그러면서도 시선은 그를 피하지 않았다.

이렇게 그를 마주하고 있으니 생각했던 것보다 떨림이 배가 되었다. 손이고 다리고 서 있기 힘들 정도였다. 과녁에 꽂히는 화살처럼 단휘의 진중한 눈빛까지 자신의 얼굴로 꽂히니 수위를 넘은 긴장이 턱까지 차올랐다. 청비는 숨을 크게 한 번 내쉬었다.

여기까지 와서 도망치지 말자. 오는 동안 오롯이 그 말은 해야겠다, 작정하고 왔잖아.

망설이던 청비가 드디어 입을 열었다.

"그래요. 할 말이 있어서 왔어요."

의연한 얼굴과는 달리 나오는 목소리는 가늘게 떨렸다.

"태자비가 되겠다는 말은 못 해요. 마음의 준비가 안 되었으니까."

또 그 이야기를 하러 온 것인가.

단휘의 안색이 싸늘하게 식어갔다.

"참 잔인하구나. 굳이 그걸 설명해주려고 예까지 온 것이냐?"

"내 말 끊지 말고 계속 들어요."

청비의 흔들리는 눈동자가 그의 눈을 깊게 들여다보고 있었다. 청비의 표정이 미묘했다. 또 어떤 말을 하려고 저러는 것인지 단휘의 미간이 슬며시 굳어졌다.

"태자비는 마음의 준비가 안 되었지만, 다른 건 마음의 준비를 하고 왔으니까 내가 하는 말, 들어줘요."

청비는 '후' 하고 가슴 깊이 숨을 내쉬었다. 이제야 내어보는 용기가 그에게 한없이 미안했다. 차마 얼굴을 보고 이야기할 순 없어 눈은 바닥으로 향했다.

"처음에는 이상한 곳에 떨어졌으니까 그냥 당신이 필요했고, 그래서 당신이…… 고맙기도 하고, 밉기도 하고…… 감정이 확실치 않았는데…… 사실 당신을 좋아하고 있었어요. 언제부터인지도 몰라요. 그냥 어느 순간부터…… 좋아하고 있었어요."

"……."

"내가 단휘, 당신을 좋아하고 있다는 말을 하고 싶어서 왔어요. 그 말 하려고…… 온 거예요."

무심코 고개를 들어 마주한 단휘의 눈은 무슨 생각을 하고 있는지 전혀 알 수 없었다. 하지만 청비는 멈추지 않았다. 그녀는 더욱 목소리에 힘을 실었다.

"좋아해요, 단휘. 지금에야 말해서 미안해요……."

단휘의 표정은 짐짓 변화가 없었다. 다만 다시 한 번 말해보라는 얼굴로 그녀를 보는 것 같았다.

이 남자, 지금 상황이 믿기지가 않는가 보다.

청비는 자신도 모르게 픽 웃음이 새어 나왔다. 창문을 열어놔서 부드러운 저녁 바람이 안으로 들어와 긴 휘장이 날렸다. 휘장은 창틀에 널어놓은 가죽 두루마리와 종이들을 스치어 샤라락 소리를 냈다. 다른 소리도 있었다.

"후훗, 말 좀 해봐요."

청비의 옅은 웃음소리도 안에서 기분 좋은 선율을 만들어냈다. 청비에게서 풍기는 달큰한 향이 단휘를 사로잡았다. 그는 여전히 믿기지가 않았다. 이것이 꿈인가 싶었다.

"말도 안 돼."

"……."

"좋아……한다고? 나를?"

단휘는 몇 번이고 혼자 되뇌며 재차 물었다. 청비는 이제야 자신의 마음을 털어놓는 것이 미안해 눈물이 맺힌 눈으로 흔들림 없이 단휘를 바라보며 고개를 끄덕였다.

꿈인가? 도무지 믿기지 않으니 확인을 해야 했다. 그는 눈을 감았다.

"만약 눈을 떴는데도 청비 네가 내 앞에 있다면…… 정말…… 현실이지 않으냐."

서서히 눈을 떠보는데 변함없이 눈앞에는 청비가 있었다. 꿈이 아니었다. 단휘의 얼굴이 환해지며 입가에 웃음이 피었다.

단휘는 청비를 잡아당겼고 다신 놓지 않을 것처럼 꽉 감싸 안았다. 단휘에게 안긴 청비는 그가 주는 따스함과 안정감에 마음이 편했다. 청비는 천천히 단휘의 등에 손을 올렸다. 귓가에 그의 숨결이 와 닿는다.

"그래, 더 욕심내지 않겠다. 태자비가 되지 않아도 좋아. 이걸로 충분해."

청비는 감정을 억누를 수가 없었다. 미안함과 고마움으로 뒤섞인 눈물이 금방이라도 떨어질 것 같아 그녀는 눈을 질끈 감았다. 단휘는 청비의 머리에 손을 대어 자신의 얼굴 쪽으로 더욱 당겨 속삭였다.

"이렇게 계속 내 곁에만 있거라."

단휘의 목소리는 솜사탕 같았다. 단내가 가득한 포근함에 다른 건 생각할 수가 없었다. 청비는 작게 고개를 끄덕였다. 그들에게 기울어 있던 붉은 노을 자락이 모습을 서서히 감추고, 서고 안은 어두워져 갔다.

대추 열매를 첨가한 닭구이는 청비가 제일 좋아하는 음식이었다. 하지만 평소와는 달리 청비는 음식을 먹는 둥 마는 둥 하며 자신 앞에 앉아 있는 단휘의 눈치를 보는 데 신경이 쏠려 있었다.

저녁식사를 같이하자는 단휘의 제안에 청비는 같이 있고 싶은 마음에 그러자 응한 것인데 저리도 자신에게서 시선을 뗄 줄 모르니 아무리 맛있는 음식도 잘 넘어가질 않는 게 당연했다.

그렇게 빤히 보고 있으면 내가 어떻게 편히 먹을 수 있느냐고요.

이제 그만 먹고 싶다는 말로 식사를 끝내자 탁자 위 가득했던 음식이 치워지고 곧 후식으로 다양한 과일과 차가 올라왔다. 단휘가 뒤에서 시중들던 시녀들을 모두 물려 방 안에 단둘이 있게 되었다. 청비는 할 말이 떠오르지 않아 애꿎은 손가락만 매만졌다.

진짜 어색하네. 할 말이 떠오르지 않는다.

같이 있었던 적이 그리 많았음에도 청비에겐 지금 이 순간이 다른 날들과는 무척 달랐다. 자신이 고백한 것이 생각나 그의 눈을 제대로 마주치지 못할 뿐더러 같이 있으니 어색함이 돌았다. 도저히 이런 분위기를 참을 수가 없어서 그녀는 어렵게 말을 밀어냈다.

"식사도 별로 안 했잖아요. 과일이라도 좀 먹죠."

청비는 과일 접시를 단휘 가까이에 옮겨주었지만 그는 별 반응이 없었다. 탁자에 팔꿈치를 대어 깍지 끼고 있던 손을 풀어 청비의 머리카락으로 옮길 뿐이었다.

흠칫 놀란 청비는 입 안에 오물거리고 있던 사과를 간신히 삼키고 왜 그러냐, 장난치지 말라고 머리를 뒤로 빼었지만 단휘의 행동을 저지할 수는 없었다.

"싫은데."

그는 아랑곳하지 않고 청비의 긴 머리카락 사이에 손가락을 넣어 부드럽게 빗어 내렸다.

눈이 마주치자 그의 진지한 눈빛에 청비는 숨을 들이켰다. 너무나도 고요했다. 시계라도 있으면 그 소리라도 들렸을 텐데 이곳에는 들리는 소리라곤 아무것도 존재하지 않았다.

단휘의 깊은 눈빛을 보고 있자니 이대로 빨려 들어갈 것 같았다. 숨이 막힐 듯한 분위기에 청비가 먼저 말을 꺼냈다.

"왜 이렇게 커요. 당신 심장 소리."

단휘는 만지고 있던 청비의 머리카락을 놓아주었다. 사르륵거리던 부드러운 느낌이 손에서 가시지 않았다. 단휘는 좀 더 짙어진 눈으로 청비의 시선을 붙잡았다.

"당연히 들리겠지. 네가 이렇게 두드리지 않느냐. 머리카락으로…… 그 향기로……."

그의 얼굴에 부드러운 미소가 어렸다.

"흠, 두드리기만 하는 건 곤란한데."

그 미소에 청비는 혼잣말처럼 작게 더듬거렸다.

"뭐가 곤란……."

청비가 채 말을 잇기도 전에 단휘는 청비의 입술을 자신의 입술로 포갰다. 심장을 녹일 듯한 달콤함에 그는 정신을 잃을 것 같았다.

홀린 건가, 이 아이한테.

손끝까지 떨리게 하는 이 아득한 달콤함은 어디서 오는 건지.

자신을 휘감는 청비의 짙은 향기 때문인지 청비의 입술에서 풍겨오는 사과 향인지 알 수가 없었다. 다만 시간이 이대로 멈췄으면 했다.

다가간 만큼 멀어지던, 손을 내밀면 숨어버리던 그녀가 아닌가.

내 손을 잡아준 것이, 그 마음이 쉽지 않았을 것을 알기에 나는 이 손을…… 청비를…… 절대 놓지 않을 것이다.

다시 한 번 짧게 입을 맞춘 단휘는 입술을 떼고는 숨이 와 닿는 거리에서 청비를 새길 듯 바라보고 또 바라보았다.

"백비야! 뛰어넘어!"

백비는 단휘가 청비에게 내려준 백마의 이름이었다. 청비는 그냥 백마라고 부르기엔 정이 없다며 자신이 직접 이름을 지어주었다. 자신의 이름을 섞어서 지은 이름, 백비를 애타게 부르며 청비는 말 타기에 열중해 있었다. 아침부터 사육장으로 와서는 오늘은 단계를 높여 장애물을 넘어보겠다며 두 번의 실패가 있었음에도 다시 시도하는 중이었다.

청비는 말을 배운 이후부터 그 매력에 흠뻑 빠져 시간 나는 대로 사육장을 찾고 있었다. 말과 교감하며 달리는 기분이란 말로 표현할 수 없을 만큼 좋았다.

복잡한 생각이며 우울함이 해소되는 느낌이랄까.

처음 말 타는 것을 배울 때에는 흔들리는 말 위에서 떨어지지 않으려 균형을 잡으려고 애쓰기에 바빴는데 점점 타다 보니 백비를 믿게 되었고, 작은 움직임조차 파악이 되어 이제는 같이 호흡하며 달릴 수 있게 되었다.

장애물인 횡목도 첫 번째 시도 때에는 크게 넘어뜨렸지만 두 번째에는 횡목을 살짝 부딪치며 비껴간 수준에서 이제는 세 번째 도전을 해보는 청비였다.

"청비 아가씨, 갈기에 고삐를 두시고 등을 낮춘 자세에서 도약을 하세요! 횡목과 너무 가까운 거리에서 뛰시면 다음 횡목을 가까이서 마주하게 되니 위험합니다! 말이 보폭을 조절할 수 있게 고삐는 사용하지 마십시오! 땅에 말의 앞발이 닿게 되는 그 즉시 고삐를 살짝만 당기시면 됩니다!"

맞은편에서 건희의 외침이 들렸고, 청비는 속으로 곱씹었다.

점프할 때는 고삐를 잡지 말고 백비에게 맡기라는 말이군.

청비는 고삐를 흔들지 않고 최대한 등을 낮추어 고정된 자세로 백비를 몰았다. 빠르게 속도를 내어 첫 번째 횡목을 가뿐히 뛰어넘었고, 좋아할 새도 없이 바로 다음 횡목이 이어졌다. 백비를 조정하기보다는 백비와 한 몸이라는 생각으로 달리는 리듬에 맞추니 나머지 횡목도 모두 어렵지 않게 성공할 수 있었다.

"야앗, 성공이다!"

청비는 성취감에 도취하여 소리를 지르고 손을 흔들며 기뻐했다.

이제 혼자서 말도 탈 수 있게 되다니.

이탄국에서 처음으로 배워본 것이라 잘할 수 있을지 걱정했는데 이 정도면 나름 정해놓은 목표에 거의 도달한 것 같았다. 이곳 생활에 하나씩 하나씩 적응을 해가고 있는 듯해 뿌듯하기까지 했다. 자신감이 붙으니 다음번에는 더 잘할 수 있을 것 같았다.

"한 번만 더 하고 올게요!"

청비는 발을 걸고 있던 등자를 세게 밀어 다시 백비를 달리게 했다. 백비가 빠르게 속도를 내자 세찬 바람이 얼굴에 스쳤다. 다른 생각할 틈 없이 달리는 것에만 집중하니 기분 전환에는 단연 최고였다.

가끔 텔레비전에서 승마를 접하면 뭐하러 저런 걸 비싼 돈 주고 배우나 했는데 이제는 승마의 매력을 알 것 같았다. 돌이켜보면 지금껏 몸담았던 태권도는 참 외로운 스포츠였다. 상대방과 겨뤄서 승리를 해야만 알아주는 치열한 세계였으니까. 하지만 승마는 달랐다. 말과 같이 호흡하며 달리고, 유일하게 동물과 함께할 수 있는 운동이 아닌가.

한국에서도 이 맛에 비싼 승마를 배우나봐.

횡목을 날 듯이 뛰어넘는 것을 몇 번이고 반복하다 보니 숨이 차올라 이제 좀 쉬어야 할 것 같았다. 출발점에 가까워지고 고삐를 잡아당겨 백비를 멈추게 했다.

"워워."

말에서 내려도 시원했던 바람이 가시지 않았고, 심장은 계속해서 격렬하게 뛰어댔다.

아 제대로 힐링했네. 이러다 중독되는 거 아닌지 몰라.

"잘하셨습니다. 배우는 속도가 정말 빠르십니다."

건희는 바로 청비에게 달려와 칭찬을 아끼지 않았다. 승마장이 아닌 다른 곳에서 말을 타도 될 실력이라고까지 해주니 청비는 더욱더 연습해서 백비를 타고 이곳저곳을 가보고 싶어졌다.

"건희 님이 잘 가르쳐줘서 그래요. 정말 고마워요."

"아닙니다. 아가씨께서는 정말 말 타는 데 소질이 있으신 것 같습니다. 보통 사내들도 이렇게 초반부터 장애물을 넘지는 못하거든요."

"그런가요? 건희 님이 그렇게까지 말씀해주시니 더 자신감이 붙는데요."

평소 입바른 소리만 하는 건희인 걸 알기에 그의 칭찬을 들으니 청비는 더욱 어깨가 으쓱해졌다.

"다음번에는 강도를 좀 더 높여봐 주세요. 목표치를 좀 더 크게 잡고 싶어요."

건희는 사색이 되어 그건 아니라며 만류하고 싶었다. 항상 볼 때마다 느끼는 거지만 눈앞의 이 여인은 참으로 범상치가 않았다. 지금처럼 놀란 적이 어디 한두 번인가.

이탄국의 보통 여인들과는 외모, 말투, 분위기 말고도 모든 것이 달랐다. 검술부터 시작해 말을 배우고 싶어 하는 여인이라니. 그냥 겉치레만 중요시 여겨 대충 따라하려는 것도 아니다.

본래 운동신경이 타고난 건지 아니면 기억을 잃었다더니 그 전에 이런 경험을 했었던 건지, 기본만 알려줘도 금방 보고 익혀 매번 기대 이상의 실력을 보여주고 있었다.

말도 빨리 배우고 싶다 하여 최대한 단기 속성으로 가르쳐주고 있는데 더 강도를 높여달라니. 건희는 걱정이 앞섰다. 겁이 없어도 너무 없었다.

"충분히 잘 따라오고 계십니다만, 기마란 본디 말과 일체가 되어야 하는 운동입니다. 서로 이해를 하고 신뢰도 쌓아야 하지요. 청비 아가씬 백비와 이제 갓 교감을 나눈 상태이니 속도를 높이고 싶거나 고강도의 기술을 사용하고 싶으시겠지만 백비에게도 시간이 필요합니다."

"네, 알겠어요. 그래도 신나게 달릴 때는 속도 조절을 못 할 수도 있어요. 제가 원래 손에 땀을 쥐는 그런 흥분되는 걸 좋아하는 편이라서요. 아마 백비도 저와 어느 정도 친해졌으니 조금은 이해해줄걸요. 그치, 백비야?"

청비가 오늘도 수고했다며 말의 갈기를 빗어주고 쓰다듬어주었다.
“유목민의 피가 흐르고 있었군.”
단휘의 인기척에 청비는 동작을 멈추고 소리 나는 쪽으로 고개를 돌렸다.
“말 타는 걸 그렇게 좋아할 줄이야.”
단휘가 어렴풋이 장난기 배인 미소를 머금은 채 자신을 보고 있었다.
“이제 나보다 백비를 더 찾는 거 아니야?”
“언제 왔어요?”
총총거리며 청비가 다가오니 단휘는 기다렸다는 듯 바로 청비의 손을 잡았다.
“너에게 보여주고 싶은 곳이 있다. 가자.”
그는 청비의 손을 꽉 잡고는 어디론가 향했다.
“어디 가는 건데요?”
“그리 쉽게 알려줄 순 없고.”
단휘는 무심히 앞만 보며 가고 있었지만 그의 입술 끝은 휘어 있었다. 그의 얼굴을 힐끔힐끔 보는 것만으로도 청비 역시 입가에 미소가 생겼다.
봐도 봐도 잘생긴 얼굴이야. 그래, 처음 단휘를 만났을 때도 저 얼굴에 할 말을 잃고 바라보기만 했었지. 넋 빠진 얼굴로.
“무슨 생각을 그리하느냐?”
어느새 단휘가 멈춰 서서 그녀의 얼굴을 빤히 들여다보고 있었다.
“그냥 뭐…… 단휘 당신은요? 지금 무슨 생각하는데요?”
“난 항상 네 생각만 하지. 옆에 없을 때에도, 잠이 들기 전에도. 그리고…… 물론 지금도.”
아, 나한테 정말 왜 이러십니까. 아, 쫌!
제발 그러지 말라며 청비는 고개를 가로저었다.
사탕같이 달달한 아니, 그걸로는 부족하다. 그래, 달고나! 아주 달다 못해 씁쓸하기까지 한, 저런 달고나 같은 말들은 어찌나 잘하시는지. 아주 어록 하나 만들어줘야겠다. 제목은 '단휘의 달고나 어록'으로.

한국에서 저런 말을 들었다면 손이 오그라드네, 닭살 돋네, 마네 손사래를 치며 하지 말라고 했을 텐데. 여긴 이탄국이다. 이탄국의 지존이나 다름없는 태자 전하 단휘한테 듣게 되니 그 말이 한국에서처럼 장난으로 가볍게 여겨지지 않는다. 이제 적응해야지, 그만 익숙해져야지 하면서도 저런 말을 들을 때면 항상 가슴이 저릿저릿해지고 만다.

언제쯤에야 저런 말에도 저항력이 생겨 아무렇지 않게 될는지…… 뭔가 배부른 고민이 생겨버렸다.

"말 타는 것이 그리 좋다니, 참 의외구나."

말 타기를 처음부터 막 좋아서 시작한 건 아니었다. 여기서 딱히 할 것도 없고 배워두면 써먹을 날이 많겠지 그런 마음으로 시작한 것이었다. 근데 지금은 말 타는 재미에 푹 빠져버렸다.

"아직 배운 지 얼마 안 돼서 더 그런가 봐요."

"말을 혼자 탈 수 있게 되었다고 해서 내 즐거움을 빼앗지는 말거라."

그게 무슨 말인지 이해 못 한 청비가 두 눈썹을 찡그렸다.

"나는 너를 앞에 태우고 가는 것이 더 좋거든."

또, 또 저런다. 청비는 민망함에 단휘를 외면했다. 옆에서 걸어가고 있었던 단휘가 갑자기 무엇이 마음에 안 드는지 청비의 앞을 가로막았다.

"이제 됐다."

단휘는 자신의 그림자가 진 청비의 얼굴이 만족스러운지 얼굴이 환해졌다. 내리쬐는 해가 뜨거울까 봐 자신의 그림자로 청비에게 그늘을 만든 것이었다.

그거 좀 뜨거운 게 뭐 어떻다고 이렇게까지 해주는 건지.

따뜻한 기운이 가슴 전체에 퍼지는 것 같았다. 단휘는 자신의 그림자가 청비에게 계속 드리워져 있게끔 설핏 미소를 지으며 뒤로 걸었다.

"이제 너에 대해 알아야겠다."

말을 걸면서도 청비의 보폭에 맞춘 그의 뒷걸음질은 멈출 줄 몰랐다. 청비가 앞으로 한걸음 두 걸음 걸으면 단휘 역시 뒤로 한 걸음 두 걸음 걷는 식으로 말이다. 그래서인지 둘의 걷는 속도가 자연스럽게 맞아떨어졌다. 단휘는 청비와 맞댈 정도의 거리에서 여러 질문을 늘어놓았다.

"어떤 음식을 좋아하느냐?"

"음…… 안 가리고 다 좋아하는데. 특히 단 거는 모두 다 좋아해요."

"여기서 먹었던 음식 중에서는?"

"무화과와 꿀을 넣은 무화과 절임이 맛있었어요."

"그럼 좋아하는 날씨는?"

"날씨는 습한 거 싫어해요. 그래서 비가 오는 날은 별로 좋아하지 않아요. 햇볕이 있는 맑은 날이 좋아요. 그런 날에 특히 그늘에 앉아서 쉬는 거, 완전 좋아하고요."

"좋아하는 악기는?"

"여기서는 비파요. 물방울이 창문을 두드리는 소리처럼 정말 청아하고 아름다웠어요. 마음까지 정화되는 느낌이랄까."

"비파라, 기억해두지. 지금은 제전 준비로 시간을 따로 못 내니 제전이 끝나면 다 해주겠다. 맑은 날에 그늘에 앉아서 네가 좋아하는 음식을 먹도록 하자. 좋아하는 악기가 비파라고? 그건 악사를 불러 들려주라 하겠다. 그러면 네가 말한 그 데이트란 거, 제대로 하는 것이냐?"

기억하고 있었구나.

청비는 웃으며 고개를 끄덕였다. 단휘가 말하는 것들이 벌써 눈앞에 펼쳐진 것처럼, 일련의 상황을 마치 꿈을 꾸는 듯한 얼굴을 하고선 말이다.

"네. 그럼 진짜 완벽한 데이트일걸요."

단휘 얼굴에 미풍만큼이나 부드러운 미소가 번졌다.

"근데 지금은, 어디 가는 거예요?"

"이제 내가 생각해놓은 데이트를 해보려고 한다."

단휘의 손에 이끌려 성문에 도착하니, 미리 명을 받은 것인지 그의 흑마가 대기해 있었다.

말까지 준비된 거 보면 밖으로 나가려는 건가?

단휘가 먼저 말에 오른 뒤 청비의 손을 잡아당겨 가벼이 자신의 앞에 태우고는 성문 밖으로 말을 몰고 나갔다.

대체 어디를 가는 거지?

생각지 못한 외출에 청비는 잔뜩 설레고 어린아이 같은 표정이었다.

태자에게는 말이 이동 수단이나 다름없어서 이리도 잘 타는 것일까.

자신을 앞에 태우고 있음에도 단휘는 흔들림 없이 안정적이고 빠르게 말을 몰았다. 자신은 고작해야 배운 지 며칠 되지 않았지만 단휘는 이탄국에서 태어나 줄곧 말을 타고 다녔기에 비교조차 할 수가 없었다. 방향을 틀 때 고삐를 잡아당기는 동작이며, 속도를 조절할 때 취하는 자세 등을 유심히 보며 나중에 참고해야지 하고 머릿속에 새기는데 어느새 도착한 건지 그가 고삐를 죄여 말의 속도를 조절했다.

"이제 다 왔다."

그의 시선이 향한 언덕 아래에는 움푹 파인 대지가 자리를 잡고 있었다. 건물 하나가 그곳 전체를 차지하고 있었는데 입이 떡 벌어질 정도로 크기가 웅장하고 위엄이 있었다.

얼핏 보면 로마의 콜로세움 같은 느낌을 받았으나 콜로세움처럼 콘크리트나 대리석으로 만들어진 건 아니었고 석재와 원목으로 만들어져 동양적인 느낌이 강했다. 건물 구조 역시 둥글지 않고 길게 늘어진 타원형의 모양이었다.

멀리서 더 살펴보고 싶었지만 단휘가 다시 말을 몰아 언덕을 내려가 건물로 향하는 바람에 청비는 건물을 보기 위해 얼굴을 높이 들어 올려야 했다. 그녀는 자신을 위축시키는 건물의 장엄함에 입을 다물지 못했다.

건물은 회색빛 돌을 직사각형 모양으로 다듬어 층층이 쌓아 올린 형태로 4층 높이였다. 건물에는 입구들이 많이 있었지만 단휘가 말을 멈춘 곳은 다른 문들과는 다르게 청동 테두리로 꾸며진 아치형 문으로, 입구 중 가장 컸다.

입구를 지키고 있던 병사들은 단휘를 보자 바로 인사를 올리고 문을 열어주었다. 말에서 먼저 내린 단휘는 청비가 말에서 내리는 것을 도와주었고 대기해 있던 병사에게 자신의 흑마를 맡겼다.

"따라오거라."

단휘를 따라 건물 안으로 들어서자 앞은 벽으로 막혀 있고 양쪽으로 길이 나 있었다.

"전망 좋은 곳을 알지."

단휘는 청비의 손을 꼭 잡고 안으로 이끌었다. 돌계단을 지나자 원형 계단이 골목길처럼 좁다랗게 위로 뻗어 있었다. 단휘는 계속해서 깊숙이 안으로 들어갔다. 좁은 계단 위로 한참을 가다 그가 2층 정도의 높이에서 멈추어 객석 쪽으로 청비를 데려갔다. 이제 다 도착한 건지 단휘가 앞을 보라며 눈짓을 했다.

단휘가 가리킨 쪽으로 고개를 돌리니 눈앞에는 한눈에 다 담을 수 없을 정도로 광활한 광경이 펼쳐져 있었다. 중심부인 경기장을 두고 계단식 관람석이 건물 전체를 방사형으로 둘러싸여 배치되어 있었다. 청비의 눈이 휘둥그레 커졌다.

이건 뭐지, 대체.

경기장에 날리고 있는 흙먼지 속에서는 갑옷으로 무장한 남자들이 하나

둘 마차를 타며 등장하고 있었다. 실제는 아니지만 지금과 비슷한 걸 영화에서 본 적이 있었다.

어렸을 때 토요 명화 '벤허'에서 나온 그 경기장이랑 그리고 또 어디에서 봤더라. 그래, 중학교 때 기말고사가 끝나서 수업 시간에 빌려 봤던 '글래디에이터'. 그곳에서 검투사들이 대결을 하던 그 장소와 아주 흡사했다.

영화 속에 들어와 있는 건 아닌지 헷갈릴 정도로 영화 속 한 장면이 자신의 눈앞에 연출되고 있었다.

"너에게 보여주고 싶었다."

바로 옆에 있는 단휘의 음성도 묻힐 정도로 남자들의 함성이 경기장 안을 꽉 메웠다. 총 네 대의 마차가 서로를 견제하며 출발선 앞에 섰고, 맞은편에서 있던 병사 하나가 높이 들고 있던 붉은 기장을 내리는 것으로 경기가 시작됐음을 알렸다.

두 사람이 한 대의 마차를 타고 필사적으로 경주로를 돌았다. 저들이 타고 있는 마차는 이탄국에서 자신이 타고 다녔던 일반 마차와는 확연히 달랐다.

앉는 좌석도 없어 그들은 모두 서 있었으며 사륜이 아닌 이륜 바퀴였다. 마차를 끄는 말 역시 두 필이 아닌, 모두 네 필이었다. 그냥 타고 다니는 용도와는 달라 완전히 경주용으로만 탈 수 있는 마차였다.

경기장 한가운데에는 낮은 벽들을 길게 줄지어 놓은 중앙 분리대가 있었는데 병사들은 말에 채찍을 휘두르며 낼 수 있는 최대한의 속도로 분리대를 돌았다.

"경주를 하는 건가요?"

"그래. 저 분리대를 세 바퀴 돌아 먼저 도착한 순서대로 순위를 매기지."

"처음 봐요, 이런 건. 진짜 대단해요."

고전영화에서 보았던 것을 이렇게 실제로 눈앞에서 보게 되다니.

청비는 놀라움의 연속이었다.

"너와 내가 있는 이 자리가 경기를 가장 가까이서 볼 수 있는 곳이다. 이곳에서 마차가 방향을 바꾸기 때문에 승패가 가름이 나는 곳이기도 하고."

승패를 가르는 그런 평범한 경주 같진 않아 보였다. 병사들은 마치 목숨이라도 건 것처럼 필사적으로 보였다. 그때였다. 가장 선두에서 경쟁하며 달리고 있던 마차 두 대가 부딪치는 대형 사고가 일어나고 청비는 놀라 소리를 질렀다.

"어떡해!"

들이받아진 마차의 바퀴 한쪽이 흔들거리며 빠져버렸고, 그대로 마차는 말에 질질 끌려가는 위험한 사태에 이르렀다. 청비는 계속 터져 나오는 비명에 손으로 입을 막았다.

긴급한 상황에 놓인 병사들이 걱정되어 청비의 얼굴은 사색이 되었다. 더욱이 위험한 건 바퀴가 빠진 마차 뒤에서 또 다른 마차 한 대가 닿을 듯한 거리에서 맹추격을 하며 다가오고 있었다.

"어떡해요! 저러다 부딪히겠어요!"

"걱정 놓거라. 저들은 훈련된 자들이다."

단휘의 말처럼 마차를 타고 있던 남자들은 전혀 흥분하거나 놀라지 않았다. 평소 많이 겪어봤던 것처럼 침착하게 행동했다. 차고 있던 칼을 빼내어 말과 마차가 연결된 고삐를 끊어내 말들에게서 끌려가는 상황은 벗어날 수 있었다. 병사들은 그대로 마차에서 나와 경주로에서 벗어났고, 청비는 그제야 안도의 숨을 내쉬었다.

아, 진짜 심장 오그라들어서 죽는 줄 알았네.

지금 잠깐 본 것으로 판단하건대 저들은 마치 목숨을 내놓고 경주에 임하는 것 같았다. 이제 한숨 좀 돌릴까 했지만 아직 경기가 끝난 건 아니어서 남은 마차들은 계속해서 경주로를 돌고 있었다. 그중 한 대가 선두로 빠르게 속도를 내어 중앙분리대를 돌고 있었다.

말들이 먼저 방향 전환을 하며 돌았고, 그 바람에 마차가 옆으로 기울어지면서 위험해 보이는 순간이었다. 남은 두 대의 마차 역시 서로 충돌할 듯 계속 붙어서 가는 상태였다.

"모두 조심해요!"

어느 한쪽을 이기라고 응원하는 것보단 모두의 안전이 더 중했다.

제발 모두 다치지 않고 경기가 끝나야 하는데.

타고 있던 경주자들은 그 충격으로 마차에서 튕겨져 나갈 듯한 모습을 보여주었고, 경주를 보는 내내 청비는 긴장을 놓을 수가 없었다. 보는 사람도 손에 땀을 쥐게 하는 경기였다.

출발점으로 마차 하나가 들어오고 탑승했던 병사들은 승리의 만족감을 포효로 드러냈다. 남은 마차들도 차례로 하나씩 들어오며 경주는 드디어 끝이 난 듯했다. 감전된 것처럼 찌릿찌릿한 스릴과 흥분이 온몸을 지배했고 거칠게 뛰어대던 심장은 가라앉을 기미가 없었다.

말에서 내린 남자들은 바로 자신들이 탔던 마차와 말들을 재정비했다. 예서 끝난 것이 아니라 다시 경주를 준비하는 듯 보였다.

저들에게서 눈을 뗄 줄 모르는 청비 앞으로 간 단휘는 뒷짐을 진 채로 물었다.

"경주를 직접 본 소감은?"

"뭐라고 말해야 할지. 한마디로 표현하면 단연 최고였어요."

눈을 반짝반짝 빛내며 얼굴에서는 아직까지 흥분이 가라앉지 않은 청비였기에 단휘는 데리고 오길 잘했다고 생각했다.

"내 선택이 틀리지 않았군."

최고였다는 말 이외에 다른 어떤 말도 떠오르지 않았다. 영화에서나 보았던 마차 경주를 실제로 눈앞에서 보니 그 소감을 어찌 말로 표현할 수 있을까. 머릿속에서 썩 괜찮은 단어들이 떠오르질 않아 화답하는 의미로 청비는 자신이 지을 수 있는 한 최고로 감탄스러운 표정을 보였다.

"근데 왜 관객들이 없죠? 이런 경주라면 구경하는 인파가 엄청날 텐데."

"이건 연습 경기니까."

"연습…… 경기요?"

청비의 얼굴에 홍분 어린 호기심이 어렸다.

"하북성을 대표하는 경주자들을 뽑는 연습 경기지. 마차 경주가 제전에서 가장 중요한 경기인 만큼 많은 연습을 통해 가장 뛰어난 한 팀만이 제전에 나갈 수 있다."

"우승하면 뭐 있어요? 상금을 많이 주나?"

마치 올림픽과 비슷하다는 생각이 들었다.

이기면 메달 같은 거라도 주는 건가?

"우승자에게는 곡옥으로 장식된 보검이 수여되고 그 지역은 제전 승리 지역이라는 우월감과 함께 세금이 상당 부분 깎여 모두들 필사적일 수밖에 없게 되어 있다. 동시에 자존심도 걸린 경기이기도 하니 말이다."

지역끼리 승부하는 본격적인 제전은 모레 시작이었다. 궁 안의 사람들도 모두 분주하였으며 병사들 모두 제전 연습에 쏠려 있는 상태였다. 제전에 참가하여 승리를 할 수만 있다면 그들에겐 더할 나위 없는 가문의 영광일 테니 말이다.

곡옥 보검이라는 말에 혼 빠진 얼굴을 한 청비 앞에 단휘가 가까이 왔다.

"어떠냐? 승마처럼 타는 건 아니지만 보는 것만으로도 들뜨고 신나지 않느냐?"

"네, 정말 최고였어요! 이런 기분 진짜 오랜만이에요. 마치 내가 경기를 하고 있는 느낌이었다고 해야 하나."

이 정도가 연습 경기였다니 그럼 제대로 된 경기는 얼마나 더 대단할지……. 시녀들의 지나가는 말을 듣기로는 사흘 뒤면 제전이 시작된다고 했던 것 같은데.

요즘에 병사나 시종들이 만나기만 하면 제전 얘기를 하던 것이 떠올랐다. 처음 접해보는 것이기에 시녀에게 제전이 뭔지 물었을 때 대답해주던 시녀의 따분한 얼굴을 잊을 수가 없다.

시녀는 제전은 각 지방에서 뽑힌 대표 참가자들이 투석, 창 던지기, 마차 경주 등을 겨루는 대회이며, 여인들과는 상관없이 남자들에게만 국한된 축제라고 알려주었다.

왜 시녀들은 이것을 여인들과 상관이 없다고 한 거지?

이해가 되지 않았다. 이렇게 스릴 있고 긴장으로 가득 차 땀을 쥐게 하는 경기건만.

야구 경기장에 가서 자신이 좋아하는 팀이 우승하길 응원하는 것과 월드컵에서 우리나라 대표팀이 16강에 들길 바라며 붉은 옷을 입고 대한민국을 외치는 것에 비할 수 없는 신세계였다.

"시녀들은 지루하다고 하던데, 다들 모르는 소리를 했네요. 실제로 보면 그런 말 쏙 들어갈 텐데. 얼마나 흥분되고 손에 땀이 날 정도로 긴장되는 경기인지 말에요. 아, 빨리 다시 보고 싶다. 경기 날까지 어떻게 기다린담."

청비는 빠른 시일 내에 다시 경기를 보고 싶었다.

고대 경기를 실제로 보게 되다니. 제전에서는 실력자들만 모여서 승부를 펼치겠지? 오늘보다 더 대단하겠군. 그런 걸 놓칠 순 없지.

기대에 차 가슴이 부풀어 있는 청비였다.

"근데 어떡하나. 보고 싶어 하는 마음은 알겠지만, 여자는 참가가 불가능해. 경기에 참가하는 것도, 보는 것도 남자만이 가능하거든."

청비의 얼굴이 대번에 찡그려졌다.

"네? 여자라서 안 된다고요? 거짓말."

"그건 나도 어쩔 수가 없는 문제구나. 계속 세습되어온 전통이니까."

청비의 얼굴에 실망이 가득했다.

계속 그렇게 해왔던 전통이라니. 단휘 역시 난처해하는 얼굴을 하고 있어 더 졸라볼 수도 없었다. 하지만 그렇다고 오늘보다 더 대단한 경기를 볼 수 있는 기회를 접는 것은 싫었다. 이런 기회가 언제 또 오겠느냔 말이다.

하지만 분명 남자만 경기에 참가하고, 보는 것도 남자만이 할 수 있다고 했잖아.

내가 남자가 될 수 있는 것도 아니고…… 말야.

그러다 그녀의 머릿속에서 갑자기 한 단어가 떠올랐다.

남자? 그럼 그냥 남자가 되면 되는 거잖아. 나만 입 다물면 아무도 모를 일 아니야? 그래. 남자가 되는 것만큼 확실한 방법이 있을까.

청비의 눈빛이 오랜만에 매우 반짝였다.

"기왕 하는 거 아주 상남자가 되어주겠어."

무율이 황후의 궁으로 거처를 옮겼다는 이야기를 들었기에 청비는 아침 식사를 끝내고 그를 찾아가려던 참이었다. 하지만 무율이 동궁전 정원에 이미 와서 자신을 기다리고 있었다.

"무율 왕자……."

청비를 보는 그의 얼굴에는 반가운 기색이 돌았다. 하지만 청비는 아무렇지 않은 척 안부를 물을 수도, 화답할 수도 없었다.

얼마 전 무율과의 혼인이 한 달도 안 남았다며 눈물을 보였던 공주의 얼굴이 계속 마음에 걸리었다. 자신은 공주로 인해 용기를 내서 단휘에게 마음을 보일 수 있었는데. 자신만 행복해하고 있었다. 그래서 더욱 공주를 생각하면 안쓰럽고 연민이 생겼다.

공주를 도울 일이 없을까 내내 생각하던 중, 무율 그자가 무슨 생각을 하고 있는지 알고 싶어졌다. 공주가 다른 남자를 마음에 둔 것도 알고 있으면서, 대체 왜 그걸 알면서도 공주와 혼인을 하려는 건지 그자를 찾아가 이야기를 나누어 봐야겠다 싶었다.

마침 시간도 나고 궁을 나서려 하던 참이었는데 이렇게 그가 먼저 자신을 찾아와주니 멀리 찾아가는 수고를 덜게 된 것이었다.

"청비 소저를 만나러 왔습니다."

"잘됐네요. 저도 할 말이 있었는데. 좀 걸을까요?"

주변의 보는 눈들이 많아 청비는 인적이 드문 곳으로 무율과 향했다. 걷는 동안 청비는 그에게 하고 싶은 말이 많았지만 국혼은 중한 일이기에 쉽게 입이 떨어지질 않아 우선 안부를 물었다.

"몸은 좀 어때요? 이렇게 돌아다니는 거 보니까 괜찮은 것 같네요."

"덕분에 호전됐습니다. 그날 무작정 찾아와 도와달라고 해서 난감했을 텐데 고마웠습니다."

시종 미소를 머금으며 눈을 맞추던 무율이 갑자기 다가와 손을 뻗었다. 청비가 놀라 움찔하니 그가 그녀의 머리칼에 묻은 붉은 꽃잎을 떼어 보여주었다.

"장식으로 달고 다니시는 겁니까?"

청비는 새치름한 얼굴로 헛기침을 했다.

"감사의 인사를 하고 싶어서 들른 것입니다."

뭔가 공기의 흐름이 바뀌었다 해야 하나. 편안하던 분위기가 무겁게 느껴졌다. 무율의 얼굴은 분명 웃고 있는 것 같은데 눈은 무척 음울해 보였다.

"공주님과 혼인한다는 거, 들었어요."

청비는 최대한 조심스럽게 말을 꺼냈다.

"하지만 당신도 알고 있다시피, 공주님은 당신을 좋아하지 않아요. 공주님은 다른 분을 마음에 두고 있어요."

"그건 진작부터 알고 있었습니다."

좀 전까지만 해도 장난스러운 웃음기가 배어 있던 무율의 얼굴은 딱딱하게 굳어졌다. 음지의 그늘처럼 잠겨 있는 무율의 목소리가 이어졌다.

"그러니 다시 확인시켜줄 필요는 없습니다."

"왜 공주님하고 혼인을 하려는 건데요? 다시 한 번 생각해보면 안 돼요?"

"그런 말이라면 더는 듣고 싶지 않습니다만."

"무리한 부탁인 거 알아요."

청비 역시 무율과 버금가는 목소리 톤으로 현재 공주님을 도와줄 사람은 저밖에 없다는 생각에 간절함마저 담아 부탁의 어조로 말을 건넸다.

"공주님하고 혼인하지 말아요. 제가 이런 말을 할 입장은 아니지만 둘이 혼인한다고 해서 행복하지 않을 거라는 건 알아요. 분명 불행할 거예요. 공주님이나 당신이나."

무율은 냉소를 짓는가 싶더니 청비를 마치 탐색하는 듯한 눈길로 바라보았다. 그가 어떤 대답을 할지…… 청비는 지금 이어지는 이 적막이 아주 길게 느껴졌다.

"공주와 혼인하지 말라?"

무율은 자조적으로 질문을 던졌다. 청비를 보는 그의 눈매가 가늘어졌다. 분명히 안 된다고 하겠지 생각했는데 들려온 그의 대답은 청비의 예상을 비껴갔다.

"그럼 내게 무엇을 해줄 겁니까?"

단번에 거절은 아니니 다행이라고 여겨야 하나. 어쨌든 협상의 여지가 있다는 거니까. 하지만 내가 과연 그에게 해줄 수 있는 것이 있을까. 나 역시도 태자의 동궁전에 얹혀사는 입장인 것을.

청비는 뭐라고 해야 할지 곤란한 얼굴로 무율을 보았다.

"나에겐 그냥 평범한 혼약이 아닙니다. 불안한 내 입지를 다지는 것인 동시에 이탄국의 부마로서 본국으로 당당히 돌아갈 수 있는 기회가 되는 셈입니다. 그런 것을 다 물러서라도 혼약을 깰 만한 가치가 있는 것이라면, 생각을 달리 해볼 수는 있습니다."

청비는 그의 말에 당황스러웠다.

그만한 가치가 있는 것이라니. 이탄국의 부마 자리를 대신할 만한 게 뭐가 있단 말인가.

그 말은 혼인을 관둘 생각이 없다는 것이나 다름없어 보였다. 그렇다고 여기서 물러날 순 없었다. 공주님 덕분에 단휘에게 찾아가 자신의 마음을 전할 수 있게 되었는데, 도움이 될지 모르겠지만 뭐라도 해봐야 했다. 고작해야 이렇게 부탁하는 것이지만.

"그만한 가치는 당신이 찾아봐야죠. 그냥 손 놓고 있으면서 그런 걸 지금 누가 갖다 바치길 바라는 거예요? 그것도 저울질까지 하면서?"

무율 왕자한테는 이 혼약이 일종의 거래처럼 여겨지는 것 같았다. 결혼 상대나 사랑, 그건 아무래도 상관없어 보였다.

혼인을 함으로써 자신이 얻게 되는 게 무엇인지 그것이 더 중한 남자였다. 철저한 계산과 함께 이 혼약보다 자신에게 더 유리한 조건의 거래가 있다면 가차 없이 돌아설 그런 남자.

무율 왕자에 대해서 잘 알지는 못했지만 이렇게 형편없는 속물이었을 줄이야. 자신이 완전히 잘못 알고 있었다는 생각에 배신감 비스무리한 감정이 들고 이런 남자한테 공주님께서 시집을 가게 된다니 화가 치밀었다.

"당신 정말 이기적이네요. 원하지 않은 혼인이지만 그로 인해 얻는 게 많아서 포기할 수 없다. 그거 아니에요? 혼인이 무슨 거래나 장사도 아니고 이것보다 더 이익을 보는 거면 깨트릴 수도 있다니. 참 불행하게 살고 있네요."

"장사? 이익? 소저는 내가 정말 그런 걸로 혼인을 재고 있다 생각합니까?"

무율의 얼굴은 상처받은 듯 싸늘하게 식었다.

"그럼 뭔데요? 말해봐요. 대체 무엇 때문에 자신을 좋아하지도 않는 여자랑 혼인을 하겠다는 건데요?"

"내 목숨이 걸려 있으니까요."

목숨? 목숨이라고? 앙칼지게 쏘아붙이려던 청비의 다음 말이 쏙 들어가 버렸다.

"내가 죽을 수도 있는 문제입니다. 그래서 이 혼인을 꼭 해야겠다는 겁니다."

흥분해 있던 청비의 감정이 누그러지고 눈동자가 심히 흔들렸다.

"누구나 다 그러하겠지만 나 역시 내 목숨을 중요하게 여깁니다. 금은보화, 명예가 죽은 이한테 다 무슨 소용이겠습니까. 우선 살고 봐야지요. 소저 역시 내가 죽기를 바라는 건 아닐 거라 생각합니다. 그날도 내가 살았으면 해서 날 살려준 거 아니었습니까?"

무율만 마음을 바꾸면 될 일이라, 일말의 희망을 품고 있었는데 자신이 죽을 수도 있다 하니 청비는 뭐라 대꾸해야 할지 입술만 달싹였다. 막상 할 말이 떠오르지가 않았다.

혼인을 해야 자신이 살 수 있다니. 설마 자신의 목숨을 가지고 거짓말을 하지는 않을 터. 무율의 눈도 거짓으로 보이지 않았다.

"소저가 관여할 문제가 아닙니다. 그러니 이 일에는 끼지 않았으면 합니다."

평소의 여유로운 얼굴로 돌아온 무율은 다음에 또 보자는 말을 남기고 먼저 자릴 떠났다. 청비에게서 멀어진 그는 주먹을 꽉 쥐며 깊은 한숨을 내쉬었다.

걷는 내내 양쪽 다리에 쇠 주머니를 달고 걷는 것 같은 무게감이 느껴졌다. 무거운 걸음으로 동궁전을 나온 후 그는 청비와 나눈 대화를 떠올렸다.

'행복하지 않을 거라는 건 알아요. 분명 불행할 거예요. 공주님이나 당신이나.'

청비의 말들은 다 맞았다. 국혼이 성사되면 자신의 목숨까지 위협받는 치열한 왕권 다툼에서 살아남을 수는 있겠지만 그것은 자신이 진정 바라는 게 아니었다.

왕위에 오를 수 있는 입지가 생기고 권력을 강화할 수 있다 해도 청비 말대로 진정 행복할 순 없을 것이다.

공주와의 혼인으로 인해 평생을 후회할지도…….

공주가 다른 남자를 좋아하고 있고, 그런 공주를 맞이해서가 아니다. 바로 자신의 문제였다. 나 역시 다른 여인을 마음에 품고 있으니까 말이다. 무엇을 하든 어디를 가든 생각이 날 것이고 어느 누구도 대신할 수 없음을 안다.

후회를 하고 누군가에게 상처를 주고 또 누군가에게는 실망을 안기겠지만, 이제 온 나라에 공표만을 기다리고 있는 국혼이었다.

이미 모든 결정이 났음에도 단 하나 망설이는 이유를 대라고 한다면…….

무율은 걸음을 멈추고 가만히 쥐고 있던 손을 펼쳤다. 그의 손 안에 들어 있는 건 청비 머리칼에 묻어 있던 붉은 꽃잎이었다. 분명 배롱 꽃잎이거늘 이상하게도 물푸레나무의 향이 짙게 났다.

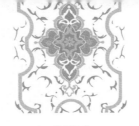

제27장
불안적심(不安的心) : 불안한 마음

청비는 제전의 전야제인 오늘까지도 말을 타고 승마장을 돌며 시간을 보내는 중이었다.

해륜궁에서는 저녁에 다른 소국에서 올라온 귀족과 왕친들을 맞이하는 연회가 열리는 것 때문에 미리부터 분위기가 들떠 있었다. 시녀들 역시 전야제에는 신분 제한 없이 참가할 수 있어, 다들 며칠 전부터 모이기만 하면 전야제 소식에 수다를 떨어댔다. 더욱이 오늘은 연회 준비까지 하고 있어 궁 안 사람들 모두 설레 하는 것을 볼 수 있었다.

청비도 그들처럼 기대되는 건 마찬가지였다. 다만 청비가 기대하고 있는 건 연회뿐만이 아니었다.

완벽한 남장을 해서 마차 경주를 보러 가는 것.

청비는 축제 분위기에 맞춰 신나 하면서도 남몰래 남장 준비를 해나가고 있었다. 단휘가 제전 준비 중에도 틈틈이 얼굴을 봐야겠다 찾아오니 혹여나 걸리지 않을까 걱정했는데 다행히도 단휘는 눈치를 채지 못했다.

걸리면 폭풍 잔소리에 난리도 그런 난리가 없을 거야. 끝까지 들키지 말아야지.

"청비 아가씨, 먼저 머리부터 빗고 치장해드리겠습니다."

말을 타느라 반나절을 밖에서 보내고 처소에 들어왔건만 시녀들은 도무지 쉴 시간을 주지 않았다. 시녀들은 시간이 없다며 모두들 청비에게 달라붙어 있었다. 옥 빗으로 청비의 머리를 빗기는 것을 시작으로 본격적인 꽃단장에 들어갔다.

청비는 치장해주는 대로 자신이 변화하는 모습을 가만히 지켜보았다.

이건 치장의 수준이 아니야. 분장, 변장이나 다름없다고 할까.

시녀는 청비의 머리카락을 자연스럽게 뒤로 늘어뜨리고 유액을 발라 윤기가 나게 한 뒤 이국적인 외모가 더 신비한 분위기를 자아내게끔 비취옥으로 만든 머리 장식을 여기저기 해주었다.

시녀들이 입혀준 비단 상의에는 작은 진주들이 달려 있어 청비가 조금만 움직여도 진주가 살랑살랑 흔들렸다. 화장 역시 청비의 투명한 피부가 더욱 빛나게끔 백연을 발라 더 하얗게 하였고 입술과 뺨에는 꽃잎으로 만든 진홍색의 색조까지 더해져 생기 있어 보이기까지 했다. 의상은 청비가 평소 입는 것보다 훨씬 더 화려했다.

푸른색 치마에 목련처럼 새하얀 비단 단의가 허리까지 내려와 깨끗하면서도 청순해보였다. 푸른빛과 하얀빛이 어우러지고 위에 원색 계열의 붉은 반비를 둘러 요염함마저 흘렀다. 청비는 보는 이로 하여금 눈을 뗄 수 없게 만들 정도로 청아한 여인이 되어 있었다.

단장을 마친 시녀들은 만족스러운 듯 감탄했고 청비도 평소와는 다른 자신의 모습에 흐뭇한 미소를 지으며 처소를 나섰다.

시녀들을 따라 연회장 입구에 도착하자 자신이 좋아하는 비파 연주가 들려왔다. 청비는 귀를 기울였다. 홀로 이어지는 길목의 호화로운 미관 역시 청비의 시선을 빼앗기에 부족함이 없었다.

길목 바깥쪽에서 끝없이 이어지는 유리잔 안에는 초들이 켜져 있었는데 어두운 저녁, 이보다 더 아름답게 길을 안내하는 장식은 더 없을 것 같았다. 또한 꽃으로 만든 향초라 주변에 꽃향기가 그윽하게 퍼져 있어 누구라도 홀릴 듯했다.

홀 안으로 들어가니 단휘가 내내 기다렸는지 자신을 바로 발견하고는 다가왔다. 그는 청비 앞에 서서 잠시 얼어붙은 듯 움직이지 않다가 천천히 얼굴을 풀었다. 입가에 차츰 미소가 어리더니 눈까지 환히 웃는다.

그 역시 평소보다 화려했다. 검은색 양단에 금빛 문양이 새겨진 능라 비단을 걸쳐 어느 여자든 꿈꾸어 봤을 고전적인 왕자님의 모습을 하고 있었다.

반칙이다, 이건. 한국에선 '슈트발, 슈트발' 하는데 이탄국에서는 '비단발'이었어.

평소에는 무늬가 없고 명주 자체로만 만드는 화견 비단을 입은 단휘만 보다가 이렇게 황실 비단옷을 입은 그를 보게 되니 왜 이렇게 달라 보이는지 눈도 못 마주칠 정도였다. 그의 몸 여기저기에서 고급스러움이 뚝뚝 묻어나오고 있었다.

태자 주변을 둘러싸고 있는 여인네들 역시 황홀한 얼굴로 태자에게서 눈을 뗄 줄 몰랐다.

구경만 해. 내 남자다.

마치 신기루가 펼쳐지는 것 같았다. 오늘따라 그의 매력은 무척 압도적이었다. 그의 미소도, 눈동자도 지금 이 순간, 모든 게 아름다웠다. 분위기도, 음악도, 달아오른 열기조차도.

악기 연주 소리와 사람들의 웅성거리는 소리가 섞여 홀은 소란스러웠지만 청비는 마치 고요한 공간에 단휘와 단둘만 남은 것처럼 오롯이 그에게만 눈을 맞추었다. 그의 눈동자는 다른 때보다 더욱 깊었다. 어느새 얼굴이 닿을 정도로 가까이 다가온 그가 말을 걸어왔다.

"넌 매번 나를 놀라게 하는구나."

단휘의 부드러운 목소리는 자신에게만 허락되는 다정함이었다.

"지금 네가 얼마나 눈이 부신지 아느냐."

단휘에게서 과실주 향이 났다. 달콤하면서 쌉싸름한. 단휘의 향이 그녀의 가슴에까지 흘러들어 가슴이 기분 좋게 흔들거렸다.

"술 냄새가 나는데, 혹시 술 마셨어요?"

"그래."

"으흠, 좀 취했군요."

"근데 부족해. 더 취해야겠다, 너한테."

단휘는 나른하게 풀어진 얼굴로 미소를 지으며 청비의 허리에 손을 감고는 그대로 홀 반대편으로 향했다. 그는 정원 연못에서 걸음을 멈추었고, 연못에는 달빛이 비친 청비와 단휘의 그림자가 어른거렸다.

"눈이 부셔서 볼 수가 있어야지. 이곳은 어두우니 이제 제대로 볼 수 있겠군."

단휘는 청비를 분수대에 앉게 한 후 청비의 허벅지에 머리를 기대어 한쪽 다리를 세운 자세로 분수대에 누웠다. 그러고는 이보다 더 편할 수는 없다는 얼굴로 청비와 시선을 마주쳤다.

청비는 누워 있는 단휘를 보며 당황스럽다가도 또 언제 이렇게 단휘의 얼굴을 가까이 볼 수 있겠나 싶어 그의 머리카락을 훑으며 홀에서 들려오는 선율에 흥얼거렸다.

시간이 얼마나 지났을까.

"묻고 싶은 게 있는데."

눈을 감은 채 단휘가 조용히 묻는다. 청비는 흥얼거림을 멈추고 그가 하는 말을 들었다.

"너의 그 능력 말이다."

"……."

"지금까지는 다행히도 나만 볼 수 있었지만, 앞으로도 그랬으면 해."

그는 엄하면서도 걱정스러운 얼굴이었다.

"난 네가 위험에 처하는 걸 볼 수가 없구나."

청비는 고개를 갸웃거렸다.

"위험……하다고요?"

"그래. 그건 분명 있을 수 없는 일이니까. 그래서 더욱 아무도 알아선 안 돼."

"제가 원해서 일어나는 일이 아니에요."

물과 관련해 그간 일어난 일들은 자신이 원한 것이 아니었다.

또 그걸 내 능력이라 할 수 있을까? 내 의지대로 나오는 것이 아닌데.

그의 얼굴은 그 어느 때보다 진지했고, 목소리에선 불안함도 느껴지는 것 같았다. 청비의 한층 어두워진 시선이 단휘를 향했다.

"네가 원하든 그렇지 않든, 분명 너는 물을 맑게 정화하는 능력을 가졌어. 물론 나쁘다는 것이 아니다. 어쩌면 축복받아야 할 일인지도…… 모르지. 하지만 난 웬일인지 그로 인해서…… 너를 잃을 것 같다는 생각을 떨칠 수가 없다."

단휘는 청비를 자신의 품으로 확 당겨 끌어안았다.

"네가 내 품에서 내 보호를 받으며 안전하길 바라."

"제 마음대로 할 수 있는 게 아니지만…… 조심할게요. 물이 있는 곳이 아니면 정화 능력도 나오지 않을 테니 다른 사람들은 알 수도 없을 테고요. 그러니 걱정하지 마세요."

단휘는 청비의 어깨를 살며시 잡고는 희미하게 웃음을 지어 보였지만 여전히 눈에는 걱정이 담겨 있었다. 단휘는 청비의 얼굴에 가까이 다가가 이

마와 입술에 입을 맞추었다.

청비는 다른 때보다 일찍 눈을 떴다. 오늘은 기다려왔던 제전 마차 경주가 열리는 날이었다. 미리 시녀 한 명에게 누군가 자신을 찾으면 잘 둘러대라 귀띔을 해놓았기에 궁을 나간 후에도 걱정은 없었다.

더군다나 태자 역시 경주를 보러 갈 것인데 그 외에 나를 찾을 사람이 누가 있겠나.

청비는 미리 준비했던 남복과 남장을 위한 소품들을 침상에 늘어놓았다.

뭐부터 할까나. 청비는 손바닥을 비비며 한쪽 입매를 들어 올렸다.

먼저 그녀는 머리를 틀어 올렸다. 중간에라도 풀어지면 안 되기에 몇 번이고 꽉 묶어주었다.

머린 이제 됐고 그 다음은 얼굴을 손볼까.

청비는 화장기가 전혀 없는 말간 얼굴에 준비해놓은 숯으로 눈썹을 마구마구 덧칠했다. 그러자 검정 송충이 두 마리가 꿈틀대고 있는 모양의 검댕 눈썹으로 변신해 있었다.

이거 완전 짱구 아빠 소환인데.

만족스러운지 청비는 눈썹을 꿈틀거려 보고 이번엔 흑염소 털로 만든 콧수염을 입술 위에 최대한 자연스럽게 붙이기 시작했다.

제일 중요한 단계였다. 조금도 티가 나선 안 되니까.

떨리는 손으로 다 붙이고 나니 조선 시대 사또의 만년 꼬붕, 얍삽이 이방 느낌이 물씬 풍긴다. 청비는 마지막으로 시종들이 입는 복장으로 갈아입었고 그간 연습해온 남자 걸음으로 성큼성큼 걸어보았다. 복장부터 행동까지 완전 남자 중의 남자구만, 누가 의심하랴.

"준비 끝!"

청비는 모든 준비를 끝내고 창문을 훌쩍 뛰어넘었다. 아직은 궁 안이니 불안했다. 주변을 살피며 심부름하는 시종처럼 궁 안을 거닐다 자신의 얼굴을 아는 이들이 나타난다 싶으면 미리 준비해간 나제립(삼국 시대에 신라와 백제에서 쓰던 갓)을 써 얼굴을 가리고 위기를 피했다.

위험한 상황을 여러 번 넘기고 청비는 드디어 성문에 다다랐다. 미리 입수한 정보대로 성문에는 마차 경주 때 황족들의 시중을 들러 가는 시종들이 모여 있었다. 청비는 거기에 자연스럽게 합류하였고 경주장까지 아무 탈 없이 도착할 수 있었다.

시종들 틈 사이에서 빠져나온 청비는 일반 서민들 속에 섞여 경주장 입구로 들어갔다. 들어가는 내내 가슴이 조마조마하고 혹시라도 자신을 이상하게 보는 눈길이 있다 싶으면 침 뱉는 시늉과 함께 "아, 빨리빨리 좀 갑시다." 하며 굵은 목소리를 냈다.

그렇게 모두 무사통과하여 들어온 기쁨도 잠시 경주장 안의 관객석은 벌써 하북성이며 다른 소국에서 올라온 사람들로 빈틈없이 꽉 채워져 있었다.

"뭐야, 좋은 자리는 이미 다 꽉 찼잖아."

이렇게 사람들이 많이 올 줄 알았으면 더 일찍 오는 건데.

어렵게 남장까지 해서 온 만큼 제대로 보고 싶은 마음이 컸다. 사람들에게 치이며 벗겨지지 않게 나제립을 더 푹 눌러쓰고, 경기가 잘 보이는 곳을 두리번거리며 찾고 있는데…….

"아주 대놓고 이야기를 하지 그러느냐, 나는 여인이라고."

뒤에서 누군가가 자신의 귀에 대고 속삭거리는 통에 청비는 소스라치게 놀라 온몸이 뻣뻣해졌다.

"이왕 남장을 할 거면 제대로 했었어야지."

청비는 천천히 고개를 돌려 목소리의 주인을 보았다.

"지금 그 행동 딱 여인네였어. 다 알아채고도 남는다고."

청비의 입에서 '어!' 하는 소리가 크게 나오려는 순간 목소리의 주인이 그녀의 입을 막았다.

신아 공주였다.

어쩜 이리 같은 생각을 한 것인지 공주 역시 남장을 하여 경주장 안에 막 들어온 상태였다.

다른 것이 있다면 청비는 평민들이 있는 옷이었고 공주는 귀족 신분을 나타내는 고급스러운 옷감의 남복이었다. 관모로 긴 머리를 감추고 콧수염은 아니지만 대신 턱수염을 붙여 나름 의심 살 일 없는 모습이었다.

"따라와."

공주는 주변을 의식하며 청비에게 이쪽으로 오라 손짓하더니 사람들과는 한층 떨어진 구석으로 갔다.

"청비, 네가 여긴 왜 온 것이니?"

"보고 싶어서요. 이런 기회가 또 언제 있나 싶기도 하고."

관심이 생기니 실제로 보고 싶었다. 피겨나 펜싱 같은 것을 배우게 되면 실제 경기장을 찾아 선수들을 보고 배우고 싶은 것처럼 말이다.

"공주님은요?"

청비 역시 공주의 위아래를 흘기며 되물었다.

"나는 매해마다 이렇게 들어왔었다. 너는 처음이라 초보 티가 물씬 나는구나. 너 역시 몰래 구경 왔으니 조용히 보고 가거라. 우리 둘이 입만 다물고 있으면 누가 알겠니. 내 특별히 너를 대동하고 다녀주지. 나만 잘 따르거라. 들킬 일은 없을 것이야."

공주는 어깨를 올리며 으쓱댔고 청비의 비뚤어진 수염을 재정비해주며 웃음을 터뜨렸다. 하지만 곧 앞으로 남자들이 지나가자 언제 그랬느냐는 듯 무표정한 얼굴로 헛기침을 했다.

"여보게, 청비. 아니, 청복이. 그럼 가십시다. 내가 좋은 자리를 알고 있소."

공주가 컬컬한 남자의 목소리를 내며 수염을 쓰다듬었다.

하필 청복이라니. 순발력하고는.

순간 청복이가 된 청비는 이름이 마음에 들진 않았지만 최대한 음성을 깔며 공주의 말에 응수했다.

"그럽시다. 나 역시 제대로 경주를 보고 싶은 참이었소."

청비는 신아 공주가 가는 길을 놓치지 않게 잘 따라가다 순간 움찔하여 멈춰 섰다. 공주가 갑자기 멈추더니 뒤돌아 청비를 보며 인상을 쓰는 것이 아닌가.

"나한테서 나는 향료 냄새도 심하다 싶었는데 네 것은 더 심하구나. 단내가 아주 진동을 하네."

청비는 난처한 얼굴로 자신의 팔을 들어 냄새를 맡았다.

그런가? 난 잘 모르겠는데.

"안 되겠다. 이리로 와보거라."

신아 공주는 청비를 끌고 후미진 구석으로 데려갔다.

"어서 이것을 바르도록 해."

공주가 소매 안에서 꺼낸 건 작은 약병이었다.

"참나무 진액인데, 그 냄새로 인해 잠시나마 네게서 풍기는 향기가 감춰질 거야."

청비는 마치 향수를 쓰는 것처럼 약병에서 흘러나온 진액을 손목과 귓불에 묻혔다. 공주는 다시 한 번 청비 가까이에서 냄새를 맡아보고는 이 정도면 됐다 싶은지 만족스러운 얼굴을 하였다. 사람들이 자신들 근처로 지나가자 공주는 헛기침을 하며 다시 연기에 들어갔다.

"이러다 경기가 시작하겠소, 청복이. 어서 서두릅시다."

청비는 공주의 자연스러운 행동과 분위기에 혀를 내둘렀다.

대체 얼마나 많이 해봤기에 저렇게 자연스러워.

공주는 미청년의 분위기를 풀풀 풍기고 있었다. 외모뿐만이 아니었다. 남자 흉내가 자연스러운 걸 넘어 당당하기까지 했다. 청비는 처음 해본 남장이 어색한 데다 혹시 들키지는 않을까 주변의 눈치를 살피느라 급급한데 말이다.

그래도 사람들의 의심을 사지 않는 것만으로도 처음치고는 대단한 거야. 나름 스스로 만족해하며 신아 공주를 따라 편하게 경기를 볼 수 있는 곳에 도착하였다.

황족들 빼고 일반인들이 볼 수 있는 곳 중에서는 최고의 시야가 확보된 곳이었다. 경주장에서 가깝진 않지만 반 원통형의 둥근 천막 아래로 그늘이 져 있어 뜨거운 햇빛을 받지 않아도 되는 데다 좌석이 경사가 져 있어 큰 경기장이 한눈에 들어왔다.

"항상 내가 맡아놓는 자리니라. 오늘만은 특별히 너도 볼 수 있게 허락해주지."

신아 공주와 나란히 천막 아래에 앉아 경기장을 내려다보니 다행히도 아직 경기 시작 전이었다. 늦지 않아 정말 천만다행이었다. 벌써부터 자기 소국의 경주자를 응원하는 고함으로 인해 경기장 안은 들썩거리고 있었다.

"청비 너는 어떻게 경주장에 올 생각을 한 것이야? 이런 걸 좋아할 줄은 몰랐는데?"

"며칠 전에 태자님께서 마차 경주를 보여주셨거든요. 말 타는 것을 배우고 있어서 매력에 더 푹 빠지게 되었다고 해야 하나."

"하긴 건희도 네가 말을 아주 잘 탄다고 그러더구나."

이탄국에 와서는 항상 누군가에게 의지를 하고 도움만 받았기에 혼자 말을 탈 수 있다는 것이 그렇게 행복할 수 없었다. 이제는 단휘의 뒤에 타지 않아도 자신이 가고 싶은 곳에 갈 수 있었다.

말도 이제 제법 탈 줄 아니 앞으로는 마차 타는 것도 배워봐?

보는 것만으로도 스릴이 넘치는데 직접 마차를 몰면서 달리는 기분이 어떨지, 직접 한번 느껴보고 싶었다.

"아, 배고파."

아직 점심을 먹기에는 이른 시간이었지만 공주는 음식을 갖고 다니며 먹고 있는 사람들을 보며 입맛을 다셨다. 어디서 먹을 것을 파는 것인지 주변을 둘러보다 오가는 사람들 사이에서 과일 열매, 견과류 등의 간식을 파는 상인을 발견했다. 경기 관람에 있어서 주전부리가 빠질 수는 없다.

"청비야, 돈 줄 테니까 저기 가서 먹을 것 좀 사 와줄래."

"예, 그럴게요."

청비는 자리에서 일어나 공주가 가리킨 곳으로 향했다. 공주와 같이 먹기 위해 넉넉한 양을 산 뒤, 목이 말라 물을 마실 수 있는 음수대로 내려가 물을 마시는데 근처에 익숙한 얼굴이 보였다. 바로 건희였다.

역시 건희 님도 계셨구나. 공주님한테 알려줘야지.

공주가 기뻐할 모습을 상상하며 청비는 건희가 가기 전에 공주한테 빨리 알려주려고 그들을 지나치려 했다. 하지만 건희가 다급하게 내뱉는 말들을 들은 이후, 청비의 발은 멈춰졌다.

"그걸 지금 말이라고 하는 것이냐!"

평소의 침착한 모습의 건희가 아니었다. 뭔가 문제가 생긴 것처럼 보였다.

"갑자기 참가를 못한다니! 이제 곧 경기가 시작될 터인데 대체 무슨 일이라 하더냐!"

"그것이 심하게 탈이 났는지 정신을 차리질 못하고 있다 합니다. 저 상태로 마차에 탄다 해도 제대로 탈 수나 있을지……."

"분명 경기 전까지 몸 관리에 신경 쓰라 그리 일렀건만."

"대체할 만한 다른 경주자를 찾아야 할 것 같습니다."

청비는 딴청을 부리며 시선을 다른 곳에 두었지만 그들의 대화를 집중해서 듣고 있어 대충 상황이 어떻게 되어가고 있는지 알 것 같았다.

단휘가 마차 경주가 중요한 경기라고 했었기에 처음에 저들의 대화를 들었을 땐 우리 팀이 이러다 기권하는 게 아닌지 걱정이 되었다. 그러다 무언가 순식간에 '팟' 하고 생각이 떠오르자 청비의 눈빛은 의미심장하게 변해갔다.

청비는 그들에게 조용히 몇 발짝 다가갔다. 발등에 불이 떨어져 안절부절못하는 그들은 청비가 오는 것에 조금도 눈길을 주지 않고 있었다. 그저 지나가는 사람이라 여길 뿐.

"지금 바로 경기장 안으로 출전해야 하는 상황이다. 지금 당장 경주자를 찾는 건 불가능해."

건희가 말한 대로였다. 경주장 안에는 벌써 자신의 소국을 대표하는 옷을 입은 남자들이 마차를 끌며 하나둘 등장하고 있었다. 건희의 눈은 심각했고 얼굴은 금세 흙빛으로 어두워졌다.

"마차를 직접 몰지는 않으나 중심축으로서 마차의 방향이며 적의 동선을 살피는 중요한 역할이다. 체중 또한 적게 나가야 하고 일반 병사들만 참여가 가능하니 대체할 병사를 지금 당장 어디에서 찾는단 말인가."

"어디서 찾긴요."

가만히 듣고만 있던 청비가 그들의 앞에 턱하니 나타나 건희의 말을 잘랐다.

"바로 여기 있지 않습니까, 앞에."

청비는 턱을 치켜들며 씩 웃었다.

건희는 처음 보는 사내가 자신들의 말을 엿들은 것을 알고 경계했지만 이내 청비임을 알아보고 당황함을 감추지 못했다.

"여긴 어떻게……."

제전 경기는 여인이 참여할 수도, 관람할 수도 없었다. 하지만 청비의 남복 차림이며 분장에, 남자 목소리까지 지어내는 걸로 보아 단단히 준비를 하여 몰래 들어왔다는 것을 알아챌 수 있었다.

건희는 쉽게 입을 열지 못했다. 청비 역시 혹시나 자신이 여인이란 것을 들키면 안 되었기에 헛기침을 하고 큰 동작으로 턱수염을 쓰다듬으며 눈치를 주었기 때문이다. 청비는 건희에게 곧장 본론부터 꺼냈다.

"그 몸이 안 좋다는 경주자 대신 내가 나가겠소."

건희는 자신이 잘못 들었나 싶었다.

"무슨 말씀이신지……."

"내가 마차 경주에 나가겠다는 말이오."

"그게 무슨, 절대 안 될 일입니다."

"그럼 이대로 기권하겠다는 거요? 많은 사람들이 기다리고 있는데 경기 참여도 안 해보고 이대로?"

청비의 마음은 벌써 관중들에게 손을 흔들며 경기장 안으로 들어서고 있었다.

"하지만…… 어찌 그런……."

"내 운동신경을 알고 있지 않소? 나 정도면 체중도 가벼우니 그쪽이 말한 조건에 딱 아니오? 말 타는 것도 그 정도면 나름 잘 타는 편이니 마차 타는 것 역시 어려운 일이 아닐 것이고. 지금 당장 아무나 내보내야 하는 상황에서 나보다 더 좋은 조건을 갖고 있는 이는 없을 것 같은데."

청비의 운동신경은 확실히 여느 날렵한 사내들보다 나았다. 민첩한 데다 무얼 가르치든 받아들이는 것이 빨랐다. 하지만 망설임도 잠시, 건희는 아예 마음을 굳힌 듯 단번에 거절했다.

"안 됩니다."

"아니 왜……."

원래 자신의 목소리가 튀어나오자 청비는 흠칫 놀라 입을 다물고 다시 남자 목소리로 걸걸하게 내뱉었다.

"경기 시작이 코앞인데. 망치고 싶은 거요? 내 역할이 축을 잡는 거라 하지 않았소. 그건 정말 내가 자신 있단 말이오."

곤란해하는 건희에게 누군가 차분히 명령을 내렸다.

"허락하세요."

음식을 사 오라 청비에게 심부름을 보낸 지 한참이 지났는데도 돌아오지 않아 길을 잃은 건 아닌지 찾아 나서던 공주였다. 청비는 이탄국의 여인들과는 확실히 달랐다. 경기가 보고 싶다는 이유로 남장을 한 것도 대단하지만 마차 경주까지 직접 해보겠다니.

공주는 청비의 도움을 받은 것이 많았기에 이렇게나마 저 아이가 원하는 것을 들어주고 싶었다.

"아니, 두 분 같이 이곳에 오신 겁니까? 대체 들키시면 어쩌시려고."

"그런 거 걱정할 시간 없을 텐데요. 뒷일은 내가 책임지지요. 청비를 경기에 출전시키세요."

강압적으로 몰아붙이는 공주의 태도에 건희는 한숨을 내쉬었다. 공주는 청비에게 윙크를 날렸고, 청비는 공주의 지원에 힘입어 건희와 함께 마차가 있는 곳으로 내려갔다.

이제 마차가 두 대 남은 상황이었고, 하북성의 마차 경주자로 보이는 남자가 건희를 발견하자 울상을 한 얼굴로 소리쳤다.

"서둘러야 합니다! 이제 앞 마차만 나가면 저희 차례입니다! 어떻게 됐습니까?"

"대체할 병사를 데리고 왔다. 같이 출전하라."

대기하고 있던 시종들은 건희가 준비시키라는 명을 듣자마자 청비에게 몸에 충격을 덜 받게끔 만들어진 갑옷을 빠르게 입혀주었다. 건희는 걱정스러운 얼굴로 직접 청비의 머리에 투구를 씌워주고 다리에는 보호구를 착용시켜주었다.

"간단히 말씀드리겠습니다. 같이 마차를 타게 되는 장돌이가 말 네 마리를 한 마리처럼 몰아야 하기 때문에 주변을 보기 어려우니 청비님께서는 장돌이와는 반대로 서서 상황을 이야기해주시면 됩니다. 다른 마차와 부딪치지 않게 말입니다. 앞에 손잡이를 꽉 잡으시고요. 그리고 마차 경주의 경기 방법은……."

"알아요. 전에 경기를 직접 봐서 다 안다고요. 반환 기둥을 돌아 다시 출발선으로 먼저 들어오는 마차가 이기는 거잖아요."

청비가 걱정 붙들어 매라며 건희를 안심시키고 마차에 올랐다. 마차에는 먼저 타 있던 같은 편 경주자 장돌이가 있었다. 그는 청비가 여인인 줄 모르기에 어깨에 손을 올리고 잘해보자며 자신만 믿으라는 폭포수 같은 침들을 날렸다.

그리고 얼마 안 있어 앞 마차가 멀리 출발선에 도착하는 것을 확인한 장돌이는 고삐를 잡아 내리쳐 말을 몰았다. 청비도 준비된 듯 손잡이를 꽉 움켜잡았다. 드디어 마차가 출발하는 순간이었다. 청비는 가슴이 들떴다. 동심원 모양의 길을 달리기 시작하자 관중석에서 들려오는 함성에 온몸에 묻히고 찌릿찌릿한 전율이 몸을 감쌌다.

마차 경주는 제전에서 가장 관심을 많이 받는 큰 경기였다. 비록 남자들만이 참여가 가능하고 볼 수 있지만 변방의 지역이며 수도인 하북성을 대표하는 주자들이 나가기 때문에 개인이 아닌 각 지역민 전체의 자존심이 걸려 있었다.

항상 그래왔듯이 사람들의 응원과 열기는 대단했다. 그들의 고조된 분위기와는 달리 건희의 표정은 어두웠다. 청비를 경주자로 내보낸 것이 후회가 들었기 때문이었다. 혹시 무슨 일이 일어날까 초조하여 마음이 놓이지 않았다. 하지만 그렇다고 다시 데리고 올 수도 없는 노릇. 이제 자신이 할 수 있는 거라곤 청비가 무탈하길 바라며 지켜보는 것밖엔 없었다.

머리를 보호하는 투구를 쓰고 있어 얼굴이 보이지 않는다지만 문제는 태자였다. 태자를 비롯한 왕족들은 마차 경주를 가장 가까운 곳에서 관람하고 있기에 여차하면 들킬 수도 있었다. 그렇다면 일이 어떻게 될지.

벌써부터 태자의 노발대발하는 모습이 그려져 마차 경주에 출전할 수 있어서 다행이라는 안도감보다는 일을 더 크게 벌린 것이 아닌지, 마음 한구석에서 불안함이 커져갔다.

제발 아무 일 없으셔야 할 텐데…….

보통 경기장이 사람들을 많이 수용하기 위해서 타원형으로 지어지는 것처럼 이곳 경주장 또한 그랬다. 좌석 또한 신분 차이에 따라 앉을 수 있는 곳이 달랐다. 경기장과 가장 가까운 아래층 좌석에는 왕족과 귀족 원로원들이 앉을 수 있었다. 그곳은 경기를 바로 눈앞에서 볼 수 있어 경주자들의 호흡까지 느껴지는 가장 좋은 위치였다.

좌석들 사이의 간격도 넓어 시녀와 시종들이 옆에 서서 시중을 들 수도 있었다. 위에는 양가죽으로 만든 대형 천막까지 쳐져 있어 뜨거운 햇빛을 받지 않아도 되고 주위에 벽감을 설치하여 아무나 쉽게 접근할 수 없도록 하여 신변 보호까지 되었다.

"이제 연단에 올라가실 시간입니다."

인사를 올리며 얼굴 도장을 찍는 귀족들의 인사에 따분한 표정으로 앉아 있던 단휘가 총사의 말에 살았다는 얼굴로 바로 자리에서 일어났다. 그는 총사에게서 붉은 천을 받아 들었다. 연단에 서서 붉은 천을 바닥에 떨어뜨리는 것은 경기의 시작을 알리는 것이었다. 비술나무 잎으로 장식되어 있는 단상 위로 오르던 단휘는 순간 멈칫하였다.

이 향기는…….

분명 익숙한 청비의 향기가 바람에 실려 있었다.

금세 청비가 보고 싶어 이런 것인가.

제전의 모든 경기에는 여인이 참가할 수 없기에 청비가 이곳에 올 가능성은 없었다.

말이 안 되지. 궁 안에 있을 청비가 이곳에 있다니 그럴 리가 없어.

단휘는 자신이 괜한 상상을 하는 거라 여기며 연단 위에 올라섰고, 관중석들의 시선은 일순간 경기의 시작을 알릴 준비를 하고 있는 태자 단휘에게로 쏠렸다. 그는 하나둘 경기장을 돌며 출발선으로 들어오는 마차를 향해 손을 흔들어주며 경주자들의 사기를 높였다.

마지막 주자인 하북성을 대표하는 마차가 경주장을 한 바퀴 돌아오고 청비는 관중석을 바라보았다.

경기장 안은 사람들이 지나다닐 틈도 없이 모든 공간이 인산인해를 이루고 있었다. 응원하는 이들에게 손을 흔들며 경기장을 반 바퀴 돌았을 때쯤, 마차가 중앙을 지나는데 바로 맞은편에 서 있는 태자가 청비의 시선에 들어왔다.

청비는 식겁하여 바로 고개를 내렸지만 장돌이가 앞을 보라며 면박을 주어 할 수 없이 얼굴을 들 수밖에 없었다. 정말 다행히도 태자는 별 반응이 없었다. 그냥 엄정한 눈으로 경기장을 바라보고 있을 뿐.

그래, 그럼 그렇지. 수염까지 붙인 데다 투구까지 썼는데 나를 어떻게 알아보겠어. 괜히 들킬까 조마조마하면서 행동하다간 더 들통날지도 몰라. 지금 이 순간, 나는 남자다! 이 생각만 하는 거야.

청비는 단휘 쪽으로는 아예 눈길을 주지도 않은 채 콧김을 뿜으며 상남자로 빙의되어 다른 마차들을 향해 괜히 눈을 부릅떴다.

어느새 청비가 탄 마차도 다른 마차들과 같이 출발선에 섰다.

목 안까지 차오른 긴장감이 얼굴에까지 드러날까 싶어 청비는 계속해서 출처를 알 수 없는 거친 말들을 쏟아냈다.

"예압! 왓썹! 오우 씁! 씁! 쉐 쉐끼루! 모두 까버리겠어!"

도둑이 제 발 저린다고, 자신을 더 거친 남자로 보길 바라는 마음에서 우러나온 행동이었다.

"워워, 이보게, 좀 진정하게나."

장돌이는 흥분한 청비를 진정시키며 겨우 어깨를 나란히 하고 출발 준비를 마쳤다. 청비는 온몸이 긴장감으로 쥐락펴락했다. 정말 오랜만에 느껴보는 감정이 아닌가. 자신이 하북성을 대표해서 나온 것도 한몫했지만 한국에서 태권도 선수로 뛰어 몸에 배어 있던 승부욕이 불타올랐다.

마차 경주는 여자인 자신이 나오면 안 되는 경기였지만 그 순간, 그 기분을 다시금 느껴보고 싶었다.

너무 그리웠다. 대회 날 경기장에서의 숨 막힐 듯한 긴장감과 이겼을 때의 극도로 짜릿한 그 기분.

어쩌면 오늘 이 경기가 아니면 다시 오지 않을 기회 같았다. 안 되는 걸 알면서도 출전을 하고 싶다고 졸라댔고, 공주가 밀어준 덕분에 나가게 된 경기인 만큼 꼭 이기고 싶었다.

청비는 단휘와 같이 연습 경기를 관람했던 날을 떠올렸다.

—중앙 분리대를 세 바퀴 돌아 먼저 도착한 순서대로 순위를 매기지.

가장 중요한 건 아무리 빠르게 속도를 내서 마차를 몰아도, 반환점을 돌 때 마차와 말을 잘 조종하지 못하면 균형을 잃을 것이다. 연습 경기 때도 보았지만 모두 실력자인 만큼 대부분 속도도 앞서거니 뒤서거니 비슷한 데다 조종술도 뛰어났다. 하지만 서로 같은 속도로 달리고 있는 데다 반환점을 빨리 돌려고 하니, 바퀴들이 충돌해 중심을 잃었었다.

속도 조절을 하지 못해 반환점에서 균형을 잃는 동시에 서로 부딪힐 위기에 처해 위험천만했던 장면들이 빠르게 머릿속을 스쳐 가면서 청비는 머리를 굴렸다.

경기 방법이 직선으로 난 길을 달려서 먼저 도착하는 조가 이기는 것이라면 무조건 빠르게 질주를 해야 하는 것이 맞겠지만 지금 이 마차 경주는 중앙 분리대라는 장애물을 돌아와야 했다. 무조건 속도만 낼 것이 아니라 다른 조들과는 차별화되는 전략이 필요하다는 생각이 들었다.

경기에 출전하는 마차들은 모두 여섯 대.

무조건 그들을 치고 나가는 것보다 끝까지 균형을 잃지 않고 출발선까지 돌아오는 것이 중요하고, 그것이 승부를 판가름할 결정적인 요인 같았다.

“저희는 무조건 초반에 천천히 갑니다. 저들 뒤에서 따라붙어서 가는 겁니다!”

처음 보는 이가 갑자기 대타로 나선 것도 못 미더운데, 마차가 나아갈 방향과 적의 동선을 일러줘야 할 구심점 역할을 해야 하는 자가 천천히 가라, 저들을 치고 나가는 것이 아닌 뒤에 따라붙어서 가라니, 장돌이는 그게 말이 되느냐며 인상을 팍 썼다.

“지금 지고 싶어서 환장했소?”

“나를 한번 믿어보시게나. 우린 한편이 아닌가.”

장돌이가 뭐라 부정할 사이도 없이 태자가 잡고 있던 붉은 천이 바닥으로 떨어지고 마차 경주는 시작되었다.

장돌이는 청비의 말에 반박하려다 의도치 않게 한발 늦게 출발을 했고 청비의 바람대로 가장 마지막 주자가 되어버렸다.

청비는 일사불란하게 다른 마차의 상황을 살폈다. 역시나 모두 하나같이 채찍을 있는 힘껏 휘두르며 기동성을 내기에만 바빴다.

그래, 서로 겨뤄라! 더 부딪치라고! 그래서 한 조라도 떨어져 나가야 우리가 승리에 가까워지지.

조금 늦게 출발한 덕에 청비는 앞서 가고 있는 마차들을 지켜볼 수 있었다.

특히나 앞에선 마차 두 대가 서로의 바퀴가 맞닿을 것 같았지만 누구 하나 지지 않으려 속도 경쟁을 하고 있었다.

결국 마차 두 대의 바퀴가 마찰음을 일으키는 동시에 부딪혔다. 타격이 컸는지 두 마차는 금방이라도 공중분해가 될 듯한 상황이 연출되었다. 혹시라도 그들이 청비 조의 마차 앞길을 가로막을 상황이 오면 안 되기에 청비는 다급히 외쳤다.

"우회로 피해!"

장돌이가 바로 방향을 바꾸어 전복 위기에 처한 다른 마차들을 지나칠 수 있었다. 그러나 가까스로 피한 것도 잠시, 바로 분리대가 나타나 방향을 꺾어 돌게 되니 청비는 몸이 밖으로 쏠렸다. 그녀는 마차 난간을 꽉 잡으면서도 더욱 목소리를 크게 해 지시를 멈추지 않았다.

"현재 속도 유지!"

이제 3대의 마차만 남은 상황에서 장돌이는 저들을 따라잡고 싶은 마음이 굴뚝같았지만 자신은 오로지 말의 속도 조절과 마차의 방향을 바꾸는 것에만 온 신경을 집중해야 했기에 지금 상황에선 지시를 내리는 저자의 말을 믿고 따르는 수밖엔 없었다.

시키는 대로 속도를 내지 않고 앞에서 달리고 있는 마차들과 일정 거리를 유지하고 있는데 분리대를 앞둔 마차 한 대가 길 중앙에서 속도를 줄이지 못하고 있었다.

충돌할 위기에 처한 경주자는 바로 말과 마차를 잇는 고삐를 끊어내 경기장을 이탈하고 승부를 포기했다. 경쟁자가 줄어든 것이었다.

청비 조의 마차는 안정적으로 분리대를 돌아 이제 두 바퀴만 남은 상황이었다. 먼저 선두로 달리고 있는 마차들의 동태를 살피니 남은 마차 두 대가 동시에 분리대를 향하고 있었다. 같이 분리대를 도는 만큼 회피 기동 속도만큼은 현저히 줄 것이 분명했다.

그 순간 청비 조의 마차가 전속력으로 속도를 낸다면 최대한 따라붙을 수 있을 것이다. 절호의 기회였다.

이런 기회를 놓칠 순 없지!

"돌진!"

장돌이는 그 말을 기다렸다는 듯 한쪽 입술을 올리고 사납게 이를 드러냈다. 속도를 무섭게 내어 1, 2위를 다투고 있는 마차 뒤로 바짝 붙게 되자 이제 해볼 만한 상황이 되었다.

"더 빨리! 곧장 앞으로!"

청비는 숨이 찼지만 목소리가 갈라질 정도로 계속 소리를 질러댔다. 이제 마지막 한 바퀴였다. 남은 한 바퀴 안에 승패가 갈렸다.

"지금이야! 추월! 추월해!"

청비의 맹렬한 지시에 장돌이는 말고삐를 손목에 휘감아 더욱 팽팽하게 만들더니 채찍을 내리치듯 힘껏 고삐를 당겼다. 속도 유지를 한 탓에 힘을 꽤 비축해놓은 말은 속도를 더 거세게 내기 시작했고 마차 한 대를 지나칠 수 있었다. 이제 남은 마차는 한 대뿐이었지만 이미 거리가 꽤 벌어져 있어 출발선에는 두 번째로 들어가게 되었다.

1위는 아니었지만 그래도 청비는 만족했다. 장돌이와 함께 마차에서 내리고 사람들의 환호와 박수 소리가 우레처럼 경기장 안을 퍼져나갔다.

청비의 얼굴에는 경기 내내 같이 호흡했던 박진감과 흥분이 가시지 않았다. 그러나 아쉽게도 이곳은 우리나라의 경기처럼 3위까지 챙겨주질 않았다.

1위를 한 조가 단상에 올라 보검을 받는 것을 축하해주는데 투구 속에서 땀에 젖어 달라붙은 머리카락이 시야를 가리자 청비는 얼굴을 찡그리며 머리카락을 이마 위로 걷어냈다. 다른 경주자들은 주변에서 아예 투구를 벗어 던지고 땀으로 흥건한 얼굴 위로 물을 뿌려대고 있었다.

아, 진짜 시원하겠다.

청비는 부러운 눈으로 경주자들을 바라보았다. 자신도 무거운 투구를 벗고 차가운 물로 세수하며 시원함을 느끼고 싶었지만 남장을 한 이상 참아야 했다. 하지만 그걸 알 리 없는 장돌이는 답답하게 뭘 그러고 있느냐며 청비의 투구를 쑥 벗겨냈고 청비가 놀라 막을 새도 없이 청비의 머리 위로 물을 뿌려주었다.

"자네도 열기 좀 가시게나."

청비는 바로 두 손으로 얼굴을 가렸다. 아주 잠깐이라곤 하나 얼굴이 아예 드러난 상황이었다. 가짜 콧수염도 안 떨어졌겠다. 머리도 틀어 올렸겠다. 청비를 모르는 이들은 그저 곱상한 사내로 여기겠지만 태자는 알아챌지도 모른다. 제발 그가 자신을 보지 않았기를.

마침 그들을 향해 오고 있던 건희가 장돌이의 행동을 보곤 사색이 되어 호통을 쳤다.

"자네, 뭐 하는 건가! 당장 떨어지게!"

건희는 장돌이를 멀찌감치 떼어내고는 혹시나 청비가 다친 곳이 없는지 주변 눈치를 살피며 물었다.

"괜찮으십니까?"

"네, 그럼……."

헉! 자청비, 왜 이러니. 난 지금 남자라고. 여자인 걸 그렇게 들키고 싶어? 본인의 목소리로 대답하던 청비는 놀라 입을 막고 다시 걸쭉한 남정네의 음성을 뽑아냈다.

"저는 괜찮습니다. 그것 보십쇼. 제가 잘할 수 있다고 하지 않았습니까? 마차 경주도 뭐 별거 아니더군요. 아하하하."

청비의 자신만만함은 하늘을 찌를 정도였다. 일취월장한 태도로 거드름까지 피우는데 왠지 어디선가 자신을 보는 것 같은 따가운 시선이 느껴졌다. 경기장 안의 사람들을 휙 둘러보다 가장 화려하게 장식된 비단 장막 그늘 아래에 서서 자신을 보는 듯한 태자의 눈과 마주치자 청비는 바로 눈동자를 돌렸다.

아, 깜짝이야. 뭐야, 설마 눈치챈 건 아니겠지?

입 안이 바짝바짝 말라왔다.

"그럼 저는 일이 있어 먼저 가봐야 할 것 같습니다."

청비는 안절부절못한 얼굴로 자리를 피했다. 건희에게 대충 눈짓하고 재빠르게 사람들 속으로 들어가 적당한 곳을 찾아 걸음을 빨리했지만 이미 사람들이 자리를 잡고 있는 터라 여기저기 헤매야 했다.

당장 혼자 있을 곳이 시급했다. 마음 편히 표정도 풀고 땀도 닦을 수 있는 그런 곳. 최대한 얼굴을 숙이고 쉴 공간을 찾던 청비의 몸이 누군가가 불쑥 내민 손길에 휘청하며 기울어졌다. 그 손길을 벗어나려 헛손질과 함께 몸을 버둥거렸지만 소용없었다. 그는 청비를 안쪽으로 더 당겨 꼼짝 못하게 만들 뿐이었다.

"어딜 가려고."

순식간에 몸이 아무도 없는 구석으로 옮겨지고 익숙한 인영과 음성이 청비를 움찔하게 만들었다.

역시 들켰다. 단휘, 그였다.

"대체 너, 무슨 생각인 건데?"

단휘는 하북성을 대표해 마차 경주에 나가는 장정들의 얼굴을 몇 번 보았었다. 말을 이끄는 마부와 중심축을 하는 길잡이, 둘 다 기골이 장대한 사내들이었다. 하나 지금 경기장을 한 바퀴 돌며 사람들을 향해 손을 흔들어 주고 있는 사내는 전에 연습 경기 때 보았던 이가 아니었다.

갑자기 경주자가 바뀐 것인가.

이상해서 더 눈여겨보았지만 투구를 쓰고 있는 데다 워낙 먼 거리에 있어 자세히 볼 수 없었다. 하지만 사내의 전체적인 분위기가 낯설지가 않았다.

더욱이 눈이 마주치니 무슨 죄를 지은 사람처럼 화들짝 놀라서 고개를 숙이는 모습이라니.

가까스로 2위를 하긴 했지만 연습 때 본 전략과는 완전 달랐다. 관망하듯 뒤로 빠지고 있다가 기회를 틈타 추월을 노리는 것은 하북성의 마차 경주자들이 보여왔던 정면 돌파와는 완전히 다른 전술이었다.

수상한 것이 한둘이 아니다 보니 처음 보는 경주자에게 자꾸 시선이 갔고, 결국 경기가 끝나 투구를 벗은 사내의 얼굴을 보게 된 단휘는 경악을 금치 못했다. 궁금했던 사내의 정체는 바로 청비였던 것이다.

대체 여긴 어떻게 온 것이고 또 저기에는 왜 있는 건지.

안 그래도 궁에 홀로 있을 청비가 자꾸 마음에 걸렸던 단휘였다. 경주가 보고 싶은 여인들이 남장을 하여 간혹 들어와서 본다는 이야기는 들은 적이 있긴 했지만 이건 그것을 훨씬 뛰어넘은 수준이 아닌가. 남복을 하여 경주를 볼 순 있다 쳐도 직접 출전까지 하다니……. 어떻게 하면 그런 생각을 할 수 있는 것인지 기가 차 웃음도 나오지 않았다.

그러다 건성건성 보았던 경주 장면들이 하나둘 떠오르고 그는 바로 얼굴을 정색하였다. 위험천만했던 순간들이 한두 번이 아니었던 것을 생각하니 그는 걷잡을 수 없이 화가 치밀었다. 하마터면 마차 경주에서 다칠 수도 있었다는 생각에 심장이 들쑥날쑥했다.

혼자 말을 타게 된 것이 얼마나 되었다고 마차 경주라니.

자신이 방금 얼마나 위험한 순간에 처했었는지 알지도 못하고 저 들떠 있는 모습이라니.

단휘의 얼굴에는 노골적인 불쾌감이 어렸다. 아찔하고 속이 얹힌 것처럼 턱 막혔다.

어딜 가는지 묻는 천무 황제의 말도 들리지 않는지 그는 성큼성큼 기계적으로 걸어나갔다. 어서 청비를 자신의 눈앞에 두어야 했다.

어디 다친 곳은 없는지, 격한 경기에 놀란 것은 아닌지 직접 눈으로 보고 확인을 해야 했다. 그리고 강경하게 나가서라도 다신 이런 위험한 행동은 생각도 못하게 하리라.

그런 생각으로 청비를 발견하자마자 그는 그녀를 데리고 사람들의 눈을 피해 건물 벽 사이로 갔다. 하지만 생각대로 되질 않았다.

"단휘……."

청비는 난감한 얼굴로 토끼 눈이 되어 자신을 보고 있었다. 화를 내야 하는데 막상 눈앞에 있으니 화가 눈 녹듯 사라진다.

"화…… 많이 났어요?"

그는 계속 말이 없었다. 청비는 살짝 후회가 되었다.

이탄국에 와서도 이놈의 충동적인 행동은 고쳐지질 않네.

그에게서 풍기는 싸한 서늘함에 청비는 슬금슬금 단휘의 눈치를 보며 입술을 달싹였다.

"제가 멋대로 행동한 거 알아요. 그래도 저 잘하지 않았어요? 단휘도 봤겠지만 2등을 했다고요, 제가."

어깨까지 으쓱이며 자랑하는 청비를 보며 그는 별 반응이 없었다. 2등이건 1등이건 그건 그에게 전혀 중요하지 않았다. 그는 무슨 생각에서인지 청비의 손을 덥석 잡고 살폈다. 그 행동에 놀란 청비는 흠칫거렸고 자신을 혼내려나 싶어 뒤로 주춤거렸다.

"다친 곳은?"

의외였다. 화부터 낼 거라 생각했는데.

"다친 곳은 없느냐?"

"없어요. 아무 데도."

청비가 도리질하며 괜찮다고 대답했음에도 단휘는 아랑곳하지 않고 얼굴, 팔 등을 세심히 살피었다. 역시나…… 청비 손에는 상처가 나 있었다. 마차 난간을 잡은 손에 너무 세게 힘을 준 탓인지 퉁퉁 부어 있었고, 군데군데 벌겋게 살갗이 벗겨져 있었다.

단휘는 자신이 아픈 듯 양미간을 일그러뜨렸다. 청비는 이 상황을 무마하고자 손을 빼내며 가볍게 넘기려 했지만 그는 놓아주지 않았다. 조심스럽게 상처를 살피고는 소매 안쪽에서 흰 면사를 꺼내 청비의 손에 감싸주었다.

"정말 괜찮은데. 별거 아니에요. 평소에도 이 정도는 자주 다치는데요, 뭐. 헤헷."

"웃음으로 넘기려고? 이번엔 안 통해."

그의 음성이 엄했다. 얼굴에는 근심도 보이는 것 같았다.

"너는 참 예상할 수 없는 행동으로 나를 놀라게 하는구나. 말해봐. 어떻게 그런 행동을 할 수 있지?"

"작정하고 그런 건 아니에요. 갑자기 우리 하북성 경주자가 몸이 안 좋아 나가지 못한다고 하니까 저도 모르게 얼떨결에…… 이런 기회가 또 언제 있을까 싶고…… 결국 상황이 이렇게 됐네요."

"얼떨결……? 결국이라……."

"이제 다신 안 그럴게요."

단휘는 애교스럽게 미소 짓는 청비를 잔잔한 눈빛으로 내려다보며 조용히 뇌까렸다.

"너를 어찌하면 좋을까?"

그의 부드럽게 퍼져 나오는 목소리가 귓전에 닿는다. 이런 상황에서도 단휘는 너무나 상냥했다. 더 미안한 마음이 들게.

"말해보거라. 내가 널 어떡해야 할지."

청비는 중얼거리듯 말했다.

"……봐주면 되죠."

솔직함을 넘어 뻔뻔하기까지 한 청비의 말에 단휘는 못 말리겠는지 픽 하고 웃음을 터뜨렸다. 청비 역시 단휘의 웃음에 마음이 놓이고 나니 입가가 자연스레 올라갔다.

"마차 경주에나 참가하라고 말 타는 걸 허락한 것이 아니다. 마지막이야. 이렇게 멋대로 구는 건."

청비는 힘껏 고개를 끄덕였다.

"네, 알았어요. 앞으로 이런 일 없을 거예요."

그는 청비의 대답이 만족스러웠는지 옅은 미소를 짓는가 싶더니 의문스러운 얼굴을 하였다.

"근데 참 이상하게도 불안함이 가시질 않는구나. 네 마음을 알았고 이렇게 네가 내 눈앞에 있는데도 말이다."

"……."

"너무 행복해서 탈이 난 것인가."

농담으로 흘리는 듯한 언사였다. 하지만 단휘는 정말 그랬다. 지금 느끼는 이 행복이 한순간에 무너지기라도 할 것처럼 말이었다. 신기라든가 자신이 미리 앞을 내다볼 수 있는 것도 아닌데 언젠가부터 꼭 무슨 일이 닥쳐올 것 같은 막연한 불안감이 계속되고 있었다. 하루하루 평화로운 날들이 계속 되다 보니 괜한 생각이 드는 거라 일축하고 애써 가라앉혔다.

"왜 아무 말이 없느냐……."

단휘가 그런 느낌을 받았다니……. 놀랍기도 하고 뜨끔해서 청비는 온몸이, 손끝까지 떨려왔다.

불안함을 갖고 있었다니……. 참으로 가슴이 저민다. 길지 않은 시간, 아쉬워하고 슬퍼하는 것으로 낭비를 하고 싶지 않아 최대한 평소처럼 행동하고 싶었는데 지금 이 순간만큼은 마음이 너무 아리고 먹먹하다.

이제…… 내게 시간이 얼마나 남은 걸까.

단휘가 더 잘해주고 따뜻하게 대해줄수록 미련이 생긴다.

"청비야……."

단휘의 부름에 자신이 동요하고 있는 것이 들킬까 청비는 말을 꺼낼 수 없었다. 차마 걱정하지 말라는…… 언제까지나 당신을 떠나지 않을 것이라는…… 거짓을 할 수가 없었다.

아무렇지 않은 얼굴로 그 말을 어찌 할 수 있겠는가.

울컥 눈물이 쏟아질 것 같아, 애써 마음을 가라앉히고 겨우 말을 이었다.

"이제…… 좀 피곤하네요."

"그래, 좀 쉬는 것이 낫겠구나."

단휘는 가만히 그녀의 어깨를 당겨 안았다. 청비는 그가 주는 평온함에 안겨 그에게 얼굴을 더 폭 묻었다.

제28장

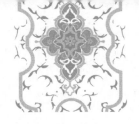

절치부심(切齒腐心) : 몹시 분하여 이를 갈며 속을 썩임

벌써 제전의 마지막 날이 다가왔다. 축제 같았던 제전의 첫날과는 다르게 마지막 날은 신성한 분위기가 감돌았다.

한국에서 제사를 지낼 때 조용하고 경건한 분위기 속에서 이뤄지는 것과 비슷하다고 해야 하나.

한여름인데도 불구하고 궁중 사람들은 모두 긴팔 옷에 흰 명주 제례복까지 껴입었다. 청비 역시 덥다고 볼멘소리로 투덜거렸지만 제전 중 가장 큰 의식인 기우제에 앞서, 옷을 입고 준비를 해야 한다니 그들이 입혀주는 대로 따를 수밖에 없었다.

다행인 건 의식이 일몰에 시작해서 한낮의 땡볕은 피할 수 있어 그나마 위안이 되었다.

"이제 준비가 다 되셨습니다."

"기우제는 궁을 나가서 지내는 거라고 했죠?"

"예. 두 시진 정도만 지나면 제단이 있는 도문산 천화대로 출타할 것입니다."

시녀의 치장이 모두 끝나니 청비는 단휘를 보러 바로 가고 싶었다.

흰 명주 제례복을 입은 단휘의 모습이라…….

생각만 해도 흐뭇하여 눈 좀 호강하고 싶었는데 그는 선대왕들의 위업과 유덕을 기리는 제례식을 행하기 위해 황제, 황후, 공주를 비롯한 황족들과 먼저 궁을 비운 상태였다.

이제 자신도 두 시진 후에 출발을 해서 단휘를 볼 수 있으니 그때까진 처소에서 빈둥빈둥 시간을 보내야 했다.

"청비 아가씨."

밖에서 시녀가 고하는 소리에 청비는 무슨 일인가 싶어 침상에서 일어났지만 전혀 달갑지 않은 이름이 들려왔다.

"금란 아가씨께서 뵙고자 하십니다."

계란은 왜 또 온 거야? 또 무슨 말로 사람 약을 올리려고.

청비는 순식간에 기분이 땅 밑으로 가라앉는 기분이었다.

"들어오라 해요."

문이 열리고 금란이 의미심장하면서도 기분 나쁜 미소를 지으며 들어왔다.

"오랜만이구나."

청비와 금란 둘 다 전혀 반가워하지 않는 얼굴로 눈싸움을 하듯 서로에게서 눈을 떼지 않으며 탁자를 사이에 두고 앉았다.

"잘 지냈느냐?"

예의상 하는 말인 것이 티 날 정도로 툭 내뱉는 금란의 메마른 어투에 청비는 코웃음을 쳤다.

"그런 상투적인 인사는 생략하고. 여긴 왜 왔어요?"

본론만 말하라는 간결한 엄포였다. 금란은 빈정 상한 듯 보였지만 금세 표정 관리를 하고 말을 건넸다.

"무슨 일이 있어야 올 수 있는 것이냐? 그냥 인사를 하러 온 것이다."

"인사?"

저 여자가 뭘 잘못 먹었나? 저와 나 사이에 무슨 인사를 하겠다고. 청비는 더욱 의심스러워 눈을 가늘게 뜨고 금란을 흘겼다. 금란은 그런 청비를 정면으로 보지 못하고 괜히 벽 쪽을 쳐다보며 시선을 피했다.

청비는 그런 금란의 모습이 생소하기도 하고 이제 자신이 태자에게 총애를 받으니 기가 한풀 꺾였구나 싶어 더 놀려주고 싶은 마음이 들었다.

"그간 성격 많이 죽으셨네."

지금까지 나를 하대하고 괴롭혔으니 너도 한번 당해봐라.

"나한테 무슨 인사를 하러 온 건지 알겠네요."

"아, 알아?"

금란은 화들짝 놀라서는 눈동자를 청비에게 고정시켰다.

"잘 보이려는 뭐, 그런 인사 하러 온 거 아니에요? 안 그래도 요즘 내 처소에 사람들의 발길이 끊이질 않아서요. 워낙에 태자님이 저를 예뻐해주시니까 사람들이 그런 마음이 생기나 봐요, 잘 보여서 나쁠 거 없다는 뭐 그런 거."

"그러니까 내가 너한테 아부나 아첨이나 하러 왔다? 그것이냐?"

금란은 부아가 목까지 치밀어 올라 당장 자리를 박차고 있는 대로 소리를 지르며 분풀이를 하고 싶었지만 눈을 감고 심호흡을 해 가까스로 참아냈다.

저런 오만방자한 모습을 보는 것도 오늘이 마지막인데 이 정도쯤이야.

—그 계집은…… 쥐도 새도 모르게 처리할 것이니 좀 더 기다리거라. 이제 더는 볼 날이 없을 것이니.

금란은 입술을 짓이기듯 깨물며 아버지가 한 말을 상기했다.

그래, 지금까지 기다려왔는데 헛고생시키지 말자. 잠깐의 이 수모만 참으면 돼.

청비 저것만 없었어도 자신이 후궁에 올라 태자의 사랑을 독차지하고 있었을거라 생각했었다.

평소 죽일 듯 미워했고 눈엣가시처럼 여겨왔던 존재였지만 죽일 마음까지 먹으니 마음이 아예 편할 수는 없었다.

죽을 때까지 죄책감이 들것 같아 미안함에 들러본 것인데 자신을 비참하게 만드는 청비의 언행에 그런 마음이 싹 가셨다. 오히려 와보길 잘했다는 생각마저 들었다. 깃털만큼의 죄책감도 사라지게 되었으니 말이다.

미리 매수해놓은 동궁전의 시녀를 시켜 매실차에 깊이 수면에 들게 하는 독액을 넣으라 했으니 이제 청비에게 먹이기만 하면 되었다. 독액이 매실과 비슷한 향이 나기 때문에 어떤 의심도 하지 않을 것이 분명했다.

쌀쌀맞은 눈초리로 그만 피곤해서 가야겠다며 동궁전을 나온 금란은 앞으로 일어날 일들을 생각만 해도 후련한지 참기 힘든 듯 큭큭거리며 소리내어 웃기 시작했다.

"이제 영영 널 볼 일이 없겠지. 부디 좋은 곳으로 가거라. 오호호."

시녀 하나가 청비의 처소에서 가만있지 못하고 계속 초조하게 왔다 갔다 하며 손톱을 잘근잘근 물고 있었다. 그녀는 평소 청비 가까이서 시중을 들던 시녀 중 한 명이었다. 그녀는 언제 인기척이 들려올지 모르는 문에 온 신경을 집중하고 있으면서도 탁자에 쓰러져 있는 청비에게서 시선을 떼지 못하고 있었다.

청비는 독액을 넣은 차를 마시고 바로 쓰러져 깊은 수면에 빠져 있는 상태였다. 금란 아씨 쪽에선 그저 잠에 빠지게 하는 약이라 하였고 건방진 버릇을 고쳐주는 정도에서 그칠 것이라 했었다.

그간 청비가 자신에게 잘해주고 잦은 실수도 눈감아주고 넘어간 것이 떠오르자 그녀는 죄책감에 손발이 떨렸다. 또 이러다 누군가에게 들키면 어떡하나 싶어 긴장감으로 입 안은 바짝바짝 말랐다. 그러나 이미 일은 벌어졌고 이젠 돌이키기엔 너무 늦어버린 상황이었다.

시녀는 처음 제안을 받던 그날을 떠올렸다. 평소 알음알음 지내던 동궁전 시녀 중 한 명이 별궁에서 자신을 은밀히 만나고 싶어 하는 사람이 있다 하여 가보니 다름 아닌 태자 전하의 후궁 후보 중 하나인 금란 아가씨 집안의 심복이 있었다.

—네가 궁에 원치 않게 들어온 것을 알고 있다. 집도 빚이 상당하던데. 평생 궁에서 시녀로 썩으면서 그 돈을 다 갚을 생각인 게냐? 이 일만 잘 해준다면 내가 그 빚을 갚아주고 널 궁에서 나갈 수 있도록 도와줄 것이다. 또한 빈손으로 고향에 돌아가긴 힘들 것이니 입단속만 한다면 상당한 몫을 챙겨줄 것인데, 어떠하냐? 내가 시키는 일을 해보겠느냐?

본디 자신은 귀족 출신으로 가문이 몰락하여 빚더미에 오르게 되자 반강제적으로 부모의 뜻에 따라 시녀로 입궁하게 된 것이었다. 궁에서 주는 월봉(월급)은 탈탈 털어 집안의 빚을 갚았고 자신은 궁에서 매끼를 해결하는 일 말고는 아무것도 남는 것이 없었다.

언제까지 이렇게 살아야 하는 건지 하루하루 어떤 희망도 없던 차에 솔깃한 제안이 들어오자 그녀는 며칠을 고민하다 결국 금란 아가씨 집안의 계략에 일조하게 된 것이었다.

탁탁, 탁탁—.

계속 누군가를 기다리고 있던 시녀는 처소 문을 두드리는 둔탁한 소리에 귀를 기울였고, 두 번씩 두드리는 미리 약속된 신호 음에 드디어 올 것이 왔구나 싶어 문을 열어주었다.

다른 시녀들이 오기 전, 청비를 동궁전에서 데리고 나가야 했기에 금석 장군이 보낸 시종들은 빠르게 행동을 개시하였다.

"정신을 잃으신 지 한 식경 되었습니다. 서두르세요."

시종들은 준비해간 자루에 청비를 넣은 다음 이불보로 감싸 마치 두꺼운 겨울 이불처럼 보이게끔 만들었고 그동안 시녀는 아무 일 없었다는 듯 처소 안에 의심이 될 만한 흔적들을 정리했다. 청비를 이동시킬 준비를 끝낸 시종들은 처소를 나와 밖으로 향했다.

그들은 청비가 들어가 있는 자루를 다른 이불 꾸러미와 같이 옮겼지만 지나가는 사람들은 그저 밀려 있던 겨울 이불 여러 채를 빨러 가는 것이려니 생각해, 어떤 의심도 사지 않았다. 대부분 기우제 준비로 바쁜 터라 낯선 시종들의 내방도 수상하게 여길 틈이 없었다.

시종들은 미리 파악해놓은 동선대로 청비를 데리고 걸음을 바삐 옮겼다. 이제 조금만 더 가면 지하 뇌옥(죄인을 가두어 두는 옥)으로 통하는 쪽문이었다.

그곳에 미리 대기하고 있을 간수들에게 청비를 데려가기만 하면 자신들이 할 일은 끝이었다.

자신들의 주인인 금석 장군과 금란 아씨께서 이 일을 더 알려 하지도, 궁금해하지도 말라고 엄포를 놓아 그 이후에 일어날 일은 알 수가 없었다.

그 시간, 금란은 아비인 금석 장군에게서 올 기별을 기다리고 있었다.

왜 이렇게 소식이 없는 것이야.

자신 집안의 심복과 시종들이 동궁전으로 출발했다는 소식을 들은 후부터 금란은 불안하고 조급했다.

사실 금란이 시녀에게 시켜 청비한테 마시게 한 독액은 처음에는 잠이

든 것처럼 보이게 하지만 점차 숨이 미약해지다 아예 심장까지 멈춰버리는 극독약 중의 하나였다.

—아예 처음부터 숨통을 끊어 제물로 바친다면 탈이 날 일도 없고 시체까지 처리할 수 있으니 일거양득이니라.

아비인 금석 장군의 말에 금란은 그건 너무 가혹하지 않느냐, 처음에는 만류했지만 혹시나 금석의 말대로 탈이 생겨 중간에 청비가 깨어나기라도 하면 들킬 수도 있다 생각하니 아비의 말을 따를 수밖에 없었다. 그것은 실로 생각만 해도 가슴이 철렁하고 절대 일어나선 안 될 일이었다.

어떤 가문의 여식도 아니거니와 아직 어떤 지위에도 오르지 않았지만 어쨌거나 청비는 태자가 가장 총애하는 여인이었다. 이미 궁 안에서는 청비가 태자비에까지 오를 거라는 분위기였다. 그런 청비를 독약을 먹여 죽음에 이르게 하였으니 만약 들키기라도 한다면 자신뿐만이 아닌 집안 전체가 위험에 처할 수도 있는 일.

부디 별일이 없길 바라며 기다리는 내내 혹시나 들킬까, 지체되어 시간에 맞게 도착하지 못하면 어쩌나 여러 생각이 드는데 다행스럽게도 자신의 몸종이 들어와 원하던 소식을 들려주었다.

"아가씨, 시종들에게서 일을 잘 마무리했다는 기별이 왔습니다. 이제 한시름 놓으셔도 되겠습니다."

"그래, 알았다."

이제 남은 것은 편안히 기우제가 시작되길 기다리는 일이었다.

다신 청비 그것의 오만방자한 얼굴을 볼 일이 없겠지.

내내 굳어 있던 금란의 얼굴은 그제야 풀어지고 음란한 미소로 가득 물들어갔다.

해륜궁 성내 지하에는 죄인들이 갇혀 있는 뇌옥이 있었다. 일부 죄인들은 각 지방의 관청에서 도맡아 처리하고 있었지만 반역자들이나 대역죄를 지은 죄인들만큼은 해륜궁 뇌옥에 가두어 직접 황제가 그들의 형을 집행했다.

대부분 능지처참이나 참형을 받아 죽음을 기다리는 자들이었다. 그래서 매년 행해지는 제전 기우제에도 이들을 제물로 바쳤다. 금란과 그 아비 금석은 이것을 노린 것이었다.

죄인들은 모두 자루 안에 들어가 있어 누군지 알 수 없는 데다 입까지 막아 얼굴이며 목소리를 확인할 수가 없었다. 그러니 그 죄인 중 하나를 청비와 바꿔치기 한다 해도 금석과 금란이 입을 다물고 있는다면 아무도 모를 것이었다.

몰래 독액을 사용해 청비를 죽일 수는 있다 해도 궁 안에서 시체를 처리하는 것만큼은 남들의 이목에 띄지 않고 할 수가 없는 일이었다. 그래서 더욱 기우제는 그들에게 다시 오지 않을 기회였다.

금석 장군의 명을 받은 시종들은 뇌옥으로 통하는 쪽문에서 대기하고 있던 간수들은 만났고, 주위를 살핀 다음 별다른 기척이 느껴지지 않자 청비가 들어 있는 자루를 그들 앞에 내려놓았다.

"실수 없이 처리하시오."

미리 뇌물을 받아 챙긴 간수들은 걱정 말라며 대신 자루를 챙기고 시종들을 보냈다. 이제는 자신들이 남아서 할 일이었다.

"골치 아프게 됐군. 하필 이런 중요한 상황에서."

청비가 들어 있는 자루를 건네받은 간수 세 명은 황후의 입김으로 발탁된 장정들로 사실 그녀가 본국에서부터 데려온 심복들이었다.

"무슨 변수가 있든 간에 오늘 태자를 처리해야 해."

그들은 수일 내에 태자를 시해하라는 황후의 밀명을 받은 상태였다. 일찍이 아들을 낳지 못하고 신아 공주만을 슬하에 둔 황후였다. 공주마저 타국으로 시집을 보내고 태자가 왕위에 오른다면 자신이 구축해놓은 권력 독식은 더 이상 이어지지 못할 것이 불을 보듯 뻔했다.

아들을 낳지 못한 전 황후들의 사례만 보아도 어떠한가.

자신이 이제 어떤 처지에 놓일지는 충분히 가늠되었다. 머물고 있는 궁마저 황후에 오르게 될 태자비에게 내주고 나면 분명 외로이 뒷궁에서 늙어 죽을 것이 분명했다.

말만 황태후이지 자신의 뒷배가 되어주는 어떤 권력도 없으니 누가 자신을 거들떠 보기나 하겠는가 말이다. 제전이 끝나고 나면 공주의 국혼식이 예정되어 있었다.

국혼식이 이루어지고 공주가 타국으로 떠나기 전, 반드시 태자의 존재를 없애야 했다. 공주는 황후인 자신의 딸이니 정통성도 있는 데다 사로국의 무율 왕자를 부마로 들이니 차기 황위로도 손색이 없었다.

그들이 차후 황위와 황후의 자리에 오른다면 이탄국에서 자신이 누릴 수 있는 권력의 영속성 또한 언제까지고 유지될 수 있으니 이보다 더 좋은 방법은 없었다.

황후에게는 태자의 죽음만이 최선의 선택이었다.

계속해서 태자를 죽일 틈을 타오다 더 이상 시간을 지체할 수 없어 기우제인 오늘로 날을 잡은 것이었다.

기우제는 항상 같은 순서로 의식이 진행이 되니 실수만 하지 않는다면 성공할 것이리라.

"오늘 제물로 바쳐지는 죄인은 총 세 명일세. 우리를 포함한 저기 자루 안에 죽어 있는 자까지 포함해서 말이네."

예정대로라면 원래 제물로 바쳐질 죄인 한 명, 그리고 자신들 중 두 명이 죄인으로 둔갑해 자루 속에 숨어 있을 계획이었다.

하지만 갑자기 금석 장군의 수하가 찾아와 돈까지 챙겨주며 자신들이 그 날 사람을 하나 넘길 거라며 죄인을 대신해 제물로 바치라니 어떡하나 고민하는데 종종 간수들 사이에서는 뇌물을 받고 일어나는 일이라는 말에 거절하는 것도 의심을 살까 싶어 수락할 수밖에 없었다.

어차피 죽은 이라 하니 죄인을 대신한다 해도 별일 없을 것이라 생각하여 대수롭지 않게 여긴 그들은 태자를 죽이는 순간만을 머릿속으로 몇 번이고 시연했다.

해가 저물어가고 죄인들을 이동시킬 수레가 도착하자 심복 두 명은 검집을 착용한 채로 준비된 자루 속에 들어갔다.

간수로 변복한 황후의 심복이 수레를 끌어 성문 앞에 다다르자 미리 대기해 있던 병사들도 같이 기우제 의식이 거행될 도문산 천화대로 향했다.

선황들의 위패를 모시고 있는 신월사에서는 황제와 황후, 태자 등의 황족들이 제식을 행하고 있어 그들의 안전을 지키는 병력을 제외하곤 외부인의 출입을 금하고 있었다.

철통같은 보안 속에서 선황들의 혼을 기리는 제례악이 울리고 홀기(의식의 순서를 적은 글)의 낭영에 따라 한창 제향이 거행되고 있었다.

단휘는 청비와 함께 오고 싶었지만 그녀가 아직 어떤 지위에도 오르지 않은 터라 데리고 올 수 있는 명분이 없었다. 제단에 올라 향을 올리고 내려온 뒤에도 단휘는 계속 청비 생각에 여념이 없었다.

제식에 집중하지 못하고 마음이 뒤숭숭한 것이 오늘따라 뭔지 모를 불안감이 내내 밀려들었다.

청비는 지금쯤 궁에서 준비가 한창이겠군.

일석 때 행해질 기우제에는 청비도 참석이 가능하니 제식이 끝나고 도문산에서 볼 수 있는 것으로 아쉬움을 달래야 했다.

도문산은 신월사에서 멀지 않으니 금방 도착하리라.

어느새 제식의 마지막 순서가 다가왔다. 제관이 술을 바치며 축문을 읽어 내려가고 있었다.

천화대에서는 기우제의 모든 준비가 끝나가고 있었다. 천화대의 신실과 신문에 등롱을 얼기설기 매달아 놓아 해가 저문 뒤에도 어둡지 않고 산 전체가 등롱 빛으로 환히 빛났다.

황제의 일행이 도착하기 전 해륜궁에서 동원된 인력과 하북성의 백성들이 한마음으로 도와 천제단(천제를 지내기 위해 만든 제단)에 소, 돼지 등의 생고기, 어포, 술, 과실 등 정성스럽게 준비한 제수를 진설했고 각 지방에서 바친 공물들은 한곳에 가지런히 쌓아놓았다.

한쪽에서는 일무(춤)가 행해지고 있었다. 황제의 후궁들이며 관료와 귀족들도 하나둘 당도하여 천제단 앞에 서서 비를 기원하며 폐백을 올렸다.

제물로 바쳐질 죄인들이 실려 있는 수레는 그들을 지키는 간수와 같이 천화대에서 가장 높은 지단에 위치한 우물 옆에 자리하였다.

이탄국은 농사가 주류를 이루고 있었다. 비는 적당히 내려야 하고 바람도 적당히 불어야 함이 농사의 우선이었기에 인간의 힘보단 하늘에 기대는 것이 더 중했다. 비가 농사를 좌지우지하는 만큼 하북성의 백성들에게는 기우제가 절박한 의식이기도 했다.

그래서 제물로 사람을 바치는 의식도 '사람을 대신할 만큼의 다른 값진 제물이 있으랴.' 하고 거부감을 갖기보단 신성하다 여겼다.

"천무 황제 폐하의 행차요!"

기우제 준비가 막바지에 이를 무렵 황제의 행차를 알리는 깃발이 나타나는 동시에 전위대의 호령이 산을 울렸다. 어가 행렬이 들어서고 한 해 농사의 풍년과 가족의 평안을 기원하며 치성을 드리고 있던 백성들은 모두 그 자리에서 황제를 향해 엎드려 절하였다.

제사장 역시 황제에게 인사를 올리고 병사들에게 신호를 보내니 일제히 봉화가 올라갔다.

기우제의 시작이었다.

황제가 친히 천제단에 오르자 황후와 공주, 공주와 혼인이 내정되어 있는 무율 왕자까지 맞은편에 자리했다. 단휘 역시 그 자리에 있어야 했지만 그는 여기저기 오가며 청비를 찾고 있었다.

또 어딜 돌아다니고 있기에 보이질 않는 건지, 그는 점점 애가 탔다. 분명 폐하의 후궁들과 같은 곳에 서 있어야 할 터인데 어디에도 청비의 자취가 보이지 않았다.

"전하, 폐하 뒤에 자리하셔야 합니다."

총사의 재촉하는 말에도 단휘는 오로지 청비 생각뿐이었다.

"청비가 보이질 않는다. 우선 청비를 찾은 뒤 가겠다."

단휘는 눈이 닿는 곳마다 샅샅이 돌아다니며 청비를 찾았다. 어디에도 보이질 않으니 초반의 불안감은 배가 되어 꼭 무슨 일이라도 일어난 것 같은 예감이 들었다.

"이제 폐하께서 기도를 드리고 술을 올릴 것입니다. 그 후 석정(벽을 돌로 쌓아 올린 우물)에 제물을 바친 뒤 바로 태자 전하께서도 신명께 술을 올리셔야 하니 이만 가서 자리를 지키셔야 합니다."

신을 맞이하기 위한 연주가 시작되고 있었고 황제는 제단에 꿇어앉았다가 몸을 일으켜 향을 올리는 중이었다. 총사의 말대로 이제 더 이상 자리를 비울 수 없었다. 기우제는 제전에서 가장 중요하게 생각하는 의식으로 자신으로 인해 망칠 수는 없는 일이었다.

"알겠다."

단휘는 뒤에 따르고 있던 선희를 속히 불렀다.

"청비가 보이지 않는다. 청비의 시녀들이라도 찾아서 청비의 위치를 파악해 내게 즉시 보고하거라."

"예, 전하."

떨어지지 않는 발걸음을 떼어 단휘는 어두운 얼굴로 제단으로 향했고 자신이 올라갈 순서를 기다리며 황제의 제문을 들었다.

"신명께 고합니다. 신주를 이루었으니 엎드려 바라옵건대 가뭄이 혹심하니 빠른 시일 안에 많은 비를 내려주옵소서. 정성스레 제물을 바치오니 흠향하옵소서."

황제가 절을 올리자 남은 이들 역시 모두 같은 마음으로 엎드려 절을 올렸다. 황제가 다시 일어나 신명께 술잔을 올리는 것을 끝으로 가장 중요한 의식인 우물에 제물을 바치는 순서가 왔다.

일제히 모든 사람들의 시선이 우물로 향했으나 단휘의 머릿속은 온통 청비 생각뿐이었다.

혹시 청비가 궁에 남아 있는 건가?

그렇다면 다행이지만 자신이 아는 청비는 가장 큰 제식인 기우제를 놓칠 리 없었다.

항상 호기심이 많고 직접 눈으로 보고 손수 해봐야 직성이 풀리는 성격이 아니던가.

당연히 이곳에서 자신을 보고 반가워할 것이라 여겼는데 어디에도 그 모습이 보이지 않으니 단휘의 불안함은 더욱 마음을 짓누르며 가중되었다.

청비는 조금씩 정신이 돌아오고 있었다.

아우, 머리야. 내가 어떻게 된 거지…….

머리가 지끈거리고 긴 잠에서 깬 듯 몽롱했다. 힘겹게 눈을 떴지만 아무것도 볼 수 없는 상태였다. 두꺼운 천이 자신의 몸 전체를 덮고 있는 것 같았다. 천을 벗어버리고 싶어도 손과 발이 묶여 있어 꼼짝도 할 수 없는 데다 입까지 무언가로 단단히 막아놓아 도움을 청할 수도 없었다. 연신 머리를 흔들며 신음을 낼 뿐, 할 수 있는 것이 아무것도 없었다.

청비는 도무지 이 상황이 어떻게 된 건지 이해할 수 없었다. 지금 시간이 낮인지 저녁인지조차 알 수 없으니 답답함에 짜증까지 치밀었지만, 청비는 침착하게 상황 판단을 하려 애썼다.

이런 상황일수록 흥분하지 말고 진정하자, 청비야. 대체 여기가 어디인지 그것부터 알아야 해.

주변에는 음악 소리와 함께 사람들의 말소리도 들려왔다. 귀를 기울이는 것만으로 주변 상황을 파악해야 했다.

분명 금란이랑 얘기를 나누었어. 그리고 그녀가 나가고…… 뭘 했더라……. 그래, 시녀가 갖고 온 매실차를 마셨지. 떠올려보니 그 이후의 기억이 없었다. 누군가 그 차에 뭔 약이라도 탄 건가. 그래서 설마 나…… 납치라도 당한 거야? 납치라니, 내가 이탄국에서 납치를 당할 만큼 원한을 산 일이 있어?

돌연 금란의 얼굴이 떠올랐다.

—무슨 일이 있어야 올 수 있는 것이냐? 그냥 인사를 하러 온 것이다.

그때는 저와 나 사이에 갑자기 무슨 인사를 하러 오나…… 수상쩍었는데 이제 그 의문이 풀렸다.

내가 사라져서 좋을 사람은 현재 그 계란 계집애밖에 없어. 그냥 조금만 참지. 나는 어차피 죽을 목숨인데. 시간이 얼마 남지 않았는데.

으득, 절로 이가 갈린다. 속에서 뜨거운 뭔가가 끓어올랐다. 머리를 쥐어뜯고 싶을 정도로 분노가 요동을 쳤다. 청비가 최대한 움직일 수 있는 선에서 몸부림을 치려는 순간, 갑자기 낯선 남자의 음성이 속삭이듯 들려왔다.

"뭐야? 방금 너 움직였냐?"

"한 자세로 죽은 척하느라 몇 번이고 온몸에서 쥐가 났는데 뭔 소리야?"

납치당한 건 자신만이 아닌 듯해 청비가 입을 떼려 했다.

"조용히 해. 이제 제사장이 우물에서 제문을 읽고 있다고."

하지만 남자들의 목소리에선 왠지 모르게 위험이 느껴져 청비는 우선 잠자코 남자들의 말을 듣기로 했다.

"곧 제물을 바치는 의식이 거행될 걸세. 제물을 하나씩 바칠 때마다 태자가 술을 올릴 것이고, 그때 모든 이들이 엎드려 절을 하겠지. 몇 번이고 말했지만 그때가 기회네. 내가 저 시체를 제물로 바치는 사이에 준비들 하게. 내가 바로 나오라는 말을 하면 튀어나와서 태자에게 한꺼번에 달려들어 죽이는 거네. 어차피 태자의 무술 실력이 형편없다 정평이 나 있으니 우리 셋이서 작정하면 뭐 어려울 게 있겠는가. 수월할 걸세."

저 남자들이 뭐라 그러는 거야? 누굴 죽인다고?

청비는 벼락이라도 맞은 듯 온몸이 저릿해 숨을 쉬는 것조차 잊고 말았다. 너무 충격적인 말을 들은지라 분명 귀로 들은 내용인데도 바로 머리로 전달되지 못했다. 자신을 뒤집어씌운 천이 그렇게 두껍지 않은데도 청비는 공기가 희박해진 것 같이 호흡 곤란이 왔다.

혼란스러웠다. 태자라면 단휘를 말하는 건데…… 그렇다면 이 남자들은.

청비는 심호흡을 깊게 했다. 자신을 왜 시체로 아는 건지, 제물로 바치겠다는 말은 또 뭔지 그런 말들은 중요치 않았다. 태자를 죽이겠다는 그 말만이 청비의 귀에 충격적으로 박혀 온몸을 관통하는 느낌이었다. 그 여파 때문인지 손이며, 무릎, 다리가 아플 정도로 달달 떨리었다.

어떻게든 알려야 한다. 태자가 위험하다는 사실을, 이 남자들이 태자를 암살하려 한다는 걸.

청비는 말할 수는 없었지만 자신이 낼 수 있는 최대치의 신음을 냈다.

"으으읍, 으읍!"

갑자기 들려오는 여인의 신음에 수레를 지키고 있는 간수와 수레 안 자루 속에서 무장하며 기다리고 있던 남자들은 당황하여 최대한 낮게 중얼거렸다.

"지금 이거 무슨 소리야?"

"나도 방금 들었어. 우리 말고 다른 자루에서 들린 것 같은데."

신음의 출처를 살피던 간수는 청비가 들어 있는 자루를 자신이 들고 있던 검 집으로 쿡 눌러보았다. 자루가 조금 움직이며 신음이 더 커지자 그는 안에 들어 있는 것이 시체가 아닌 살아 있는 사람이라는 걸 깨달았다. 그러나 지금 이 상황에서 죽였다간 다 들통나고 말 것이라는 생각에 간수는 못 본 척, 못 들은 척했다.

어차피 우물에 바쳐질 제물이 아닌가.

다음 날이나 되어야 천화대를 관리하는 병사들이 우물에서 건져 땅에 묻을 것이니 자루 속에 들어 있는 이가 누구든 살 가능성은 전혀 없었다. 자신들이 주고받은 말을 들었다 해도 이제 곧 죽을 목숨이니 굳이 일을 크게 만들 필요가 없다고 간수는 대수롭지 않게 여겼다.

시간이 흘러 제물을 바쳐야 할 순서가 다가왔다. 간수는 청비가 들어 있는 자루를 어깨에 짊어지고 우물로 갔다. 우물가에선 제사장이 하늘을 향해 간절하게 기도를 올리고 있었다.

"신명께 비나이다. 비나이다. 복을 비나니 저희의 울림이 대기를 울리는 북소리처럼 하늘에 닿아 하늘에 계신 신명님께 닿기를 간절히 고하나이다. 경건한 마음으로 제물을 바치겠나니 천지신명이시여, 맑은 물을 내려주옵소서."

제사장은 솔가지를 우물에 빠뜨렸다. 제물을 우물에 넣으라는 신호였다. 자루 안에서 청비가 더 격한 몸부림을 치고 있는 걸 꿋꿋이 참아내고 있던 간수는 청비를 그대로 우물에 빠뜨렸다.

고요해진 분위기 속에서 워낙 우물이 깊은 탓에 자루가 풍덩 빠지는 소리가 울려 퍼지듯 밖으로 들려왔다.

그 장면을 지켜보고 있던 단휘는 왠지 모르게 한쪽 가슴에 찌릿한 아픔을 느꼈다.

이상한 일이었다. 어릴 때부터 기우제에 행차했었기에 매번 봐왔던 장면이라 몇 해 전부터는 무덤덤하게 느껴졌던 일었는데 지금은 뭐라 설명할 수가 없는 이상한 기분에 사로잡혀 있었다. 아픔은 점점 더해지더니 비수가 가슴을 베어내는 듯 날카로운 고통이 그의 전신을 휘감았다.

건너편에서 총사가 넌지시 뭐 하시냐 말을 내뱉어도, 그리고 주변에서 의아하게 그를 보고 있는데도 단휘는 잔을 그대로 들고만 있을 뿐이었다. 보다 못한 황제가 한마디 하려는 찰나, 제사장의 떨리는 목소리가 침묵을 깨었다.

"어떻……게…… 이런 일이……."

제사장은 급격하게 경직된 얼굴로 말을 채 잇지 못했다. 차갑게 얼음처럼 굳어 있던 단휘의 안면이 곧바로 우물가에 술을 올리고 있던 제사장에게로 향했다. 우물 안에서 눈을 떼지 못하는 제사장의 넋을 놓은 얼굴에는 충격이 뒤섞여 있었다. 불길한 예감이 그의 가슴에 파고 들어왔다.

"우, 우물이…… 그 탁했던 우물이 맑아지고 있다니……! 신명께서 감읍하신 겁니다!"

달이 비추는 밤. 오늘따라 더욱 환한 달빛과 함께 붉은 봉화가 우물을 비추고 있었다.

이곳은 고산지대라 습한 데다 해가 닿지 않는 곳에 능선이 자리하여 항상 물안개가 걷히지 않았다. 강우로 함몰된 습지여서 물이 고여 있는 우물의 암반에는 물이끼가 극성인데다 물 색 또한 탁하였다.

도문산은 이탄국에서도 태산(높은 산)이었고, 천화대는 산 능선 중 가장 높은 구릉에 위치하여 신명을 가까이서 뵈옵고 기도를 올리고자 하여 이곳에 위치한 우물에서 기우제를 지내게 된 것이다.

하지만 갑자기 물이 맑아지다니, 제사장은 자신이 뭐에 홀린 게 아닌가 싶었다. 할아버지 때부터 따라다녀 아버지에 이어 제사장에 올라 60년 평생을 봐왔던 희뿌옇고 탁했던 우물이 수정처럼 맑아져 있었고, 그 찰랑거리는 소리 또한 청명했다.

우물에 비친 달빛은 이미 바닥에 닿아 있었다. 방금 바쳐진 제물이 우물 바닥에 가라앉는 것이 보일 정도로 속이 투명하고 맑았다.

챙그랑—.

우물이 맑아지고 있다는 제사장의 말에 단휘의 얼굴이 창백하게 변했다. 그의 눈가는 붉은 기로 선연했다. 들고 있던 술잔을 바닥에 떨어뜨린 그는 누가 저지할 사이도 없이 천제단 쪽으로 빠르게 뛰어 내려갔다.

왜 이렇게 불안했던 건지, 왜 이토록 심장이 요동을 치며 뛰어댄 건지 그 이유를 알 것 같았다.

하지만 그는 앞으로 나아갈 수 없었다. 순식간에 간수로 매복해 있던 자객과 수레 안에서 자루를 찢고 달려온 자객들이 그의 앞을 막아섰기 때문이었다.

황후의 심복들은 예상치 못한 변수로 인해 계획에 차질을 빚었지만 그렇다고 해서 다음을 기약할 수는 없었다. 그들에겐 오늘뿐이었다. 그래도 다행인 건 사람들의 시선이 제사장에게로 쏠려 있어 그 틈을 타 태자의 코앞까지 무장한 채로 올 수 있었다.

태자 역시 온 신경이 우물로 가 있어 매복된 자객들이 자신을 노리는 줄도 모르고 어떤 방어도 하지 않은 채 그들을 무방비하게 지나쳐가려 했다. 하지만 자객들이 이를 놓칠 리 없었다.

심복들의 두목이었던 간수는 자루 속에 숨겨놓았던 검을 부하에게 건네받아 맹수와 다름없는 잔인한 눈빛으로 살갗에 스치기만 해도 뼛속까지 베일 것 같은 섬뜩한 검 날을 단휘에게 휘둘렀다.

단휘는 본능적으로 자신의 목에 겨눠진 검을 피하고 전광보다 빠르게 바닥에 떨어진 검집을 들어 연이은 그들의 공격을 막아냈다. 다시 한 치의 오차도 없이 칼날들이 그를 향했지만 아슬아슬하게 허리를 꺾어 피할 수 있었다.

흩어져 있던 병사들이 상황을 간파하고 주위로 달려들었지만 사람들이 소리를 지르며 도망가고 숨느라 단휘의 주변은 난장이 되어버렸다.

"자객이다! 폐하를 보호하라!"

"태자 전하가 위험하다! 호위하라!"

태자의 검술 실력은 자객들이 생각했던 것과는 달랐다.

실력이 구멍이라며? 검도 무서워서 못 잡는다며? 자객들은 자기들끼리도 당황해 곁눈질을 주고받다, 에라 모르겠다 모두 한꺼번에 덤벼들었다.

황제와 황족들이 가장 먼저 피신하고 귀족들은 병사들의 호위를 받으며 도망가느라 천화대는 말 그대로 아수라장이 되었다.

그런 와중에 유독 한 사람, 황후만이 놀란 척, 겁을 먹은 척 행동했지만 눈빛에는 악독한 살기가 실려 있었다.

태자가 처음부터 눈치를 챈 것인가? 오전 제례식 때부터 태자를 계속 눈여겨보고 있었지만 평소와 다를 것이 없었는데.

기우제가 시작되고 황제에 이어 신명께 술을 올리기 위해 잔을 든 태자를 보며 이제 모든 것이 다 끝나겠구나 여기며 비릿한 미소를 지었던 황후였다. 모든 이들이 엎드려 절을 올릴 때 태자를 칠 것이라는 계획에 대해 미리 언질을 받았던 터였다. 숨죽이며 상황을 지켜보고 있었건만 갑자기 돌발 행동을 하는 태자를 보며 황후는 식겁하였다.

태자는 아예 제단을 내려와 날카로운 눈빛으로 자객을 맞았다. 황후는 상황이 전혀 예상치 못한 방향으로 흘러가자 식은땀마저 흘렸다.

이상하게도 태자는 도망을 가지 않았고, 그렇다고 자객을 상대하는 것도 아니었다. 태자는 그저 뭔가 더 중요한 일이 있는 사람처럼 이 상황을 무시하고 지나가려 하는 것처럼 보였다. 분명 검술도 형편없는 데다 무공도 일개 병사들과 맞먹는 수준이라 들었는데 자신에게 날아드는 검을 피하는 동작하며 자객들과 3 대 1로 대적해도 밀리지 않는 몸놀림은 분명 들어왔던 소문과는 달랐다.

계획과는 다르지만 이미 벌어진 상황. 황후는 주먹을 꽉 움켜쥐느라 손톱에 살이 파고들어 아픈 것도 느끼지 못하고 자신이 명한 일을 처리하는 자객들을 보며 마음속으로 기원했다.

이 기회를 놓쳐선 안 돼. 반드시 태자를 죽여야 하느니라.

서늘한 기운을 뿜으며 태자와 자신의 심복들을 주시하고 있던 황후는 계속 자리를 지키고 있다가는 혹여 차후에 의심을 살까 싶어 군병들의 호위를 받으며 산을 내려갔다.

"전하! 피하십시오! 태자 전하를 보호하라!"

자객들의 등장에 건희는 처음부터 단휘에게 피하라고 요청했지만 단휘의 귀에 그 말이 들릴 리 만무했다. 자신의 앞을 막으며 공격하는 자객의 존재는 단휘에게 방해꾼이나 다름없었다.

그의 눈동자는 청비가 빠졌을지도 모를 우물에만 고정되어 있었다. 그에게는 다른 어떤 것도 중요치 않았다. 우물이 맑아진 것이 청비가 가진 정화 능력 때문일 것이라 생각됐다. 이미 그는 제물로 바쳐진 것이 죄수가 아닌 청비일 거라는 확신마저 하고 있었다.

그렇다면 분명 자루 속에서 빠져나오지 못하고 물속에서 숨이 막힐 것이니 급박한 상황이었다. 지금은 어떤 누구도 상대할 시간이 없었다.

단휘는 필사적으로 자신을 죽이려고 달려드는 자객을 상대하지 않고 최대한 신속하게 지나쳐 가려 했다. 오로지 청비의 안전만이 걱정되어 마음이 급급한 단휘였다.

자객들은 이 틈을 놓칠 리 없었다. 건희가 자객 중 하나를 상대하며 팽팽한 접전을 계속 펼쳤고, 병사들은 단휘를 보호하기 위해 남은 자객들을 둘러싸며 진을 쳤다.

건희와 병사들이 아무리 실력이 출중하다고는 하나, 일평생 암살 훈련을 받아온 자들을 손쉽게 막아내기에는 무리가 있었다. 더군다나 그들이 목숨까지 내놓고 달려드니 지레 겁먹은 병사들은 그들의 상대가 되지 못했다.

"궁수병들을 포진시켜라!"

장거리에서 그들을 제압하기 위해 궁수병을 앞세웠지만 태자와 자객들이 얽혀 있어 시위를 당기고만 있을 뿐 선뜻 활을 날릴 수는 없었다. 자객들과 호위병, 그리고 단휘가 뒤엉켜 있는 혼전이었다.

단휘는 자신의 앞을 가로막는 자객의 검을 피해 앞으로 나갔다. 하지만 뒤에 달려오는 다른 자객, 우두머리에 의해 어깨가 칼로 내리그어지고 그 일격에 잠시 비틀거렸다.

마침 궁수병이 날린 화살들이 우두머리의 가슴에 날아들었지만 자객은 선혈을 내뿜으면서도 맹렬한 기세로 단휘에게 다시 달려들었다.

단휘가 검집으로 단칼에 막아냈지만 뒤에서 가해지는 공격은 피할 수가 없었다. 자객은 단휘의 어깨를 정통으로 깊숙이 찔렀다가 다시 검을 뽑아냈다.

순식간에 붉은 선혈이 바닥으로 뚝뚝 떨어졌다.

상대하고 있던 자객을 처리하고 온 건희가 바로 검을 날려 적을 쓰러뜨렸지만 이미 단휘는 상처를 입은 상태였다. 단휘는 거칠게 숨을 몰아쉬며 가까스로 중심을 잡고는 몸을 세웠다. 건희의 부축도 만류하며 정신을 차린 그는 계속 우물을 직시했다. 고통을 느낄 겨를조차 없었다.

"비켜라!"

병사들에게 단호하게 명을 내린 뒤 그는 바로 우물을 향해 뛰어들었다. 물은 여름이라는 걸 느낄 수 없을 정도로 차가웠다. 하지만 칼을 맞은 상처들만큼은 불에 데인 듯 뜨거웠다. 붉은 피가 멎지 않고 수초처럼 물속에서 계속 퍼져나가 금세 피비린내가 진동했다.

하지만 단휘에게는 이 모든 것이 무감했다. 전신을 얼게 하는 차가움도, 상처의 아픔도 지금 이 순간만큼은 그에게 중요하지 않았다.

그는 물속으로 입수하자마자 청비를 찾기 시작했다. 밤중이라 해도 봉화가 밝혀주고 있었고 워낙 물이 맑아 우물 안은 세상의 모든 빛을 다 받아들이고 있었다.

그는 다급하게 물속을 휘저으며 청비를 찾았다. 우물에 빠진 건 청비가 확실했다. 우물 안에서는 피비린내 속에서도 유독 청비에게서만 느낄 수 있었던 향기가 있었다. 그는 아예 우물 바닥으로 깊숙이 유영하여 들어갔다.

다행히 자루는 물이 쉽게 스며들지 않는 천으로 만들어져 있어 청비는 자루 안에서 그나마 길게 숨을 쉴 수 있었다.

하지만 물속 깊이 가라앉을수록 자루가 젖기 시작하더니 이제는 아예 자루 안도 물로 가득 찬 상태였다.

물이 코 밑까지 차오르자 청비는 마지막 발악으로 점프를 하듯 자루 안에서 콩콩 몸을 흔들었다. 그러다 점점 숨이 막혀와 몸부림을 치다 천천히 몸에서 힘이 빠지고 있었다. 눈도 점점 감겨왔다. 마지막이라 여겨서일까. 그가 너무 보고 싶었다. 지금 이 순간, 그만 떠올랐다.

단휘가 자루에 가까이 다가가니 다행히도 자루 안에서는 움직임이 있었다. 안에 있는 청비가 아직 의식을 놓지 않았다는 걸 알 수 있었다. 이제 그는 조금도 지체할 수 없었다. 단휘는 자루 입구를 동여맨 끈을 풀어내려 했지만 워낙 단단히 묶여 있어서 쉽지 않았다.

그는 가슴 속에서 단도를 꺼내 자루를 북북 찢었다. 그의 생각대로 자루 안에는 청비가 있었다. 다행히도 완전히 의식을 잃은 상태는 아니었다. 그녀는 표정을 찡그리며 괴로워하고 있었다.

그는 안도의 숨을 내쉬었다. 청비가 무사한 것에 처음으로 하늘에 감사했다. 기우제며 제식을 의례적으로 지내면서도 속으론 그런 존재는 없다며 부정했었는데 말이다.

청비는 자루 속에 계속 갇혀 있던 탓에 갑자기 빛이 들어오니 눈을 찡그리다 천천히 눈을 떴다. 그리고 단휘를 알아보고 놀란 얼굴을 하였다. 물속이라 희뿌옇게 보였지만 분명 그였다. 자루 안에 물이 가득 차고 이제 죽겠구나 싶으면서도 단휘만이 생각났었는데.

그녀는 너무 짧다는 생각을 하고 있었다.

그와 나눈 시간들이……. 그에게 못한 말들이 너무 많은데 이렇게 가는 것이 억울해서 청비는 이대로 죽고 싶지 않았다.

묶인 손발을 어떻게든 풀어내려고 안간힘을 쓰다 힘이 빠져 스르르 눈을 감았을 때쯤 그가 나타난 것이었다. 눈가가 뜨거워진 청비는 단휘를 끌어안았다.

전혀 생각지 못한 단휘의 등장에 반가운 감정이 복받쳐 올랐다. 단휘 역시 가슴이 뭉클해지는 것을 느꼈다. 하마터면 청비를 이대로 잃는 것이 아닌가 곤두박질쳤던 심장이 그제야 제자리를 찾아가는 것 같았다.

하지만 안심하는 것도 잠시, 폐부를 쥐어짜는 듯 숨이 막혔다. 청비 역시 눈을 뜨지 못하고 괴로워하자 단휘는 청비를 품에 꼭 끌어안고 물 위로 향했다.

자객에게 당한 어깨에 베인 상처가 벌어지고 청비의 무게까지 더해지니 살점이 떨어져 나가는 고통이 느껴졌으나 이를 악물고 견디었다. 어서 청비를 데리고 나가야 했다.

드디어 수면 위로 떠오르고, 둘은 출렁거리는 우물 안에서 재회하며 감격했다. 청비가 자신의 눈앞에 있으니 실로 안심이 되는 순간이었다. 그는 질책하듯 청비를 다그쳤다.

"대체 어떻게 된 것이냐? 네가 왜 여기 있어!"

"그게 모르겠어요. 저도 눈을 뜨고 보니……."

울먹이며 대답하던 청비가 단휘의 어깨에 난 상처를 보고 놀라 망연한 표정을 지었다.

"단휘, 다친 거예요?"

칼에 상처를 여러 번 입은지라 단휘의 몸에선 피가 낭자하고 있는 상태였다. 밖에서 횃불을 밝히고 있어 심상치 않은 단휘의 안색이며 계속해서 멈추지 않는 피까지 우물 안 모든 것이 환하게 비치고 있었다.

"어떻게 된 거예요? 다쳤어요?"

청비의 눈가가 붉어졌다. 재회한 기쁨보다 심한 부상을 보니 너무 걱정되고 자신이 더 아픈 듯 눈물이 줄줄 나왔다.

"울지 말거라. 그럼 내가 미안하지 않으냐. 일찍 알아채지 못한 내 잘못이 크다."

"난 됐고. 단휘, 당신 얼굴이 너무 안 좋아요. 피도 많이 나고요…… 어딜 얼마나 다친 거예요?"

"나는 괜찮다. 네가 무사하니 이제 다 괜찮아."

단휘는 다시 한 번 청비를 끌어안았다. 청비를 놓치기라도 할까 그는 그녀의 따뜻한 온기가 서린 몸을 느끼고 나서야 안심했다. 청비에 대한 걱정에 이성을 잃어버릴 것만 같았는데 이제야 정신이 좀 차려지고 자신을 찾고 있는 병사들의 메아리 같은 외침도 귀에 들어왔다.

"전하!"

"괜찮으십니까, 전하!"

단휘는 위를 올려보며 자신은 괜찮다고 소리쳤다. 그 바람에 검에 베인 어깨의 상처가 벌어지자 그는 청비가 들을까 신음을 속으로 삼키고 다시 힘겹게 입을 떼어 외쳤다.

"줄을 내리거라. 올라갈 것이다!"

이제 병사들이 밧줄을 내리는 동안만 참으면 되었다. 청비는 살았다는 생각에 안도의 숨을 내쉬었고 쌀쌀한 공기 탓에 날숨이 하얀 입김으로 흩어져 나왔다. 워낙 산 정상, 음지에 위치한 우물이다 보니 여름이라는 계절이 무색하게 안에는 냉기가 흘렀다. 옷도 모두 젖어 있고 실바람만 스쳐도 살을 에는 추위가 더해지니 청비의 몸은 오들오들 떨렸다.

"감기 걸리겠구나."

여인이 견딜 만한 추위가 아니었다. 단휘는 안쓰러움에 그대로 보고만 있을 수 없어 자신의 두 손을 청비의 얼굴로 가져가 감쌌다.

"손이 차서 미안하구나."

미안하다는 단휘의 말에 청비의 가슴속 깊숙한 곳에서 참고 있던 뭔가가 뜨겁게 치솟았다.

미안하다니…… 대체 무엇이……? 아까부터 계속 뭐가 미안하단 말인가.

언제나 그랬듯 자신이 잘못되든 말든 또 나를 구하러 와준 것이? 정작 자신은 이리 다쳐가지고 상처가 가득하면서 나는 고작 감기에 걸릴까 봐? 아니면 추운 건 자신도 마찬가지일 텐데 내 몸만 걱정하고 챙겨주는 것이?

당신은 항상 내게 미안하다고 한다. 오히려 미안한 것은 나인데. 항상 나로 인해 당신이 위험해지고, 나 때문에 다치고. 지금도 이렇게 난 당신한테 짐만 될 뿐인데.

금세 눈에 뜨거움이 고인다. 자신이 울면 단휘가 더 아픈 듯 볼 것을 알기에 청비는 솟아나는 눈물을 참느라 입술이 파르르 떨렸고 눈자위는 붉은 빛으로 번졌다.

단휘는 청비가 무사한 걸 확인하자, 안도감과 함께 긴장이 풀려서인지 극심한 통증이 몰려드는 것을 느꼈다. 의식도 흐릿해져가고 몸 상태가 급격히 안 좋아졌다. 이제 시간이 얼마 없었다. 밧줄이 내려오자마자 단휘는 청비의 손을 자신의 어깨에 올렸다.

"내 목을 꽉 잡거라. 이제 여길 나갈 것이다."

청비가 고개를 끄덕이며 단휘에게 매달리자 그는 내려온 줄을 물속으로 집어넣어 자신과 청비의 허리에 둘러 빈틈없이 꽉 묶었다. 혹시라도 줄이 약하거나 도중에 풀어질까 봐 팽팽히 잡아당겨 확인을 끝낸 그는 한 손으로는 청비의 허리를 잡고 다른 손으로는 밧줄을 잡았다.

"이제 밧줄을 당기거라!"

수십의 병사가 달라붙어 올리니 단휘와 청비가 우물 밖으로 나오는 건 순식간의 일이었다.

"괜찮으십니까? 전하! 궁의를 이곳으로 모셔 오라 전갈을 보냈으니 곧 당도할 것입니다. 조금만 기다리십시오."

건희와 병사들이 그들에게 몰려들었고, 묶여져 있는 밧줄을 푸는 동안 단휘는 오롯이 청비만을 응시한 채 그녀의 상태만을 살폈다.

"다친 데는, 어디 없느냐?"

청비가 괜찮다고, 자신은 아무렇지 않다고 대답했음에도 단휘는 걱정 가

득한 눈빛을 거두지 않았다. 밧줄이 풀리고 건희가 상처를 확인하려 했지만 단휘는 고개를 저었다

"난 됐다. 나보단 청비를……."

그가 앞으로 몇 걸음 채 가기도 전에 잠시 멈춰서더니 손으로 머리를 받쳤다. 위태롭게 서 있던 그가 더 나아가지 못하고 휘청거리자 청비와 건희가 바로 뛰어와 그를 부축했다. 하지만 그것조차 알아차릴 수 없을 정도로 그는 정신이 혼미한 상태였다. 그는 눈을 놓으면서도 마지막 말을 멈추지 않았다.

"청비가…… 덮을 만한 걸 가……져오거라."

쉬이 갈라진 음성이 끊김과 동시에 단휘는 아예 의식을 잃고 청비에게로 쓰러졌다.

"태자, 전하!"

"단휘!"

한눈에 봐도 태자의 상태는 예사롭지 않아 보였다. 건희는 충격으로 눈앞이 캄캄해져 거의 부르짖음이나 다름없는 어조로 궁의를 찾았다.

"전하가 위험하다! 궁의는 어떻게 되었느냐! 당장 궁의를 데려오거라!"

청비는 믿을 수가 없었다. 자신의 품에 쓰러져 있는 단휘를 보면서도 이것이 현실인지, 꿈인지 분간이 안 되었다. 만약 꿈이라 하더라도 부정하고 싶은, 절대 꾸고 싶지 않은 악몽 같은 일이었다.

하지만 이는 이미 일어난 현실. 청비는 그의 심각한 자상들이 하나둘씩 눈에 들어오자 입을 막은 채 소리 없는 비명과 울음을 끅끅 질렀다. 그는 너무도 처참한 모습을 하고 있었다.

물에 젖은 건지, 피에 젖은 건지 입고 있는 옷이 모두 피로 물들어 있었다. 그 모습이 너무 처참해 가슴이 무너지는 듯 통증이 거세게 밀려왔다.

단휘의 얼굴색은 아예 죽은 사람처럼 파란빛이 돌며 창백했다. 설마 하는

생각에 청비는 심장이 멎을 것만 같았다. 초점을 잃은 눈으로 애써 심호흡을 하며 단휘의 얼굴에 자신의 뺨을 댔다.

천만다행히도 그는 숨을 쉬고 있었지만 들릴 듯 말 듯한 가는 숨이어서 청비는 이러다 이조차 사그라져버리는 게 아닌가 싶어 공포와 절망에 사로잡혔다.

아니야! 절대 그럴 일 없어, 절대……. 단휘는 나를 혼자 남겨놓을 사람이 아니야. 그는 나를 아프게 할 사람이 아니니까……. 그러니까 그는 괜찮을 거야. 항상 그랬던 것처럼 곧 일어나서 이 정도는 아무것도 아니라고…… 울지 말라고 할 거야.

울지 말자. 울지 말자, 청비야.

청비는 더 세게 손으로 입을 막아 터져 나올 것 같은 울음을 꾹 억눌렀다. 지금은 울 시간도 아까웠다. 단휘를 위해서, 그가 눈을 뜨게 하기 위해 무엇이든지 해야만 했다.

단휘의 옷은 순식간에 피로 흠뻑 물들어 있었다. 벌어져 있는 상처에서는 여전히 검붉은 혈이 멈추지 않아 바닥에까지 홍건했다. 그 모습에 청비는 벼락을 맞은 듯 정신이 아득해졌지만 이내 정신을 차려 소리를 질렀다.

"단휘! 제발……. 일어나요, 제발!"

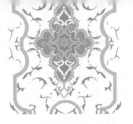

제29장
사심(死心) : 죽음을 각오한 굳은 마음

태자 전하가 위험하다는 말에 정신없이 뛰어온 궁의가 단휘 앞에 앉아 상태를 살폈다. 자객에게 자상을 당했다는 말을 들었기에 예상은 했지만 생각했던 것보다 훨씬 상태가 심각했다.

태자의 몸이 완전 젖어 있는 걸로 보아 상처를 입고 아물지 않은 상태에서 물에 빠졌던 것으로 보였다. 물속에선 지혈 자체가 되질 않으니 상처는 더 벌어지고 출혈이 클 수밖에.

서둘러 태자의 진맥을 살피는 궁의의 안색이 어두워졌다. 그는 자못 숙연한 얼굴로 말했다.

"좌우맥에 편차가 아주 심하십니다."

처음 듣는 말이었다. 무슨 뜻인지 전혀 알아듣질 못하니 답답해져 청비가 다급히 물었다.

"좌우맥? 그게 뭔데요? 안 좋은 건가요?"

"좌우맥은 기맥과 혈맥으로 대별되는 것인데 인체가 큰 충격을 받을수록 큰 편차를 보이지요. 아무래도 태자 전하께서는 대량 출혈로 인해 그 맥이 잡히고 있는 듯합니다."

이 상태로 지금까지 버틴 것도 대단한 정신력이었다. 보통 사람이었다면 이미 목숨을 잃었을지도 모른다.

"제발 살려주세요. 그를 살려주세요."

애타는 청비의 목소리를 내내 들어가며 궁의는 자신이 할 수 있는 최선을 다했다. 더 이상의 혈액 손실을 막기 위해 혈을 누르고 상처 부위를 천으로 묶어 지혈을 해놓았다. 그리고 착잡한 얼굴로 천천히 입을 열었다.

"우선 급한 대로 큰 상처들만 처치를 했습니다만 더 이상 여기선 제가 할 수 있는 것이 없습니다. 상처를 치료하기에 앞서 복용할 약이며 뜸, 침, 부족한 것이 한둘이 아니니 어서 궁으로 모셔야 합니다."

건희는 마음이 급했다.

"당장 마차를 준비하라!"

단휘를 마차로 옮길 들것이 준비되자 청비가 천천히 그를 놔주었다.

"……비야."

단휘는 몸을 떨며 청비를 찾고 있었다. 그녀를 부르는 그의 음성은 끊어질 듯 무척 떨리었다.

"단휘! 정신 들어요?"

"청비야……."

들릴 듯 말 듯 미약한 목소리에 청비의 가슴이 울컥거렸다. 청비는 손으로 입을 막은 채 흐느낌을 삼키고 고개를 끄덕였다.

"네. 나 여기 있어요."

청비는 말없이 그를 내려다보며 조심스럽게 단휘의 손을 잡았다. 그의 손이 아까보다 훨씬 차가워진 듯해 마음이 아렸다. 청비는 자신의 두 손으로 단휘의 손을 감싸 열심히 주물렀다. 자신의 체온이 조금이라도 옮겨지길 바라는 마음에서.

그런 청비의 마음을 알아준 것일까. 단휘의 입가에 옅은 미소가 피어올랐다.

"오늘따라…… 청비 네 향이 더 짙구나."

"……."

"아주 오래도록…… 시간이 많이 지난 후에도 기억날 만큼…… 말이다."

단휘는 그나마 잡고 있던 청비의 손도 놓치고 아예 맥없이 축 늘어져버렸다. 그 모습에 청비는 물속에서보다 더 숨이 막히는 것 같았다.

"단휘!"

청비가 단휘의 손을 잡고 흔들어 깨웠지만 그는 아예 정신을 잃어 어떤 기척도 없었다. 병사들에 의해 들것에 실린 그는 청비에게서 멀어져갔다.

단휘가 누워 있었던 자리가 허전해지고 그 사이에서 와 닿는 바람이 얼음장같이 찼다. 마치 방금 자신이 잡고 있었던 단휘의 손처럼 말이다.

시종의 부축으로 청비가 몸을 일으키는데 자신의 옷에 남겨진 단휘의 검붉은 핏자국이 보였다. 피를 얼마나 흘린 건지 그녀의 치마 전체가 붉게 물들어 있었다.

무서웠다. 청비의 온몸이 경련을 일으키듯이 떨려오기 시작했다.

저렇게 많은 피를 흘렸는데…… 정말 그가 괜찮을까 싶어서…….

머릿속이 하얘지고 힘겹게 한 발 한 발 걷는데 마차 앞에서 궁의와 건희가 나누는 대화에 청비가 발을 멈추었다.

"상태가 안 좋으십니다. 가는 동안에…… 혹여나 어떤 불상사가 생기지 않을런지……."

궁의가 쉽게 다음 말을 잇지 못하고 속으로 삼키었다.

청비는 몸이 얼어붙은 듯 더 이상 한 발짝도 움직일 수가 없었다. 청천벽력 같은 소리였다.

불상사라니…… 내가 잘못 들었겠지.

고개를 흔들며 부정하는데 궁의와 눈이 마주쳤다. 그는 차마 청비의 눈을 똑바로 볼 수 없는지 땅으로 꺼질 듯 고개를 푹 숙였다.

궁의의 그런 행동에 청비는 숨통이 짓눌려오고 마치 우물 속에 있는 것처럼 숨이 쉬어지지가 않았다. 제정신일 수가 없었다.

말도 안 돼. 그럼 단휘가…… 단휘가…….

그토록 참았던 눈물이 핑그르르 떨어지고, 청비는 까무룩 정신을 잃어갔다.

청비는 독액을 마셨지만 신비한 능력 덕에 몸 안에서 독 기운을 완벽하게 정화해 살아날 수 있었다. 하지만 그 정화 능력으로 인해 진기가 빠져나가 몸에 기운이 하나도 없어진데다 눈으로 직접 태자가 흘렸던 많은 피를 보게 되니 자꾸 안 좋은 생각이 들었다.

그러다 궁의의 말까지 듣게 되니 이보다 더한 충격이 있을까. 청비는 그대로 정신이 아득해지고 그만 의식을 놓은 것이었다.

건희는 부하들을 시켜 청비를 단휘와 같이 마차로 모시라 명을 내렸다.

산을 내려가 궁으로 향하는 동안 건희는 태자의 상태가 걱정되고 자책감에 얼굴이 참담하게 일그러져 있었다.

모두 내 탓이다. 나의 잘못이 가장 크다.

태자 전하의 신변을 보호하지 못한 건 무조건 자신의 불찰이었다. 자객 중 한 명을 생포하긴 했지만 그는 끌려가기 직전 비도를 꺼내 자결을 시도한 상태였다. 병사에게 발견되어 저지되었음에도 불구하고 이미 목덜미에 깊은 자상을 입어 생사가 불확실했다. 그러니 당장 문초를 할 수도 없었다.

청비 아가씨 또한 어떻게 우물에 빠졌던 건지 모든 것이 의심스러웠다.

이 모든 일의 배후를 알아내기 위해서는 반드시 그 자객이 살아 있어야 했다.

신음과 함께 고통을 호소하는 자객을 보며 단호한 표정으로 건희는 수하들에게 명령을 내렸다. 무슨 일이 있어도 저자를 살려야 한다고 말이다.

창을 통해 들어온 새벽빛이 청비의 얼굴 위로 쏟아져 내렸다.

"단……휘……."

궁으로 돌아온 청비는 무의식중에서도 단휘를 계속 찾고 있었다. 악몽을 꾸고 있는지 식은땀에 젖은 머리카락들이 얼굴에 엉망으로 붙어 있었지만 연신 단휘의 이름을 불러댔다.

"……단휘, 정……신 차려……요. 제발…… 제발! 단휘!"

몸까지 벌떡 일으키며 눈을 뜨는데 갑자기 일어나서인지 현기증이 몰려와 미간을 구긴 채 주변을 두리번거렸다.

어떻게 된 거지…… 내가 왜 여기에?

눈을 뜬 곳은 다름 아닌 자신의 처소였다. 아직 어둑어둑한 창밖을 보니 이제 막 동이 트기 직전인 듯했다.

분명 내가 납치를 당했고 물에 빠졌었는데……. 근데 단휘가 나를 구해줬고 피를 많이 흘려서 내 앞에서 쓰러지기까지 했어. 혹시 이 모든 게 꿈? 내가 악몽을 꾸었던 건가.

하지만 그저 악몽이라고 하기엔 너무나 현실처럼 느껴졌다. 가슴이 죄어오는 통증이 멈추질 않아 청비는 심호흡을 하며 진정시켰다. 무심결에 이마에 맺힌 땀을 손으로 쓸어내리다 혈흔이 묻은 손등을 보게 된 청비는 바로 충격과 혼란에 휩싸였다.
그저 단순한 악몽이 아니었던 것이다.
부디 꿈이었기를 바랐지만 바람은 유리 조각처럼 산산이 부서졌다. 몸은 미리 알고 있었던 것인지 순식간에 손발이 사시나무처럼 전율하고 눈물이 뿌옇게 앞을 가렸다.
단휘의 몸 여기저기 나 있던 상처에서 벌건 핏줄기가 멈추지 않았던 장면이 사진을 보고 있는 것처럼 머릿속에서 선명하게 펼쳐지자 청비는 바로 자리를 박차고 나가 단휘를 찾았다.
그가 어떻게 됐는지 그것부터 당장 알아야 했다.
마음이 왜 이러지. 자꾸 안 좋은 생각이 들고 만다.
청비는 좀처럼 마음이 진정되질 않았고 엄습하는 불안함과 초조함은 최고조에 달하고 있었다. 얼른 단휘를 만나고 싶었다.
그와 눈을 마주하고 그가 '청비야' 하고 자신의 이름을 불러주면 이 불안함도 금방 사그라들 것이었다. 하지만 마지막 기억 속 피가 흥건한 채 의식을 잃었던 단휘의 모습이 자꾸 뇌리에 맴돌았다.
그는 괜찮은 걸까?
오만 가지 생각을 간신히 억누르며 청비는 걸음을 재촉했다. 같은 건물이고 조금만 걸어가면 되는 거리인데도, 1분이 채 걸리지 않는 이 시간이 유독 지금만큼은 멈춘 듯 느렸다.
드디어 도착한 태자의 침전 앞에는 이른 아침부터 시녀와 시종들이 드나들고 있었다. 청비는 가까이 가려던 걸음을 멈칫했다.
저, 저건……!
안에서 나오는 시녀들의 손에는 핏물이 든 대야와 피로 물든 가제 천이 들려 있었는데 그 색이 너무나도 붉고 선명했다. 보는 것만으로도 가슴이 미어지고 아릴 만큼.

설마 저게 다 단휘가 흘린 피는 아니겠지. 이 시대에 수혈이란 게 있지도 않을 텐데! 저 정도로 피를 잃은 거면 무척 위험한 거잖아.

당연히 아닐 거야, 아니겠지 부정하는데 시녀들이 청비를 발견하지 못하고 속닥거리며 침전을 나오고 있었다.

"이러다 태자 전하께서 정말 잘못되시는 거 아니야? 아직까지 의식도 없으시고 이렇게 피도 많이 흘리셨는데."

"폐하께서도 일찍 다녀가셨는데 어찌나 눈물을 보이시던지. 자식을 먼저 보낼, 마음의 준비를 하신 듯하더라고."

저 말만 들으면 태자의 상태는 거의 혼수상태로 생사를 왔다 갔다 하고 있다는 말이었다.

호흡곤란이 온 듯 청비는 숨이 턱 막히었다. 겨우 눌러놨던 단휘에 대한 근심과 걱정이 폭발한 듯 터지고 눈물이 되어 흘러나오기 시작했다.

청비가 넋을 잃은 사람처럼 침전 문 앞으로 터벅터벅 힘없이 걸어가니 시종, 시녀들은 모두들 하나같이 그녀와 눈을 마주치지 못하고 길을 터주었다. 간혹 마주치긴 해도 안타까움, 동정 연민의 감정들이 청비를 향한 눈길에 가득 실려 있었다.

아직 직접 눈으로 단휘에 대해 확인한 것은 아무것도 없었다. 청비는 닫혀있는 문 앞에서 주먹을 꽉 쥐었다. 문을 열고 들어가자 안에는 비릿한 피 냄새와 탕약 냄새가 가득했다.

창가 쪽에선 밤사이 태자의 몸 상태를 지켜본 궁의들이 소견을 나누고 있었고 침상 근처에선 연신 태자 전하를 불러대는 시녀와 시종의 애통한 소리, 멈출 줄 모르는 흐느낌 소리, 여러 울음소리가 들리고 있었다.

청비는 그들을 무감하게 지나쳐 단휘가 누워 있는 침상으로 갔다. 그의 얼굴은 혈색 하나 없이 창백했고 죽은 듯이 어떤 기척도 없었다. 옅게 나오는 숨만이 위태위태해 보였다.

"아니야. 단휘가 아니야."

청비는 고개를 절레절레 흔들었다.

"이건 그가 아니야……!"

단휘를 담은 청비의 눈은 충격을 받은 듯 굳어버렸고, 다리는 풀려 바닥에 털썩 주저앉아 버렸다. 시녀들이 다가와 일으켜주려 해도 청비는 하얗게 질린 얼굴로 고개를 내저을 뿐 일어나지 않았다.

"……단휘, 얼른 일어나요! 내 목소리 안 들려요!"

비명에 가까운 절규에도 아무 대답 없는 그를 보며 청비는 서러운 울분이 쏟아져 끅끅거리며 흐느꼈다.

"왜 눈을 감고…… 대답도 안 하고…… 이러고 있는 거예요! 눈 좀 떠봐요."

아무리 애타게 절절한 음성으로 불러도 단휘는 깨어날 기미가 없었다. 이대로 정말 자신을 부르는 단휘의 목소리를 들을 수 없게 되는 건 아닌지…… 그의 목소리를 들을 수 없다는 것에…… 불안하고 두려워했던 일이 일어나버린 것만 같아 세상 모든 것이 무너지는 느낌이었다.

말로 표현할 수 없는 절망감에 가슴에 커다란 구멍이 났는지 춥고 허했다. 막아보려고 가슴께에 손을 갖다 대도 가슴이 뻥 뚫린 듯한 한기는 전혀 가시질 않았다.

궁의 중 한 명이 청비에게 다가와 괜찮으시냐 이러다 몸 상하신다며 걱정했지만 그녀는 계속 묵묵부답이었다.

아무리 시녀들이 간곡히 청하고 말려 봐도 청비는 꼼짝 않고 자리를 지켰다. 금방이라도 단휘가 일어나 자신을 향해 웃어줄 것 같았다. 이렇게 눈앞에 있으니 더욱 그랬다. 시녀들의 걱정에도 단휘가 깨어나길 옆에서 기다릴 거라며 그녀의 태도는 완강했다.

한참의 시간이 흘러 날이 밝아지고 문 열리는 소리가 들리면서 내내 방 안에 이어졌던 적막이 깨졌다.

"청비야!"

출타했던 신아 공주가 단휘의 상태가 걱정되어 궁에 오자마자 동궁전을 찾은 것이었다. 공주는 바닥에 힘없이 앉아 있는 청비를 일으켜주었다.

"이게 어떻게 된 일이니. 어떻게 오라버니한테 이런 일이. 오라버니는 괜찮을 거야. 너무 걱정하지 말거라, 청비야."

마침 진맥을 보러 온 궁의가 공주에게 인사를 올렸다.

"인사는 됐고, 오라버니는 좀 어떤가요?"

누워 있는 단휘를 내려다보는 궁의의 표정이 심상치가 않았다.

입을 쉽게 열지 않으니 더욱 불길하고 심장도 이러다가 터져버리는 게 아닌지, 요동을 쳐 쉬이 진정되지가 않았다.

공주에게로 시선을 돌린 궁의는 고개를 저으며 착잡한 얼굴을 보였다. 답을 바로 주지 않으니 청비가 답답하여 옆에서 말을 보탰다.

"어서 솔직히 말해주세요."

단휘는 어제 밤부터 피가 멎긴 하였으나 계속되는 궁의들의 진맥과 꼬박꼬박 제때 달여 오는 탕약에도, 그 어떤 침술에도 일어날 기미가 보이지 않았다. 그렇다 보니 해륜궁에는 이러다 태자가 영영 깨어나지 못하는 게 아닌가 하는 소문마저 돌고 있었다.

청비만은 단휘가 곧 깨어날 것이라는 믿음을 갖고 있었다. 누가 뭐라던 그녀는 그가 깨어나기만 한다면 언제까지고 기다릴 수 있었다.

"워낙 자상이 심했던 데다, 어떤 처치도 없이 바로 물속에 들어가신 탓에 출혈이 크셨습니다. 탕약을 처방하여 지혈은 하였으나, 상처에 깊이 스민 한기가 몸속 깊은 곳까지 퍼져 내상까지 입고 있는 상태이시지요. 거기다……. 현재 태자 전하께선 진장맥마저 잡히고 계십니다."

처음 들어보는 말이다. 진장맥이라니…….

특히 그 말을 할 때 궁의의 표정이 어둡고 목소리가 떨리는 것이 느껴지자 청비는 느낌이 안 좋아 황급히 물었다.

"진장맥이 뭔가요? 그건 탕약이나 침술로 고칠 수 없어요?"

"진장맥이란 오장이 약해질 대로 약해져 손을 쓸 수 없는 상태를 말합니다. 본디 오장육부는 위기(胃氣)를 받아서 운영이 되는데……."

궁의는 다음 말을 주저하다 힘겹게 입을 열었다.

"죽기 직전에는 이 위기가 없어지고 오장육부의 기운만 드러나게 되는데, 그 기운마저 고갈될 때 나타나는 것이 진장맥입니다."

"죽기 직전……이요?"

'죽기 직전'이라는 말에 청비의 심장은 금이 가는 것을 넘어 산산조각 나고 있었다.

"준비를 하시는 것이……."

청비는 두 눈에 눈물이 차올라 금방이라도 떨어질 것 같았지만 애써 참았다. 그녀는 나오지 않는 목소리를 있는 힘을 다해 쥐어짜냈다.

"준비라니 무슨 준비를 하라는 거예요?"

"마음의 준비를 하시는 것이……. 송구하옵니다. 저는 몸을 보하고 상처가 덧나지 않게 치료를 해드릴 수는 있으나 거기까지 옵니다. 이미 전하께서는 제가 손을 쓸 수 있는 상태를 벗어나셨습니다."

탁자를 잡으며 위태롭게 서 있던 청비는 궁의의 말이 끝나는 동시에 무너지듯 쓰러졌고 시녀들의 부축에도 일어날 생각 없이 말도 안 된다며 고개를 저을 뿐이었다.

"그럴 리 없어. 말도 안 돼! 이 상태가 계속된다고 누가 그래요? 금방 일어날 거예요, 태자님은. 그러니까……."

"……."

"그러니까 그렇게 쉽게 말하지 마세요. 나는 계속 기다릴 거니까."

청비는 단휘 앞에 쓰러지듯 엎드려 소리 없이 눈물을 흘렸다. 단휘가 어디에도 못 가게 붙잡으려는 듯 그의 손을 꼭 잡고서.

그런 청비를 보는 공주의 눈에서도 뜨거운 눈물이 주르륵 흘렀다.

오라버니가 위중한 상태인 줄은 알았지만 이토록 빨리 마음의 준비를 하라니. 눈물이 앞을 가리고 터져 나오는 신음을 속으로 삼켰다. 하지만 자신마저 이런 모습을 보일 순 없었다.

청비 말이 맞았다. 오라버니는 강한 분이다. 청비의 흔들림 없는 결연한 눈동자를 보니 자신 역시 오라버니가 금방 자리에서 일어날 것이라는 믿음이 생겼다.

공주는 소매로 눈물을 훔치고 자신만이라도 청비를 챙겨야 한다는 생각으로 그녀의 어깨를 안아주며 위로의 말을 건넸다.

"그래, 청비야. 네 말이 맞아. 우리 같이 오라버니를 한번 믿어보자."

공주의 말에 심장을 죄는 통증이 더 거세져 청비는 두 손으로 입을 막은 채 끅끅 흐느꼈다.

상상조차 할 수 없었다.

단휘가 죽는다니……. 그가 자신을 떠난다니…….

공주가 쓰다듬어주는 따뜻한 손길에 혼자 속으로만 삭이느라 곪았던 아픔이 터져 나왔고 청비는 하염없이 오열하였다.

궁의들이 단휘의 몸 이곳저곳에 침을 놓는 것을 지켜보던 공주는 종일 걱정하고 있을 천무 황제께 태자의 상태를 알리고 오겠다며 침전을 나갔다. 궁의들 역시 상처 보호 목적으로 놓았던 침을 빼고 약을 달여 오겠다며 모두 나가 침전에는 단휘와 청비 둘만이 남게 되었다.

청비는 여전히 그를 떠나지 않았다. 절대 당신을 놔주지 않겠다는 얼굴로 단휘의 손을 계속 잡고 있었다.

단휘가 너무 보고 싶다.

이상하게도…… 바로 눈앞에 있는데도…… 그가 보고 싶다. 짓궂으면서도 유연한 그 미소가 눈에 선하다.

'청비야' 하고 이름을 부르는 다정한 그 목소리가 귓전에 빙글빙글 돌아 여음처럼 들려온다.

"이렇게 내 앞에 있는데도 당신이 그리운데…… 만약…… 만약에 정말이지…… 만약 단휘 당신이……."

청비는 선뜻 말을 잇지 못했다. 도저히 그 말을 꺼낼 수가 없었다.

생각하는 것만으로도 가슴이 짓이겨지고 욱신거렸다. 고통이 점점 거세지고 있는지 가슴 전체가 시퍼렇게 피멍이 든 것처럼 얼얼해서 숨 쉬는 것조차 아팠다.

계속 솟아나는 눈물을 참으려 청비는 입술을 깨물고 말 한마디 한마디를 어렵게 떨어냈다.

"당신을…… 잃고 싶지 않아."

그 말과 함께 청비의 눈에선 쉼 없이 눈물이 흘러내려 얼굴을 뜨겁게 적시었다.

저녁이 되고 시녀들은 자신들이 보겠다며 청비에게 그만 쉬라 청했지만 그녀는 단휘 옆을 떠날 생각이 없었다. 그는 이제 열도 심하게 오르는 데다가 이따금씩 전신에 경련까지 일으키고 있었다.

청비는 혹시 자신이 없는 사이에 그에게 무슨 일이라도 생길까 불안했다.

잠시라도 눈을 떼면 안 될 것만 같았다. 내내 곁에서 지켜보아야 안심이 되었다.

시종들이 들어와 땀으로 흠뻑 젖은 단휘의 몸을 닦아준 뒤 옷을 갈아입혀주고 나가자 다시 둘만의 시간이었다. 계속 대답이 없는 단휘였지만 분명 자신이 하는 말을 듣고 있을 거라는 생각에 청비는 조용히 말문을 열었다.

"정말이지 나는 당신한테 아무 쓸모가 없네요. 태권도 같은 거 말고 공부를 좀 해서 의대라도 갈걸. 그럼 이렇게 바라보는 것만이 아니라 도움이 되었을지도 모르는데."

청비는 자기 자신이 너무 무기력하게 느껴졌다. 여기는 현대 의학 같은 것도 당연히 존재치 않으니 수혈이나 수술은 가능하지 않을 것이다.

무슨 방법이 없을까?

단휘를 살릴 수 있는 방법이 있다면 어떤 것이라도 할 수 있었다. 단휘를 예전처럼 돌아오게 할 수 있다면야…….

그때 머릿속에 누군가가 떠오르고 청비의 동공이 커졌다.

꽃 감관! 그래, 그 남자가 있었어! 그자는 보통 사람이 아니잖아. 서천이었나? 저승계와 천상계 사이에 있는 꽃밭을 관리하는 꽃 감관이라고 했었어.

청비는 꽃 감관이 했던 말을 하나둘씩 떠올렸다.

—서천은 인간의 모든 생명과 부활이 시작되는 곳이며, 저승계와 천상계 사이에 있다. 이승에서는 볼 수 없는 기묘한 꽃들, 주화가 피어 있는 곳이지.

생소한 말이었지만 이상하게도 오랫동안 그녀의 머릿속에서 떠나지 않다가 어느 순간 잊고 있었다. 다시 꽃 감관이 했던 말들이 하나둘 떠오르고 청비는 골몰히 생각에 잠겼다.

—환생 꽃, 멸망 꽃, 생불 꽃 등을 가리키는 말이다. 인간의 근원은 본디 꽃이었다.

당장 꽃 감관을 만나야 해. 어쩌면…… 그를 만나게 된다면 단휘를 살릴 수 있는 방법이 있을지도 몰라. 아니, 분명 방법이 있을 거야. 그는 생명이 시작되는 서천 꽃밭을 관리하는 사람이니까.

하지만 그를 만나려면 어떻게 해야 하는 건지……. 전에도 그를 만나려고 해봤지만 쉽게 만날 수가 없었기에 청비는 다시금 생각에 빠져들었다.

서천 꽃밭에만 가면 만날 수 있을 것 같은데. 하지만 저승계와 천상계 사이에 있는 곳인데 그곳을 내가 어떻게……. 도무지 좋은 생각이 나지 않아 답답해하던 청비는 문득 한 단어를 떠올렸다.

죽음. 그래, 죽음이었다.

저승계나 천상계는 죽어야 갈 수 있는 곳이니까.

서천 꽃밭이 저승계와 천상계, 그 사이에 있는 곳이라 했으니 분명…… 죽어서라면 갈 수 있는 곳이다.

청비는 단휘를 이대로 죽게 해서는 안 된다는, 오직 그 생각밖엔 없었다. 그를 살게 할 수만 있다면…… 무엇이라도 할 수 있었다.

어차피 자신은 살날이 얼마 남지 않았으니 단휘가 이렇게 자신을 남겨두고 가버린다면 어차피 남은 시간도 살아 있는 게 아니니까.

해가 중천에 떠 있을 때부터 노을이 걷히고 밤이 깊은 지금까지도 청비는 단휘의 곁에서 그를 간호했다. 물을 적신 가제로 단휘의 마른 입술을 계속 축여주고 땀을 닦아주면서 청비는 그를 떠나지 않았다.

단휘를 직접 살피러 행차한 천무 황제가 쓰러질 듯 파리한 몰골의 청비가 안쓰러웠는지 그만 가서 몸을 돌보라 해도 그녀는 말을 듣지 않았다. 이러다 병난다, 큰일 난다며 시녀들이 와서 그만 쉬기를 간곡히 청해도 청비는 힘없이 고개만 저을 뿐이었다.

단휘는 온종일 열이 올랐다 내렸다를 반복하며 상태가 더욱 악화되어 가고 있었다. 옆에서 지켜보는 내내 무력감이 가슴을 가득 메웠다. 그렇다고 이대로 가만히 있을 수는 없었다. 아무것도 하지 않고 있으면 그를 포기하는 것 같아 자신이 할 수 있는 모든 것을 마다하지 않았다.

청비는 차게 적신 수건을 그의 이마에 올려주고 궁의들이 보낸 금창약을 수시로 상처에 발라주었다. 상처를 덮은 천이 피로 얼룩지면 다시 걷어내서 깨끗한 천으로 상처를 감싸주었다. 단휘 곁에서 깜빡 잠이 들고 눈을 뜨니 창밖은 깜깜했다. 그제야 시녀들이 켜놓고 간 방 안의 등불로 한밤중이 되었다는 걸 알았다.

벌써 시간이 이렇게 된 건가.

창밖에서 은은하게 들어온 달빛이 너무도 고요해서 쓸쓸함이 더해지는 밤.

달빛이 단휘의 해쓱해진 얼굴을 비추니 혈색을 잃은 그의 낯빛이 더욱 창백했다. 숨소리마저 약하니 단휘를 보는 청비의 눈에는 눈물이 금세 고였다.

청비는 차마 그의 얼굴에 손을 가져가지 못했다. 떨어뜨린 손이 바르르 떨린다. 더는 슬퍼할 시간이 없었다. 청비는 조심스레 단휘의 손을 감싸 쥐었다.

이 손을 다시 잡을 수 있을지…… 이내 무거운 한숨이 흩어져 나왔다. 어쩌면 지금 이 순간이…… 마지막일지도 몰랐다.

이제 가야 했다.

"조금만 더 견뎌요, 단휘."

몇 번씩 고비를 넘긴 단휘를 옆에서 지켜보며 가슴이 열두 번도 더 끓고

에이면서도 통증은 또 시작되었다. 앞으로 못 볼 사람처럼 단휘에게서 눈을 떼지 못하던 청비는 이내 결심한 듯 몸을 일으켰다.

단휘를 뒤로하고 한 걸음 한 걸음 내디딜수록 그녀의 심장은 살갗을 할퀴듯 아프게 뛰어댔다. 그래도 멈추지 않았다. 돌아보지도 않았다. 단휘의 얼굴을 한 번 더 눈에 담고 싶은데…… 그럼 그를 놔두고 가는 것이 더 힘들지도 몰랐다.

돌덩이를 매달아놨는지 천근만근 떨어지지 않는 걸음을 어렵사리 자신의 처소로 옮긴 청비는 나갈 준비를 하였다. 준비랄 것도 없었다. 처소에 들어오자마자 경대로 가 서랍을 뒤지기 시작한 청비는 깊숙한 곳에서 신아 공주가 제게 주었던 목걸이를 찾아냈다.

이 목걸이만 있으면 지난번처럼 궁을 나가는 것이 어렵지 않을 것이다.

대부분 잠이 든 시간이라 나가는 길에 들킬 염려도 없었고 목걸이만 보이면 잡히더라도 추궁은 피할 수 있을 것이다.

나가기 전 청비는 아쉬운 듯 처소 안을 휘 둘러보고 떨리는 가슴을 안은 채로 천천히 돌아섰다.

복도는 역시나 쥐 죽은 듯 고요하여 창밖에 실바람이 불어가는 소리마저 선명했다.

숨도 죽이고 최대한 민첩하게 궐 안을 경호하는 병사들의 눈을 피해 신아 공주의 별궁에 가니 입구에는 여러 병사들이 주변을 경계하며 보초를 서고 있었다.

누구에게 부탁할까 고민하며 가까이 가는데 그들 중 한 명이 유독 낯이 익었다. 운이 좋게 일전에도 자신을 주청강에 데려다준 병사였다. 한 번 경험이 있으니 의심치 않고 자신을 데려다줄 것이다.

청비는 번을 서는 병사에게 조용히 다가갔다.

"저 기억하시죠?"

“청비 아가씨께서 이 시간에 어인 일로…….”

청비는 목걸이를 꺼내 병사에게 보였다.

“공주님의 심부름이에요. 급히 주청강에 가야 하니 조속한 시간 안에 마차를 준비해주세요.”

“예, 알겠습니다.”

혹시나 일이 생각한 대로 되지 않으면 어떡하나 걱정했는데 그런 근심은 사라졌다.

급하다는 말에 병사가 빠르게 마차를 몰아준 덕분에 생각보다 일찍 주청강에 도착할 수 있었다. 강 앞에 서니 청비는 영화 속 대사 하나가 생각이 났다.

죽기에 너무 아름다운 날.

지금 청비 앞에 펼쳐 있는 주청강의 전경이 그런 느낌을 주었다. 만월의 달은 빨려 들어갈 듯 까만 밤하늘에서 유독 노랗게 청비의 눈에 박히듯 들어왔다.

달빛과 어우러지는 별빛 또한 말로는 형언하기 힘들었다. 한국에선 거의 접해볼 일 없는 수만 개의 별들이 하늘을 수놓았고, 마치 금방이라도 떨어져 내릴 듯 금빛 광망이 강으로 무한히 쏟아져 내리고 있었다.

청비는 마음을 가다듬고 눈을 감았다. 눈물 날 정도로 너무나도 아름다운 밤이었지만…… 더는 볼 수가 없었다.

계속 보고 있으면 아름다움에 빠져 넋을 잃을 것 같았다. 마치 다른 어떤 생각도 하지 못하게 자신을 홀려 한 발짝도 앞으로 나가지 못하도록 붙잡고 있는 것 같았다.

망설이는 것이 아니었다. 스치는 바람은 자신의 손을 잡았고 물살은 자신의 발목을 잡았다. 자신을 막으려는 누군가의 방해처럼 느껴졌지만 그럼에도 청비는 멈추지 않았다.

자신이 잘못될 수도 있다는 건 처음부터 알고 온 것이었다. 작정하고 온 만큼 죽는 것은 두렵지 않았다. 그런 각오도 없이 사지에 뛰어든 것이 아니었다. 또한 이미 한 번 죽었었던 몸이 아닌가. 겪어봐서인지 겁날 것은 없었다. 다만 그자를 만나지 못하고…… 단휘 역시 살려내지 못할까 봐…… 그것만이 안타깝고 간절했다.

어떤 것에도 방해받고 싶지 않아 눈을 꼭 감은 채로 청비는 강 속으로 계속 나아갔다. 별이 흐르는 듯 황금 결을 이루는 강물 속에 그림자 하나가 어스름히 스며들어갔다.

시간이 멈춘 듯 적막했던 사위가 청비의 물살을 가르며 나아가는 소리로 채워졌다. 허공에도 청비의 숨소리가 흩뜨려지며 그녀는 떨리는 목소리로 조용히 속삭였다.

"……나타나, 제발."

분명 그는 자신을 지켜보고 있을 것이다.

동정심이든 노여움이든 부디 나타나주길.

청비는 꽃 감관의 등장을 애타게 기다렸다. 강에 발을 들였을 때는 차가움에 흠칫 몸을 떠는 정도였는데 몸의 반 정도가 물에 잠기니 몸속의 심장이고 피고 자신의 모든 것이 얼어붙는 것 같았다.

강에 들어오기 전, 덥게 느껴졌던 여름의 밤기운이 젖은 몸에 감겨오니 자신의 살을 아릿하게 파고드는 한겨울의 찬 공기가 따로 없었다. 그럼에도 청비는 포기하지 않고 계속해서 그를 찾았다.

도와주세요. 제발…… 제발 내 앞에 나타나주세요.

입술을 질끈 물고 멈추지 않은 채 앞으로 나가고 있는데 한 폭의 그림같이 잔잔했던 강물이 갑자기 자신을 밀어내는 것처럼 거세졌다. 걷잡을 수 없이 밀려오는 강물은 청비를 떠밀었다. 물살에 바람까지 합세하니 물에 들어가지 못하고 계속 내쳐지는 모양새였다.

허우적거리는 손과 발을 이제는 아예 잡아끄는 것 같아 청비는 밀려가지 않으려고 어떻게든 더 안간힘을 쓰며 버텼다.

『……자청비야.』

그 목소리였다. 드디어 그가 온 것이다. 강물은 거짓말처럼 순식간에 잦아들고 그의 낮은 음성이 수면 위에 메아리처럼 겹쳐 들렸다. 눈을 번쩍 떠서 앞을 보았지만 정작 그는 보이지 않았다. 하지만 목소리는 계속해서 청비의 귀에 울렸다. 그것만으로 충분했다. 어쨌든 그가 나타나주었으니까.

『왜 죽음을 자처하는 것이냐?』

꽃 감관이 언제 사라질지 몰라 청비는 크게 숨을 들이켜고 내쉬었다. 그리고 바로 할 말을 물 밀 듯 쏟아냈다.

"난 죽으려고 하는 게 아니에요. 단지 그를 살리고 싶은 거예요."

『이제 그자는 사후에 들어설 것이다.』

사후라고……? 사후……라면 단휘가 이대로 정말 죽기라도 한다는 거야?

『너에게 남은 시간을 이리 허비하지 말거라.』

꽃 감관의 이어지는 말은 청비에게 전혀 들리지 않았다. 꽃 감관의 말을 들을 새도, 생각해볼 것도 없었다.

오로지 단휘를 살려야 한다는 생각뿐이었다. 이제 곧 죽는다 하니 한시가 급한 상황. 여기서 물러날 순 없었다. 절망하며 울부짖고 싶은 걸 애써 참으며 청비는 더욱 꽃 감관에게 매달렸다.

"그를 살려주세요! 제발 살려주세요! 당신은 그럴 수 있잖아요. 분명 그렇게 말했어. 당신이 관리하는 서천 꽃밭에는 사람을 살릴 수 있는 꽃이 있다고. 그 꽃으로 단휘를 살려주세요, 제발."

달마저 자취를 감추고 무겁게 깔린 어둠 속 강가에서 청비의 애원만이 드높아졌다.

"내가 이러는 건 당신 책임이기도 하잖아요! 조금이라도 더 살날을 늘려주겠다고 날 이탄국으로 데리고 온 건 당신이에요. 가족이라곤 아빠뿐인데, 생이별을 시켜놓고 알지도 못하는 세계에서 살아가는 걸 내가 원했을 것 같아요? 죽을 날이 멀지 않다는 걸 알고 있는데 하루하루 어떻게 전처럼 살아갈 수 있었겠어요……."

정확히 언제부터였다고 말할 수는 없지만 단휘에 대한 제 마음을 깨닫기 시작한 후부터는 꽃 감관에게 감사의 마음도 갖고 있었다.

한국에서 그렇게 사고로 죽었다면 단휘를 만나지 못했을 테니까……. 남은 시간이 길지 않다 했지만 어쨌든 그를 조금이라도 더 볼 수 있는 거였으니까. 살면서 이런 사랑을 받을 수 있다는 것에 무의미했던 날이 소중해졌고, 시간이 가는 것이 너무나 아까웠었다.

근데 단휘가 죽는다니…… 그것도 나 때문에…… 나를 구하느라.

피가 흥건한 채 의식을 잃은 단휘의 모습이 떠오르자 청비는 가슴이 찢겨지는 듯한 통증에 숨이 턱 막혔다.

난 이곳에 오지 말았어야 했고, 그와 만나서는 안 되는 거였다. 나 때문에 결국 그가…….

청비는 부정하듯 세차게 고개를 저었다.

나 때문에 그가 죽게 된다니…… 절대 그렇게 두지 않을 것이다.

그가 없는 이곳에 혼자 남게 된다는 건 생각해본 적도 없는 일. 눈물도 어느 순간에는 마를 것이고 그가 없이도 시간은 계속 가겠지만 그 이후가 상상이 되지 않는다. 영영 혼자가 된 자신이…… 도저히 머릿속에서 그려지지 않는다. 정말 그가 이렇게 가버린다면 남은 시간이 어떤 의미가 있겠는가. 차라리 같은 날 죽었으면 죽었지 그 없이는 단 하루도 더 살고 싶은 생각이 없었다.

그가 없으면 나는…… 이곳에서 아무것도 아니다. 그가 없는 이곳은…… 단휘 없이 보내는 시간은 차라리…….

"만약…… 만약에라도 그가 죽는다면……."

『그자의 죽음을 뒤따르겠다 그 말을 하는 것이냐?』

이제 더 잃을 것도 겁날 것도 없었다. 청비는 더욱 결연한 얼굴로 마음을 굳게 먹었다.

"살고 싶은 욕심, 조금도 없어요. 어차피 죽을 생각이었거든요. 당신한테 단휘를 살려달라고 빌기 위해 서천 꽃밭이든 지옥이든 가려고 했으니까."

『죽을 생각이었다? 참 모진 소리를 하는구나. 네 아비가 널 어떤 마음으로 내게 보냈을지 생각은 해보았느냐? 다 죽어가는 하나뿐인 여식을 조금이라도 더 온전히 살게 해주겠다고 자신의 손으로 직접 자식을 강물에 빠뜨린 아비의 심정 말이다. 나 역시 널 아끼는 마음에 애써 널 이리로 데려온 것이었다. 근데 남은 시간을 이렇게 저버리려 하다니…….』

"그럼 당신이 살려주면 되잖아요. 제발 그를 살려주세요. 항상 저를 지켜본다 했으니 당신도 다 알 거 아니에요. 그는 나 때문에 그렇게 된 거예요. 다 죽어가게 된 게 다 나 때문이라고요. 근데 어떻게 그냥 보고만 있어요. 뭐든지 할게요. 당신이 시키는 대로 다 할게요. 그러니 제발요."

당신이라면 방법이 있을지 모른다. 자신 역시 한국에 있었다면 바로 죽은 것이나 다름없었을 텐데 이렇게 살아 있지 않은가. 단휘를 살릴 방법이 있을지도 모른다는 희망 하나로 죽음을 자처하며 여기까지 온 청비였다.

『난 너의 명이 다하기만을 기다렸었다. 너를 옆에 두고 전처럼 지켜볼 날만을 말이다. 이제 누구의 방해 없이 너와 서천 꽃밭을 지키면 될 것이라 여겼는데 그건 나의 착각이었나 싶구나. 넌 물푸레가 아니라 세속의 끈을 놓기 힘든 인간인 것을.』

꽃 감관의 눈이 마치 구름 하나 끼어 있지 않은 달빛처럼 허하고 고독하게 느껴졌다.

『선택을 할 수 있게 해주겠다.』

선택? 애타는 얼굴로 꽃 감관을 바라보던 청비가 그의 말에 반색했다. 지푸라기라도 잡고 봐야 했다.

『이탄국에 온 것은 네가 원한 것이 아니라 했느냐? 남은 시간 역시 너에게 의미가 없다니 그렇다면 이번엔 남은 생을 네가 직접 택하도록 해주겠다.』

직접 택하라고? 말뜻을 이해하지 못하는 청비에게 꽃 감관은 어떤 감정도 실려 있지 않은 음성으로 말을 이어갔다.

『넌 네가 원래 있던 곳으로 돌아 갈 수 있다. 남은 생 또한 그곳에서 보내게 되는 것이지.』

원래 있던 곳이라면 한국인데. 그럼 내가 한국으로 돌아갈 수 있다고?

생각도 못한 일이었다. 돌아간다면 항상 잊어본 적이 없는, 늘 그리워했던 아빠를 다시 볼 수 있게 되는 것이었다. 하지만 내가 한국으로 돌아간다면 단휘는……? 그는 어떻게 되는 거지?

금세 온몸을 뒤덮는 박탈감과 함께 착잡한 얼굴을 하자, 자신의 생각을 읽은 듯 꽃 감관의 무감한 말들이 계속됐다.

『그자는 죽을 것이다. 하나 네가 그 자를 살리겠다 한다면 그자는 살고 너의 생은 여기서 끝이다.』

풍파가 들이닥친 듯 청비는 몸을 가누지 못할 정도로 휘청거렸다. 단휘를 살릴 수 있다는 말에 안도하는 것도 잠시, 가슴이 아리고 눈물이 솟구쳤다. 손으로 닦아내면 다시 새로운 눈물이 금세 차올라 그냥 두니 하염없이 흘러내렸다.

생을 부지하고 싶은 것이 아니었다. 아까울 것이 하나도 없었다. 어떤 망설임도 없이 단휘를 살리고 싶은데……. 선뜻 대답이 나오지 않았다.

저릿한 아픔과 함께 이내 떠오르는 것은 아빠의 얼굴. 아빠가 자신 하나만을 바라보고 헌신해온 것을 청비는 누구보다 잘 알고 있었다. 그런 아빠의 가슴에 대못을 박고 이탄국에 오게 된 그녀이지 않은가. 나 아니면 누가 아빠를 걱정하고 챙길지, 그 큰 상처를 떠안고 잘 지내고 계실지, 항상 그런 생각들이 마음을 짓누르고 있었다.

그런 상상을 해본 적이 있었다. 이 모든 게 꿈이었고 다시 현실로 돌아가 한국에서 평범한 일상을 살아가는…… 그런 상상.

한국으로 보내줄 수 있다 하니 지금 당장이라도 돌아가서 아빠를 만나고 싶은데…… 아빠를 위해서라면 당연히 돌아가야 하는 것이 맞는데 청비의 입에선 어떤 말도 나오지 않았다.

단휘를 그저 꿈이었다고 생각할 수 있을까? 그를 이대로 보내고 아무렇지 않게 살아갈 수 있을까?

그런 생각을 하는 것조차도 가슴이 미어진다. 나는 그를 잊을 수 없다. 나는…… 그를 보낼 수 없다.

"결정했어요. 저는…… 제 결정은……."

대답 대신 청비는 버티고 서 있던 몸에 스르르 힘을 빼고 점점 강 깊숙이 들어갔다.

『정녕 그자를 위해 너의 생을 끝내겠다는 것이냐?』

그자의 음성이 자신한테만이 아닌 강 전체에 울려 퍼지는 것이 느껴졌다.

청비는 발을 멈추지 않았다. 목에 이어 얼굴까지 물속으로 아예 잠식되고 발마저 땅에서 떼었다. 몸이 물속에서 눕혀지니 귀는 멍해지고 입에 물이 밀려들어 목 안을 찔렀다.

이제 모든 것과 단절되어 어떤 소리도, 세상도 모두 사라졌다. 차가움도 무뎌지니 이상하게도 마음이 편안해졌다.

모든 걸 내려놓으면 원래 이렇게 평온해지는 건가…….

물속 깊이 가라앉고 있었지만 숨이 막힌다거나 죽을 것 같은 고통은 느껴지지 않았다. 꽃 감관의 마지막 배려인가. 마치 누군가에 의해 어디론가 끌려 들어가고 있는 느낌이 들 뿐이었다.

주먹을 꽉 쥐고 있던 손아귀가 펴지고 그나마 남아 있던 힘 전부가 스르르 빠져나가고 있었다. 청비는 모든 걸…… 내어주듯 자신을 맡겼다. 그녀는 죽음이 코앞에 와 있음을 느꼈다.

마지막인데…… 이제 정말 안녕인데…… 단 하나 걸리는 건 역시나…… 아빠였다.

꽃 감관의 말처럼 하나뿐인 딸을 살리겠다고 자신을 이곳에 보낸 아빠의 심정이 어떠셨을지…… 그럼에도 이런 선택을 하게 된 것이 너무나 죄스러웠다. 하지만 아빠도 이해해줄 것이다.

더욱이 이 모든 일이 자신 때문에 일어난 일이 아닌가. 근데도 생사를 오가는 그를 위해 해줄 수 있는 게 아무것도 없다니. 그를 저버리고 한국으로 돌아간다면 내가 어떻게 살아갈 수 있을까.

벌써부터 남은 그 시간들이 죄스럽고 부질없게 느껴진다. 또한 아빠에게 드는 미안함으로 심장이 죄어오고 눈가가 뜨거워졌다.

"아빠…… 미안해요."

청비의 힘겨운 읊조림과 함께 눈물 줄기가 강물에 뒤섞여 흩어졌다.

종장(終章)

물푸레나무의 마지막

빠아앙—.

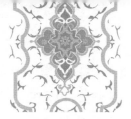

시끄러우면서도 참으로 익숙한 소리가 들렸다.

I can read you like a magazine. Ain't it funny rumors fly.

And I know you heard about me. So hey let's be friends.

귀가 아플 정도로 울리는, 평소에도 흥얼거리는 테일러 스위프트의 노래였다.

청비는 번뜩 눈을 떴다.

대체 이게 어떻게 된 일이지?

청비는 주춤거리며 주변을 훑었다. 눈앞에는 4차선 왕복 도로에서 차들이 지나가고 있었고 자신의 뒤로는 화장품 매장 안에서 흘러나오는 팝송과 함께 오늘만 반값을 외치며 지나가는 사람들에게 열띤 홍보를 하는 알바생

들이 보였다.

분명 낯익은 곳. 아니, 낯익은 걸 넘어서 눈앞의 장소는 분명 내가 아는 그곳이었다.

집을 나와 쭉 일방통행인 길을 지나다 보면 주민 체육 시설이 있는 공원이 나오고 맞은편 골목은 지하철역으로 가는 지름길이었다. 그 지름길을 나오면 도착하는 곳이 바로 지금 눈앞의 이 사거리였다.

평소였다면 따라 불렀을 텐데 지금 들리는 음악은 시끄러운 소음이었다. 청비는 귀가 아팠고 조금이라도 정체가 되면 클랙슨을 울리는 차들을 보니 눈앞이 핑 돌았다. 생각지도 못했던 광경이 눈앞에 펼쳐져 있으니 익숙했던 모든 것이 생경할 뿐이었다.

분명 방금 전까지만 해도 물속에 빠져 있었는데 어떻게 된 거지. 혹시 꿈을 꾸고 있는 건가? 아니면…… 설마! 나 한국으로 돌아온 거야?

그럴 리가 없어. 나는 분명 죽으려 했는데. 내가 택한 것은…….

혼이 나간 듯 멍해 있던 청비가 드르륵 휴대폰 진동에 정신이 들고, 입고 있는 상의 주머니 안에서 휴대폰을 꺼냈다. 액정에는 아빠 얼굴과 함께 '대디'라는 아빠의 애칭이 흐르고 있었다.

아빠……?

청비가 천천히 통화키를 누르고 조심스럽게 휴대폰을 귀에 대자 그리웠던 아빠의 목소리가 들려왔다.

[벌써 친구들 만난 거야? 아빠가 맛있는 거 사준다니까. 바로 친구들하고 약속을 잡아서 퇴짜를 놓고 말야.]

"……."

[청비야. 자청비? 뭐야, 왜 대답이 없어.]

"정말 우리 아빠네. 우리 아빠 목소리 맞다."

정말 아빠의 목소리가 맞았다. 그리웠던 아빠의 목소리를 이렇게 듣고 있으니 귀에 또렷하게 들리는데도 자꾸 환청처럼 느껴졌다. 청비는 금방이라도 울음이 터져 나오려는 걸 간신히 속으로 삼켰다.

"아빠……."

[그래. 자청비 아빠지. 누구 아빠겠어. 설마 우리 딸 삐진 거야? 그동안 대회 한 번도 안 오고 오늘에서야 경기 보러 왔다고.]

사고가 났던 날 경기가 끝난 직후 청비는 아빠와 지금처럼 통화를 했었다. 지금 아빠가 하는 말들은 그날과 아주 같았다. 청비는 뛰는 가슴을 진정시키며 휴대폰 너머로 들려오는 아빠의 목소리에 귀를 기울였다.

[알잖아, 딸. 아빠 회사 연차 내기 힘든 거. 그래도 오늘은 아빠 점심도 못 먹고 조퇴까지 하고 와서 경기 봤다. 오늘 아빠가 딸 이기라고 얼마나 기를 불어넣었는데. 결승전 진출한 거 아빠 지분도 있는 거야. 다음 결승전에도 무조건 갈게! 그러니까 괜히 기죽거나 하지 말고. 그럼 아빠 속상하니까.]

눈물은 줄기줄기 새듯이 흐르고 청비는 자신의 울음소리가 들릴까 한 손으로 입을 틀어막고 끅끅거렸다. 그렇게도 보고 싶었던 아빠인데…… 하고 싶었던 말이 참 많았는데 도무지 눈물은 멈출 기미가 없었다.

"아……빠."

속으로 꾹꾹 눌러왔던 설움이 복받쳐 오르고 보고 싶었다는 말 한마디를 너무 하고 싶은데 목이 메어서 말이 잘 나오질 않았다.

[원래는 아빠가 경기장에도 데려다주고 챙겨주고 했어야 하는데. 미안하다, 우리 딸. 이제 친구들 만날 텐데, 아빠가 눈치 없이 계속 전화 붙들었네. 잘 놀다가 일찍 들어오고. 이따가 보자, 자청비.]

통화가 끊기고 상황이 어떻게 된 건지 정리가 되질 않아 머릿속이 복잡해졌다. 청비는 휴대폰을 켜 오늘 날짜를 확인했다. 그러고는 소스라치게 놀라 입을 다물지 못했다. 오늘은 바로 그날이었다. 자신이 이탄국으로 가게 된, 사고가 났던 날.

휴대폰 메인에도 'D-DAY 스페인행 국가대표 선발대회'라는 문구가 떠 있었다. 청비는 대체 이게 어떻게 된 건지 충격에 휩싸여 휴대폰도 바닥에 떨어뜨리고 말았다. 가뜩이나 혈색 없던 청비의 얼굴은 새하얗게 질리고 눈동자에는 혼돈의 빛이 가득했다. 그녀는 고개를 세차게 흔들었다.

말도 안 돼. 어떻게 이런 일이 일어날 수 있지?

시간이 같을 뿐만 아니라 장소 역시 사고가 나기 직전의 그곳이었다.

항상 꿈에서만 보아왔던 그를 현실에서 처음 보게 된 곳.

청비의 시선이 그날처럼 맞은편 길가로 향해지고 청비는 전기가 온 듯 몸 전체에 소름이 쫙 끼쳤다. 자신이 사고를 당한 그날처럼 같은 장소에 은회색 도포 차림의 꽃 감관이 맞은편 길가에서 자신을 보고 있었다.

모든 것이 그날과 같았으나 다른 것이 하나 있다면 그의 목소리를 들을 수 있다는 것. 홀리듯이 자신을 끌어당기는 것만이 아니라 그의 음성이 마치 옆에 있는 듯 귓가에 들려왔다.

『넌 다시 그날로 돌아온 것이다.』

왜 다시 돌아오게 된 거지? 그것도 하필 내가 사고가 났던 그날로.

난 분명 단휘를 택했는데. 그를 살리기 위해 죽음을 택했건만, 대체 왜…….

『돌아왔다 해서 달라질 것은 없다. 넌 이제 곧 사멸의 길로 들어설 테니까. 남은 시간이 얼마 없다는 건 너도 잘 알 것이다. 하나 그 전에 네 아비에게 마지막 인사는 하고 싶을 것이 아니냐.』

마지막 인사라는 말에 청비의 심장이 덜컥 내려앉았다.

아빠를 직접 보고 인사를 할 수 있게 되다니. 꽃 감관에게 고마우면서도 감정이 울컥 치밀고 막막해졌다.

이제 정말 마지막일 텐데, 어떻게 말을 꺼내야 하나 싶어서.

꽃 감관의 모습이 점점 희미해지고 어느새 그의 자취도 찾을 수가 없었다.

또 휴대폰 진동이 울려 확인하니 어디인지 묻는 문자와 함께 친구의 전화였다.

이 통화가 끝나고 그날 여기서 바로 사고를 당했으니 이제 정말 시간이 얼마 없었다. 지금 당장 아빠한테 얘기를 해야 했다.

마음이 초조해진 청비는 친구한테 걸려오는 전화를 받지 않고 바로 아빠한테 전화를 걸었다.

[우리 딸이 먼저 전화해주고, 왜? 아직 친구들 못 만났어?]

“아……빠…… 미안해.”

하고 싶은 말은 많았지만 가장 먼저 나온 말은 역시나 미안하다는 말이었다.

아빠만 생각하면, 전에도 지금도 그리고…… 앞으로도 미안함이 가장 컸으니까.

하나뿐인 딸 상처받을 일 생길까…… 지금껏 혼자 지내게 한 것도. 항상 자신을 목숨보다 소중한 딸이라고 했었는데…… 그런 딸이 아빠보다 먼저 가게 된 것도. 그리고…… 자신 하나만을 바라보고 살아 온 걸 아는데 자신이 떠나고 나면 세상천지 혼자 남겨질 아빠가 앞으로 얼마나 외롭고 쓸쓸할지.

죽는 것은 이제 무섭지 않다. 다만…… 미련이 남는다. 아빠에게 너무 미안했다.

그래도 이번엔 달랐다. 마지막 인사를 할 수 있는 시간이 생겼으니까.

[미안하다니, 뭐가? 아빠가 항상 미안하지.]

“아니야, 내가 정말 미안해, 아빠. 난 정말 나쁜 딸이야.”

자신은 정말 나쁜 딸이었다. 또다시 선택의 기로에 처하게 되더라도 자신은 지금과 같은 상황에 놓일 것이니까. 단휘를 그렇게 죽어가게 놔둘 순 없었다.

자신을 위해 희생만 하다가 생사까지 기로에서 헤매게 됐는데, 이번 한 번쯤은 나도 그를 위해 해줄 수 있는 게 있어야 하지 않은가.

아빠를 생각하면 절대 그런 선택은 하지 말았어야 했는데. 단휘를 택함으로써 아빠를 저버린 것이다. 이렇게 나쁜 딸이라서 미안해, 아빠.

빠앙—!

귀가 찢어질 듯 들리는 클랙슨 소리와 함께 헤드라이트 불빛이 청비의 시야를 덮쳤다. 이제 시간이 왔나 보다. 정말 떠나야 할 시간이…….

울음을 터뜨리지 않으려 애를 쓰다 보니 남아 있는 기운이 없었다. 청비는 마지막 힘을 끌어내었다.

"내 아빠여서 정말 고마웠고."

[…….]

"사랑해요, 아빠. 그리고 정말 미안해."

억눌린 오열이 결국 터져 나왔다.

"내가 아빠 딸이라서 미안해. 그래서 너무 미안해."

서천 꽃밭은 서역 어딘가에 있다고 전해온다. 이승과 연결되는 곳으로 죽은 이들의 전당이면서 동시에 삶이 시작되는 곳이다. 오금까지 오는 물을 지나, 잔등까지 물이 차고 목까지 차오르는 큰 강을 건너면 성스러운 서천 꽃밭에 갈 수 있다 한다. 꽃 감관이 꽃밭을 관리하는 주재자로 있는 서천에는 이승에서는 볼 수 없는 기묘한 꽃들이 피어 있는데 환생 꽃, 생불 꽃, 멸망 꽃, 악심 꽃 등이 있다고 전설로 내려오고 있다.

마치 이불을 덮은 것처럼 포근하고 따뜻하다.

동상에 걸린 것처럼 얼얼했던 몸의 감각이 이제 이상 반응을 일으키는 건가.

자신의 목을 올가미처럼 옭아매던 물살도 느껴지지 않았다. 오히려 나른한 기분에 젖게 만드는 온기가 자신을 감싸고 있었다. 분명 끝없이 가라앉고 있었는데…… 지금 등에는 딱딱한 바닥이 닿아 있었다.

"으……으……."

청비는 눈을 뜨려 했지만 잔뜩 영근 햇살이 자신을 향하고 있어 차마 바라보지 못하고 눈이 부셔 얼굴을 찡그렸다.

어떻게 된 거지……? 꿈이라도 꾸는 건가. 하지만 분명히 나는 죽었는데, 꿈이라니. 뭔가 이상하잖아.

청비는 천천히 일어나 주변을 살폈다. 하늘은 말 그대로 하늘색 바탕이었다. 그 하늘에 새하얀 눈이 흐드러져 있었다. 하늘에서 내리는 것이 아닌 어딘가에서 불어오는 눈이었다.

이렇게 따뜻한 날 눈이라니. 이건…….

그것은 옷이며 손에도 하나둘 떨어졌고 청비는 금세 눈이 아니란 걸 알았다. 눈송이처럼 흩날리는 물푸레 꽃잎이었다. 꽃잎들이 불어오는 방향에서는 강에서도 모습을 볼 수 없었던 꽃 감관이 서 있었다.

"당신은……."

그의 시선이 고요히 청비에게 머물러 있었다. 청비는 뭐라 할 말을 찾지 못한 표정으로 꽃 감관을 응시했다. 방금 전까지만 해도 분명 한국이었는데……. 낯설지 않은 장소가 눈앞에 펼쳐져 있는 데다 꽃 감관까지 서 있으니 청비는 상황 판단이 안 되어 멍하니 시선을 놓았다. 대체 이곳은…….

『너는 서천 꽃밭에 와 있는 것이다.』

자신의 속마음까지도 알 수 있는 건지, 아니면 표정을 보고 읽은 건지 먼저 입을 뗀 것은 꽃 감관이었다.

그래, 분명 그곳이 맞았다. 전에 꽃 감관이 자신에게 보여주었던, 풍경이며 향기, 바람조차도 모든 것이 익숙했던 그곳.

이곳에 와 있다는 건, 당신을 볼 수 있다는 건 내가 죽었다는 뜻이겠지.

누가 강요한 것도 아닌, 그녀의 의지였는데 정말 자신이 죽었다고 생각하니 아빠의 얼굴이며…… 단휘까지 그녀의 머릿속을 차례차례 유유히 지나갔다.

"감사하게 생각해요. 아빠한테 마지막 인사를 할 수 있게 해준 거."

그는 대답이 없었고 청비는 눈가가 뜨겁게 달아올랐다. 아쉽거나 미련이 남는다거나 그런 것은 아닌데 그들이 보고 싶었다. 이제는 가슴 깊이 묻어두어야만 하는데 체념이 되지 않는다.

가슴 한곳이 눌러앉는 듯한 통증에 그녀는 지그시 입술을 깨물었다. 그리고 손으로 눈에 맺힌 눈물을 닦아내고 내내 머릿속을 떠나지 않던 그의 생사를 조심히 물었다.

"그는 어떻게 됐나요?"

꽃 감관은 역시나 어떤 말도 들려주지 않는다.

"그 정도는 알려줄 수 있잖아요."

꽃 감관을 향한 그녀의 얼굴에는 원망이 섞일 수밖에 없었다.

"이제 난 죽은 몸이니, 산 사람들에 관해선 상관하지 말아라 뭐 그런 거예요?"

이제야 단휘와 자신의 거리감이 현실로 와 닿는지 그녀는 소리 내어 서럽게 울다 힘이 풀린 듯 바닥에 주저앉아버렸다.

"끄으……윽…… 어…… 어떡해…… 흑…… 벌써부터 보고…… 싶은데."

굵은 눈물이 속눈썹 사이를 비집고 나와 멈추지 않는다. 애써 꾹꾹 눌러왔던 것이 아예 터져버린 것이리라.

꽃들이며 꽃잎은 잠잠한데 어디선가 불어오는지, 실바람이 스치며 얼굴

가득 번져 있던 눈물을 훔쳐갔다. 마치 꽃 감관이 다가와서 직접 닦아주는 손길 같았다.

청비는 필요 없다는 뜻으로 고개를 들어 그를 보았다. 그의 눈동자에는 아무것도 들어 있지 않았다. 텅 빈 고요한 상태였다. 아무것도 읽혀지지 않는다. 그러니 그가 어떤 생각을 하는지도 알 수가 없었다.

어딘지 모르게 슬퍼 보이는 꽃 감관의 눈동자가 청비의 시선을 붙들었다.

내게 미안한 마음이 드는 건가?

하지만 청비는 그의 기분까지 신경 써줄 수가 없었다.

"당신은 좋겠군요. 바라던 대로 내가 이곳으로 와주었으니."

하지만 당신은 왜 그런 얼굴을 하고 있는 거지? 마치 자신이 원한 건 이런 게 아니라는 것 같은…….

청비는 마음을 다졌다. 이제 정말 자신이 죽었고, 정말 이곳에서 살아야 하는 거라면 꽃 감관에게 반드시 부탁할 것이 있었다.

저자가 꼭 들어줘야 하는데…….

슬며시 눈치를 보는데 방금 전만 해도 무척 고독해 보이던 그의 얼굴에 변화가 있었다. 나름 웃고 있는 것 같은데 도무지 감정은 읽혀지지 않는 눈.

청비는 긴장으로 입 안이 바짝 마르는 것을 느꼈다.

"저는 이제 다시 물푸레나무가 되는 건가요?"

『…….』

"뭐 물푸레나무든 닥나무든 뭐가 되든 상관없는데요, 그전에 부탁 좀 할게요."

『…….』

"제 기억을 모두 없애주세요."

자유로운 것도 많건만 하필 한곳에서 움직이지도 못하고 아주 질리도록 오래 사는 나무라니.

청비는 모든 것을 기억한 채로 나무가 되고 싶지 않았다. 그 모든 기억을 가진 채로 이곳에서 살아간다는 건 정말 생지옥이나 다름없지 않은가. 이제 이곳에선 자신과 같은 기억을 공유하는 이가 아무도 없으니 말이다.

『기억을 지워달라?』

청비가 고개를 끄덕이자 그는 말을 덧붙였다.

『그럼 아무런 기억 없이 이승으로 가고 싶은 것이냐?』

"네……."

청비는 대답하다 말고 멈칫하여 되물었다.

"방금…… 뭐라고 했어요? 이, 이승……이요?"

이승이라니? 내가 잘못 들었나. 이승이라면 현세를 말하는 건데.

청비는 눈을 동그랗게 뜨고 뭔 소린가 싶어 고개를 갸웃거렸다.

그의 얼굴에 자조 섞인 미소가 그려졌다.

갑자기 또 왜 저렇게 나오는 거지?

저자는 정말이지 비집고 들어갈 틈을 찾을 수가 없다. 그가 가만히 있을 뿐인데도 청비는 압도되는 느낌을 받았다.

『가거라.』

"가라니 어디를요?"

『네가 선택하지 않았느냐? 그를 살려달라고. 그러니 약속은 지켜야지.』

꽃 감관은 모두 백색이지만 모양은 각기 다른 꽃 세 송이를 청비에게 내밀었다. 청비는 얼떨결에 꽃을 받으면서도 대체 이게 무슨 상황인지 판단이 서지 않았다.

『지금 너에게 준 꽃들은 부러지거나 썩은 뼈를 원상태로 돌려주는 뼈오를 꽃. 찢어지거나 배인 살을 돋아나게 하는 살오를 꽃. 피를 돌게 한다는 피오를 꽃. 이렇게 세 가지니라. 그 꽃들을 가져가서 그자를 살리거라.』

"그럼 아직도 그에게 아무것도 해주지 않은 거예요? 그건 약속과 다르잖아요. 그리고 저는…… 이미 죽었잖아요. 무슨 수로…….”

『한 송이를 잊었구나.』

그는 근처의 꽃들을 손으로 쓸며 몇 발짝 걷더니 이내 멈추어 섰다.

『찾았다.』

금세 그의 손에는 꽃 한 송이가 들렸다.

『환생 꽃이다. 환생 꽃은 죽은 이를 살릴 수 있지.』

꽃 감관의 말이 끝나기 무섭게 환생 꽃은 청비의 손으로 옮겨졌다. 이게 조화인가, 눈 깜짝할 사이에 꽃은 신기루처럼 사라지고 청비의 몸에 스며들었다.

『가거라. 널 다시 보내줄 것이다.』

급작스러운 그 말 한마디로 청비의 온몸은 동요했다.

“대체…… 왜…… 마음을 바꾼 거예요?”

청비의 눈동자가 급격하게 흔들리는 동시에 말하는 입술도, 나오는 목소리도 떨리었다. 그가 어떤 결심으로 자신을 보내주는 건지, 쉬운 선택은 아니었을 것이다. 청비의 마음이 붕 떴다. 이 또한 제발 꿈은 아니길.

『정화를 해야 하는 물푸레가 이미 물들어버렸으니……. 하지만 물든 것도 다 내 탓이라 생각한다. 네 말대로 널 이탄국에 데리고 온 건 나이지 않으냐? 전에는 널 곁에 두고 보았으나 이제는 멀긴 하겠지만…… 생각날 때 널 지켜볼 수 있는 걸로 대신해야겠지. 너는 물푸레의 향기도, 능력도 잃을 것이다. 그리고 이제 나를 다시 보지 못할 것이다. 행복……하거라.』

너무나도 사려 깊고, 부드러운 목소리였다.

눈이 매웠다. 가슴이 울컥거렸다. 청비는 꽃들을 받아 든 채 머뭇거렸다. 감정이 복받쳐 올라 목소리도 제대로 나오질 않았다.

“고마워요. 정말 고마워요. 잊지 않을게요. 당신도, 이 은혜도.”

청비의 말소리가 깊은 정적 속으로 가라앉았다. 가라앉고 있는 건 자신의 목소리뿐만이 아니었다. 뿌연 안개 같은 것에 휩싸였고 마치 물에 있는 것처럼 몸이 젖어드는 것이 느껴졌다. 청비가 정신을 잃은 것도 순식간이었다. 이 모든 것이 꿈을 꾸고 있는 것처럼 청비는 잠에 빠져들었다.

"아가씨! 청비 아가씨!"

"음……."

누군가 자신을 깨우는 소리에 눈을 떠보니 어느새 날이 밝아 있었다. 주위를 둘러보니 자신은 주청강 가에 누워 있는 자세였고, 마차를 태워준 병사가 자신을 걱정스럽게 보고 있었다.

"밤새 기다렸는데도 아가씨께서 오질 않으셔서 제가 와본 것입니다. 근데 아가씨께서 쓰러져 계셔서 정말 놀랐습니다. 괜찮으십니까?"

청비는 몸을 일으켰고 자신의 손에 쥐어 있는 붉은 꽃 한 송이를 보고 그제야 서천 꽃밭에서 있었던 일이 생각났다.

꿈이 아니었어. 그를 살릴 수 있게 됐어!

"지금 당장 출발해야 해요! 어서 궁으로 가요!"

꽃을 소중히 품에 안아 들고 청비는 병사와 함께 궁으로 향했다. 궁에 도착하고 보니 궁 안은 단휘의 죽음으로 인해 초상 분위기에 휩싸여 있었다. 단휘는 숨을 거두기 직전의 상태였다.

동궁전에서는 모든 시녀와 시종들이 눈물을 보이며 바닥에 엎드려 통곡하고 있었다. 청비는 그들을 지나쳐 단휘의 침전으로 들어갔다. 침상 앞에서는 천무 황제가 침통한 얼굴로 통곡하는 신아 공주의 등을 쓸어주고 있었다.

"저……."

청비가 조용히 입을 열며 그들에게 다가가자 황제와 공주는 말없이 자리를 비켜주었다.

이제 침전 안에는 단휘와 청비 둘뿐이었다.

그는 침상에 누운 채 정갈한 흰 명주옷으로 갈아입혀져 있는 상태였다. 혈색이 없다 못해 검은 보랏빛이 돌았고 체온도 느껴지지 않았다.

믿겨지지 않았다. 단휘가 죽었다는 것이.

너무나도 낯선 단휘의 모습에 청비는 새어 나오는 눈물을 어떻게든 참으려 입술을 깨물었다.

그의 이런 모습은 보고 싶지 않았다. 청비는 들고 있는 꽃들을 단휘의 몸에 올려놓았다. 꽃으로 뭘 어떻게 해야 할지 몰라 막막했는데 꽃들은 절로 사라지고 있었다. 단휘의 몸에 흡수가 되듯 아예 처음부터 없었던 것처럼 흔적도 없이 사라져버렸다. 꽃 감관이 자신에게 준 환생 꽃처럼 말이다.

이제 단휘가 눈을 뜨고 일어나길 기다리는 것만 남았다.

청비는 눈을 감고 단휘의 손을 꼭 붙잡았다.

"이제 날 그만 기다리게 해요, 단휘. 제발…… 어서 눈을 떠요……."

청비의 목소리에서 절절함이 묻어 나왔다. 애가 타는 마음으로 눈을 감고 기다리는데 자신이 잡고 있던 단휘의 손이 움직이는 것이 느껴졌다. 청비는 눈을 크게 떴다. 얼음장같이 차가웠던 그의 손도 온기로 인해 평소처럼 따뜻해지고 있었다.

가슴속에서 뜨거운 뭔가가 차올랐다. 눈물을 흘리며 그를 지켜보는데 단휘의 숨소리가 점점 커져갔다. 금방이라도 끊어질 것처럼 미약하던 소리가 아니라 평소의 고른 숨소리였다.

진정 그가 살아난 것이다!

환청처럼 잘못 들은 게 아니었다. 핏기 없는 안색도 원래대로 돌아오는 것이 보였다. 청비가 떨리는 손을 단휘의 얼굴에 대어 보니 조금 전까지만 해도 차갑게 식어 있던 몸은 훈김이 닿는 것처럼 따뜻했다.

그제야 청비는 안도하며 한숨을 돌렸다. 청비는 단휘의 손을 꼭 잡은 채 눈을 감았다. 기도라도 해서 지금 이 감사함을 표하고 싶었다.

고마워요…… 꽃 감관님, 평생 잊지 않을게요.

청비는 긴장이 풀렸는지 지독한 피로감이 몰려와 완전히 쓰러져 버릴 것 같았다. 그냥 아무 생각도 하지 않고 쓰러지듯 단휘 옆에 몸을 뉘였다. 그리고 저도 모르게 잠이 들고 말았다.

"청비야……."

누군가가 자신을 부르고 있었다. 익숙한…… 그리웠던 목소리.

청비는 천천히 눈을 떴다.

단휘가 옆에서 팔을 괴고 누운 채 그녀와 눈을 마주하고 있었다.

"일어났느냐?"

믿기지가 않는다. 꿈인가?

청비는 가만히 눈만 깜빡였다. 이것이 현실인지 꿈인지 모호했다.

"놀랐느냐? 내가 너무 잘생겨서."

설핏 장난기가 배인 미소가 그의 입가를 스쳤다. 그리웠다. 그 미소가. 청비는 금방이라도 울 것 같은 얼굴로 그에게 풀썩 안겼다.

"단휘!"

단휘는 이제 걱정하지 말라며 자신은 아무렇지 않다고 안심시켜주었지만 청비는 그의 팔에 감겨서 떨어질 생각이 없었다.

"정말 단휘 맞죠? 옆에 찰싹 달라붙어서 절대 안 떨어질 거야."

"이렇게 다감하게 대해주니, 내일도 모레도 아프고 싶구나."

청비는 단휘에게서 떨어져서 눈을 흘겼다.

"농이다, 농."

그는 눈빛으로 청비를 안심시켰다. 그간의 고생을 알아주는지 그는 청비를 당겨 안고는 가만히 등을 쓸어주었다.

"그간 고생 많았다."

청비의 눈에서 울컥 눈물이 솟았다. 볼을 타고 흐른 눈물은 그의 품으로 툭툭 떨어졌다. 그간 참고 눌러왔던 서러운 눈물이었다.

천무 황제며 해륜궁 사람들은 태자가 기적처럼 살아난 것이 청비 덕분이라 생각했다. 모두 그녀를 태자를 위해 나타난 은인으로 여겼다.

황제는 청비를 바로 태자비로 승격시켜주었다. 불분명한 신분이라며 반대도 심했지만 이 나라의 천자와도 같은 태자를 살렸으니, 청비는 태자비로는 더할 나위 없는 여인이었다.

이제 청비가 태자비에 오르는 것으로 선이 권장되었으니 이제 남은 것은 악의 징계였다.

청비에게 매실차를 가지고 온 시녀를 고향에서 찾아내어 배후인 금란을 알아냈고, 금란은 바로 궁에서 쫓겨나 관노 신세로 전락하였다. 아비인 금석은 몰래 사병을 키웠다는 죄목이 더해져 장군직을 박탈당하고 뇌옥에 갇히는 신세가 되었다.

황후 역시 바로 처분이 내려졌다.

혼수 상태였던 자객이 의식을 되찾자, 직접 천무 황제가 추국하였는데 모든 모략의 명이 황후에게서 나온 것이 밝혀졌다. 이를 황제 자신의 귀로 직접 듣게 되니 어찌 노하지 않을 수 있으랴. 황제는 해륜궁에서 가장 초라하고 사람들의 발길이 뜸한 냉궁으로 황후를 쫓아냈다. 그녀가 가장 두려워한, 허울뿐인 황후로 전락한 것이었다.

권선징악이 실현되어 모두가 행복을 찾는 듯했지만 신아 공주만은 그러질 못했다. 제전까지 잘 끝마치니 예정되어 있던 신아 공주와 무율의 국혼식이 거행된 것이다.

장지가 열리고, 연지 향, 분내와 함께 신부는 시녀들의 안내를 따라 폐하 앞에 섰다.

붉은 흙빛이 어우러진 자색과 엷은 청색을 띠는 비색의 혼례복을 입은 신부는, 얼굴에 흰 비단 가리개를 쓴 채 황제께 인사를 올렸다. 무율 역시 그 옆에서 자리를 지키고 황제에게 술잔을 받아 한 모금 마신 다음 둘은 맞절을 하였다.

공주가 긴 장옷을 밟아 넘어질 듯하자 비틀거리는 그녀를 옆에 있던 단휘가 잡아주었다.

"조심하거라."

"……."

신부가 당황하며 떨어지고 단휘는 멈칫했지만 돌아오는 대답이 없으니 그 역시 입을 꾹 다물었다.

성문에서는 신부와 무율의 혼인을 축하하기 위해 타국에서 온 사신, 왕족, 신료들이 모두 한마음으로 양국의 평화를 도모하며 축하를 올리고 있었다. 무율이 손을 흔들며 그들의 축하를 한 몸에 받았고 다 같이 술잔을 드는 것으로 모든 국혼식 절차가 끝이 났다.

성문에서는 마차와 말, 그들을 호위할 병사들이 준비하고 있었다. 이제 무율의 본국인 사로국으로 떠날 시간이었다.

신부가 마차에 올라야 했지만 몇 겹이나 껴입은 옷 때문인지, 아니면 뭔가 여의치가 않은 건지 낑낑댔다. 그것을 본 무율이 자신이 옆에 없으면 아무것도 못한다며 허허 웃으며 마차에 들어갈 수 있게 도와주었다. 그리고 사람들이 들리지 않게 속삭거렸다.

"끝까지 조심하는 게 좋을 겁니다. 들키지 않으려면."

신부는 흠칫 놀라는 모습을 보였지만 이내 헛기침을 몇 번 하고 평온을 되찾았다. 마차가 출발하고 성 밖을 나오자 그제야 긴장이 풀리고 신부는 두 발을 쫙 뻗었다.

아오, 이렇게 무거운 옷을 입고 온종일 서 있으니 다리에 쥐가 안 나겠느냐고.

가리개마저 벗어 던지니 신부의 옷을 입고 있는 건 다름 아닌 청비였다. 그녀는 이제 모든 것이 다 끝났다며 한숨을 쉬고는 마차 창문 밖으로 동향을 살폈다. 사건의 전모는 이러했다.

신아 공주와 무율의 국혼을 그대로 지켜볼 수가 없어서 자신이 나선 것이었다. 먼저 공주를 몰래 궁에서 내보낸 청비는 어찌할 방법이 없어 공주 대신 혼례복을 입고 마차에 오를 수밖에 없었다.

상황을 봐서 몰래 탈출할 생각으로 우선 일을 저지르고 본 것이었다.

창밖에서는 시녀복을 입고 두루마기로 얼굴을 뒤집어쓴 신아 공주가 걱정스럽게 마차를 따르고 있었다. 청비는 마차 창문의 휘장을 살짝 걷어 공주와 시선을 마주치고 걱정 말라며 싱긋 웃음을 지어 보였다. 그리고 입 모양으로 '가세요, 공주님.'을 반복하며 손을 흔들었다. 처음에는 머뭇거렸던 공주가 미안함이 가득한 얼굴로 청비처럼 입 모양으로 '고마워.'를 마지막으로, 행렬 한가운데에 섞이더니 아예 모습을 감추었다.

혹시라도 중간에 실수하거나 들키지는 않을까 걱정했는데 다행히도 아무런 일도 일어나지 않았다.

무율이 귓속말로 끝까지 조심하는 게 좋을 거라며 경고를 한 것이 걸리기는 했다.

설마 그가 눈치챈 걸까? 나라는 것을? 하지만 어떻게 알아챈 거지?

모든 게 수월하다 여겼건만 무율에게 들통난 건가 싶어 마음이 심란했다. 하지만 만약 그가 알고 있었다면 가만히 있을 리가 없었다.

어떤 신랑이 신부가 바뀐 걸 알면서도 모른 척한단 말인가.

청비는 이제 작전 수행 마지막 단계에 들어가야 했다. 계획의 마지막 단계는 바로 수도인 하북성을 지나면 측간에 가야 한다 해놓고 몰래 도망치는 것이었다.

하북성도 이미 지난 지 오래, 지금이 빠져나갈 절호의 찬스였다.

청비는 다시 가리개를 얼굴에 뒤집어쓰고 최대한 새신부처럼 수줍게 '저기요.' 하고 말을 꺼내려 했다. 하지만 그러기도 전에 갑자기 마차가 일순간 멈추는 것이 아닌가!

무슨 일이지?

휘장을 걷어 창밖을 보려는데 갑자기 마차 문이 활짝 열렸다.

"나오시지요, 청비 소저."

청비는 놀라 가리개 안에서 두 눈을 끔벅거리고 목소리를 최대한 얇게 냈다.

"무슨 소리세요. 저 청비 아니에요. 신아예요, 신아."

"다 알고 있습니다. 이제 신부 놀이는 그만 하시지요."

무율은 다 알고 있었다는 듯 놀라지도, 그렇다고 정색하지도 않았다.

다 알고 있다니…… 청비는 자포자기의 심정으로 가리개를 벗고 무율을 보았다.

"알고 있었어요? 나인 거."

"하나부터 열까지 서투른데 의심 안 하는 게 오히려 이상한 일이지요. 특히나 아까 넘어지기 직전의 그 팔자걸음. 거기서 걸리셨습니다."

"……"

"이탄국 여인 중 소저같이 사내 걸음을 하는 여인이 어디 있겠습니까."

사내 걸음이라니. 비유를 해도 참.

씁쓸했으나 우선 사과가 먼저였다. 그가 신부를 잃고 혼자 돌아가게 되었으니 말이다.

"저기…… 정말 미인해요. 상황이 무척 곤란하게 된 것 같네요."

"어차피 소저가 이렇게 하지 않았어도 나는 공주를 보낼 생각이었습니다. 소저가 헛수고한 겁니다."

"그게 무슨……."

"허식으로 공주와 혼례를 올릴 계획이었습니다. 국경을 지나면 사람들의 긴장이 풀어지는 틈을 타 공주를 보내주고 본국에 돌아가선, 공주가 사고로 죽었다 뭐 그렇게 말할 생각이었습니다."

혼인을 거래처럼 여겼던 무율이 아니었나? 갑자기 이리 나오니 뭘 어떻게 해야 할지 얼떨떨하여 청비는 뭐라 말을 꺼내지 못했다.

"누구를 위해서 한 행동이 아닙니다. 소저 말대로 내가 불행해지니까. 나만을 생각해서 한 행동입니다."

"……."

"이제 소저와 저의 연도 여기서 끝이군요. 부하를 시켜 소저를 안전하게 궁으로 모시라 하겠습니다."

"고마워요. 근데 정말 그럴 필요까진 없어요."

무율은 아쉬움을 뒤로한 채 마음을 다잡으며 청비를 배웅해주려 했지만 그녀는 한사코 사양했다. 무율 역시 물러나지 않고 직접 데려다주겠다고 말을 하려 했다.

"청비 말대로 그럴 필요 없다."

그 순간 대화에 다른 사내가 끼어들고 무율의 얼굴에 그늘이 드리워졌다. 청비는 목소리가 자신의 뒤쪽에서 들려와 사내의 얼굴을 볼 수 없었다. 하지만 무언가 심상치 않은 예감. 뒤통수가 벌에 쏘인 것만큼이나 따가웠다. 뒤로 돌자마자 청비는 '앗' 하고 놀라 비명을 지를 수밖에 없었다.

단휘였다. 그는 말의 고삐를 잡은 채 못마땅한 얼굴로 무율과 청비를 보고 있었다. 뻗치는 성질을 간신히 누르고 있는 듯한 모습이었다.

단휘를 보고 깜짝 놀란 청비였지만 그것은 금방 반가움으로 바뀌었다. 입에선 혼잣말처럼 한마디가 흘러나왔다.

"단휘, 당신이 왜 여기에……."

단휘는 청비의 말이 들리지 않는지 계속 무율만을 응시하고 있었다.

"내 신부인데, 내가 직접 데리러 오는 것이 당연한 일 아니겠느냐. 혹여나 다른 놈이 데려다준다, 어쩐다 그런 수작 거는 꼴은 더욱 볼 수 없어서 말이지."

"제가 설명하죠."

무율이 나서려 하자 청비는 그를 가로막으며 다급히 말했다.

"아니. 제가 설명할게요! 괜히 이 상황 오해할라."

"설명은 필요 없다. 처음부터 알고 있었으니까."

"알고 있었다고요?"

청비의 눈이 절로 번쩍 떠졌다. 아니 어떻게? 무율 왕자도 그렇고 단휘도 그렇고 어떻게 나인 줄 안 거지? 공주처럼 보이려 한 내 행동이 그리 티가 나고 허술했나.

"먼저 삼자는 보내놓고 말을 하는 것이 좋겠군."

단휘의 말에 설핏 눈치를 채며 알겠다는 얼굴로 무율은 마지막 인사를 한 뒤 먼저 길을 떠나 이제 둘만 남게 되었다. 청비는 뭐라 해야 할지 변명거리를 생각했다.

분명 자신이 공주의 처소에서 나왔을 때 자신을 바로 앞에서 보았어도 별 말이 없던 단휘였다. 몸이 안 좋아 국혼식에는 참석을 못 할 거라 미리 말도 해놓았었다. 가리개를 일반 것보다 더 두꺼운 걸로 하여 자신을 몰라보는구나 싶었는데 처음부터 알고 있었다니…….

이제 나는 향기도 안 나건만. 정말 어떻게 알아챈 거지?

"나인지 어떻게 알았어요?"

"너니까. 보이는 모든 행동이 모두 너인데 모를 수가 있나."

청비는 미안함과 민망함에 입술을 달싹였다. 단휘는 그런 청비를 특유의 짓궂은 얼굴로 더욱 몰아세웠다.

"입이 있으면 이 상황을 한번 설명해보시죠, 부인."

"방금 뭐라 했어요……? 부, 부인?"

"그래, 이제 넌 내 부인이 아니더냐."

무척 당황한 듯 청비의 낯이 붉어졌다.

부인이라니? 갑자기 또 이렇게 훅 들어오네. 그렇다면 이런 상황에서 해결책은 이것뿐.

애교 장전.

청비는 전광석화처럼 빠르게 단휘에게 달려가 폭 안겼다.

우선 안기고 보자. 이제 애교 발사!

"무떠운 따뉘는 시어 시어. 저이가 저이."

"오는 길에 더위를 먹은 것이냐."

그래 맞다. 이런 게 통할 위인이 아니지.

청비가 씁쓸한 얼굴로 단휘에게서 떨어지려 하자 그는 금세 청비의 허리를 잡아 자신 쪽으로 당겨 둘 사이의 거리를 바짝 좁혔다.

"정녕 그놈한테 시집이라도 가고 싶었던 것이냐? 이미 내 신부가 되어놓고 다시 재가라도 해보려고?"

"그럴까 봐요."

그냥 던져본 농인데 그걸 받는 청비의 반응에 어이가 없어 단휘는 '허' 하고 청비를 보았다. 청비 역시 웃음이 났다.

"후훗."

"화나는데. 참기 힘들 만큼."

"그래도 안 무서워요."

"내가 화난 모습을 못 본 모양이네."

단휘는 청비의 이마를 검지로 가볍게 두어 번 콩콩 두드렸다.

"아! 아파요. 나한테 이럼 안 되죠. 그럼 나, 가요."

단휘는 말하고 있는 청비의 입이 귀여웠다. 오밀조밀한 이목구비가 사랑스러워서 자꾸 보고 싶었다. 그는 최대한 무표정한 얼굴로 가장하여 반문했다.

"가긴 어딜 가? 누가 널 받아준다고. 어디 보통 극성이어야 말이지. 가는 곳마다 사건 사고를 터뜨리고 다니니, 하루는 고사하고 반나절이라도 너를 감당할 수 있는 사내가 있을지 의문이구나. 너한텐 나밖에 없다는 걸 아직도 모르는 것이냐?"

청비는 씩씩거리며 단휘의 검집에서 검을 빼어 그에게 겨누었다. 하지만 별 반응이 없으니 더 약이 오를 뿐. 그는 어디 하고 싶은 대로 해보라는 얼굴로 어떤 방어도 하지 않고 있었다.

"얼마 전까지만 해도 난 당신이 싸움 못하는 줄 알았거든요. 근데 다 들었어요. 제전에서 당신이 선보였던 실력에 대해. 그 실력 다 숨겨놓고 재밌었어요? 그래도 모르시나 본데, 나 꽤 늘었거든요. 내 실력 보면 잠 못 잘 텐데. 내가 검을 쓸 땐 매력이 줄줄이 소시지거든요."

"소…… 뭐?"

"내가 검을 들면 엄청 유혹적이라는 얘기죠. 그럼 당신이 제대로 날 대적할 수 있겠어요? 나 보느라고."

청비의 말이 끝남과 동시에 단휘는 청비가 들고 있는 검을 단숨에 빼앗았다. 그걸로 끝나지 않고 단휘는 청비의 손목을 그대로 자신 쪽으로 잡아당겼다. 그의 완력에 청비가 그에게 쓰러지자마자 그의 목소리가 귀에 간질이며 닿았다.

"그런 거라면 봐주지 말거라. 당장 봐야겠으니."

말이 끝나자마자 단휘는 말에 올라 청비를 앞에 태웠다. 청비는 온전히 단휘 품에 안겨 있는 자세였다.

"화 좀 풀렸어요?"

청비는 단휘의 부드럽게 풀어진 표정을 보며 달래듯 말을 걸었다.

"그래, 너에 관한 건 나도 도무지 어쩔 수 없구나. 그러니 이렇게 빠져버린 것이 아니냐. 네가 이럴 때마다 내 명이 줄어드는 듯하지만 말이다."

"그렇진 않을걸요."

청비의 눈이 새치름하게 휘었다.

"우리는 아마 백년해로할 거예요."

"참으로 이중적이구나. 재가하겠다고 신행 마차에 올랐으면서 이제는 나와 백년해로를 하시겠다?"

"뭐 당신만 할까요."

이중적인 걸로만 본다면야 당신을 넘어설 수 있는 자가 있을까. 허풍만 떠는 줄 알았던 한량이 장안에서는 견줄 상대가 없다는 유명한 휘파람 도둑이었고, 말만 장황한 겁쟁이 같다가도 자신과 관련된 일이라면 앞뒤 안 가리고 목숨까지 바쳐 지켜주지 않았던가.

"귀띔 좀 해주지 그랬어요? 약간의 언급이라도 해줬으면 당신에 관해 오해 같은 거 안 했을 텐데."

"내 실체를 알기 전엔 내가 완전 별로였다는 얘기로 들리는구나."

"그럴 리가요. 한량이었어도, 허풍만 가득했어도 상관없이 다 당신이니까 좋았던 거예요. 초식이 이렇고, 검법이 저렇고…… 입으로 대련하던, 엄살만 잔뜩 부리던 그때부터 당신이 좋았다고요, 나는."

자신이 말해놓고도 창피한지 청비의 얼굴이 희락으로 번져가고 단휘는 괜히 큼큼 헛기침을 했지만 입가에는 미소가 올랐다.

"근데 당신은 언제부터였어요? 나를 좋아하게 된 거요. 뭔가 계기라던가, 분위기라던가 있었을 거 아니에요? 궁금해요."

"처음 만났을 때부터."

그는 가만히 홀린 듯 청비의 얼굴을 깊게 바라보았다.

"가지 말라고 너를 붙잡았을 때부터 직감했었다. 내가 널 사랑하게 될 거라는 걸. 그리고 역시나 내 직감은 틀리질 않았지."

"……."

"사랑한다, 청비야."

청비의 만면에도 말간 미소가 걸렸다.

"나도요……. 사랑해요, 단휘."

둘은 겹쳐질 듯 시선을 마주하며 이보다 더없을 행복을 느꼈다.

〈THE END〉

작가 후기

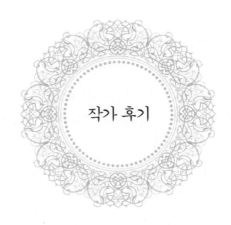

어느 순간 결혼을 하게 되었고, 또 어느 순간 아이 엄마가 되었네요.

아줌마가 되어서 그런가, 드라마와 소설을 보며 남의 로맨스에 울고 웃고 더 푹 빠지게 되더군요. 그러다 문득 예전처럼 다시 글을 쓰고 싶다는 생각이 들었어요. 글을 쓰는 걸 오랫동안 놓고 있었거든요. 아마도 그 즐거움을 잠시 잊고 있었나 봐요.

하지만 독박 육아와 살림을 하다 보니 저만의 시간이 있을 수가 있나요. 그래서 아이가 낮잠 자는 시간, 밤에 일찍 자고 난 이후의 시간이 더욱 꿀같이 느껴졌는지도 모르겠습니다. 혹시나 중간에 깰까 숨죽이고, 뒤척이기라도 하면 마음을 졸이던 그 시간이 나를 위한 자유 시간이었어요.

휴대폰 밝기는 최대한 어둡게, 벨 소리는 NO, 무조건 진동으로. 그렇게 폰 메모장으로 끄적거린 것이 지금의 이탄국의 자청비가 되었네요.

'이탄국의 자청비'는 처음에는 평범한 타임슬립 로맨스였습니다.

평범했던 이야기에 자청비 설화를 모티브로 넣고 배경이 바뀌는 동시에 여러 사건들이 추가가 되면서 지금의 글이 된 것이지요.

비축해둔 분량도 없이 덜컥 네이버 챌린지리그에서 연재를 시작하고 베스트리그, 그리고 카카오 페이지에 이르기까지 모두 더딘 연재였습니다.

과연 내가 연재를 마칠 수 있을까? 완결은 제대로 할 수 있을까? 내내 걱정했고 독자님들과 관계자분들의 속을 많이 썩였는데 결국 이렇게 책을 내고 후기까지 쓰고 있다니 믿기지가 않네요.

정말 많은 시간이 흐른 것 같습니다.

카카오 페이지에 연재를 하게 되었을 때 둘째를 갖게 되었는데 지금은 그 둘째가 옆에서 키보드를 뺏으려 줄기차게 달려들고 있거든요.

뭔가 신기하면서도 죄송한 마음 한가득입니다.

저로 인해 출판이 예정보다 훨씬 늦어졌는데도 옆에서 응원해주시고 기다려주신 테라스북 기획팀에 정말 죄송하다는 말씀을 전하며 이 후기를 빌어 다시 한 번 감사드립니다.

그리고 머릿속으로 상상만 해왔던 청비와 단휘를, Cierra 님께서 눈이 부실 만큼 몽환적인 한 폭의 삽화로 그려주신 걸 보며 정말 기뻤고 감동 받았습니다. 고맙습니다.

또한 항상 곁에 있어주는 가족이 없었다면 글 연재며 원고 수정이 어려웠을 거예요. 특히 봉봉, 두 딸들, 그리고 피드백을 아낌없이 날려주신 아버님, 영원한 제 편 어머님, 사랑합니다.

저의 이름이 찍힌 책을 제 책장에서, 또한 서점에서 볼 수 있게 된 것은 모두 독자님들이 있었기에 가능했던 일이에요.

저는 지금 어느 때보다도 두근거리고 떨립니다.

저에게 한여름 밤의 꿈같은 일을 만들어주셨어요.

여러분에게도 이 책이 한여름 밤의 꿈같은 이야기가 되길 바랍니다.

이탄국의 자청비 ②

초판 1쇄 인쇄 2017년 2월 12일
초판 1쇄 발행 2017년 2월 15일

지은이 김보람 | 펴낸이 강성욱 | 책임 기획 전주예 | 기획 디자인 이선영 | 기획 편집 송진아 김혜정
일러스트 Cierra | 로고 김미현 | 교정 서진영 류혜선
펴낸곳 테라스북 | 등록 제25100-2013-000012호
주소 (134-826) 서울특별시 강동구 동남로 65길 13 2층
전화 070-4794-5826 | 팩스 0505-911-5826
블로그 http://terracebook.blog.me | 전자우편 terracebook@naver.com
ISBN 978-89-94300-63-4 (04810)
ISBN 978-89-94300-61-0 (SET)

테라스북은 오름미디어의 임프린트 브랜드입니다.

이 도서의 국립중앙도서관 출판시도서목록(CIP)은 서지정보유통지원시스템 홈페이지(http://www.seoji.nl.go.kr)와 국가자료공동목록시스템(http://www.nl.go.kr/kolisnet)에서 이용하실 수 있습니다. (CIP제어번호: CIP2016017808)

이탄국의
자청비